中國語言文字研究輯刊

五 編

許 錟 輝 主編

第 11 冊

說文重文字形研究（第四冊）

陳 立 著

花木蘭文化出版社

國家圖書館出版品預行編目資料

說文重文字形研究（第四冊）／陳立 著 — 初版 — 新北市：

花木蘭文化出版社，2013〔民 102〕

目 8+300 面；21×29.7 公分

（中國語言文字研究輯刊　五編；第 11 冊）

ISBN：978-986-322-514-0（精裝）

1. 說文解字　2. 研究考訂

802.08　　　　　　　　　　　　　　　　102017774

中國語言文字研究輯刊

五　編　　第十一冊　　　　　ISBN：978-986-322-514-0

說文重文字形研究（第四冊）

作　　者　陳　立
主　　編　許錟輝
總 編 輯　杜潔祥
出　　版　花木蘭文化出版社
發 行 所　花木蘭文化出版社
發 行 人　高小娟
聯絡地址　235 新北市中和區中安街七二號十三樓
　　　　　電話：02-2923-1455／傳眞：02-2923-1452
網　　址　http://www.huamulan.tw 信箱 sut81518@gmil.com
印　　刷　普羅文化出版廣告事業
初　　版　2013 年 9 月
定　　價　五編 25 冊（精裝）新台幣 58,000 元

說文重文字形研究（第四冊）

陳　立　著

目 次

第十二章　《說文》卷十一重文字形分析

788、《說文》「漾」字云：「𤄷，漾水，出隴西㞼道，東至武都爲漢。從水羕聲。𤄷，古文從養。」〔註1〕

金文作「𤄷」〈曾姬無卹壺〉，從水羕聲，與《說文》篆文「𤄷」相近；又戰國楚系文字或見「𤄷」〈包山 12〉，較之於「𦍌」〈羕史尊〉、「𦍌」〈鄱子妝簠蓋〉、「𦍌」〈叡逆簠〉，上半部將「羊」的中間豎畫省減，下半部的形體亦訛寫作「𭶵」，與「眾」字之「𦏵」〈師旅鼎〉下半部相近，失去「永」的形體。或體「瀁」從水養聲，「羕」、「養」二字上古音皆屬「余」紐「陽」部，雙聲疊韻，羕、養作爲聲符使用時可替代。

字　例	重　文	時　期	字　　形
漾 𤄷	𤄷	殷　商	
		西　周	
		春　秋	
		楚　系	𤄷〈曾姬無卹壺〉　𤄷〈包山 12〉
		晉　系	
		齊　系	

〔註 1〕　（漢）許慎撰、（清）段玉裁注：《說文解字注》，頁 526～527，臺北，黎明文化事業股份有限公司，1991 年。

		燕 系	
		秦 系	
		秦 朝	
		漢 朝	

789、《說文》「漢」字云：「⿰氵𦰩，漾也，東爲滄浪水。从水難省聲。⿰氵𦰩，古文漢如此。」〔註2〕

金文作「⿰氵黃」〈敬事天王鐘〉，从水黃聲，戰國秦系文字省減「水」作「黃」〈六年漢中守戈〉，辭例爲「漢中」，馬王堆漢墓出土文獻从水菫聲作「⿰氵菫」《馬王堆‧五星占81》，與《說文》篆文「⿰氵𦰩」相近，其間的差異，爲書體的不同，據此可知許書言「从水難省聲」爲誤。古文作「⿰氵𦰩」，段玉裁〈注〉云：「從或從大，或者今之國字也。」「黃」字上古音屬「匣」紐「陽」部，「菫」字上古音屬「見」紐「文」部，二者發聲部位相同，見匣旁紐，黃、菫作爲聲符使用時可替代。

字 例	重 文	時 期	字 形
漢 ⿰氵𦰩	⿰氵𦰩	殷 商	
		西 周	
		春 秋	⿰氵黃 〈敬事天王鐘〉
		楚 系	
		晉 系	
		齊 系	
		燕 系	
		秦 系	黃 〈六年漢中守戈〉
		秦 朝	
		漢 朝	⿰氵菫 《馬王堆‧五星占81》

790、《說文》「沇」字云：「⿰氵沇，沇水，出河東垣東王屋山，東爲泲。从水允聲。㕣，古文沇如此。」〔註3〕

〔註2〕 《說文解字注》，頁527。

〔註3〕 《說文解字注》，頁532～533。

篆文作「」，從水允聲，與〈沇兒鎛〉的「」相近，又戰國竹書中有一字作「」〈清華‧尹至2〉，辭例爲「民沇（嚅）曰」，類似「」的形體又見於兩周文字，如：「允」字作「」〈班簋〉，或作「」〈不嬰簋〉，下半部似「女（ ）」的形體，本爲足趾之形，因標示的位置上移而近同於「女」，「」所見「 」亦應與之相同；古文作「」，與〈釿‧平肩空首布〉的「」相同。據大小徐本所載，「沇」字古文皆從水作「」、「」〔註4〕，「允」字上古音屬「余」紐「文」部，「」字上古音屬「余」紐「元」部，雙聲，允、作爲聲符使用時可替代。於此應補入從「水」的古文「」、「」。

字　例	重　文	時　期	字　　形
沇		殷　商	
		西　周	
		春　秋	〈沇兒鎛〉 〈釿‧平肩空首布〉
		楚　系	〈清華‧尹至2〉
		晉　系	
		齊　系	
		燕　系	
		秦　系	
		秦　朝	
		漢　朝	

791、《說文》「活」字云：「，流聲也。從水昏聲。，活或從聒。」

〔註5〕

「活」字從水昏聲，或體「」從水聒聲。「昏」、「聒」二字上古音皆屬「見」紐「月」部，雙聲疊韻，昏、聒作爲聲符使用時可替代。

〔註4〕　（漢）許慎撰、（南唐）徐鍇撰：《說文解字繫傳》，頁217，北京，中華書局，1998年；（漢）許慎撰、（宋）徐鉉校定：《說文解字》，頁226，香港，中華書局，1996年。

〔註5〕　《說文解字注》，頁552。

字 例	重 文	時 期	字 形
活 〔篆〕	〔篆〕	殷 商	
		西 周	
		春 秋	
		楚 系	
		晉 系	
		齊 系	
		燕 系	
		秦 系	
		秦 朝	
		漢 朝	

792、《說文》「瀾」字云：「瀾，大波爲瀾。从水闌聲。漣，瀾或从連。」〔註6〕

「瀾」字从水闌聲，或體「漣」从水連聲。「闌」、「連」二字上古音皆屬「來」紐「元」部，雙聲疊韻，闌、連作爲聲符使用時可替代。

字 例	重 文	時 期	字 形
瀾 〔篆〕	〔篆〕	殷 商	
		西 周	
		春 秋	
		楚 系	
		晉 系	
		齊 系	
		燕 系	
		秦 系	
		秦 朝	
		漢 朝	

〔註6〕《說文解字注》，頁554。

793、《說文》「淵」字云：「淵，回水也。从水，象形，左右岸也，中象水皃。潚，淵或省水。淵，古文从口水。」〔註7〕

甲骨文作「潚」《屯》（722），从水，「象水在口中之形」〔註8〕；兩周文字或承襲爲「潚」〈沈子它簋蓋〉、「潚」〈石鼓文〉，或作「潚」〈中山王■鼎〉、「潚」〈楚帛書・乙篇7.10〉，「象左右岸間之回水形」〔註9〕；或省「水」訛爲「潚」〈史牆盤〉，辭例爲「淵（肅）悊康王」；或作「潚」〈郭店・性自命出62〉，《說文》古文「淵」與之相近，其間的差異，係「口」的形體不同；或見「潚」〈子泉聯戟〉，較之於「潚」，係省略「口」的部分筆畫；或見「潚」〈上博・武王踐阼8〉，辭例爲「溺於淵」，據圖版所示，本爲「潚」，上半部似从「◇」或「︿」，下半部从水，形體與「潚」、「潚」亦相近，寫作「◇」或「︿」，可視爲「口」的省減筆畫現象。馬王堆漢墓出土文獻爲「潚」《馬王堆・易之義20》、「潚」《馬王堆・十六經92》，从水从潚，《說文》篆文「淵」源於此，形體近於「潚」，其間的差異，係前者右側的「潚」爲「潚」，後者將中間的橫畫「—」易爲豎畫「｜」，寫作「潚」，又與「潚」對照，右側爲「潚」，省略其間的橫畫「—」。或體省略「水」作「潚」，金文「肅」字作「潚」〈王孫遺者鐘〉，下半部从「潚」，即〈石鼓文〉之「潚」右側的形體，若將兩側的「｜」拉長，並省略上半部的「—」，則與「潚」相近，疑「潚」或源於此。

字　例	重　文	時　期	字　　　形
淵 淵	潚， 淵	殷　商	潚，潚《屯》（722）
		西　周	潚〈史牆盤〉　潚〈沈子它簋蓋〉
		春　秋	潚〈石鼓文〉
		楚　系	潚〈郭店・性自命出62〉　潚〈楚帛書・乙篇7.10〉 潚〈上博・武王踐阼8〉
		晉　系	潚〈中山王■鼎〉
		齊　系	潚〈子泉聯戟〉

〔註7〕 《說文解字注》，頁555〜556。

〔註8〕 張世超、孫凌安、金國泰、馬如森：《金文形義通解》，頁2607，日本京都，中文出版社，1995年。

〔註9〕 《金文形義通解》，頁2607年。

	燕　系	
	秦　系	
	秦　朝	
	漢　朝	《馬王堆・易之義 20》《馬王堆・十六經 92》

794、《說文》「沙」字云：「，水散石也。从水少，水少沙見。楚東有沙水。，譚長說沙或从尐。」〔註10〕

篆文作「」，或體作「」，所从之「少」或為「」，或為「」，係反書的書寫方式，相同的現象亦見於古文字，如：〈睡虎地・日書甲種 41 背〉作「」，《秦代陶文》（1392）作「」等，古文字往往正反無別，可知或體亦「从水少」，無須言「从水尐」。

字　例	重　文	時　期	字　　形
沙 		殷　商	
		西　周	〈訇簋〉 〈休盤〉
		春　秋	
		楚　系	
		晉　系	
		齊　系	
		燕　系	
		秦　系	〈睡虎地・日書甲種 41 背〉
		秦　朝	《秦代陶文》（1392）
		漢　朝	《馬王堆・三號墓遣策》

795、《說文》「泉」字云：「，夏有水冬無水曰泉。从水學省聲。讀若學。，泉或不省。」〔註11〕

篆文作「」，从水學省聲，或體作「」，从水學聲，將二者相較，前者因省減聲符「學」下半部的「子」，為求形體結構的完整，逐將形符「水」置於「」的下方。

〔註10〕　《說文解字注》，頁 557。

〔註11〕　《說文解字注》，頁 560。

字　例	重　文	時　期	字　形
澩		殷　商	
		西　周	
		春　秋	
		楚　系	
		晉　系	
		齊　系	
		燕　系	
		秦　系	
		秦　朝	
		漢　朝	

796、《說文》「𤅩」字云：「，水濡而乾也。从水鷬聲。《詩》曰：『𤅩其乾矣』。，俗𤅩从隹。」〔註 12〕

篆文作「」，从水鷬聲，「鷬」字从鳥；俗字作「」，从水䧹聲，「䧹」字从隹。金文「鷬」字或从隹作「」〈齊大宰歸父盤〉，或从鳥作「」〈殳季良父壺〉，从鳥或从隹無別。以〈鄂君啓舟節〉的「」與「」相較，後者將上半部左側形體之中間的「田」省寫爲「」；較之於「」〈上博・孔子詩論 11〉，「」將上半部的「廿」或「」訛寫爲「」。又「𤅩」字於戰國時期爲上下式結構，《說文》作左右式結構。

字　例	重　文	時　期	字　形
𤅩		殷　商	
		西　周	
		春　秋	
		楚　系	，〈鄂君啓舟節〉〈上博・孔子詩論 11〉
		晉　系	
		齊　系	
		燕　系	
		秦　系	

〔註 12〕《說文解字注》，頁 560。

| | | 秦 朝 | |
| | | 漢 朝 | |

797、《說文》「津」字云：「，水渡也。从水聲。，古文津从舟淮。」〔註13〕

兩周文字或从水聲作「」〈郘尹鼎〉、「」〈睡虎地·為吏之道14〉，《說文》篆文「」源於此，形體近於「」，其間的差異，係書體的不同；或作「」〈翏生盨〉，形近於古文「」，前者將「舟」置於「淮」的下方，後者採取左右式結構，將舟、水、隹並列，許書云「从舟淮」，段玉裁〈注〉云：「當是从舟从水進省聲」；或从水鷈聲作「」〈上博·容成氏51〉，辭例為「涉於孟津」。「」、「進」二字上古音皆屬「精」紐「眞」部，為雙聲疊韻關係，又「鷈」字上古音屬「定」紐「支」部，據「瓊」字考證，「支」、「錫」、「耕」，「脂」、「質」、「眞」分屬二組陰、陽、入聲韻部的文字，其間的關係十分密切，故作為聲符使用時可替代。楚系文字又見一字作「」〈郭店·尊德義1〉，辭例為「津（盡）憒滿」，觀察其形體，係由「」、「」、「」組成，較之於「」，因筆畫借用遂省寫為「」。

字 例	重 文	時 期	字 形
津		殷 商	
		西 周	〈翏生盨〉
		春 秋	〈郘尹鼎〉
		楚 系	〈郭店·尊德義1〉 〈上博·容成氏51〉
		晉 系	
		齊 系	
		燕 系	
		秦 系	〈睡虎地·為吏之道14〉
		秦 朝	
		漢 朝	《馬王堆·戰國縱橫家書157》

〔註13〕《說文解字注》，頁560。

798、《說文》「㴑」字云：「㴑，逆流而上曰㴑洄，㴑向也，水欲下違之而上也。从水㡿聲。䮸，㴑或从辵朔。」〔註14〕

篆文作「㴑」，从水㡿聲；或體作「䮸」，从辵朔聲。「㴑」的字義為「逆流而上曰㴑洄」，从水㡿聲之字，應是取象於逆水而上之意，从辵朔聲之字，則是表現逆水而上的動作。戰國文字有增添偏旁「辵」強調其動作者，如：〈郭店・成之聞之21〉的「㞐」，辭例為「其去人弗遠矣」，「來去」之「去」本為動詞，增添「辵」旁係強調其動作。「㡿」字上古音屬「昌」紐「鐸」部，「朔」字上古音屬「山」紐「鐸」部，疊韻，㡿、朔作為聲符使用時可替代。

字　例	重　文	時　期	字　　形
㴑 㴑	䮸	殷　商	
		西　周	
		春　秋	
		楚　系	
		晉　系	
		齊　系	
		燕　系	
		秦　系	
		秦　朝	
		漢　朝	

799、《說文》「淦」字云：「淦，水入船中也。从水金聲。一曰：『泥也』。汵，淦或从今。」〔註15〕

「淦」字从水金聲，形體與《馬王堆・陰陽五行甲篇64》的「淦」相近；或體「汵」从水今聲。「金」、「今」二字上古音皆屬「見」紐「侵」部，雙聲疊韻，金、今作為聲符使用時可替代。

〔註14〕《說文解字注》，頁561。

〔註15〕《說文解字注》，頁561。

字　例	重　文	時　期	字　形
淦		殷　商	
		西　周	
		春　秋	
		楚　系	
		晉　系	
		齊　系	
		燕　系	
		秦　系	
		秦　朝	
		漢　朝	《馬王堆・陰陽五行甲篇 64》

800、《說文》「泭」字云：「浮行水上也。从水子。古文或吕泭爲没字。，泭或从囚聲。」〔註16〕

篆文作「」，从水子，與甲骨文「」《合》（19362）相近，惟甲骨文「水」的形體略異；或體作「」，从水囚聲。「泭」、「囚」二字上古音皆屬「邪」紐「幽」部，雙聲疊韻，甲骨文與《說文》小篆皆爲从水子的會意字，由會意字改爲形聲字，爲了便於時人閱讀使用之需，故以讀音相同的字作爲聲符。

字　例	重　文	時　期	字　形
泭		殷　商	《合》（19362）
		西　周	
		春　秋	
		楚　系	
		晉　系	
		齊　系	
		燕　系	
		秦　系	
		秦　朝	
		漢　朝	

〔註16〕《說文解字注》，頁 561。

801、《說文》「砅」字云：「🌊，履石渡水也。从水石。《詩》曰：
　　　『深則砅』。🌊，砅或从厲。」〔註17〕

甲骨文作「🌊」《合》（8352 正），从水从萬，或作「🌊」《英》（547 正），
从二石从水，「會履石渡水之意」〔註18〕，兩周以來的文字或承襲爲「🌊」〈石
鼓文〉、「🌊」〈清華・楚居 14〉。《說文》或體从厲作「🌊」，又「🌊」的字義
爲「旱石也」〔註19〕，於〈五祀衛鼎〉作「🌊」，即从萬得形，故段玉裁在「灑」
字下〈注〉云：「厲者，石也。從水厲猶從水石也。」陶文中亦見从水石者，爲
作「🌊」《古陶文彙編》（3.1076），篆文「🌊」與之相近，惟偏旁位置經營不
同，前者採取上石下水的結構，後者爲左石右水的結構。

字 例	重 文	時 期	字 形
砅 🌊	🌊	殷 商	🌊《合》（8352 正） 🌊《英》（547 正）
		西 周	
		春 秋	🌊〈石鼓文〉
		楚 系	🌊〈清華・楚居 14〉
		晉 系	
		齊 系	
		燕 系	
		秦 系	
		秦 朝	
		漢 朝	

802、《說文》「湛」字云：「🌊，沒也。从水甚聲。一曰：『湛水豫
　　　州浸』。🌊，古文。」〔註20〕

兩周以來的文字作「🌊」〈毛公鼎〉、「🌊」〈𤼈匜〉、「🌊」〈包山 169〉、「🌊」
《馬王堆・十問 66》、「🌊」《馬王堆・老子乙本 221》，無論是金文或簡帛文字，
皆从水甚聲，「🌊」右側爲「🌊」，因「甘」的收筆橫畫與「匹」的起筆橫畫相

〔註17〕 《說文解字注》，頁 561。

〔註18〕 何琳儀：《戰國古文字典──戰國文字聲系》，頁 934，北京，中華書局，1998 年。

〔註19〕 《說文解字注》，頁 451。

〔註20〕 《說文解字注》，頁 561～562。

同，遂以共筆省減的方式書寫，共用相同的一道橫畫，《說文》篆文「湛」源於此，形體近於「湛」。古文作「湛」，从水甚聲，據兩周以來的文字形體觀察，「湛」字多从水甚聲，从「甚」者未知其意，又在「甚」字項下，戰國楚系文字或見「甚」〈新蔡・乙四 24〉，較之於「甚」，除了省略「口」外，又受到上半部形體的影響，故重複「八」作「兾」，訛誤爲「甚」，「湛」字古文从「甚」，疑本爲重複「匹」之形，因形體訛誤，遂產生與「甚」類似的狀況，而誤爲「湛」。

字　例	重　文	時　期	字　　形
湛 湛	湛	殷　商	
		西　周	湛〈毛公鼎〉　湛〈虩匜〉
		春　秋	
		楚　系	湛〈包山 169〉
		晉　系	
		齊　系	
		燕　系	
		秦　系	
		秦　朝	
		漢　朝	湛《馬王堆・十問 66》　湛《馬王堆・老子乙本 221》

803、《說文》「涿」字云：「涿，流下滴也。从水豕聲。上古有涿鹿縣。㝹，奇字涿从日乙。」〔註21〕

篆文作「涿」，甲骨文作「氵豕」《英》（837），簡牘文字作「涿」《馬王堆・五十二病方 428》，皆从水得形，惟甲骨文「水」的形體略異，此一現象亦見於金文，如：「廟」字作「庿」〈盂方彝〉，或作「庿」〈吳方彝蓋〉，「朝」字作「朝」〈陳侯因育敦〉、「朝」〈羌伯簋〉，或作「朝」〈利簋〉、「朝」〈矢令方彝〉，將「涿」與「氵豕」相較，可知後者所从之水爲省減部分筆畫；又甲骨文从狶，徐中舒指出从豕、从狶相同。〔註22〕奇字作「㝹」，金文作「㝹」〈仲涿

〔註21〕《說文解字注》，頁 562～563。

〔註22〕徐中舒：《甲骨文字典》，頁 1202，成都，四川辭書出版社，1995 年。

父鼎〉，段玉裁〈注〉云：「从日者，謂於日光中見之；乙，葢象滴下之形，非甲乙字。」日、乙相合，實難見「流下滴」之義，將「𣲷」與「⊟ᒬ」相較，金文所从亦應爲「水」，左側的「⊟」，或如馬叙倫所言「从昭省聲」。〔註23〕「豕」字上古音屬「透」紐「屋」部，「昭」字上古音屬「章」紐「宵」部，透、章皆爲舌音，錢大昕言「舌音類隔不可信」，黃季剛言「照系三等諸紐古讀舌頭音」，可知「章」於上古聲母可歸於「端」，豕、昭作爲聲符使用時可替代。

字　例	重　文	時　期	字　　形
涿 渊	⊟ᒬ	殷　商	𣲷《英》（837）
		西　周	⊟ᒬ〈仲涿父鼎〉
		春　秋	
		楚　系	
		晉　系	
		齊　系	
		燕　系	
		秦　系	
		秦　朝	𣲷《馬王堆‧五十二病方 428》
		漢　朝	

804、《説文》「溓」字云：「𤁰，溓溓薄仌也。或曰：『中絕小水』。又曰：『淹也』。从水兼聲。𤁰，或从廉。」〔註24〕

金文或从水兼聲作「𤁪」〈雪鼎〉，或增添止作「𤁪」〈令鼎〉，或从水省从二止兼聲作「𤁪」〈訇鼎〉，「兼」字爲「𥡗」〈邾王子旃鐘〉，從字形觀察，西周時期的「兼」字从又持二倒矢之形，春秋時期易爲从又持秝，《馬王堆‧繆和 31》之「𤁰」與《説文》篆文「𤁰」相近，其間的差異，係書體的不同所致。「溓」字从水兼聲，或體「濂」从水廉聲。「兼」字上古音屬「見」紐「談」部，「廉」字上古音屬「來」紐「談」部，疊韻，兼、廉作爲聲符使用時可替代。

〔註23〕馬叙倫：《説文解字六書疏證》四，卷廿一，頁 2823，臺北，鼎文書局，1975 年。

〔註24〕《説文解字注》，頁 564。

字 例	重 文	時 期	字 形
溓 溓	溓	殷　商	
		西　周	熊〈●鼎〉　熊〈令鼎〉　熊〈銅鼎〉
		春　秋	
		楚　系	
		晉　系	
		齊　系	
		燕　系	
		秦　系	
		秦　朝	
		漢　朝	溓《馬王堆・繆和 31》

805、《說文》「涸」字云：「涸，渴也。从水固聲。讀若狐貈之貈。潮，涸亦从水鹵舟。」〔註25〕

「涸」字从水固聲，「讀若狐貈之貈」，「貈」從豸舟聲；或體「潮」從水舟鹵，所從之「舟」應是由「貈」的形體而來。「固」字上古音屬「見」紐「魚」部，「鹵」字上古音屬「來」紐「魚」部，疊韻，固、鹵作爲聲符使用時可替代。又「舟」字上古音屬「章」紐「幽」部，錢大昕言「舌音類隔不可信」，黃季剛言「照系三等諸紐古讀舌頭音」，可知「章」於上古聲母可歸於「端」，端、來皆爲舌音，「潮」或可視爲从水，鹵、舟皆聲的一形二聲字。

字 例	重 文	時 期	字 形
涸 涸	潮	殷　商	
		西　周	
		春　秋	
		楚　系	
		晉　系	
		齊　系	
		燕　系	
		秦　系	

〔註25〕《說文解字注》，頁 564。

		秦　朝	
		漢　朝	

806、《說文》「汀」字云：「㳂，平也。从水丁聲。㞶，汀或从平。」

〔註26〕

篆文作「㳂」，从水丁聲，或體作「㞶」，从平丁聲，水、平的字義無涉，段玉裁〈注〉云：「謂水之平也。水平謂之汀，因之洲渚之平謂之汀。」从水與从不的差異，應是取象的不同。

字　例	重　文	時　期	字　形
汀 㳂	㞶	殷　商	
		西　周	
		春　秋	
		楚　系	
		晉　系	
		齊　系	
		燕　系	
		秦　系	
		秦　朝	
		漢　朝	

807、《說文》「漉」字云：「㵓，浚也。从水鹿聲。一曰：『水下皃也』。㵓，漉或从彔。」〔註27〕

「漉」字从水鹿聲，或體「淥」从水彔聲。「鹿」、「彔」二字上古音皆屬「來」紐「屋」部，雙聲疊韻，鹿、彔作為聲符使用時可替代。

字　例	重　文	時　期	字　形
漉 㵓	淥	殷　商	
		西　周	
		春　秋	

〔註26〕　《說文解字注》，頁 565。
〔註27〕　《說文解字注》，頁 566。

楚	系	
晉	系	
齊	系	
燕	系	
秦	系	
秦	朝	
漢	朝	

808、《說文》「𤖾」字云：「𤖾，酢𤖾也。从水將省聲。𣲙，古文漿。」
〔註28〕

篆文作「𤖾」，从水將省聲，近於「𤖾」《馬王堆・五十二病方 250》，「𤖾」的辭例爲「爲藥漿方」，又另見「漿」字作「𤖾」《馬王堆・五十二病方 55》，辭例爲「復唾匕漿以揗」，對照二者的字形，後者進一步省略「爿」，亦爲將省聲之字；古文作「𣲙」，从水爿聲。「將」字上古音屬「精」紐「陽」部，「爿」字上古音屬「從」紐「陽」部，二者發聲部位相同，精從旁紐，疊韻，將、爿作爲聲符使用時可替代。

字 例	重 文	時 期	字 形
𤖾 𤖾	𣲙	殷 商	
		西 周	
		春 秋	
		楚 系	
		晉 系	
		齊 系	
		燕 系	
		秦 系	
		秦 朝	𤖾《馬王堆・五十二病方 55》 𤖾《馬王堆・五十二病方 250》
		漢 朝	

〔註28〕《說文解字注》，頁 567。

809、《說文》「沬」字云：「，洒面也。从水未聲。，古文沬从水从頁。」〔註 29〕

甲骨文作「」《合》（31951），「象人散髮於皿前，雙手掬水洒面之狀。」〔註 30〕兩周金文或作「」〈對罍〉，省略雙手之形；或增添「水」，寫作「」〈𪓑簋〉；或省略「皿」，寫作「」〈𨻰逆簋〉；或作「」〈史牆盤〉、「」〈頌簋〉、「」〈王子申盞盂〉、「」〈眉脒鼎〉，像「雙手傾倒盛水之器」〔註 31〕，較之於「」，「」的「」、「」為「」、「」的省改之形；或在「」的構形上增添「水」，寫作「」〈齊侯盤〉；或於「」的形體增添「皿」，寫作「」〈囂伯盤〉、「」〈毛叔盤〉。究其辭例，多為「眉壽」，如：〈對罍〉之「眉壽」、〈𪓑簋〉之「其眉壽萬年用」、〈𨻰逆簋〉之「永命眉壽」、〈秦公簋〉之「眉壽無疆」、〈齊侯盤〉之「用祈眉壽萬年無疆」、〈毛叔盤〉之「其萬年眉壽無疆」等，與〈毛叔盤〉字形近同之〈囂伯盤〉的辭例為「囂伯媵嬴尹母沬盤」，或為「沬廚一斗半」〈眉脒鼎〉。從辭例言，形體雖不同，皆「沬」字異體。對照「」的形體，《說文》古文从廾水从頁作「」，蓋源於此，因省減「盛水之器」的器形，故將雙手之形改為「廾」，並置於「水」的下方，以示「雙手傾倒盛水之器」的意涵。戰國楚系文字作「」〈郭店·尊德義 35〉，从水未聲，辭例為「勇不足以沬眾」，馬王堆漢墓出土文獻作「」《馬王堆·二三子問 1》，篆文「」近於「」，其間的差異，係書體的不同。古文「頮」字从廾水从頁，屬會意字，篆文「沬」从水未聲，為形聲字，「頮」、「未」二字上古音皆屬「明」紐「月」部，由會意字改為形聲字，為了便於時人閱讀使用之需，故以讀音相同的字作為聲符。此外，從書寫的材料觀察，銅器上的字形多為莊重嚴整，構形繁複，而竹簡受限於書寫的面積，如：五里牌 M406 出土的竹簡寬度約 0.7 公分，最長者為 13.2 公分〔註 32〕；仰天湖 M25 出土的竹簡完整者長為 22 公分，寬為 1.2 公分〔註 33〕；楊家灣 M6 出土的竹簡全

〔註 29〕《說文解字注》，頁 568～569。

〔註 30〕羅振玉：《增訂殷虛書契考釋》卷中，頁 67，臺北，藝文印書館，1982 年。

〔註 31〕《金文形義通解》，頁 2627。

〔註 32〕中國科學院考古研究所：《長沙發掘報告·戰國墓葬》，頁 54～55，北京，科學出版社，1957 年。

〔註 33〕湖南省文物管理委員會：〈長沙出土的三座大型木槨墓〉，《考古學報》1957：1，

長爲 13.5 公分，寬爲 0.6 公分〔註34〕等，爲在有限的面積上書寫最多的文字，惟有改易文字的構形，由會意變爲形聲字，並選擇筆畫簡易的文字作爲聲符，故以「沬」易「頮」。

字　例	重　文	時　期	字　形
沬	頮	殷　商	𤕫《合》（31951）
		西　周	𤕫〈頌簋〉　𤕫〈史牆盤〉　𤕫〈對罍〉　𤕫〈毳簋〉
		春　秋	𤕫〈秦公簋〉　𤕫〈王子申盞盂〉　𤕫〈龏公華鐘〉 𤕫〈齊侯盤〉　𤕫〈毛叔盤〉　𤕫〈鼄伯盤〉
		楚　系	𤕫〈郭店・尊德義 35〉
		晉　系	𤕫〈眉脒鼎〉
		齊　系	𤕫〈陸逆簋〉
		燕　系	
		秦　系	
		秦　朝	
		漢　朝	沬《馬王堆・二三子問 1》

810、《說文》「澣」字云：「澣，濯衣垢也。从水𦨶聲。涴，今澣从完。」〔註35〕

篆文作「澣」，从水𦨶聲；重文作「涴」，从水完聲，與《武威・少牢 15》的「浣」相近，其間的差異，爲書體的不同。「𦨶」字上古音屬「見」紐「元」部，「完」字上古音屬「匣」紐「元」部，二者發聲部位相同，見匣旁紐，疊韻，𦨶、完作爲聲符使用時可替代。信陽竹簡有一字作「浣」〈信陽 2.8〉，辭例爲「一浣盌」，李家浩指出應讀爲「浣盤」，即洗手用的盤〔註36〕，何琳儀指出字

頁 99～100。

〔註34〕湖南省文物管理委員會：〈長沙楊家灣 M006 號墓清理簡報〉，《文物參考資料》1954：12，頁 20～30。

〔註35〕《說文解字注》，頁 569。

〔註36〕李家浩：〈信陽楚簡「澮」字及從「𦰩」之字〉，《中國語言學報》第一期，頁 189～199，北京，商務印書館，1982 年。

形从水夭聲，讀爲浣，疑爲港字省文〔註37〕，「卷」字有二讀，一爲「居轉切」或「居倦切」，上古音屬「見」紐「元」部，一爲「巨員切」，上古音屬「群」紐「元」部，無論讀音爲何，與翰、完爲疊韻的關係，今從其言。

字　例	重　文	時　期	字　形
瀚	㶅	殷　商	
㶅		西　周	
		春　秋	
		楚　系	㶅〈信陽 2.8〉
		晉　系	
		齊　系	
		燕　系	
		秦　系	
		秦　朝	
		漢　朝	浣《武威・少牢 15》

811、《說文》「泰」字云：「㴓，滑也。从廾水大聲。夳，古文泰如此。」〔註38〕

篆文作「㴓」，从廾水大聲，與〈繹山碑〉的「㴓」相近；古文作「夳」，从大=，近於「夳」〈騎蕩宮壺〉，而與〈騎蕩宮高行鐙〉的「夳」相近。段玉裁〈注〉云：「从仌，取滑之意。」從〈騎蕩宮壺〉與〈騎蕩宮高行鐙〉的字形觀察，「大」之下皆爲「=」，無須改易爲「仌」。

字　例	重　文	時　期	字　形
泰	夳	殷　商	
㴓		西　周	
		春　秋	
		楚　系	
		晉　系	
		齊　系	

〔註37〕　《戰國古文字典——戰國文字聲系》，頁 1004。

〔註38〕　《說文解字注》，頁 570。

		燕　系	
		秦　系	
		秦　朝	〈繹山碑〉
		漢　朝	〈駘蕩宮壺〉 〈駘蕩宮高行鐙〉 《馬王堆‧五行篇 206》

812、《說文》「𣹳」字云：「𣹳，水行也。从㐬灥。灥，突忽也。𣹌，篆文从水。」〔註39〕

　　戰國秦系文字作「𣻌」〈睡虎地‧封診式 29〉，秦刻石作「𣹌」〈繹山碑〉，從水灥，「灥」即「𠱾」的重文「𠫓」，「从到古文子」〔註40〕，形體近於《說文》篆文「𣹌」；晉系文字為「𣻖」〈𡘋盨壺〉，「灥」作「𠫓」，倒子之形為「𠫓」，對照「𣻌」之「𠫓」的形體，「𠫓」因形體的割裂使得身體與首分離，形成「𣿂」與「▽」，豎畫兩側的「ㄑㄟ」應為飾筆的性質，以為補白之用；楚系文字作「𣻌」〈清華‧金縢 7〉、「𣻖」〈清華‧楚居 3〉、「𣻖」〈上博‧凡物流形甲本 1〉，辭例依序為「流言」、「逆流載水」、「凡物流形」，較之於「𣻌」、「𣻖」，「𣻌」之「𣿂」，應是受到自體類化的影響，故將上半部的「𠫓」寫為「𣿂」，與下半部的「𣿂」相同，「𣻖」、「𣻖」的現象亦與「𣻌」相同，惟「𣻖」尚保留頭部之形，「𣻖」之「𣿂」應由「𣿂」而來，楚系文字或見以勾廓法的方式書寫，如：「差」字本作「𢀛」〈國差𦉜〉，或以勾廓法作「𢀛」〈曾侯乙 120〉、「𢀛」〈上博‧容成氏 49〉，疑「𣿂」本為「𣿂」，因以勾廓法為之故作「𣿂」。重文从㐬灥作「𣹳」，段玉裁〈注〉云：「流為小篆，則𣹳為古文籀文，可知此亦二上之例也。」據《說文》收錄的籀文觀察，多有重複形體的特色，如：「屮」之「芔」、「𧢲」之「𧤥」、「融」之「𧖎」、「敗」之「𣪘」、「卤」之「𠧪」、「𥤎」之「𥡾」、「襲」之「𧟟」、「塵」之「麤」 等，故將「𣹳」列為「流」的籀文。

字　例	重　文	時　期	字　　形
𣹌	𣹳	殷　商	

〔註39〕《說文解字注》，頁 573。

〔註40〕《說文解字注》，頁 751。

	時期	字形
	西　周	
	春　秋	<石鼓文>
	楚　系	<郭店・性自命出 31> <上博・凡物流形甲本 1> <清華・楚居 3> <清華・金縢 7>
	晉　系	<䣄螽壺>
	齊　系	
	燕　系	
	秦　系	<睡虎地・封診式 29>
	秦　朝	<繹山碑>
	漢　朝	《馬王堆・五行篇 216》

813、《說文》「涉」字云：「，徒行濿水也。从林步。，篆文从水。」〔註41〕

甲骨文作「」《合》（10949）、「」《合》（15950）、「」《合》（31983），從水從二止，像人涉水通過水流之形，或從水從四止作「」《合》（19286），古文字繁簡不一，從四足者與從二足相同；兩周以來的文字多承襲從水從二止作「」〈格伯簋〉、「」〈石鼓文〉、「」《馬王堆・繆和 32》，「」所見之「又」爲「止」的訛寫，或疊加「水」旁作「」〈散氏盤〉，《說文》篆文「」與「」相近，惟書體不同，其下收錄的重文「」，蓋源於「」。

字 例	重 文	時 期	字　　形
涉		殷　商	《合》（10949）《合》（15950）《合》（19286）《合》（31983）
		西　周	〈格伯簋〉〈散氏盤〉
		春　秋	〈石鼓文〉
		楚　系	〈郭店・老子甲本 8〉
		晉　系	
		齊　系	
		燕　系	

〔註41〕《說文解字注》，頁 573。

	秦 系	
	秦 朝	
	漢 朝	彡彡 《馬王堆・繆和 32》

814、《說文》「く」字云：「く，水小流也。《周禮》：『匠人爲溝
洫，枱廣五尺，二枱爲耦，一耦之伐，廣尺深尺謂之く，倍く
謂之遂，倍遂曰溝，倍溝曰洫，倍洫曰巜。』凡く之屬皆从く。
⊞〳〵，古文く从田川，田之川也。⊞犬，篆文く从田犬聲，六畎爲
一畮。」〔註42〕

篆文作「⊞犬」，从田犬聲；古文作「く」，或作「⊞〳〵」，从田川。〔註43〕「く」
字上古音屬「見」紐「元」部，「犬」字上古音屬「溪」紐「元」部，二者發聲
部位相同，見溪旁紐，疊韻。由象形改爲形聲字，故以具有聲韻關係的「犬」
字作爲聲符。又古文从田川，言「田之川」，增添偏旁「田」係爲明示其爲田畝
中的河流，而「畎」字言「从田犬聲」，以彼律此，「⊞〳〵」字或可言「从田川聲」，
「川」字上古音屬「昌」紐「文」部，據《說文》重文分析，聲符分屬文、元
二部者亦見於璊（玧）、琨（瓘）等字，可知犬、川作爲聲符使用時可替代。又
戰國時期楚系「畎」字作「⿱巛田」〈上博・子羔 8〉，从田川，辭例爲「畎畝之中」，
形體與《說文》古文的「⊞〳〵」相近，差異處爲前者採取上川下田的結構，後者
爲左田右川的結構。

字 例	重 文	時 期	字 形
く ⊞犬	⊞〳〵， く	殷 商	
		西 周	
		春 秋	
		楚 系	⿱巛田 〈上博・子羔 8〉
		晉 系	
		齊 系	

〔註42〕 《說文解字注》，頁 573。

〔註43〕 段玉裁於「畎」字下注云：「畎爲小篆，則く⊞〳〵爲古籀，可知此亦先二後上之例。」
商承祚指出《玉篇》與《汗簡》所引皆爲古文，今暫從商承祚之言。《說文解字注》，
頁 573；商承祚：《說文中之古文考》，頁 98～99，臺北，學海出版社，1979 年。

燕　系	
秦　系	
秦　朝	
漢　朝	

815、《說文》「坙」字云：「坙，水融也。从川在一下；一，地也；壬省聲。一曰：『水冥坙也』。坙，古文坙不省。」 〔註44〕

　　金文作「坙」〈大克鼎〉、「坙」〈師克盨〉，古文字往往繁簡不一，上半部所从部件有三畫「川」與四畫「川」並存的現象，《說文》篆文「坙」應源於此，惟上半部作「川」；戰國楚系文字或作「坙」〈郭店‧性自命出65〉，下半部的形體應爲「工」之訛，古文「坙」與之相近，二者的差異，在於上半部所从部件的不同；又或見从羽坙聲之字，如：「𦏅」〈郭店‧緇衣28〉，辭例爲「輕爵」，「坙」字通假爲「輕」。《說文》「羽」字云：「鳥長毛也」 〔註45〕，羽毛爲輕盈之物，增添「羽」旁之「坙」字，其作用係表示「輕」義。

字　例	重　文	時　期	字　形
坙　　坙	坙	殷　商	
		西　周	坙〈大克鼎〉　坙〈師克盨〉
		春　秋	
		楚　系	𦏅〈郭店‧緇衣28〉　坙〈郭店‧性自命出65〉
		晉　系	
		齊　系	
		燕　系	
		秦　系	
		秦　朝	
		漢　朝	坙《馬王堆‧老子甲本144》

〔註44〕《說文解字注》，頁574。

〔註45〕《說文解字注》，頁139。

816、《說文》「邕」字云：「邕，邑四方有水自邕成池者是也。从巛邑。讀若雝。邕，籀文邕如此。」〔註46〕

篆文作「邕」，从巛邑；籀文作「邕」。王國維指出籀文像「自邕城池之形」，篆文从「邑」為「邑」之訛〔註47〕，然金文為「邕」〈邕子良人甗〉，與《說文》篆文相近，其間的差異，係偏旁位置的經營不同，「邕」為左邑右巛，「邕」為下邑上巛；籀文之「邑」仍應為「邑」，此種書寫的方式，亦見於東周貨幣文字，如：「邑」字作「邑」〈師酉簋〉、「邑」〈安邑二釿·弧襠方足平首布〉或作「邑」〈安邑二釿·弧襠方足平首布〉，「郘」字作「郘」〈郘·平襠方足平首布〉或作「郘」〈郘·平襠方足平首布〉，「邑」與「邑」相同，皆以收縮筆畫的方式改易「邑」，可知王國維之言為非。

字 例	重 文	時 期	字 形
邕 邕	邕	殷 商	
		西 周	
		春 秋	邕 〈邕子良人甗〉
		楚 系	
		晉 系	
		齊 系	
		燕 系	
		秦 系	
		秦 朝	
		漢 朝	

817、《說文》「州」字云：「州，水中可凥者曰州。水知繞其旁，从重川。昔堯遭洪水，民凥水中高土，故曰九州。《詩》曰：『在河之州』。一曰：『州，疇也。』各疇其土而生也。州，古文州。」〔註48〕

〔註46〕 《說文解字注》，頁 574。

〔註47〕 王國維：《王觀堂先生全集·史籀篇疏證》冊七，頁 2434，臺北，文華出版公司，1968 年。

〔註48〕 《說文解字注》，頁 574～575。

　　甲骨文作「�」《合》（659），「象川中有陸地之形」〔註49〕，兩周以來的文字多承襲之，寫作「〈散氏盤〉，《說文》古文「)((」與之相近；戰國秦系文字作「4?4」〈睡虎地・法律答問100〉，兩側的「)((」皆訛爲「4」，篆文「)((」與之相近，其間的差異，係書體的不同。又晉系貨幣文字作「|(|」、「|(|」、「|||」〈平州・尖足平首布〉，辭例爲「平州」，較之於「)((」，「|||」係將「州」中間的「(」，改以直筆的方式書寫所致。

字　例	重　文	時　期	字　形
州	)(( ))(	殷　商	)((《合》（659）
		西　周	〈散氏盤〉
		春　秋	
		楚　系	〈包山27〉
		晉　系	|(|，|(|，||| 〈平州・尖足平首布〉
		齊　系	
		燕　系	〈右洀州還矛〉
		秦　系	4?4 〈睡虎地・法律答問100〉
		秦　朝	《馬王堆・五十二病方263》
		漢　朝	4?4 《馬王堆・十六經126》

818、《說文》「原」字云：「水本也。从灥出厂下。，篆文从泉。」〔註50〕

　　金文作「」〈大克鼎〉，从厂从泉，「會泉出山崖之意」〔註51〕，「泉」字作「」〈敔簋〉，「象泉水涌出形」〔註52〕，其後文字或从广作「原」〈放馬灘・墓主記〉、「」《馬王堆・九主377》，或从厂作「原」〈泰山刻石〉，《說文》篆文「原」與「原」相同，其重文从三泉作「灥」，較之於「」，「泉」、「原」等皆爲「」的訛寫。據「宅」字考證，「广」與「厂」的意義皆與住所有關，

〔註49〕 《戰國古文字典──戰國文字聲系》，頁188。

〔註50〕 《說文解字注》，頁575。

〔註51〕 《戰國古文字典──戰國文字聲系》，頁1046。

〔註52〕 《金文形義通解》，頁2661。

作爲形符使用時，可因義近而發生替代。

字　例	重　文	時　期	字　形
原 泉泉 𤃦	𤃦	殷　商	
		西　周	𤃦〈大克鼎〉
		春　秋	
		楚　系	
		晉　系	
		齊　系	
		燕　系	
		秦　系	原〈放馬灘・墓主記〉
		秦　朝	原〈泰山刻石〉
		漢　朝	𪚥《馬王堆・九主 377》

819、《說文》「𧖸」字云：「𧖸，血理分衺行體中者。从𠂆从血。𧖸，
**　　　𧖸或从肉。𧖸，籀文。」**〔註53〕

篆文作「𧖸」，从𠂆从血；或體作「𧖸」，从𠂆从肉，與《馬王堆・
合陰陽 127》的「𧖸」相近；籀文作「𧖸」，亦从𠂆从血，形體與篆文之
「𧖸」左右互置。《說文》「肉」字云：「胾肉」，「血」字云：「祭所薦牲血
也」〔註54〕，二者的字義無涉，替代的現象，係造字時對於偏旁意義的選
擇不同所致。

字　例	重　文	時　期	字　形
𠂆血 𧖸	𧖸， 𧖸	殷　商	
		西　周	
		春　秋	
		楚　系	
		晉　系	
		齊　系	
		燕　系	

〔註53〕《說文解字注》，頁 575。

〔註54〕《說文解字注》，頁 169，頁 215。

		秦　系	
		秦　朝	
		漢　朝	《馬王堆・合陰陽 127》 《馬王堆・陰陽十一脈灸經乙本 16》

820、《說文》「覝」字云：「覝，衰視也。从灰从見。覝，籀文。」
〔註55〕

　　篆文作「覝」，籀文作「覝」，二者皆从灰从見，其差異處僅於偏旁位置經營的不同，篆文為左灰右見，籀文為左見右灰。

字　例	重　文	時　期		字　形
覝 覝	覝	殷　商		
		西　周		
		春　秋		
		楚　系		
		晉　系		
		齊　系		
		燕　系		
		秦　系		
		秦　朝		
		漢　朝		

821、《說文》「容」字云：「容，深通川也。从卢谷。卢，殘也；谷，
　　　阬坎意也。〈虞書〉曰：『容畎澮距川』。容，容或从水。容，
　　　古文容。」〔註56〕

　　金文作「容」〈遂公盨〉，辭例為「隨山濬川」，从水从又从卢，「卢」或
為「卢」之省，段玉裁於「容」下〈注〉云：「从水从睿，睿古文叡也。」「容」
或即為「容」；戰國楚系文字作「容」〈上博・性情論 19〉，辭例為「濬深踐
蹈」，《說文》古文从水睿聲作「容」〔註57〕，形體與「容」相近，其間的差

〔註55〕《說文解字注》，頁 575。

〔註56〕《說文解字注》，頁 576。

〔註57〕《說文解字六書疏證》四，卷廿二，頁 2878。

異有二，一爲偏旁位置經營的不同，前者採取左水右睿，後者爲上睿下水，一爲「睿」的形體不同，楚系文字作「叡」，較之於「卨」、「宑」，爲訛省之形。篆文「宑」言「深通川也」，或體从水作「濬」，增添之「水」應表示其疏濬的對象爲河川。「容」字上古音屬「心」紐「眞」部，「睿」字上古音屬「余」紐「月」部，二者的聲韻俱遠。又「脂」、「眞」、「質」，「歌」、「元」、「月」分屬二組陰、陽、入聲韻部的文字，郭店竹簡中或見元、眞二部通假的字例，如：〈老子丙本 8〉的辭例爲「是以卞將軍居左」，今本《老子》第三十一章作「偏將軍居左」，馬王堆漢墓帛書《老子》甲本作「是以便將軍居左」，乙本作「是以偏將軍居左」，「卞」字上古音屬「並」紐「元」部，「偏」字上古音屬「滂」紐「眞」部，二者發聲部位相同，滂並旁紐，或見歌、質二部通假的字例，如：〈老子甲本 27〉的辭例爲「閟其兌，塞其門」，今本《老子》第五十六章作「塞其兌，閉其門」，馬王堆漢墓帛書《老子》乙本作「塞亓兌，閉亓門」，「閟」字从門戈聲，「戈」字上古音屬「見」紐「歌」部，「閉」字上古音屬「幫」紐「質」部。「容」爲「眞」部字，「睿」字屬「月」部字，依理作爲聲符使用時不可替代，然異體字係指字形不同而字義、字音相同者，據上列所示，元與眞、歌與質皆見通假字例，在漢代眞、月二部的關係或許較爲密切，方能在異體字的現象裡，因音韻的相近而改易其偏旁。

字 例	重 文	時 期	字 形
容宑	濬, 濬	殷 商	
		西 周	卨 〈遂公盨〉
		春 秋	
		楚 系	叡 〈上博・性情論 19〉
		晉 系	
		齊 系	
		燕 系	
		秦 系	
		秦 朝	
		漢 朝	

822、《說文》「冰」字云：「[篆]，水堅也。从水仌。[篆]，俗冰从疑。」
〔註58〕

　　篆文作「[篆]」，从水仌，會意；俗字作「[篆]」，从仌疑聲，形聲。「冰」字上古音屬「幫」紐「蒸」部，「疑」字上古音屬「疑」紐「之」部，之蒸陰陽對轉。由會意字改爲形聲字，故以具有聲韻關係的「疑」字作爲聲符。戰國文字或作「[篆]」〈陳逆簋〉，辭例爲「冰月」，「仌」寫作「：」；或作「[篆]」〈二年上郡守冰戈〉，从川仌，「仌」寫作「＝」，《說文》「水」字云：「準也」，「川」字云：「毌穿通流水也」〔註59〕，「水」爲水流之形，與「川」字在字義上有一定的關係，作爲形符使用時替代的現象亦見於兩周文字，如：「澆」字或从川作「[篆]」〈啓卣〉。

字　例	重　文	時　期	字　形
冰 [篆]	[篆]	殷　商	
		西　周	
		春　秋	
		楚　系	
		晉　系	
		齊　系	[篆]〈陳逆簋〉
		燕　系	
		秦　系	[篆]〈二年上郡守冰戈〉
		秦　朝	
		漢　朝	

823、《說文》「朕」字云：「[篆]，仌出也。从仌[篆]聲。《詩》曰：『納于[篆]陰』。[篆]，[篆]或从夌。」〔註60〕

　　篆文作「[篆]」，从仌[篆]聲；或體作「[篆]」，从仌夌聲；馬王堆漢墓出土文獻从水作「[篆]」《馬王堆‧十問33》，辭例爲「冬避凌陰」。《說文》「水」字云：「準也」，「仌」字云：「凍也。象水冰之形。」〔註61〕「仌」爲水的結凍狀，

〔註58〕　《說文解字注》，頁576。

〔註59〕　《說文解字注》，頁521，頁574。

〔註60〕　《說文解字注》，頁576。

〔註61〕　《說文解字注》，頁521，頁576。

二者的字義無涉，替代的現象，蓋因造字時對於偏旁意義的選擇不同所致。「朕」字上古音屬「定」紐「侵」部，「夌」字上古音屬「來」紐「蒸」部，二者發聲部位相同，定來旁紐，朕、夌作爲聲符使用時可替代。

字 例	重 文	時 期		字 形
朕 臟	㥄	殷 商		
		西 周		
		春 秋		
		楚 系		
		晉 系		
		齊 系		
		燕 系		
		秦 系		
		秦 朝		
		漢 朝		《馬王堆‧十問 33》

824、《說文》「冬」字云：「㝅，四時盡也。从仌从夂。夂，古文終字。𣆪，古文冬从日。」〔註62〕

篆文作「㝅」，从仌从夂；古文作「𣆪」，从日从夂，與〈𡐔璋方壺〉的「夂」相近。姚孝遂指出「冬」字作「𠂤」，與「終」同字，像「綵絲形」，「終」爲後起孳乳字〔註63〕，其言可從。睡虎地秦簡作「冬」〈睡虎地‧日書乙種227〉，字形近於篆文「㝅」，因書體的不同，上半部的「夂」即「夂」，下半部的「＝」即篆文所見之「仌」。又楚系簡帛文字作「𣆪」〈包山2〉、「𣆪」〈上博簡‧緇衣6〉、「𣆪」〈上博‧平王問鄭壽5〉，對照三者的形體，以「𣆪」爲例，上半部的「夂」，即「夂」字，下半部爲「日」，「𣆪」上半部所見的「夂」，係在「夂」的起筆橫畫上增添一道短橫畫「-」飾筆，又較之於「𣆪」，楚系文字係將「日」置於「夂」的下方。

〔註62〕《說文解字注》，頁576。

〔註63〕姚孝遂：《精校本許慎與說文解字》，頁131，北京，作家出版社，2008年。

字　例	重　文	時　期	字　　形
冬	𠔃	殷　商	
		西　周	
		春　秋	
		楚　系	〈包山 2〉　　〈上博簡・緇衣 6〉　〈上博・平王問鄭壽 5〉
		晉　系	
		齊　系	〈陳璋方壺〉
		燕　系	
		秦　系	冬〈睡虎地・日書乙種 227〉
		秦　朝	
		漢　朝	〈馬王堆・十問 21〉

825、《說文》「雨」字云：「雨，水從雲下也。一，象天；冂，象雲；水霝其閒也。凡雨之屬皆从雨。𩆜，古文。」〔註64〕

甲骨文作「𩇕」《合》（21021）、「𠕲」《合》（28180），或於起筆橫畫上增添一道飾筆性質的短橫畫「-」，寫作「𩇕」《合》（27931）、「𩇕」《合》（28244），兩周以來的文字或作「𩇕」〈上博・魯邦大旱 5〉，或作「雨」〈石鼓文〉，然據文字形體觀察，以增添飾筆作「雨」者為主，《說文》篆文為「雨」，較之於「雨」，係誤將中間的豎畫貫穿、接連飾筆「-」，可知許書言「一，象天。」係誤釋字形。古文作「𩆜」，雖尚未見於出土文獻，其形仍像雨水從天而降之貌。

字　例	重　文	時　期	字　　形
雨	𩆜	殷　商	《合》（21021）　《合》（27931）　《合》（28180）　《合》（28244）
		西　周	
		春　秋	雨〈石鼓文〉
		楚　系	〈上博・孔子詩論 8〉　〈上博・魯邦大旱 5〉
		晉　系	〈盄蚉壺〉
		齊　系	

〔註64〕　《說文解字注》，頁 577。

燕 系	
秦 系	雨〈睡虎地・日書甲種 39〉
秦 朝	
漢 朝	雨《馬王堆・二三子問 2》

826、《說文》「靁」字云：「靁，霁昜薄動，生物者也。从雨；晶，象回轉形。靁，籒文靁閒有回，回靁聲也。閊，古文靁；靁，古文靁。」〔註65〕

甲骨文作「𓂃」《合》（13418）、「𓂃」《合》（21021）、「𓂃」《合》（24364 正）、「𓂃」《合》（24367），从申晶聲，金文承襲爲「𓂃」〈中父乙罍〉、「𓂃」〈淊御事罍〉、「𓂃」〈對罍〉、「𓂃」〈洹子孟姜壺〉、「𓂃」〈雷瓵〉，對照「𓂃」的形體，「𓂃」、「𓂃」、「Z」、「𓂃」、「𓂃」即「申」，或从雨雷聲作「𓂃」〈盠駒尊蓋〉，《說文》籒文「靁」、古文「靁」蓋源於此，于省吾指出金文所見「𓂃」、「𓂃」、「𓂃」等形體爲「𓂃」之訛〔註66〕，其言可從；戰國文字多从雨得形，如：楚系文字作「靁」〈信陽 2.1〉，或作「靁」〈包山 174〉，秦系文字作「靁」〈睡虎地・日書甲種 42 背〉，或从三田，或从四田，較之於「𓂃」，即省略「申」，篆文「靁」源於此，形體近於「靁」，又「靁」之「𓂃」，因所从二田採取并列的方式書寫，故共用相同的一道豎畫；漢代文字或从一田作「靁」〈扶侯鍾〉，上半部爲「雨」省，或从二田作「靁」《馬王堆・刑德乙本 94》，「𓂃」的現象與「靁」之「𓂃」相同，爲共筆省減，或从三田作「靁」《馬王堆・刑德乙本 73》，古文作「閊」，較之於「𓂃」、「𓂃」，所从之「〇〇」即「田田」之形。

字例	重文	時期	字形
靁	靁，閊，靁	殷商	𓂃《合》（13418）𓂃《合》（21021）𓂃《合》（24364 正）𓂃《合》（24367）
		西周	𓂃〈中父乙罍〉 𓂃〈雷瓵〉 𓂃〈淊御事罍〉 𓂃〈對罍〉 𓂃〈盠駒尊蓋〉

〔註65〕《說文解字注》，頁 577。

〔註66〕于省吾：《甲骨文字釋林・釋靁》，頁 11，臺北，大通書局，1981 年。

春　秋		〈洹子孟姜壺〉
楚　系	〈信陽 2.1〉　 〈包山 174〉	
晉　系		
齊　系		
燕　系		
秦　系	〈睡虎地・日書甲種 42 背〉	
秦　朝	《馬王堆・五十二病方 48》	
漢　朝	〈扶侯鍾〉　 《馬王堆・刑德乙本 73》 《馬王堆・刑德乙本 94》	

827、《說文》「霣」字云：「霣，齊人謂靁爲霣。从雨員聲。一曰：
　　　『雲轉起也』。讀若昆。𩄡，古文霣如此。」〔註67〕

篆文作「霣」，从雨員聲；古文作「𩄡」，亦从雨員聲。「員」字於金文作
「員」〈員觶〉，从鼎○聲，篆文、古文所從之「員」下半部或从貝，或从鼎，
據「則」字考證，此種現象係因類化的作用，使得从鼎、从貝的形體趨於相同，
遂產生形體的差異。

字　例	重　文	時　期	字　　形
霣 霣	𩄡	殷　商	
		西　周	
		春　秋	
		楚　系	
		晉　系	
		齊　系	
		燕　系	
		秦　系	
		秦　朝	
		漢　朝	

〔註67〕《說文解字注》，頁 577。

828、《說文》「電」字云：「，霒易激燿也。从雨从申。，古文電如此。」〔註 68〕

金文作「」〈番生簋蓋〉，从雨从申，其後的文字多承襲之，如：「」〈楚帛書・乙篇 3.5〉，「申」字「象電燿屈折」〔註 69〕，形體不一，或爲「」〈多友鼎〉，或爲「」〈石鼓文〉，《說文》篆文「」與「」近同；古文作「」，所从之「申」爲「」，即籀文「」。

字　例	重　文	時　期	字　形
電		殷　商	
		西　周	〈番生簋蓋〉
		春　秋	
		楚　系	〈楚帛書・乙篇 3.5〉
		晉　系	
		齊　系	
		燕　系	
		秦　系	
		秦　朝	
		漢　朝	

829、《說文》「震」字云：「，劈歷振物者。从雨辰聲。《春秋傳》曰：『震夷伯之廟』。，籀文震。」〔註 70〕

甲骨文从止辰聲作「」《合》（17364 正），或从沚辰聲作「」《合》（34717），戰國時期秦系文字作「」〈睡虎地・日書甲種 7 背〉，从雨辰聲，與《說文》篆文「」相近，其間的差異，係書體的不同所致；籀文作「」，從字形觀察，爲从雲从鬲从二爻从二火的結構，尚未見於出土文獻，然因近來地震頻傳，據相關學科的報導陳述，地震的前兆有以下的現象，如：在天空出現異常的雲彩、動植物的異常行爲、河川或地下水的湧出量與成分發生變化、氣候變得既乾且熱等，故王筠言「從火者，雷出地時有火光，如鳥槍然；從鬲

〔註 68〕《說文解字注》，頁 577。

〔註 69〕葉玉森：《殷虛書契前編集釋》卷一，頁 17，臺北，藝文印書館，1966 年。

〔註 70〕《說文解字注》，頁 577～578。

者，陽烝陰迫，如鼎沸也；從爻者，劈歷所震，物被其虐，離披散亂之狀也。」〔註71〕「𩇕」的構形可能是造字者對於地震的概念，亦可能是對於天雷震動之「震」的感受。

字 例	重 文	時 期	字　　形
震 𩇕 震		殷 商	《合》（17364 正）《合》（34717）
		西 周	
		春 秋	
		楚 系	
		晉 系	
		齊 系	
		燕 系	
		秦 系	震〈睡虎地・日書甲種 7 背〉
		秦 朝	
		漢 朝	

830、《說文》「霰」字云：「霰，稷雪也。从雨散聲。霰，霰或从見。」〔註72〕

甲骨文作「」《合》（13010），金文作「」〈妏盉壺〉，从雨㰎省聲〔註73〕，楚系文字从雨殺聲作「」〈包山 91〉，辭例為「周霰」，形體雖不同，實為「霰」字異體，《說文》篆文从雨散聲作「霰」，或體从雨見聲作「霰」，「㰎」、「散」二字上古音皆屬「心」紐「元」部，「殺」字上古音屬「山」紐「月」部，「見」字上古音屬「見」紐「元」部，㰎、散、見為疊韻關係，㰎、散、殺為雙聲與陽入對轉的關係，㰎、殺、散、見作為聲符使用時可替代。

字 例	重 文	時 期	字　　形
霰 霰 霰		殷 商	《合》（13010）
		西 周	
		春 秋	

〔註71〕　（清）王筠：《說文釋例》卷五，頁 34，臺北，世界書局，1969 年。
〔註72〕　《說文解字注》，578。
〔註73〕　《戰國古文字典——戰國文字聲系》，頁 1049。

楚 系	〈包山 91〉
晉 系	〈𡙁盍壺〉
齊 系	
燕 系	
秦 系	
秦 朝	
漢 朝	

831、《說文》「雹」字云：「，雨仌也。从雨包聲。，古文雹如此。」〔註74〕

甲骨文作「」《合》（12628），「象雨挾雹粒之形」〔註75〕，古文从雨从作「」，應源於此；戰國楚系有一字寫作「」〈楚帛書・甲篇 1.5〉，金祥恆隸定為「雹」，並指出該字係從「勹」得聲，即「雹」字，「盧雹」即為「包犧」〔註76〕，篆文从雨包聲的「」，或源於此。「雹」字上古音屬「並」紐「覺」部，「勹」字上古音屬「幫」紐「幽」部，二者發聲部位相同，幫並旁紐，幽覺對轉。「雹」字增添聲符「勹」，係因該字的讀音不夠彰顯，或是日漸模糊，遂由「」寫作「」，為了便於時人閱讀使用之需，故以讀音相近的字作為聲符。

字 例	重 文	時 期	字 形
雹		殷 商	《合》（12628）
		西 周	
		春 秋	
		楚 系	〈楚帛書・甲篇 1.5〉
		晉 系	
		齊 系	
		燕 系	

〔註74〕 《說文解字注》，頁 578。

〔註75〕 《戰國古文字典──戰國文字聲系》，頁 237。

〔註76〕 金祥恆：〈楚繒書「盧雹」解〉，《金祥恆先生全集》第二冊，頁 643〜660，臺北，藝文印書館，1990 年。

	秦　系	
	秦　朝	
	漢　朝	

832、《説文》「霚」字云：「霚，地气發，天不應曰霚。从雨敄聲。霿，籀文霚省。」〔註77〕

　　篆文作「霚」，从雨敄聲，與《馬王堆・却谷食氣 3》的「霚」相近；籀文作「霿」，从雨敄省聲，與〈上博・周易 38〉的「霿」相近，其間的差異，係書體的不同所致。許愼認爲「霚」字籀文「霿」爲「霚省」之字，係以「霚」省去下半部「敄」右側的「攵」，即寫作「霿」。然从矛得聲之字，已見於戰國文字，「霿」應可釋爲从雨矛聲。「敄」字上古音屬「明」紐「侯」部，「矛」字上古音屬「明」紐「幽」部，雙聲，敄、矛作爲聲符使用時可替代。

字　例	重　文	時　期	字　形
霚　霚	霿	殷　商	
		西　周	
		春　秋	
		楚　系	霿〈上博・周易 38〉
		晉　系	
		齊　系	
		燕　系	
		秦　系	
		秦　朝	
		漢　朝	霚《馬王堆・却谷食氣 3》

833、《説文》「雩」字云：「雩，夏祭樂於赤帝以祈甘雨也。从雨亐聲。雩，雩或从羽，雩，舞羽也。」〔註78〕

　　甲骨文作「雩」《合》（9411），或於「亏」的豎畫兩側增添短畫，寫作「雩」《合》（11423 正）、「雩」《合》（16966 反）、「雩」《合》（6740 臼），金文作「雩」

〔註77〕《説文解字注》，頁 579。

〔註78〕《説文解字注》，頁 580。

〈大盂鼎〉，從雨于聲，「雨」字或作「雨」〈上博・魯邦大旱 5〉，或作「雨」〈石鼓文〉，故「雩」字亦見「雩」〈包山 69〉、「雩」〈上博・緇衣 20〉二形，《說文》篆文「雩」即源於此。戰國楚系文字或見從羽于聲的「雩」〈曾侯乙 6〉，辭例為「紫雩之常」，形體亦與或體「雩」相近，其間的差異，為書體不同。「雩」的字義為「夏祭樂於赤帝以祈甘雨也」，從「雨」係表示求雨的儀式或祭典，「雩」為「舞羽也」，《周禮・春官・樂師》云：「凡舞：有帗舞，有羽舞，有皇舞。」鄭司農云：「帗舞者，全羽；羽舞者，析羽；皇舞者，以羽冒覆頭，上衣飾翡翠之羽。」〔註79〕從「羽」的「雩」字，蓋與此有關。

字　例	重　文	時　期	字　形
雩 雩	雩	殷　商	雩《合》（6740 臼）雩《合》（9411）雩《合》（11423 正）雩《合》（16966 反）
		西　周	雩〈大盂鼎〉
		春　秋	雩〈雩・平肩空首布〉
		楚　系	雩〈曾侯乙 6〉雩〈包山 69〉雩〈上博・緇衣 20〉
		晉　系	雩〈中山王■鼎〉
		齊　系	
		燕　系	
		秦　系	
		秦　朝	
		漢　朝	

834、《說文》「雲」字云：「雲，山川气也。從雨，云象回轉之形。凡雲之屬皆从雲。云，古文省雨；云，亦古文雲。」〔註80〕

甲骨文作「云」《合》（13393）、「云」《合》（13401）、「云」《合》（21324），「象雲气之回轉形」〔註81〕，兩周以來或承襲為「云」〈郭店・緇衣 35〉、「云」〈上博・亙先 4〉、「云」〈睡虎地・封診式 40〉，或增添雨作「雲」〈雲・平肩

〔註79〕（漢）鄭玄注、（唐）賈公彥疏：《周禮注疏》，頁 350，臺北，藝文印書館，1993 年。

〔註80〕《說文解字注》，頁 580。

〔註81〕《甲骨文字典》，頁 1251。

空首布〉、「雲」〈天星觀・卜筮〉、「雲」〈睡虎地・日書甲種 44 背〉，又「雨」
字爲「雨」〈石鼓文〉，「雲」係省略雨滴之形，「雲」所從之「乙」，對照「乞」、
「乙」的形體，亦爲「云」字，因書寫簡率而作「乙」。《說文》篆文從雨云
作「雲」，形體近於「雲」，惟書體不同，古文作「云」近於「云」，「云」
蓋源於「雲」之「乙」，可知許書收錄的字形皆有所憑據。

字　例	重　文	時　期	字　形
雲	云，云	殷　商	云《合》（13393）　云《合》（13401）　乙《合》（21324）
		西　周	
		春　秋	雲〈雲・平肩空首布〉
		楚　系	雲〈天星觀・卜筮〉　乙〈郭店・緇衣 35〉 乙〈上博・亙先 4〉
		晉　系	
		齊　系	
		燕　系	
		秦　系	雲〈睡虎地・日書甲種 44 背〉　云〈睡虎地・封診式 40〉
		秦　朝	雲〈淳化罐〉
		漢　朝	雲《馬王堆・老子甲本 122》　云《馬王堆・老子乙本 184》

835、《說文》「霒」字云：「霒，雲覆日也。從雲今聲。舍，古文霒
　　　省；雲，亦古文霒。」〔註82〕

　　篆文作「霒」，從雲今聲；古文從云今聲作「舍」、「雲」，據「雲」字考
證，「云」即「云」，又戰國秦漢間的文字多從云今聲作「含」〈郭店・太一
生水 5〉、「舍」〈郭店・語叢四 16〉、「含」〈清華・保訓 6〉、「含」《銀雀山
638》，與《說文》收錄的「舍」、「雲」相近，其間的差異，除了書體的不同
外，即「今」的寫法略異，據金文所示，「今」字作「𣎴」或「𣎴」〈大盂鼎〉、
「𣎴」〈大克鼎〉、「𣎴」〈者沪鐘〉，可知《說文》所從之「今」雖與戰國秦漢
間所見略異，實皆有所承襲，非妄改形體。

字 例	重 文	時 期	字 形
黔 雲	会, 会	殷 商	
		西 周	
		春 秋	
		楚 系	〈郭店・太一生水5〉 〈郭店・語叢四16〉 〈清華・保訓6〉
		晉 系	《古璽彙編》（0068）
		齊 系	
		燕 系	
		秦 系	
		秦 朝	
		漢 朝	《銀雀山638》

836、《說文》「鮞」字云：「鮞，魚子已生者也。从魚隋聲。鱅，籀文鮞。」〔註83〕

篆文作「鮞」，从魚隋聲；籀文作「鱅」，从魚隋省聲。將二者相較，後者省略偏旁「肉」。從文字形體結構言，籀文「鱅」將「魚」置於「隋」右側的下方，省略「肉」，應是避免右側的形體過於狹長所致。從字音言，段玉裁〈注〉云：「从籀文陸字而省一左也」，「陸」字金文作「隓」〈遂公盨〉，於戰國楚系或增添「邑」旁作「隓」〈包山22〉，或省一「左」作「隓」〈包山167〉，其文字結構組合與籀文「鱅」相同，「隋」字上古音屬「邪」紐「歌」部，「陸（墮）」字上古音屬「定」紐「歌」部，疊韻，隋、陸（墮）作爲聲符使用時可替代。

字 例	重 文	時 期	字 形
鮞隋 鮞	鱅	殷 商	
		西 周	
		春 秋	
		楚 系	
		晉 系	
		齊 系	

〔註83〕《說文解字注》，頁581。

燕 系	
秦 系	
秦 朝	
漢 朝	

837、《說文》「鱣」字云：「⿰魚亶，鯉也。从魚亶聲。⿱亶⿰魚，籒文鱣。」

〔註84〕

「鱣」字从魚亶聲，與《馬王堆・五十二病方341》的「⿰魚亶」相近；籒文「鱣」从魚鱣聲。「亶」字上古音屬「端」紐「元」部，「鱣」字上古音屬「禪」紐「元」部，端、禪皆為舌音，錢大昕言「舌音類隔不可信」，黃季剛言「照系三等諸紐古讀舌頭音」，可知「禪」於上古聲母可歸於「定」，二者發聲部位相同，端定旁紐，疊韻，亶、鱣作為聲符使用時可替代。

字 例	重 文	時 期	字 形
鱣 ⿱亶⿰魚		殷 商	
		西 周	
		春 秋	
		楚 系	
		晉 系	
		齊 系	
		燕 系	
		秦 系	
		秦 朝	⿰魚亶《馬王堆・五十二病方341》
		漢 朝	

838、《說文》「鯾」字云：「⿰魚便，鯾魚也。从魚便聲。⿰魚扁，鯾或从扁。」

〔註85〕

「鯾」字从魚便聲，或體「鯿」从魚扁聲。「便」字上古音屬「並」紐「元」部，「扁」字上古音屬「幫」紐「眞」部，二者發聲部位相同，幫並旁紐，便、

〔註84〕《說文解字注》，頁582。

〔註85〕《說文解字注》，頁582。

扁作爲聲符使用時可替代。將〈石鼓文〉「鯿」與小篆相較，前者係省減「偏」的人、攵，而重複「丙」，此種書寫方式亦見於戰國楚系文字，如：「䣞」字從邑吾聲，寫作「䣞」〈包山 200〉，或從邑五聲，並重複「五」，寫作「䣞」〈包山 206〉。

字　例	重　文	時　期	字　形
鯿	鯿	殷　商	
		西　周	
		春　秋	鯿〈石鼓文〉
		楚　系	
		晉　系	
		齊　系	
		燕　系	
		秦　系	
		秦　朝	
		漢　朝	

839、《說文》「魴」字云：「魴，赤尾魚也。从魚方聲。鰟，籀文魴从旁。」〔註86〕

篆文作「魴」，从魚方聲，與《馬王堆・一號墓遣策 99》的「魴」相近；籀文作「鰟」，从魚旁聲，與〈石鼓文〉的「鰟」相近。「方」字上古音屬「幫」紐「陽」部，「旁」字上古音屬「並」紐「陽」部，二者發聲部位相同，幫並旁紐，疊韻，方、旁作爲聲符使用時可替代。籀文所从之「旁」寫作「旁」，與小篆的「旁」相同，而異於〈石鼓文〉的「旁」。又據《古文四聲韻》所載，「魴」字作「鰟」《崔希裕纂古》〔註87〕，所从之「旁」爲「旁」，下半部爲「犬」，似「犬」而非「方」，應是傳抄訛誤所致。

字　例	重　文	時　期	字　形
魴	鰟	殷　商	

〔註86〕 《說文解字注》，頁 582～583。

〔註87〕 （宋）夏竦著：《古文四聲韻》，頁 110，臺北，學海出版社，1978 年。

		西 周	
		春 秋	〈石鼓文〉
		楚 系	
		晉 系	
		齊 系	
		燕 系	
		秦 系	
		秦 朝	
		漢 朝	《馬王堆・一號墓遣策 99》

840、《說文》「鰋」字云：「鰋，鮀也。从魚匽聲。鰋，鰋或从匽。」
〔註88〕

「鰋」字从魚匽聲，或體「鰋」从魚匽聲。「匽」、「匽」二字上古音皆屬「影」紐「元」部，雙聲疊韻，匽、匽作爲聲符使用時可替代。小篆寫作「鰋」，將之與〈石鼓文〉相較，其字形應承「鰋」而來，惟後者將「日」置於「女」的右上方，小篆將「日」置於「女」的上方。

字 例	重 文	時 期	字 形
  		殷 商	
		西 周	
		春 秋	〈石鼓文〉
		楚 系	
		晉 系	
		齊 系	
		燕 系	
		秦 系	
		秦 朝	
		漢 朝	

〔註88〕《說文解字注》，頁 584。

841、《說文》「鰂」字云：「，烏鰂魚也。从魚則聲。，鰂或从即。」〔註89〕

「鰂」字从魚則聲，或體「鯽」从魚即聲。「則」字上古音屬「精」紐「職」部，「即」字上古音屬「精」紐「質」部，雙聲，則、即作為聲符使用時可替代。

字　例	重　文	時　期	字　　形
鰂		殷　商	
		西　周	
		春　秋	
		楚　系	
		晉　系	
		齊　系	
		燕　系	
		秦　系	
		秦　朝	
		漢　朝	

842、《說文》「鱷」字云：「，海大魚也。从魚畺聲。《春秋傳》曰：『取其鱷鯢』。，鱷或从京。」〔註90〕

「鱷」字从魚畺聲，或體「鯨」从魚京聲。「畺」、「京」二字上古音皆屬「見」紐「陽」部，雙聲疊韻，畺、京作為聲符使用時可替代。「鱷」字又見於《古文四聲韻》與《汗簡》，前者收錄字形為「」，後者為「」〔註91〕，所从之「畺」寫作「」或「」，二者無別；又前者將「魚」寫作「」，後者寫作「」，其差異在於「魚尾」形體的不同。

字　例	重　文	時　期	字　　形
鱷		殷　商	
		西　周	

〔註89〕 《說文解字注》，頁 585。

〔註90〕 《說文解字注》，頁 585。

〔註91〕 《古文四聲韻》，頁 294；（宋）郭忠恕編、（宋）夏竦編、（民國）李零、劉新光整理：《汗簡・古文四聲韻》，頁 32，北京，中華書局，1983 年。

	春　秋	
	楚　系	
	晉　系	
	齊　系	
	燕　系	
	秦　系	
	秦　朝	
	漢　朝	

843、《說文》「漁」字云：「漁，搏魚也。从魚水。灪，篆文漁从魚。」 〔註92〕

甲骨文作「」《合》（713）、「」《合》（2973），从魚从水，或从四魚从水作「」《合》（10475），古文字繁簡不一，从四魚與从一魚相同。兩周文字或增添「廾」作「」〈遹簋〉，或增添「又」作「」〈石鼓文〉，从廾或从又者，係表示捕魚之意涵，或於「」的構形上再增添「舟」，寫作「」〈楚王孫漁戈〉，或从魚从水作「」〈睡虎地‧日書甲種138〉，《說文》篆文「灪」與「」相近，其間的差異，係書體的不同，又據段玉裁〈注〉云：「然則古文本作魚，作、其籀文乎，至小篆則以爲漁矣。……後篆文者，亦先二後上之例也。」知从二魚之「灪」爲籀文。

字　例	重　文	時　期	字　形
		殷　商	《合》（713） 《合》（2973） 《合》（10475）
		西　周	〈遹簋〉
		春　秋	〈石鼓文〉
		楚　系	〈楚王孫漁戈〉
		晉　系	
		齊　系	
		燕　系	
		秦　系	〈睡虎地‧日書甲種138〉

〔註92〕《說文解字注》，頁587。

		秦　朝	
		漢　朝	《馬王堆・明君 429》

844、《說文》「冀」字云：「冀，覹也。从飛異聲。籀文翼。冀，篆文冀从羽。」〔註93〕

金文或从飛異聲作「冀」〈秦公鎛〉，「異」字為「異」〈習鼎〉，為「田」與「異」的組合，「象頭載物，兩手扶翼之形。」〔註94〕《說文》籀文「冀」與之相近，惟將「異」訛寫為「異」，與「冀」對照，下半部的形體作「異」，係將「︶」寫成「一」，並將之與其間的四個短畫「‖‖」訛寫為「兂」，作「兀」者，形體似「兀」，係「一」與「︿」結合所致；或从羽異聲作「翼」〈中山王𗀻方壺〉，「翼」下方的「屮屮」，係標示足趾之形，或作「異」〈墮子翼戈〉，較之於「異」，可知其形之訛，篆文「冀」蓋源於此，惟下半部的「異」仍為訛誤之形。戰國秦系文字作「翼」〈睡虎地・日書甲種 94〉，較之於「異」，係將「異」的形體割裂；楚系文字或作「翼」〈曾侯乙 40〉，或重複「羽」作「翼」〈曾侯乙 17〉，辭例皆為「屯八翼之翻」，較之於「冀」，除了偏旁的替換外，下半部形體的差異，係後者非僅將「︶」寫作「一」，更將「︶」其間的四個短畫「‖‖」省略，又在「︿」的兩側增添「／」、「＼」，或作「翼」〈清華・保訓 7〉，辭例為「翼翼不解」，「異」訛為「異」。《說文》「飛」字云：「鳥翥也」，「羽」字云：「鳥長毛也」〔註95〕，二者皆與鳥類有關，作為偏旁使用時，「飛」、「羽」可因義近而替代。

字　例	重　文	時　期	字　形
冀 冀	翼 冀	殷　商	
		西　周	
		春　秋	〈秦公鎛〉
		楚　系	〈曾侯乙 17〉　〈曾侯乙 40〉　〈清華・保訓 7〉

〔註93〕《說文解字注》，頁 588。

〔註94〕李孝定：《金文詁林讀後記》第十一卷，頁 395，臺北，中央研究院歷史語言研究所，1992 年。

〔註95〕《說文解字注》，頁 139，頁 588。

晉 系		〈中山王■方壺〉
齊 系		〈陸子翼戈〉
燕 系		
秦 系		〈睡虎地‧日書甲種 94〉
秦 朝		
漢 朝		《馬王堆‧周易 51》

第十三章 《說文》卷十二重文字形分析

845、《說文》「乞」字云：「乙，燕燕乞鳥也。齊魯謂之乞，取其鳴自謼，象形也。凡乞之屬皆从乞。鳦，乞或从鳥。」[註1]

篆文作「乙」，或體作「鳦」，从鳥乞聲。此種增添標義偏旁的方式，在戰國文字中亦可見，如：「丘」字本作「丘」〈商丘叔簠〉，亦見增添偏旁「土」，作「坵」〈包山237〉，表示「丘」爲土所形成；「瓜」字本作「瓜」〈令狐君嗣子壺〉，亦見增添偏旁「艸」，作「苽」〈上博・孔子詩論18〉，反映該品物的質材；「虎」字本作「虎」〈九年衛鼎〉，亦見增添偏旁「肉」，作「虒」〈曾侯乙42〉，反映該器物爲虎皮所製，「乞」增添偏旁「鳥」，應爲反映「乞」爲鳥類。

字 例	重 文	時 期	字 形
乞 乙	鳦	殷 商	
		西 周	
		春 秋	
		楚 系	

〔註1〕（漢）許慎撰、（清）段玉裁注：《說文解字注》，頁590，臺北，黎明文化事業股份有限公司，1991年。

		晉　系	
		齊　系	
		燕　系	
		秦　系	
		秦　朝	
		漢　朝	

846、《說文》「至」字云：「🔣，鳥飛從高下至地也。從一，一猶地也，象形，不上去而至下，來也。凡至之屬皆从至。🔣，古文至。」〔註2〕

甲骨文作「🔣」《合》（419 反）或「🔣」《合》（36317），「從倒矢從一，一象地。」〔註3〕像弓箭射至地面之形。《說文》篆文「🔣」與「🔣」〈兮甲盤〉近同，古文「🔣」與「🔣」〈鼄公牼鐘〉近同。將「🔣」與「🔣」〈郭店·語叢三 26〉相較，後者於豎畫上所見的實心小圓點「·」，往往可以拉長為橫畫，可知二者無別；又將之與「🔣」〈包山 16〉、「🔣」〈兆域圖銅版〉相較，二者皆以部件省減的方式書寫，省減「十」；將「🔣」《馬王堆·稱151》與「🔣」《馬王堆·刑德丙篇 43》相較，前者上半部的形體作「🔣」，應是「🔣」的訛寫。

字例	重文	時　期	字　形
至 🔣	🔣	殷　商	🔣《合》（419 反）🔣《合》（36317）
		西　周	🔣〈兮甲盤〉
		春　秋	🔣〈鼄公牼鐘〉
		楚　系	🔣〈曾侯乙 121〉🔣〈包山 16〉🔣〈郭店·語叢三 26〉
		晉　系	🔣〈中山王🔣鼎〉🔣〈兆域圖銅版〉
		齊　系	
		燕　系	
		秦　系	🔣〈睡虎地·秦律十八種 120〉

〔註2〕《說文解字注》，頁 591。

〔註3〕徐中舒：《甲骨文字典》，頁 1272，成都，四川辭書出版社，1995 年。

秦　朝	《馬王堆・五十二病方 24》	
漢　朝	《馬王堆・刑德丙篇 43》	《馬王堆・稱 151》

847、《説文》「西」字云：「▨，鳥在巢上也。象形。日在▨方而鳥▨，故因吕爲東▨之▨。凡▨之屬皆从▨。▨，▨或从木妻。▨，古文▨。▨，籀文▨。」〔註4〕

甲骨文作「▨」《合》（1574 正）、「▨」《合》（8774）、「▨」《合》（17397 正）、「▨」《合》（28791），「象以竹或荊條編成之盛器」〔註5〕；兩周以來的文字多承襲爲「▨」〈幾父壺〉、「▨」〈散氏盤〉，內部所从的部件位置雖左右相反，並不影響文字的辨識；春秋時期或於「▨」、「▨」的構形上增添一道短橫畫「-」，寫作「▨」〈國差䂯〉、「▨」〈石鼓文〉。戰國文字則襲自「▨」、「▨」，如：「▨」〈楚王酓章鎛〉；晉系貨幣文字或作「▨」、「▨」〈少曲市西・平肩空首布〉，或作「▨」〈西都・尖足平首布〉，較之於「▨」，「▨」、「▨」係省減一道斜畫「\」、「/」所致，《説文》古文「▨」近於「▨」、籀文「▨」近於「▨」，其形體皆有所承；齊系文字作「▨」《古陶文彙編》（3.431），對照「▨」、「▨」的形體，可知內部所从部件的筆畫多寡，不影響文字的識讀，或承襲「▨」作「▨」《古陶文彙編》（3.489）；秦系文字作「▨」、「▨」〈放馬灘・地圖〉，或作「▨」〈二十年相邦冉戈〉，較之於「▨」，蓋因筆畫的割裂所致，或从木妻聲作「▨」〈睡虎地・秦律雜抄 35〉，或體「▨」與之相近，惟右側下半部之「女」的筆畫略異；秦文字作「▨」《秦代陶文》（1234），對照「▨」的形體，應爲「▨」的訛寫，篆文作「▨」，形體由「▨」、「▨」組成，較之於「▨」，係受到形體的割裂所致，故唐蘭於〈釋四方之名〉指出「▨」變爲「▨」，進一步寫作「▨」，遂形成許書所言「鳥在巢上」的形體，「▨」應爲「▨」、「▨」的訛寫〔註6〕，從「西」字形體的發展，由「▨」、「▨」、「▨」而至「▨」、「▨」，再至「▨」、「▨」，又至「▨」，可知其言爲是，

〔註4〕 《説文解字注》，頁 591。

〔註5〕 張世超、孫凌安、金國泰、馬如森：《金文形義通解》，頁 2744，日本京都，中文出版社，1995 年。

〔註6〕 轉引自《古文字詁林》編纂委員會：《古文字詁林》第九冊，頁 494，上海，上海教育出版社，2004 年。

又許書言「鳥在巢上也」爲非。

字 例	重 文	時 期	字 形
西	棲,	殷 商	《合》（1574 正） 《合》（8774） 《合》（9744） 《合》（17397 正） 《合》（14295） 《合》（28791）
	,	西 周	〈幾父壺〉 〈散氏盤〉
		春 秋	〈國差瞻〉 〈石鼓文〉 〈侯馬盟書·宗盟類 85.3〉
		楚 系	〈楚王酓章鎛〉
		晉 系	〈西都·尖足平首布〉 〈西七·直刀〉 ，〈少曲市西·平肩空首布〉
		齊 系	《古陶文彙編》（3.431） 《古陶文彙編》（3.433） 《古陶文彙編》（3.489）
		燕 系	〈右冶尹壺〉
		秦 系	〈二十年相邦冉戈〉 ，〈放馬灘·地圖〉 〈睡虎地·秦律雜抄 35〉
		秦 朝	《秦代陶文》（1234）
		漢 朝	《馬王堆·周易 24》 《馬王堆·易之義 21》 《馬王堆·戰國縱橫家書 215》

848、《說文》「戶」字云：「戶，護也。半門曰戶，象形。凡戶之屬皆从戶。戽，古文戶从木。」[註7]

　　篆文「戶」與〈睡虎地·秦律十八種 168〉的「戶」相近。「戶」字於甲骨文作「日」《合》（32833），發展至戰國時期或增添偏旁「木」，作「𢾖」〈包山·簽〉或「𢾖」〈墜胎戈〉，前者於起筆橫畫上所見的短橫畫「-」，爲飾筆的增添，《說文》古文作「戽」，形體與之相近；又於「𠄠」〈新蔡·零 442〉起筆橫畫上所見的短橫畫「-」，亦爲飾筆的增添。段玉裁〈注〉云：「从木而象其形。按：此當是籀文加木，惟古文作戶。」增添偏旁「木」的作用，係爲表示製作「戶」的材質；從「戶」字的字形演變觀察，从「木」者目前僅見於戰國時期的楚系與齊系文字，若將「戽」視爲籀文恐未允當。

〔註 7〕《說文解字注》，頁 592。

字　例	重　文	時　期	字　形
戶　　戶	戾	殷　商	日《合》（32833）
		西　周	
		春　秋	戶〈戶・平肩空首布〉
		楚　系	麻〈包山・簽〉　脚〈郭店・語叢四 4〉　万〈新蔡・零 442〉
		晉　系	夕〈閔令趙狽矛〉
		齊　系	脉〈墜胎戈〉
		燕　系	习〈明・弧背燕刀〉
		秦　系	尸〈睡虎地・秦律十八種 168〉
		秦　朝	
		漢　朝	日《馬王堆・易之義 34》

849、《說文》「閭」字云：「閭，里中門也。從門呂聲。塇，閭或從
　　　土。」〔註8〕

　　篆文作「閭」，從門呂聲，與〈睡虎地・日書乙種 88〉的「閭」相近；或
體作「塇」，增添偏旁「土」，可能是爲了明確表示該字之義爲「里中門」，故
以增添「土」旁的方式表現。

字　例	重　文	時　期	字　形
閭　　閭	塇	殷　商	
		西　周	
		春　秋	
		楚　系	
		晉　系	
		齊　系	
		燕　系	
		秦　系	閭〈睡虎地・日書乙種 88〉
		秦　朝	
		漢　朝	閭《馬王堆・周易 21》

〔註 8〕《說文解字注》，頁 593～594。

850、《說文》「閾」字云：「閾，門榍也。从門或聲。《論語》曰：『行不履閾』。闠，古文閾从洫。」〔註9〕

「閾」字从門或聲，古文「闠」从門洫聲。「或」字上古音屬「匣」紐「職」部，「洫」字上古音屬「曉」紐「職」部，二者發聲部位相同，曉匣旁紐，疊韻，或、洫作爲聲符使用時可替代。

字　例	重　文	時　期	字　形
閾	闠	殷　商	
		西　周	
		春　秋	
		楚　系	
		晉　系	
		齊　系	
		燕　系	
		秦　系	
		秦　朝	
		漢　朝	

851、《說文》「闢」字云：「闢，開也。从門辟聲。開，〈虞書〉曰：『闢四門』，从門从扒。」〔註10〕

篆文作「闢」，从門辟聲；古文作「開」，从門从扒，與〈大盂鼎〉的「門」相近。戰國中山國文字作「門」〈中山王𧊒鼎〉，將之與「門」相較，「廾」中間的「＝」應爲飾筆的增添，增添「＝」於某字或偏旁下方、中間的現象，十分習見於中山國文字，如：「弇」字作「弇」〈中山王𧊒鼎〉、「醬」字作「醴」〈中山王𧊒方壺〉、「戒」字作「戒」〈中山王𧊒方壺〉；又楚系文字作「門」〈新蔡・甲三134〉，辭例爲「甲戌闢」，與「門」、「門」相較，前者應爲筆畫訛誤。古文作「開」，林義光云：「象手闢門形」〔註11〕，可知古文應爲會意字。

〔註9〕 《說文解字注》，頁594。

〔註10〕 《說文解字注》，頁594。

〔註11〕 林義光：《文源》卷六，頁34，臺北，新文豐出版社，2006年。（收入《石刻史料新編》第四輯，冊8）

字　例	重　文	時　期		字　　　形
關 		殷　商		
		西　周		〈大盂鼎〉
		春　秋		
		楚　系		〈郭店・語叢三 42〉〈新蔡・甲三 134〉 〈上博・天子建州乙本 6〉
		晉　系		〈中山王鼎〉
		齊　系		〈節墨之大刀・齊刀〉
		燕　系		
		秦　系		
		秦　朝		
		漢　朝		

852、《說文》「開」字云：「開，張也。从門开聲。開，古文。」

〔註 12〕

　　篆文作「開」，从門开聲，與〈繹山碑〉的「開」近同；戰國秦系文字作
「開」〈放馬灘・日書甲種 2〉，將之與「開」相較，下半部的形體應是「廾」
中間的豎畫與「一」交會時，無意貫穿所致。古文作「開」，林義光云：「象兩
手啓關形」〔註 13〕，商承祚云：「門示門閉，象兩手開門也。」〔註 14〕可知古
文應爲會意字。

字　例	重　文	時　期	字　　　形
開 開		殷　商	
		西　周	
		春　秋	
		楚　系	
		晉　系	
		齊　系	

〔註 12〕　《說文解字注》，頁 594。

〔註 13〕　《文源》卷六，頁 34。

〔註 14〕　商承祚：《說文中之古文考》，頁 102，臺北，學海出版社，1979 年。

	燕 系	
	秦 系	開 〈放馬灘・日書甲種 2〉
	秦 朝	開 〈繹山碑〉
	漢 朝	舁 《馬王堆・十六經 137》

853、《說文》「閒」字云：「閒，隙也。从門月。開，古文閒。」〔註15〕

篆文作「閒」，與《馬王堆・五十二病方 48》的「閒」近同；古文作「開」，與〈新蔡・甲三 17〉的「閒」相近。金文作「閒」〈𣪘鐘〉，从門从月，將之與「閒」〈七年上郡守閒戈〉相較，後者將「月」置於「門」內。又〈郭店・語叢三 29〉作「閒」，辭例為「至亡閒」，〈兆域圖銅版〉作「閒」，辭例為「兩堂閒百尺」，字形从門从夕，據「𦟥」字考證，「夕」、「月」替換，屬義近、形近偏旁的替代。〈曾姬無卹壺〉的「閒」與「閒」相近，將之與「𣎴」〈郭店・老子甲本 23〉相較，後者省減義符「門」。

字 例	重 文	時 期	字 形
閒 閒	開	殷 商	
		西 周	閒 〈𣪘鐘〉
		春 秋	
		楚 系	閒 〈曾姬無卹壺〉 𣎴 〈郭店・老子甲本 23〉 閒 〈郭店・語叢三 29〉 閒 〈新蔡・甲三 17〉
		晉 系	閒 〈兆域圖銅版〉
		齊 系	
		燕 系	
		秦 系	閒 〈七年上郡守閒戈〉
		秦 朝	閒 《馬王堆・五十二病方 48》
		漢 朝	閒 《馬王堆・春秋事語 83》

〔註15〕《說文解字注》，頁 595。

854、《說文》「閔」字云：「[閔]，弔者在門也。从門文聲。[古文]，古文閔。」〔註16〕

篆文作「[閔]」，从門文聲，與〈兆域圖銅版〉的「閔」近同；古文作「[古文]」，从思民聲。《說文》「思」字云：「[容]也」，「門」字云：「聞也」〔註17〕，二者的字義無涉，「閔」的字義為「弔者在門也」，又「哀」的字義為「閔也」，段玉裁〈注〉云：「閔，弔者在門也。引申之凡哀皆曰閔。」〔註18〕親朋死喪而問之，內心必為哀傷，思念親友之情不由而生，這是發自內心的情感，从思與从門的差異，除了造字時對於偏旁意義的選擇不同外，从思者亦能突顯其情感與意義，故林素清云：「這類變異偏旁，或增添某種意符，仍見原來字義，只是更強調各字精確含義的作用，在戰國文字中見得最多。」〔註19〕「文」字上古音屬「明」紐「文」部，「民」字上古音屬「明」紐「眞」部，雙聲，文、民作為聲符使用時可替代。

字 例	重 文	時 期	字 形
閔 [閔]	[古文]	殷 商	
		西 周	
		春 秋	
		楚 系	
		晉 系	閔 〈兆域圖銅版〉
		齊 系	
		燕 系	
		秦 系	
		秦 朝	
		漢 朝	[嬰] 《馬王堆‧春秋事語91》

〔註16〕 《說文解字注》，頁597。

〔註17〕 《說文解字注》，頁506，頁593。

〔註18〕 《說文解字注》，頁61。

〔註19〕 林素清：〈楚簡文字綜論〉，「中央研究院第三屆國際漢學會議」，頁6，臺北，中央研究院，2000年。

855、《說文》「聸」字云：「聸，耳曼也。从耳冄聲。𦔻，聸或从甘。」

〔註20〕

「聸」字从耳冄聲，或體「𦔻」从耳甘聲。「冄」字上古音屬「日」紐「談」部，「甘」字上古音屬「見」紐「談」部，疊韻，冄、甘作爲聲符使用時可替代。

字　例	重　文	時　期	字　形
聸 𦔻	𦔻	殷　商	
		西　周	
		春　秋	
		楚　系	
		晉　系	
		齊　系	
		燕　系	
		秦　系	
		秦　朝	
		漢　朝	

856、《說文》「聞」字云：「聞，知聲也。从耳門聲。𦖫，古文从昏。」

〔註21〕

甲骨文作「𦔗」《合》（13651），「象人跽而諦聽之形」〔註22〕，金文承襲作「𦔗」〈利簋〉、「𦔗」〈大盂鼎〉，「耳」與頭部分離，並於原本的構形上增添「小」，以爲毛髮；或將「小」易爲「木」，並於左側的人形增添足趾之形作「𦔗」〈王孫誥鐘〉，因所示的位置過高，使得「止」與「女」之「止」近同。戰國楚系文字或从耳昏聲作「聞」〈天星觀・卜筮〉、「聞」〈包山130反〉、「聞」〈上博・凡物流形甲本2〉、「聞」〈上博・凡物流形甲本14〉，古文字偏旁位置往往不固定，左右互換並未影響文字的識讀，「聞」所從之「耳」上的短橫畫「-」爲飾筆的增添，「昏」下半部从「日」，作「田」者，可能受到上方的「｜」影響，因而產生形體的訛誤，相同的現象亦見於楚系文字，如：「昔」

〔註20〕　《說文解字注》，頁597。

〔註21〕　《說文解字注》，頁598。

〔註22〕　《甲骨文字典》，頁1290。

字作「（图）」〈天星觀‧遣策〉，或作「（图）」〈天星觀‧遣策〉；或增添「宀」作「（图）」
〈包山 157〉、「（图）」〈上博‧武王踐阼 5〉，所從之「宀」，習見於戰國楚系文字，
如：「中」字作「（图）」〈七年趙曹鼎〉，或作「（图）」〈曾侯乙 18〉，「家」字作「（图）」
〈獣簋〉，或作「（图）」〈郭店‧五行 29〉，增添的「宀」，屬無義的偏旁；或承襲
「（图）」上半部的「十」，寫作「（图）」〈新蔡‧零 173〉，又「（图）」〈望山 1.1〉
上半部形體「（图）」應為將直筆化為曲筆的現象；或作「（图）」〈郭店‧五行 15〉，
上半部从釆，下半部从耳，辭例為「聰則聞君子道」，「（图）」字从耳昏聲，「（图）」
之「釆」亦應為聲符，「昏」字上古音屬「曉」紐「文」部，「釆」字上古音屬
「並」紐「元」部，昏、釆的聲韻俱遠，然據「璊」、「琨」、「觶」等字所收的
重文考證，在戰國時期甚或漢代，文、元二部的關係應該較為密切，方能在通
假字或異體字的現象，因音韻的近同而改易其偏旁或替換某字。中山國文字亦
从耳昏聲作「（图）」〈中山王（图）鼎〉，《說文》古文「（图）」與之相近，惟書體不同。
齊系文字或作「（图）」〈墜侯因（图）敦〉，辭例為「朝聞（問）諸侯」，較之於「（图）」，
係省略「耳」；或从耳門聲，寫作「（图）」《古璽彙編》（0031），形體與之相同者
亦見於「（图）」〈睡虎地‧日書甲種 148〉、「（图）」〈咸陽瓦〉、「（图）」《馬王堆‧戰
國縱橫家書 58》，篆文「（图）」源於此，形體與「（图）」相近。甲骨文至春秋金文
皆為「象人跽而諦聽」之字，尚未見从耳昏聲、从耳門聲或从耳釆聲的字形，
「聞」、「門」二字上古音皆屬「明」紐「文」部，又據上列「昏」、「釆」二字
的上古音所示，改易為形聲字後，為了便於時人閱讀使用之需，故以讀音相近
或相同的字作為聲符。

字 例	重 文	時 期	字 形
聞 （图）	（图） （图）	殷 商	（图）《合》（13651）
		西 周	（图）〈利簋〉 （图）〈大盂鼎〉
		春 秋	（图）〈王孫誥鐘〉
		楚 系	（图）〈天星觀‧卜筮〉 （图）〈望山 1.1〉 （图）〈包山 130 反〉 （图）〈包山 157〉 （图）〈郭店‧五行 15〉 （图）〈新蔡‧零 173〉 （图）〈上博‧武王踐阼 5〉 （图）〈上博‧凡物流形甲本 2〉 （图）〈上博‧凡物流形甲本 14〉
		晉 系	（图）〈中山王（图）鼎〉

齊 系	𡧥	〈墜侯因育敦〉聞《古璽彙編》（0031）
燕 系		
秦 系	𦕑	〈睡虎地・日書甲種 148〉
秦 朝	𦕑	〈咸陽瓦〉
漢 朝	𦕑	《馬王堆・戰國縱橫家書 58》

857、《說文》「聵」字云：「𦕑，聾也。从耳貴聲。𦖪，聵或从𠬪；
　　　𦖪，或从豙作。」〔註23〕

篆文作「𦕑」，从耳貴聲；或體作「𦖪」，从耳𠬪聲，《說文》失收「𠬪」
字，然艸部有一字作「𦰩」，段玉裁以爲「苦怪切」〔註24〕；另一或體作「𦖪」，
从耳豙聲，小徐本以爲「或從豙作」〔註25〕。「貴」字上古音屬「見」紐「物」
部，「𠬪」字上古音屬「溪」紐「之」部，「豙」字上古音屬「疑」紐「物」部，
三者發聲部位相同，見溪疑旁紐，貴與豙又爲疊韻關係，貴、𠬪、豙作爲聲
符使用時可替代。

字 例	重 文	時 期	字 形
聵 𦕑	𦖪，𦖪	殷 商	
		西 周	
		春 秋	
		楚 系	
		晉 系	
		齊 系	
		燕 系	
		秦 系	
		秦 朝	
		漢 朝	

〔註23〕 《說文解字注》，頁 598。

〔註24〕 《說文解字注》，頁 30～31。

〔註25〕 （漢）許慎撰、（南唐）徐鍇撰：《說文解字繫傳》，頁 235，北京，中華書局，1998
　　　　年。

858、《說文》「聝」字云：「□，軍戰斷耳也。《春秋傳》曰：『吕爲俘聝』。从耳或聲。馘，聝或从𩠐。」〔註 26〕

西周金文作「□」〈小盂鼎〉、「□」〈多友鼎〉，从爪从或，或作「□」〈虢季子白盤〉，从爪从戈，張世超等人指出「□」爲「倒首之省形」，其本形應作「□」〔註 27〕；漢代金文作「□」〈莒陽銅斧〉，《說文》篆文「□」與之相近，惟前者所从之「或」的「口」，誤寫爲「□」。或體从首或聲作「馘」，蓋如張世超等人所言之「□」。《說文》「首」字云：「古文𦣻也」，「𦣻」字云：「頭也」，「耳」字云：「主聽者也」〔註 28〕，二者作爲形符使用時替代的現象，又見於戰國文字，如：「職」字从首作「□」〈曾姬無卹壺〉，或从耳作「□」〈郾王職劍〉，頭、耳皆爲人體的器官，耳朵置於頭部，以「首」替代「耳」，應屬義近替代的方式。

字　例	重　文	時　期	字　形
聝 □	馘	殷　商	
		西　周	□〈小盂鼎〉□〈多友鼎〉□〈虢季子白盤〉
		春　秋	
		楚　系	
		晉　系	
		齊　系	
		燕　系	
		秦　系	
		秦　朝	
		漢　朝	□〈莒陽銅斧〉

859、《說文》「𦣝」字云：「□，顄也。象形。凡𦣝之屬皆从𦣝。頤，篆文𦣝。𩠜，籀文从𩠐。」〔註 29〕

金文作「□」〈鑄子叔黑𦣝簠〉，于省吾認爲「𦣝」即古代的「梳比」，其

〔註 26〕《說文解字注》，頁 598。

〔註 27〕《金文形義通解》，頁 2788。

〔註 28〕《說文解字注》，頁 427，頁 426，頁 597。

〔註 29〕《說文解字注》，頁 599。

形爲「🔲」〔註30〕，戰國楚系文字或增添「頁」作「🔲」〈上博·周易24〉，《說文》篆文作「🔲」，較之於「🔲」，可知「🔲」變化甚大，故王筠以爲「🔲，左之圓者，顴也；右之突者，頰旁之高起者也；中一筆則🔲上之紋，狀如新月，俗呼爲酒窩，紋深者大戶也。」〔註31〕高鴻縉指出「🔲」橫視之應爲「🔲」，側視之爲「🔲」〔註32〕；古文「🔲」的形體與〈造作🔲書鈴的「🔲」相同；籀文增添「首」旁作「🔲」。據「道」字考證，「頁」、「首」二字之義爲「頭」，作爲形符使用時，可因字義相同而兩相替代。

字　例	重文	時　期	字　　形
🔲,🔲	🔲,🔲	殷　商	
		西　周	
		春　秋	🔲 〈鑄子叔黑🔲簠〉
		楚　系	🔲 〈上博·周易24〉
		晉　系	
		齊　系	
		燕　系	
		秦　系	
		秦　朝	
		漢　朝	🔲 〈造作🔲書鈴〉

860、《說文》「🔲」字云：「🔲，廣頤也。从🔲巳聲。🔲，古文🔲从戶。」〔註33〕

金文作「🔲」〈齊侯敦〉，从🔲巳聲，戰國楚系文字作「🔲」〈九店56.43〉，辭例爲「尔居復山之🔲」，所从之「🔲」由「🔲」易爲「🔲」，馬王堆漢墓出土文獻爲「🔲」《馬王堆·道原168》、「🔲」《馬王堆·十六經136》，「🔲」寫作「🔲」，《說文》篆文「🔲」源於此，惟「🔲」的形體變作「🔲」。古文从戶巳聲，寫作「🔲」，段玉裁〈注〉云：「按：此古文从戶，疑當作从尸，凡人體字

〔註30〕于省吾：《甲骨文字釋林·釋🔲》，頁66～67，臺北，大通書局，1981年。
〔註31〕（清）王筠：《說文釋例》卷二，頁6，臺北，世界書局，1969年。
〔註32〕高鴻縉：《中國字例》，頁403，臺北，三民書局股份有限公司，1981年。
〔註33〕《說文解字注》，頁599。

多从尸，不當从戶也。」將「」與「」〈鑄子叔黑𦣞簠〉相較，若省略「」的若干筆畫則形成「」，形體與「」相近，疑作「戶」者爲「」的訛省。

字　例	重　文	時　期	字　形
		殷　商	
		西　周	
		春　秋	〈齊侯敦〉
		楚　系	〈九店 56.43〉
		晉　系	
		齊　系	
		燕　系	
		秦　系	
		秦　朝	
		漢　朝	《馬王堆・道原 168》《馬王堆・十六經 136》

861、《說文》「手」字云：「，拳也。象形。凡手之屬皆从手。，古文手。」〔註 34〕

篆文作「」，與〈曶壺蓋〉的「」相同。戰國楚系文字或作「」〈上博・君人者何必安哉甲本 9〉，較之於「」，長筆畫上的小圓點「・」應爲飾筆的增添，古文字在演變的過程，小圓點往往可以拉長爲橫畫，故又見「」〈郭店・五行 45〉。古文作「」，與「」相近，其差異有二，一爲部件位置的不同，即「」將「一」置於「」的下方，「」將「一」置於「」的上方；一爲筆畫的多寡不一，古文作「」，楚系文字作「」，从「手」之「」字或作「」〈包山 272〉，或作「」〈郭店・性自命出 21〉，可知「」與「」應無別。

字　例	重　文	時　期	字　形
手		殷　商	
		西　周	〈曶壺蓋〉
		春　秋	

〔註 34〕《說文解字注》，頁 599。

楚　系	衣〈郭店・五行 45〉	夆〈上博・君人者何必安哉甲本 9〉	
晉　系			
齊　系			
燕　系			
秦　系	于〈睡虎地・日書甲種 154〉		
秦　朝	于《馬王堆・五十二病方 66》		
漢　朝	手《馬王堆・五行篇 209》	于《馬王堆・老子乙本 213》	

862、《說文》「拜」字云：「拜，首至手也。从手桒。𢯿，古文拜从二手。𢱭，楊雄說拜从网手下。」〔註35〕

西周金文作「𢷎」〈大克鼎〉、「𢷎」〈頌壺〉、「𢷎」〈靜簋〉、「𢷎」〈沈子它簋蓋〉、「𢷎」〈師酉簋〉、「𢷎」〈師酉簋〉、「𢷎」〈𧊒鐘〉，从手从桒，「𢷎」所从之手作「手」，對照「𢷎」的「手」與「手」〈智壺蓋〉，實為「手」或「手」之訛，又較長筆畫上的小圓點「・」為飾筆的增添，「拜」字所从之「桒」或為「桒」，或為「桒」，或為「桒」，或為「桒」，或為「桒」，或為「桒」，郭沫若云：「凡此均示以手連根拔起草卉之意，解為拔之初字正適。拜手至地有類拔草卉然，故引伸為拜。」〔註36〕張光裕指出金文中所从像禾草之形，係取其下垂之象，增添「手」形，意味行拜禮時，俯首下垂之意〔註37〕，金文「來」字作「來」〈作冊般甗〉、「來」〈史牆盤〉，像麥之形，「桒」的形體亦像某種植物，郭沫若、張光裕之言應可從。春秋金文作「𢷎」〈叔尸鎛〉，因於「手」的豎畫上增添二道飾筆性質的短橫畫，再加上受到右側「桒」之「桒」的影響，使得「手」寫作「手」。戰國楚系文字多从二手作「𢱭」〈包山 272〉、「𢱭」〈郭店・性自命出 21〉、「𢱭」〈上博・性情論 12〉、「𢱭」〈清華・程寤 3〉、「𢱭」〈清華・祭公之顧命 21〉、「𢱭」〈上博・彭祖 8〉、「𢱭」〈上博・莊王既成　申公臣靈王 8〉，會拜首之意，小圓點「・」往往可以拉長為短橫畫「-」，可知其

〔註35〕《說文解字注》，頁 601。

〔註36〕郭沫若：《金文叢考・金文餘釋・釋拜》，頁 221，北京，科學出版社，1982 年。（收入《郭沫若全集（考古編）》第五卷）

〔註37〕張光裕：〈「拜�首」釋義〉，《雪齋學術論文集》，頁 246～247，臺北，藝文印書館，1989 年。

形無別，又從二手之形，疑受到「𦥑」的影響，即後人未明察其構形，將從手從𠬞的形體誤爲從二手，《說文》古文從二手作「𤮷」，蓋源於此，因筆畫割裂、收縮與省減，使得「𡙇」訛爲「𡘫」，另一重文從二手從丅作「𤯨」，「丅」即「𡙇」下半部的「丅」，因從二手故省略其一而作「𤯨」，此種現象亦見於兩周文字，如：「競」字作「𤽸」〈龡鐘〉、「𤲬」〈包山 81〉，或省形作「𥘅」〈包山 81〉，「皆」字作「𤰰」《合》（27749）、「𡥀」《合》（31771），或省形作「𤯗」〈上博‧子羔 9〉，「挈」字或見作「𤯭」〈上博‧孔子見季趄子 15〉，較之於「𦥑」，左側的「𡘫」爲「𡙇」，右側的「𥘃」爲「手」；燕系文字亦從二手作「𤯫」〈不降戈〉；秦系文字從手從𠬞作「拜」〈睡虎地‧秦律十八種 153〉、「𤮽」〈睡虎地‧日書甲種 40〉，右側的「𠬞」爲「𡯁」、「𦥑」，對照金文「𥝆」〈三年師兌簋〉、「𥝅」〈九年衛鼎〉、「𥝇」〈吳方彝蓋〉，係因筆畫割裂而分作「𡰥」、「十」與「𦫵」、「手」，篆文作「𤮼」，形體訛誤愈甚；漢簡所見「拜」《馬王堆‧戰國縱橫家書 32》、「拜」《武威‧特牲 24》，亦爲從二手之形，以「拜」爲例，右側的「𦫵」亦即「𦥑」，其間的差異，係書體的不同。

字　例	重　文	時　期	字　形
挈 拜	𤮷， 𤯨	殷　商	
		西　周	𥝆〈大克鼎〉　𥝅〈頌壺〉　𥝇〈靜簋〉　𤯫〈沈子它簋蓋〉 𤯬，𤯭〈師西簋〉　𤯮〈豐鐘〉
		春　秋	𦥑〈叔尸鎛〉
		楚　系	𤽸〈包山 272〉　𤲬〈郭店‧性自命出 21〉 𤯯〈上博‧性情論 12〉　拜〈上博‧彭祖 8〉 𤯰〈上博‧莊王既成　申公臣靈王 8〉 𤯱〈上博‧孔子見季趄子 15〉 𤯲〈清華‧祭公之顧命 21〉　𤯳〈清華‧程寤 3〉
		晉　系	
		齊　系	
		燕　系	𤯫〈不降戈〉
		秦　系	拜〈睡虎地‧秦律十八種 153〉　𤮽〈睡虎地‧日書甲種 40〉
		秦　朝	
		漢　朝	拜《馬王堆‧戰國縱橫家書 32》　拜《武威‧特牲 24》

863、《說文》「扶」字云:「柉,左也。从手夫聲。𣎼,古文扶从攴。」
〔註38〕

金文或从又作「𢺵」〈嬰叔父辛卣〉;或从攴作「𢻹」〈赵作旅鼎〉,《說文》古文作「𣎼」,形體與之相近。戰國文字或从手作「扶」〈睡虎地・法律答問208〉,篆文作「柉」,二者形體相近。《說文》「又」字云:「手也」,「攴」字云:「小擊也」,「手」字云:「拳也」〔註39〕,「又」即是「手」,二者字義相關,而與「攴」字之義無涉,然三者作爲形符使用時替代的現象亦見於兩周文字,如:「誓」字或从手作「𢺵」〈兩攸从鼎〉,或从又作「𢻹」〈散氏盤〉,或从攴作「𢼛」〈信陽1.42〉。「手」、「又」作爲形符時替代的現象,屬義近的替代;「手」或「又」與「攴」替代的現象,屬非形義近同的替代。

字例	重文	時期	字　形
扶 柉	𣎼	殷商	𢺵〈嬰叔父辛卣〉
		西周	𢻹〈赵作旅鼎〉
		春秋	
		楚系	
		晉系	
		齊系	
		燕系	
		秦系	扶〈睡虎地・法律答問208〉
		秦朝	
		漢朝	扶《馬王堆・三號墓遣策》 扶《馬王堆・相馬經5》

864、《說文》「捦」字云:「𢺘,急持衣裣也。从手金聲。𢺠,捦或从禁。」〔註40〕

篆文作「𢺘」,从手金聲,與《馬王堆・十六經120》的「搼」相近;或體作「𢺠」,从手禁聲。「金」、「禁」二字上古音皆屬「見」紐「侵」部,雙聲

〔註38〕 《說文解字注》,頁602。

〔註39〕 《說文解字注》,頁115,頁123,頁599。

〔註40〕 《說文解字注》,頁603。

疊韻，金、禁作爲聲符使用時可替代。

字 例	重 文	時 期	字　　形
捦 捦	擮	殷　商	
		西　周	
		春　秋	
		楚　系	
		晉　系	
		齊　系	
		燕　系	
		秦　系	
		秦　朝	
		漢　朝	揑《馬王堆・十六經 120》

865、《說文》「握」字云：「𢱢，搤持也。从手屋聲。𡊣，古文握。」

〔註41〕

　　篆文作「𢱢」，从手屋聲，與《馬王堆・道原 173》的「握」相近；古文作「𡊣」，字形與「屋」字古文「𡊣」〔註42〕相同，「握」字下的古文係借「屋」字古文爲之，故馬叙倫云：「此屋之異文」〔註43〕，應可從。

字 例	重 文	時 期	字　　形
握 𢱢	𡊣	殷　商	
		西　周	
		春　秋	
		楚　系	
		晉　系	
		齊　系	
		燕　系	
		秦　系	

〔註41〕《説文解字注》，頁 603。

〔註42〕《説文解字注》，頁 404～405。

〔註43〕馬叙倫：《説文解字六書疏證》四，卷廿三，頁 2988，臺北，鼎文書局，1975 年。

	秦　朝	
	漢　朝	𢿨《馬王堆・道原 173》

866、《說文》「搹」字云：「搹，把也。从手鬲聲。扼，搹或从戹。」
〔註44〕

　　「搹」字从手鬲聲，或體「扼」从手戹聲。「鬲」字上古音屬「來」紐「錫」部，「戹」字上古音屬「影」紐「錫」部，疊韻，鬲、戹作爲聲符使用時可替代。〈睡虎地・語書 11〉有一字作「扼」，辭例爲「瞋目扼腕」，《說文》「戹」字云：「从戶乙聲」〔註45〕，「乙」字於睡虎地秦簡作「乚」〈睡虎地・封診式 27〉，「戶」字作「尸」〈睡虎地・秦律十八種 168〉，與「扼」右側的形體不符，或體「扼」右側之「𡚇」應爲「戹」的訛寫，上半部的「戶」寫作「戶」，下半部的「八」訛爲「乙」。又「厄」字於睡虎地秦簡作「𡚇」〈法律答問 179〉，其狀「如軛上兩末，是厄有兩末，以叉馬頸」〔註46〕，林義光進一步指出，「象軸一轅｜軛𠃌軥𠃊之形。軛一名衡，本有二軥，狀如𦥑，以扼兩馬之頸，𠃊但象一軥，乃略形也。若象全形，當變爲𦥑，倒轉爲𦥑，即戹字。篆作戹，乃𡚇之形誤。」〔註47〕其說可從。

字　例	重　文	時　期	字　形
搹 扼	扼	殷　商	
		西　周	
		春　秋	
		楚　系	
		晉　系	
		齊　系	
		燕　系	
		秦　系	扼〈睡虎地・語書 11〉

〔註44〕　《說文解字注》，頁 603～604。

〔註45〕　《說文解字注》，頁 592。

〔註46〕　王國維：《王觀堂先生全集・觀堂古金文考釋・毛公鼎銘考釋》冊六，頁 2018，臺北，文華出版公司，1968 年。

〔註47〕　《文源》卷二，頁 10。

		秦　朝	
		漢　朝	

867、《說文》「摕」字云：「摕，撮取也。从手帶聲。讀若《詩》曰：『蠪蝀在東』。𥝤，摕或从斷从示，兩手急持人也。」〔註48〕

「摕」字从手帶聲，段玉裁指出或體「𥝤」字从折示聲。「帶」字上古音屬「端」紐「月」部，「示」字上古音屬「船」紐「脂」部，端、船皆爲舌音，錢大昕言「舌音類隔不可信」，黃季剛言「照系三等諸紐古讀舌頭音」，可知「船」於上古聲母可歸於「定」，帶、示作爲聲符使用時可替代。然「𥝤」字歸於「手」部，馬叙倫指出應爲「從手祈聲」〔註49〕，「祈」字上古音屬「群」紐「文」部，與「帶」字的聲韻俱遠，實難解釋其間的關係。

字　例	重　文	時　期	字　形
摕 摕	𥝤	殷　商	
		西　周	
		春　秋	
		楚　系	
		晉　系	
		齊　系	
		燕　系	
		秦　系	
		秦　朝	
		漢　朝	

868、《說文》「捊」字云：「捊，引埅也。从手孚聲。《詩》曰：『原隰捊矣』。抱，捊或从包。」〔註50〕

「捊」字作「捊」，从手孚聲；或體作「抱」，从手包聲，形體與〈睡虎地・日書甲種45反〉的「抱」相近。馬王堆漢墓之「捊」字或从手包聲作「抱」

〔註48〕《說文解字注》，頁606。

〔註49〕《說文解字六書疏證》四，卷廿三，頁2996。

〔註50〕《說文解字注》，頁606。

《馬王堆‧道原 173》，或作「拸」《馬王堆‧戰國縱橫家書 235》，後者辭例爲「齊保社稷事王」，「孚」亦見於戰國晉系貨幣，如：〈莆子‧平襠方足平首布〉的「子」字作「孚」、「孚」，可知「拸」爲从手子聲的字形。「孚」字上古音屬「滂」紐「幽」部，「包」字上古音屬「幫」紐「幽」部，二者發聲部位相同，幫滂旁紐，疊韻，孚、包作爲聲符使用時可替代，又「子」字上古音屬「精」紐「之」部，之、幽爲旁轉關係，作爲聲符使用時應可替代。

字　例	重　文	時　期	字　形
拸 捊	抱	殷　商	
		西　周	
		春　秋	
		楚　系	
		晉　系	
		齊　系	
		燕　系	
		秦　系	抱〈睡虎地‧日書甲種 45 反〉
		秦　朝	
		漢　朝	拸《馬王堆‧戰國縱橫家書 235》 抱《馬王堆‧道原 173》

869、《說文》「撫」字云：「撫，安也。从手無聲。一曰：『揗也』。憮，古文撫从亡辵。」〔註51〕

篆文作「撫」，从手無聲，與《馬王堆‧五十二病方 409》的「撫」相近，其間的差異，係書體的不同，又漢簡中亦見作「撫」《武威‧泰射 74》，「無」之「橆」因書體的差異而作「無」；古文作「憮」，从亡辵，與〈郭店‧性自命出 34〉的「辿」相近，「亡」字作「亾」〈天亡簋〉、「亾」〈兮甲盤〉，作「亾」者應爲「亾」之訛。《說文》「辵」字云：「乍行乍止也」，「手」字云：「拳也」〔註52〕，二者的字義無涉，「撫」有「撫摩」之義，作爲動詞使用，从手、从辵皆可表示動作，段注本與大小徐本皆以古文爲从亡从辵之字，然「从亡辵」實無義，「亡」應作爲聲符，「無」字上古音屬「明」紐「魚」部，

〔註51〕 《說文解字注》，頁 607。

〔註52〕 《說文解字注》，頁 70，頁 599。

「亡」字上古音屬「明」紐「陽」部，雙聲，魚陽陰陽對轉，無、亡作爲聲符使用時可替代。

字 例	重 文	時 期	字 形
撫 		殷 商	
		西 周	
		春 秋	
		楚 系	〈郭店・性自命出 34〉
		晉 系	
		齊 系	
		燕 系	
		秦 系	
		秦 朝	《馬王堆・五十二病方 409》
		漢 朝	《武威・泰射 74》

870、《說文》「揚」字云：「，飛舉也。从手易聲。，古文揚从攴。」 〔註 53〕

金文或作「」〈段簋〉，从廾易聲，或作「」〈玨方鼎〉，从廾从玉，或作「」〈靜簋〉、「」〈永盂〉、「」〈邾公釛鐘〉，从廾从玉从⊙，「⊙」爲「玉璧之象」〔註 54〕，〈永盂〉所見之「田」爲「⊙」的訛寫，或作「」〈靜卣〉，从廾从玉易聲，或於「廾」下標示足趾作「」〈守宮父辛鳥尊〉，或將足趾之形向上移而與「女」近似，寫作「」〈多友鼎〉、「」〈陳侯因育敦〉，可知「易」本爲「」〈小臣鼎〉，下半部爲「」，其後增添「=」易爲「」、「」，「廾」者像人跪坐雙手舉物之形，《說文》篆文易爲「手」寫作「」，與《武威・燕禮 18》的「」相近，从手者應可視爲以「剪裁省減」的方式書寫，省略「廾」的部分形體，僅保留「手」的部分，寫作从手易聲之形；古文作「」，从攴易聲，據「扶」字考證，「手」與「攵」替代的現象，屬非形義近同的替代。

〔註 53〕 《說文解字注》，頁 609。
〔註 54〕 《金文形義通解》，頁 2804。

字例	重文	時期	字形
揚	𣃔	殷商	
揚		西周	〈段簋〉 〈玒方鼎〉 〈靜簋〉 〈靜卣〉 〈史獸鼎〉 〈頌鼎〉 〈頌簋〉 〈守宮父辛鳥尊〉 〈師酉簋〉 〈多友鼎〉 〈縣妃簋〉 〈永盂〉
		春秋	〈邾公釛鐘〉
		楚系	
		晉系	
		齊系	〈陸侯因𦫵敦〉
		燕系	
		秦系	
		秦朝	
		漢朝	揚《武威‧燕禮18》

871、《說文》「拯」字云：「拯，上舉也。出溺為拯。从手丞聲。《易》曰：『拯馬壯吉』。�，拯或从登。」〔註55〕

「拯」字作「拯」，从手丞聲，與《馬王堆‧合陰陽103》的「�」相近，其差異為後者採取上丞下手的偏旁結構，又「丞」字篆文作「丞」，與「�」相較，馬王堆漢墓所見「拯」字所从之「丞」，為省略筆畫後的形體；或體作「�」，从手登聲，與《馬王堆‧周易90》的「�」相近，又「登」字於《馬王堆‧周易10》作「登」，與「�」相較，「�」所从之「登」上半部為省略筆畫後的形體。「丞」字上古音屬「禪」紐「蒸」部，「登」字上古音屬「端」紐「蒸」部，端、禪皆為舌音，錢大昕言「舌音類隔不可信」，黃季剛言「照系三等諸紐古讀舌頭音」，可知「禪」於上古聲母可歸於「定」，疊韻，丞、登作為聲符使用時可替代。

字例	重文	時期	字形
拯	�	殷商	

〔註55〕《說文解字注》，頁609。

	西　周	
	春　秋	
	楚　系	
	晉　系	
	齊　系	
	燕　系	
	秦　系	
	秦　朝	
	漢　朝	《馬王堆・合陰陽 103》　《馬王堆・周易 90》

872、《說文》「拓」字云：「拓，拾也，陳宋語。从手石聲。摭，拓或从庶。」〔註56〕

「拓」字从手石聲，或體「摭」从手庶聲。「石」字上古音屬「禪」紐「鐸」部，「庶」字上古音屬「書」紐「鐸」部，二者發聲部位相同，書禪旁紐，疊韻，石、庶作為聲符使用時可替代。

字　例	重　文	時　期	字　形
拓 拓	摭	殷　商	
		西　周	
		春　秋	
		楚　系	
		晉　系	
		齊　系	
		燕　系	
		秦　系	拓〈睡虎地・日書甲種 46 背〉
		秦　朝	
		漢　朝	

〔註56〕《說文解字注》，頁 611。

873、《說文》「擂」字云：「擂，引也。从手留聲。抽，擂或从由；拐，擂或从秀。」〔註57〕

「擂」字从手留聲，或體「抽」从手由聲，另一或體作「拐」从手秀聲。「留」字上古音屬「來」紐「幽」部，「由」字上古音屬「余」紐「幽」部，「秀」字上古音屬「心」紐「幽」部，疊韻，留、由、秀作爲聲符使用時可替代。

字　例	重　文	時　期	字　形
擂 擂	抽, 拐	殷　商	
		西　周	
		春　秋	
		楚　系	
		晉　系	
		齊　系	
		燕　系	
		秦　系	
		秦　朝	
		漢　朝	

874、《說文》「播」字云：「播，穜也。从手番聲。一曰：『布也』。䟦，古文播。」〔註58〕

金文从攵釆聲作「敊」〈師旂鼎〉，辭例爲「今毋播」，戰國以來的文字或作「㘝」〈清華・尹至 5〉，辭例爲「夏播民入于水曰戰」，與「㘝」相近的形體又見於〈上博・緇衣 15〉的「㘝」，即「番」字古文「㘝」，該字下半部的「乇」應爲「又」的誤寫，或从攵番聲作「敊」〈信陽 1.24〉，近於《說文》古文「䟦」，或从手番聲作「播」〈睡虎地・封診式 77〉、「播」《馬王堆・十問 56》，形近於篆文「播」，其間的差異，皆爲書體的不同。「番」字上古音屬「滂」紐「元」部，「釆」字上古音屬「並」紐「元」部，二者發聲部位相同，滂並旁紐，疊韻，番、釆作爲聲符使用時可替代。又據「扶」字考證，手、攵替代的現象，屬非形義近同的替代。

〔註57〕《說文解字注》，頁 611。

〔註58〕《說文解字注》，頁 614。

字 例	重 文	時　期	字　　形
播 播	（字形）	殷　商	
		西　周	（字形）〈師旂鼎〉
		春　秋	
		楚　系	（字形）〈信陽 1.24〉（字形）〈清華・尹至 5〉
		晉　系	
		齊　系	
		燕　系	
		秦　系	（字形）〈睡虎地・封診式 77〉
		秦　朝	
		漢　朝	（字形）〈馬王堆・十問 56〉

875、《說文》「撻」字云：「（字形），鄉歙酒罰不敬撻其背。从手達聲。（字形），古文撻，〈周書〉曰：『（字形）呂記之』。」 〔註59〕

篆文作「（字形）」，从手達聲，古文作「（字形）」，从虍達聲，手、虍的字義無涉，虍、達的字音亦無關係，段玉裁於「（字形）」字下〈注〉云：「从虍者，言有威也。」从手與从虍的差異，應是取象的不同。

字 例	重 文	時　期	字　　形
撻 撻	（字形）	殷　商	
		西　周	
		春　秋	
		楚　系	
		晉　系	
		齊　系	
		燕　系	
		秦　系	
		秦　朝	
		漢　朝	

〔註59〕《說文解字注》，頁 614。

876、《說文》「抗」字云：「抗，扦也。从手亢聲。杭，抗或从木。」
〔註60〕

篆文作「抗」，从手亢聲，與《馬王堆・老子乙本 209》的「拍」相近，後者於「亢」下半部的形體增添一道短橫畫「-」，作「卨」；或體作「杭」，从木亢聲。馬叙倫指出「抗、杭非一字，從木不見扦義也，『杭』蓋『航』之或體。」〔註61〕段玉裁於「杭」字下〈注〉云：「若〈既夕禮〉抗木橫三縮二，其字固可从木矣。」又《禮記・檀弓上》云：「天子之棺四重」，孔穎達〈疏〉云：「唯椁不周，下有茵，上有杭席故也。」阮元〈校勘記〉云：「閩監、毛本『杭』作『抗』。」〔註62〕可知抗、杭爲異體字，从「木」者應如段玉裁之言，从木與从手之差異，蓋是取象的不同。

字　例	重　文	時　期	字　形
抗 杭	杭	殷　商	
		西　周	
		春　秋	
		楚　系	
		晉　系	
		齊　系	
		燕　系	
		秦　系	
		秦　朝	
		漢　朝	拍《馬王堆・老子乙本 209》

877、《說文》「拲」字云：「拲，兩手共同械也。从手共聲。《周禮》曰：『上辠梏拲而桎』。㭟，拲或从木。」〔註63〕

篆文作「拲」，从手共聲，或體作「㭟」，从木共聲，字義爲「兩手共同

〔註60〕　《說文解字注》，頁 615。

〔註61〕　《說文解字六書疏證》四，卷廿三，頁 3033。

〔註62〕　（漢）鄭玄注、（唐）孔穎達等正義：《禮記正義》，頁 152，頁 161，臺北，藝文印書館，1993 年。

〔註63〕　《說文解字注》，頁 616。

械也」，從「手」係表示器物的用途，從「木」為明示其材質，「手」、「木」的
字義無涉，作為形符替代的現象，應是對於偏旁意義的選擇不同所致。

字　例	重　文	時　期		字　形
搫　蓉	蓉	殷　商		
		西　周		
		春　秋		
		楚　系		
		晉　系		
		齊　系		
		燕　系		
		秦　系		
		秦　朝		
		漢　朝		

878、《說文》「妘」字云：「妘，祝融之後姓也。從女云聲。䩾，籀
　　　文妘從員。」〔註64〕

「妘」字從女云聲，或體「䩾」從女員聲。「云」、「員」字二上古音皆屬
「匣」紐「文」部，雙聲疊韻，云、員作為聲符使用時可替代。

字　例	重　文	時　期	字　形
妘　妘	䩾	殷　商	
		西　周	鼒〈函皇父簋〉　鼒〈輔伯𤲚父鼎〉
		春　秋	
		楚　系	
		晉　系	
		齊　系	
		燕　系	
		秦　系	
		秦　朝	
		漢　朝	

〔註64〕《說文解字注》，頁619。

879、《說文》「婚」字云：「🅖，婦家也。《禮》：『娶婦吕昏時』。婦人，
　　　會也，故曰婚。从女昏，昏亦聲。🅑，籀文婚如此。」〔註65〕

　　金文作「🅐」〈克盨〉、「🅑」〈毛公鼎〉，玉石文字承襲為「🅒」〈侯馬盟
書・納室類 67.29〉；戰國秦系文字从女昏聲作「🅓」〈詛楚文〉，近於《說文》
篆文「🅔」，其間的差異有二，一為書體的不同，一為偏旁位置的經營左右互
置。籀文作「🅕」，對照「🅐」、「🅑」的形體，「🅖」由「🅗」而來，「🅕」
所見之「🅘」係由「🅙」演變而來，「🅚」為「🅛」之訛，「🅜」亦訛為「🅝」，
足趾之「🅞」則誤為「🅟」，至於「🅑」下半部的「🅠」亦為「🅡」，因標
示的位置過高，使得「🅠」與「女」之「🅢」近同，此種書寫的現象於古文
字中習見，如：「訊」字作「🅣」〈多友鼎〉，或作「🅤」〈兮甲盤〉，「🅥」字
作「🅦」〈秦公鎛〉，或作「🅧」〈不其簋蓋〉，故王國維以為「🅨」係「🅩」
或「🅪」的訛寫，下半部的「🅫」則為「女」之訛〔註66〕，從字形觀察，下半
部的「🅫」應為「🅞」的訛寫。「🅕」、「昏」二字上古音皆屬「曉」紐「文」
部，由「🅕」易為形聲字，為了便於時人閱讀使用之需，故以讀音相同的字作
為聲符。

字　例	重　文	時　期	字　形
婚　🅔	🅕	殷　商	
		西　周	🅐〈克盨〉　🅑〈毛公鼎〉
		春　秋	🅒〈侯馬盟書・納室類 67.29〉
		楚　系	
		晉　系	
		齊　系	
		燕　系	
		秦　系	🅓〈詛楚文〉
		秦　朝	
		漢　朝	

〔註65〕《說文解字注》，頁 620。
〔註66〕王國維：《王觀堂先生全集・史籀篇疏證》冊七，頁 2439，臺北，文華出版公司，
　　　　1968 年。

880、《說文》「姻」字云：「𡛷，壻家也。女之所因，故曰姻。从女因，因亦聲。𡟚，籀文姻从㫖。」〔註67〕

「姻」字从女因聲，或體「𡟚」从女㫖聲。「因」、「㫖」二字上古音皆屬「影」紐「眞」部，雙聲疊韻，因、㫖作爲聲符使用時可替代。《說文》小篆寫作「𡛷」，〈詛楚文〉爲「囝中」，二者雖皆採取左右式結構，惟女、因的位置左右不同。又據《古文四聲韻》所載，「姻」字寫作「𡟚」《說文》〔註68〕，右側从「㫖」，與「㫖」不同，疑爲傳抄訛誤所致。

字 例	重 文	時 期	字 形
姻 𡛷	𡟚	殷 商	
		西 周	
		春 秋	
		楚 系	
		晉 系	
		齊 系	
		燕 系	
		秦 系	囝中〈詛楚文〉
		秦 朝	
		漢 朝	

881、《說文》「妻」字云：「𡜀，婦與己齊者也。从女从屮从又；又，持事妻職也；屮聲。𡜊，古文妻从肖女。肖，古文貴字。」〔註69〕

甲骨文作「𡛼」《合》（667正）、「𡚬」《合》（691正）、「𡚳」《合》（17382）、「𡚳」《合》（18016），从又，从跪坐的人形或側立的人形，金文承襲作「𡚬」〈𡘾父丁簋〉、「𡚳」〈農卣〉，李孝定指出「𡚬」〈𤞷盨方鼎〉、「𡚳」〈叔作懿宗方鼎〉的「𡚬」、「𡚳」像「加笄之形」，字形「象以手束髮或又加笄」，許慎所謂「从屮」係「髮形」的訛變〔註70〕，其說爲是。春秋金文作「𡚶」〈鑄

〔註67〕 《說文解字注》，頁 620。

〔註68〕 （宋）夏竦著：《古文四聲韻》，頁 60，臺北，學海出版社，1978 年。

〔註69〕 《說文解字注》，頁 620。

〔註70〕 李孝定：《甲骨文字集釋》第十二，頁 3600～3602，臺北，中央研究院歷史語言研究所，1991 年。

叔皮父簋〉，上半部的「卅」訛寫爲「占」，「以手束髮或又加笄」之形已不復見，戰國楚系文字承襲爲「𡠗」〈包山 91〉、「𡠗」〈郭店・六德 28〉，「占」進一步誤爲「占」、「𠂤」，《說文》古文「𡢁」蓋源於此，「肖」應爲「占」的訛寫，許書所言「从肖女」爲非。秦系文字作「妻」〈睡虎地・秦律十八種 201〉，與篆文「妻」相近，對照「𡨦」的形體，係將「又」置於「髮」的下方，後因形體的割裂，而有「从女从屮从又」之說。

字例	重文	時期	字　形
妻 妻	𡢁	殷商	𡢁《合》（667 正）　𡢁《合》（691 正）　𡢁《合》（17382） 𡢁《合》（18016）
		西周	𡢁〈𡨦父丁罍〉　𡢁〈農卣〉
		春秋	𡢁〈鑄叔皮父簋〉
		楚系	𡠗〈包山 91〉　𡠗〈郭店・六德 28〉
		晉系	
		齊系	
		燕系	
		秦系	妻〈睡虎地・秦律十八種 201〉
		秦朝	
		漢朝	妻《馬王堆・戰國縱橫家書 40》

882、《說文》「妣」字云：「𡢁，歿母也。从女比聲。𡢁，籀文妣省。」

〔註71〕

篆文作「𡢁」，與〈鄦侯少子簋〉的「𡢁」相近，籀文作「𡢁」，形體近於〈十四年墜侯午敦〉的「𡢁」；又將籀文與西周金文相較，〈佣作義丐妣鬲〉爲「𡢁」，二者雖皆採取左右式結構，惟女、比的位置左右不同。

字例	重文	時期	字　形
妣 𡢁	𡢁	殷商	
		西周	𡢁〈佣作義丐妣鬲〉
		春秋	𡢁〈鄦侯少子簋〉

〔註71〕《說文解字注》，頁 621。

楚　系	〈清華‧楚居 3〉
晉　系	
齊　系	〈十四年墜侯午敦〉
燕　系	
秦　系	
秦　朝	
漢　朝	

883、《說文》「姼」字云：「，美女也。从女多聲。，姼或从氏。」
〔註72〕

「姼」字从女多聲，或體「姼」从女氏聲。「多」字上古音屬「端」紐「歌」部，「氏」字上古音屬「禪」紐「支」部，端、禪皆爲舌音，錢大昕言「舌音類隔不可信」，黃季剛言「照系三等諸紐古讀舌頭音」，可知「禪」於上古聲母可歸於「定」，多、氏作爲聲符使用時可替代。

字　例	重　文	時　期	字　形
姼		殷　商	
		西　周	
		春　秋	
		楚　系	
		晉　系	
		齊　系	
		燕　系	
		秦　系	
		秦　朝	
		漢　朝	

884、《說文》「奴」字云：「，奴婢，皆古辠人。《周禮》曰：『其奴，男子入于辠隸，女子入于春槀。』从女又。，古文奴。」
〔註73〕

〔註72〕　《說文解字注》，頁 622。
〔註73〕　《說文解字注》，頁 622。

　　甲骨文作「𡥇」《合》（35321），从人女，兩周以來的文字或承襲此形體，如：「姧」〈包山122〉、「伭」《古陶文彙編》（6.195）、「奴」《秦代陶文》（1454），《說文》古文「㚢」源於此；或从女又作「奴」〈弗奴父鼎〉，篆文「奴」與之相近，或增添「十」作「奴」〈農卣〉。戰國楚系文字或作「奴」〈包山20〉、「奴」〈郭店・老子甲本9〉，其差異為偏旁位置經營的不同，前者為左女右又，後者為上女下又；晉系貨幣文字或作「甲」〈咎奴・平襠方足平首布〉，較之於「奴」，可知「甲」採取上下式結構，「女」的長畫與「又」的豎畫相近，遂以借用筆畫的方式書寫；秦系文字或从女又作「奴」〈王五年上郡疾戈〉，或易「又」為「𠬪」作「奴」〈睡虎地・秦律十八種134〉，或易為「叉」作「奴」〈睡虎地・法律答問73〉，《說文》「又」字云：「手也」，「𠬪」字云：「手措相錯也」，「叉」字云：「手足甲也」［註74］，𠬪、叉的字義皆與又有關，作為形符使用時，理可兩相替代。「人」字云：「天地之性最貴者也」［註75］，「又」為手，以「人」替代「又」，係以整體取代部分，人、又作為形符時替代的現象，屬義近的替代。

字　例	重　文	時　期	字　形
奴 奴	㚢	殷　商	𡥇《合》（35321）
		西　周	奴〈農卣〉
		春　秋	奴〈弗奴父鼎〉
		楚　系	奴〈包山20〉　姧〈包山122〉　奴〈郭店・老子甲本9〉
		晉　系	㚢《古璽彙編》（0069）　伭《古陶文彙編》（6.195） 甲〈咎奴・平襠方足平首布〉
		齊　系	
		燕　系	
		秦　系	奴〈王五年上郡疾戈〉　奴〈睡虎地・秦律十八種134〉 奴〈睡虎地・法律答問73〉
		秦　朝	奴《秦代陶文》（1454）
		漢　朝	奴《馬王堆・戰國縱橫家書44》

［註74］　《說文解字注》，頁115，頁116。

［註75］　《說文解字注》，頁369。

885、《說文》「媧」字云：「𤫖，古之神聖女化萬物者也。从女咼聲。
𤫖，籀文媧从㕚。」〔註76〕

「媧」字从女咼聲，或體「𡜨」从女㕚聲。段玉裁指出「咼」字反切爲
「苦媧切」，上古韻部屬第十七部〔註77〕，上古聲紐屬「溪」紐，「㕚」字反切
爲「古禾切」，上古韻部屬第十七部〔註78〕，上古聲紐屬「見」紐，二者發聲部
位相同，見溪旁紐，咼、㕚作爲聲符使用時可替代。

字　例	重　文	時　期	字　　　　　形
媧 𤫖	𤫖	殷　商	
		西　周	
		春　秋	
		楚　系	
		晉　系	
		齊　系	
		燕　系	
		秦　系	
		秦　朝	
		漢　朝	

886、《說文》「𡜨」字云：「𤫖，順也。从女𤞤聲。《詩》曰：『婉
兮𡜨兮』。𤫖，籀文𡜨。」〔註79〕

「𡜨」字从女𤞤聲，或體「𡜨」从女䜌聲。「𤞤」、「䜌」二字上古音皆屬
「來」紐「元」部，雙聲疊韻，𤞤、䜌作爲聲符使用時可替代。

字　例	重　文	時　期	字　形
𡜨 𡜨	𡜨	殷　商	
		西　周	
		春　秋	

〔註76〕《説文解字注》，頁 623。

〔註77〕《説文解字注》，頁 61。

〔註78〕《説文解字注》，頁 112。

〔註79〕《説文解字注》，頁 624。

楚 系	
晉 系	
齊 系	
燕 系	
秦 系	
秦 朝	
漢 朝	

887、《說文》「姷」字云：「𡜂，耦也。从女有聲。讀若祐。𠈇，姷或从人。」〔註80〕

篆文作「𡜂」，从女有聲；或體作「𠈇」，从人有聲，與《馬王堆・五十二病方11》的「𠈇」相近。據「侅」字考證，「女」、「人」替換，屬義近偏旁的替代。又「有」字作「𠂇」〈散氏盤〉，从又从肉，容庚云：「从又持肉，會意，當在肉部下，《說文》从月，非。」〔註81〕可知篆文所從之「有」形體有誤。

字 例	重 文	時 期	字 形
姷　　　𡜂	𠈇	殷 商	
		西 周	
		春 秋	
		楚 系	
		晉 系	
		齊 系	
		燕 系	
		秦 系	
		秦 朝	𠈇《馬王堆・五十二病方11》
		漢 朝	𠈇《馬王堆・春秋事語87》

〔註80〕《說文解字注》，頁627。

〔註81〕《說文解字注》，頁622。

888、《說文》「婁」字云：「🈳，空也。从毋从中女。婁空之意也。一曰：『婁務，愚也。』🈳，籀文婁从人中女臼聲。🈳，古文婁如此。」〔註82〕

金文从女作「🈳」〈長陵盉〉，何琳儀指出上半部从臼从角，下半部本應爲牛，會兩手曳牛角之意，角亦聲〔註83〕，戰國楚系文字作「🈳」〈包山25〉、「🈳」〈包山161〉、「🈳」〈上博・容成氏37〉、「🈳」〈上博・競公瘧10〉，辭例依序爲「玉婁倈」、「厵仿司馬婁臣」、「婁（僂）」、「其人婁（數）多已」，又「角」字作「🈳」〈史牆盤〉、「🈳」〈曾侯乙鐘〉，「🈳」、「🈳」、「🈳」爲「角」的訛省，《說文》古文作「🈳」，對照「🈳」的形體，除省略「臼」外，上半部的「🈳」亦爲「角」省。戰國秦系文字作「🈳」〈睡虎地・日書甲種6背〉、「🈳」〈睡虎地・日書乙種83〉，從字形觀察，因將「臼」置於「角」的上方，使得形體產生變易，「🈳」爲「臼」的訛寫，「🈳」、「🈳」爲「角」之訛，篆文从毋从中女作「🈳」，較之於「🈳」，二者形體相近，「🈳」即「🈳」的倒置，籀文从人中女臼聲作「🈳」，對照「🈳」的形體，「🈳」所從之「🈳」似爲「🈳」的訛寫，「🈳」亦爲「角」之訛。

字 例	重 文	時 期	字 形
婁 🈳	🈳, 🈳	殷 商	
		西 周	
		春 秋	
		楚 系	🈳〈包山25〉 🈳〈包山161〉 🈳〈上博・容成氏37〉 🈳〈上博・競公瘧10〉
		晉 系	🈳〈長陵盉〉
		齊 系	
		燕 系	
		秦 系	🈳〈睡虎地・日書甲種6背〉 🈳〈睡虎地・日書甲種58〉 🈳〈睡虎地・日書乙種83〉
		秦 朝	
		漢 朝	🈳《馬王堆・陰陽五行甲篇218》 🈳《馬王堆・刑德乙本95》

〔註82〕《說文解字注》，頁630。

〔註83〕何琳儀：《戰國古文字典——戰國文字聲系》，頁336，北京，中華書局，1998年。

889、《說文》「媿」字云：「𩲸，慙也。从女鬼聲。𪡋，媿或从恥省。」
〔註 84〕

　　兩周文字或从女鬼聲作「𩲸」，《說文》篆文「𩲸」與之相近，惟「鬼」的形體不同，據「鬼」字考證，「鬼」所从之「厶」，係由「𩂣」〈廿五年上郡守厝戈〉、「鬼」〈睡虎地·日書甲種 30 背〉的「又」或「乁」訛寫爲「𠃊」；或从心鬼聲作「𢝵」〈郭店·性自命出 53〉、「𢞀」〈墜貤簋蓋〉，「鬼」字或从示作「禐」〈墜貤簋蓋〉，對照「禐」的形體，可知於「鬼」左下方增添「曰」，爲戰國齊系文字的寫法，馬王堆漢墓出土文獻承襲爲「𢞀」《馬王堆·春秋事語 91》，或體「𪡋」源於此，較之於「𢝵」，係將上鬼下心的結構易爲左心右鬼，「鬼」寫作「鬼」，仍襲自篆文的字形，可知許書言「从恥省」爲非。《說文》「心」字云：「人心土臟也」，「女」字云：「婦人也」〔註 85〕，表面上二者的字義無涉，然據「俟」字考證，从人、从女的代換，屬義近偏旁的替代，又據「信」、「態」等字考證，从人、从心的代換，亦爲義近偏旁的替代，可知从女、从心作爲形符使用時，可因此輾轉的關聯而兩相替代。

字　例	重　文	時　期	字　形
媿　　𩲸	𩲸	殷　商	
		西　周	𩲸〈鄭同媿鼎〉
		春　秋	
		楚　系	𢝵〈郭店·性自命出 53〉
		晉　系	
		齊　系	𢞀〈墜貤簋蓋〉
		燕　系	
		秦　系	
		秦　朝	
		漢　朝	𢞀《馬王堆·春秋事語 91》

〔註 84〕　《說文解字注》，頁 632。

〔註 85〕　《說文解字注》，頁 506，頁 618。

890、《說文》「姦」字云：「，厶也。从三女。，古文姦从旱心。」
〔註86〕

　　金文或採取並列式結構作「」〈戶姦罍〉，或以上下式結構作「」〈長由盉〉，篆文作「」，承襲於「」的形體；又馬王堆漢墓所見「姦」字作「」《馬王堆‧戰國縱橫家書275》，或作「」《馬王堆‧春秋事語69》，其差異僅是上下式的結構互置。篆文从三女，會意；古文从心旱聲，形聲。「姦」字上古音屬「見」紐「元」部，「旱」字上古音屬「匣」紐「元」部，疊韻。由會意字改為形聲字，為了便於時人閱讀使用之需，故以讀音相近的字以為聲符。

字　例	重　文	時　期	字　　　形
姦 		殷　商	〈戶姦罍〉
		西　周	〈長由盉〉
		春　秋	
		楚　系	〈包山183〉
		晉　系	
		齊　系	
		燕　系	
		秦　系	
		秦　朝	
		漢　朝	《馬王堆‧戰國縱橫家書275》　《馬王堆‧春秋事語69》

891、《說文》「民」字云：「，眾萌也。从古文之象。凡民之屬皆从民。，古文民。」〔註87〕

　　甲骨文作「」《合》（13629），郭沫若指出像「一左目形而有刃物以刺之」〔註88〕，高鴻縉以為「象眸子出眶之形」〔註89〕，兩周文字承襲為「」〈珂尊〉，

〔註86〕　《說文解字注》，頁632。

〔註87〕　《說文解字注》，頁633。

〔註88〕　郭沫若：《郭沫若全集（考古編）‧釋臣宰》，頁70，北京，科學出版社，1982年。（收入《郭沫若全集（考古編）》第一卷）

〔註89〕　《中國字例》，頁315。

或將刃物貫穿「目」，寫作「_甲」〈班簋〉，較長筆畫上的小圓點「．」可拉長爲短橫畫「－」，亦可爲「丶」，寫作「_ᐦ」〈叔尸鎛〉、「_ᐦ」〈洹子孟姜壺〉，戰國楚系文字或於「_ᐦ」的構形上，再增添短橫畫「－」作「_ᐦ」〈郭店・成之聞之7〉，或進一步於「_ᐦ」上增添飾筆作「_ᐦ」〈九店56.4〉，或於「_ᐦ」上增添飾筆作「_ᐦ」〈上博・從政甲6篇〉，《說文》古文「_ᐦ」與「_ᐦ」〈楚帛書・乙篇5.25〉相近，其間的差異，主要爲所從部件的寫法不同；秦系文字作「_ᐦ」〈睡虎地・法律答問157〉，「目」形訛爲「_ᐦ」，秦漢以來多承襲爲「_ᐦ」《秦代陶文》（456）、「_ᐦ」《秦代陶文》（456）、「_ᐦ」《馬王堆・經法6》，上半部的「目」亦爲訛體，《說文》篆文「_民」形體源於此，「_ᐦ」亦爲「_ᐦ」之誤。

字　例	重　文	時　期	字　形
民	_史	殷　商	「_甲」《合》（13629）
	_民	西　周	「_ᐦ」〈珂尊〉「_甲」〈班簋〉
		春　秋	「_ᐦ」〈秦公簋〉「_ᐦ」〈洹子孟姜壺〉「_ᐦ」〈叔尸鎛〉
		楚　系	「_ᐦ」〈郭店・唐虞之道18〉「_ᐦ」〈郭店・成之聞之7〉「_ᐦ」〈上博・緇衣2〉「_ᐦ」〈上博・從政甲6篇〉「_ᐦ」〈九店56.4〉「_ᐦ」〈楚帛書・乙篇5.25〉
		晉　系	「_ᐦ」〈魚鼎匕〉「_ᐦ」〈𫲗盍壺〉
		齊　系	「_ᐦ」〈墜喜壺〉
		燕　系	
		秦　系	「_ᐦ」〈睡虎地・法律答問157〉
		秦　朝	「_ᐦ」《秦代陶文》（456）「_ᐦ」《秦代陶文》（456）
		漢　朝	「_ᐦ」《馬王堆・經法6》

892、《說文》「乂」字云：「乂，芟艸也。从丿乀相交。𠛬，乂或从刀。」 〔註90〕

篆文作「乂」，與甲骨文的「乂」《合》（20786）相近；或體作「𠛬」，从乂从刀，段玉裁〈注〉云：「乂者，必用句鎌之屬也。」或體从刀，應是表

〔註90〕《說文解字注》，頁633。

現其爲芟艸的工具。

字　例	重　文	時　期	字　　形
乂　　乂	乂彡	殷　商	乂《合》（20786）
		西　周	
		春　秋	
		楚　系	
		晉　系	
		齊　系	
		燕　系	
		秦　系	
		秦　朝	
		漢　朝	

893、《說文》「也」字云：「㔾，女侌也。从乁，象形，乁亦聲。也，秦刻石也字。」〔註91〕

篆文爲「㔾」，許書言字義爲「女侌也」，王國維指出「育」字別體作「㱃」，下半部的「凵」即「也」字〔註92〕，李孝定進一步指出「甲骨文有育字作㱃、別體作㱃，蓋象產子形，第一形从母从子，第二形从子从凵，凵即女陰之象，變化作凵、作也，即小篆『也』字矣。」〔註93〕從字形的變化言，其說可從，可知許書所謂「从乁，象形，乁亦聲」爲非。戰國楚系文字作「𠃒」〈信陽1.7〉、「𠃒」〈郭店・太一生水10〉、「𠃒」〈郭店・唐虞之道1〉、「𠃒」〈郭店・成之聞之22〉、「𠃒」〈郭店・語叢三20〉、「也」〈上博・緇衣9〉、「也」〈上博・天子建州乙本2〉，其基本構形爲「凵」，據王國維、李孝定之考證，「凵」爲「女陰之象」，「凵」可寫作「凵」，亦可作「也」，若省略「也」兩側的筆畫則作「𠃒」，可知楚文字所見的「凵」，應爲「𠃒」之訛，若將「凵」的筆畫延伸則寫成「也」，下半部的形體或爲「ㄥ」，或爲「乚」，或爲「丨」，或爲

〔註91〕《說文解字注》，頁633～634。

〔註92〕羅振玉：《增訂殷虛書契考釋》卷中，頁52，臺北，藝文印書館，1982年。

〔註93〕李孝定：《金文詁林讀後記》，頁446，臺北，中央研究院歷史語言研究所，1992年。

「乙」，或爲「乜」，或爲「乀」，形體並未固定。《說文》收錄的秦刻石字形作「乜」，與〈琅琊刻石〉的「乜」相同。

字　例	重　文	時　期	字　形
也　　乜	乜	殷　商	
		西　周	
		春　秋	
		楚　系	乜〈信陽 1.7〉 乜〈郭店・太一生水 10〉 乜〈郭店・唐虞之道 1〉 乜〈郭店・成之聞之 22〉 乜〈郭店・語叢三 20〉 乜〈上博・緇衣 9〉 乜〈上博・天子建州乙本 2〉
		晉　系	乜〈卅二年坪安君鼎〉
		齊　系	
		燕　系	
		秦　系	乜〈睡虎地・爲吏之道 29〉
		秦　朝	乜〈琅琊刻石〉
		漢　朝	乜《馬王堆・戰國縱橫家書 2》

894、《說文》「或」字云：「或，邦也。从口，戈吕守其一；一，地也。域，或从土。」[註94]

　　金文作「或」〈保卣〉、「或」〈曶鼎〉、「或」〈五年召伯虎簋〉、「或」〈毛公鼎〉，商承祚於〈殷虛文字考〉云：「从戈守口，象有衞也。」[註95]「長」即「長」字的訛省，《說文》篆文「或」源於此，形體近於「或」，「或」所見「⊙」，係於「○」增添小圓點「・」；〈石鼓文〉作「或」，較之於「或」，所从之「廿」應爲「○」的訛寫；戰國文字或作「或」〈包山 130〉，或作「或」〈郭店・語叢一 23〉、「或」〈妿盉壺〉，後者係省略「口」下的「一」。或體增添「土」作「域」，「或」的字義爲「邦國」，人民與土地爲構成國家的元素，从土者應有明示「邦國」的意涵。

〔註94〕《說文解字注》，頁 637。

〔註95〕轉引自《古文字詁林》編纂委員會：《古文字詁林》第九冊，頁 958，上海，上海教育出版社，2004 年。

字　例	重　文	時　期	字　形
或　 或	域	殷　商	
		西　周	〈保卣〉　〈曶鼎〉　〈五年召伯虎簋〉　〈毛公鼎〉
		春　秋	〈石鼓文〉　〈黏鎛〉
		楚　系	〈包山 130〉　〈郭店・老子乙本 3〉　〈郭店・語叢一 23〉
		晉　系	〈䣄釜壺〉
		齊　系	《古陶文彙編》（3.280）
		燕　系	
		秦　系	〈睡虎地・法律答問 7〉　〈睡虎地・日書乙種 113〉
		秦　朝	
		漢　朝	《馬王堆・易之義 20》

895、《說文》「我」字云：「我，施身自謂也。或說：『我，頃頓也。』從戈手。手，古文垂也。一曰：『古文殺字』。凡我之屬皆从我。𢦓，古文我。」〔註96〕

甲骨文作「𢦏」《合》（6059），「象兵器之形，以其柲似戈，故與戈同，非從戈也。器身作𢦏，左象其內，右象三銛鋒形。」〔註97〕據此可知，《說文》之釋形有誤。〈邾公釛鐘〉作「𢦏」，將之與〈令狐君嗣子壺〉的「我」相較，豎畫上的小圓點拉長後寫作「ノ」，形體與「我」近同；又古文作「𢦓」，與「我」相近，《說文》古文將「𢦓」寫作「𢦓」，並將之置於「戈」的下方。戰國楚系文字或作「我」〈郭店・語叢一 22〉，辭例為「我（義）生於道」，或作「義」〈郭店・語叢三 24〉，從心我聲，辭例為「我（義），德之進也。」儒家思想習談仁、義，仁、義與心性有關，增添「心」旁，應有標義的作用，表示「仁義」之「義」字；又〈郭店・語叢三 5〉作「義」，辭例為「我（義）而加諸己」，將之與「我」相較，「义」下方的短斜畫「丶」應屬飾筆的增添；

〔註96〕《說文解字注》，頁 639。
〔註97〕《甲骨文字集釋》第十二，頁 3799。

或承襲〈盠駒尊〉之「我」，寫作「我」〈清華・尹至1〉、「我」〈清華・皇門
2〉、「我」〈清華・祭公之顧命1〉，辭例依序為「我來」、「今我譬小于大」、「我
聞祖不豫有遲」，較之於「我」，「我」係重複一道橫畫「一」，「我」所見「十」
與「我」下方的短斜畫「丶」皆屬飾筆的性質。〈廿年距末〉作「我」，較之
於「我」，左側的形體為「勹」的訛寫，《說文》篆文「我」與之相近，疑似
源於此。

字 例	重 文	時 期	字　　　形
我 我	我	殷 商	我《合》（6059）
		西 周	我〈沈子它簋蓋〉 我〈盠駒尊〉 我〈散氏盤〉 我〈毛公鼎〉
		春 秋	我〈石鼓文〉 我〈郳公釛鐘〉
		楚 系	我〈郭店・老子甲本31〉 我〈郭店・語叢三5〉 我〈郭店・語叢三24〉 我〈清華・尹至1〉 我〈清華・皇門2〉 我〈清華・祭公之顧命1〉
		晉 系	我〈令狐君嗣子壺〉
		齊 系	我〈墜貯簋蓋〉
		燕 系	我〈廿年距末〉
		秦 系	我〈詛楚文〉
		秦 朝	
		漢 朝	我《馬王堆・戰國縱橫家書10》

896、《說文》「義」字云：「義，己之威義也。從我從羊。義，墨翟
　　書義從弗。巍郡有義陽鄉，讀若錡，今屬鄴，本內黃北二十里
　　鄉也。」 [註98]

甲骨文作「義」《合》（32982）、「義」《合》（38672），從我從羊，兩周
以來的文字多承襲為「義」〈史牆盤〉、「義」〈蔡侯盤〉、「義」〈十三年相邦
義戈〉、「義」〈天星觀・卜筮〉、「義」〈泰山刻石〉，較之於「義」，「義」、「義」、
「義」上半部的「羊」皆以收縮筆畫的方式書寫，《說文》篆文「義」源於

[註98] 《說文解字注》，頁639。

此，形體與「義」相近；戰國楚系文字或見「羧」〈包山 92〉，上半部的「羊」以收縮筆畫的方式書寫，下半部爲「戈」，與「我」之「耗」〈羌伯簋〉不同，曾憲通指出曾侯乙墓出土戈銘有字作「耗」，由「耗」訛寫爲「羊」，又進一步省寫爲「戈」，可知簡帛「義」字下方所從形體是由「戟」演變而來，《説文》從「弗」的或體「羛」，所從之「弗」即由「羊」而來，本亦爲「戟」的形體〔註 99〕，其説可參，然「我」字亦見「我」〈盉駒尊〉，形體與「羧」之「戈」近似，若省略「我」的部分筆畫，即與「戈」相同，又馬王堆漢墓出土文獻或見從羊從弗作「羛」《馬王堆・戰國縱横家書 238》，形體與「羛」近同。

字　例	重文	時　期	字　　形
義　　義	羛	殷　商	羊《合》（32982）　羧《合》（38672）
		西　周	羛〈史牆盤〉
		春　秋	羛〈蔡侯盤〉
		楚　系	羧〈天星觀・卜筮〉　羧〈包山 92〉
		晉　系	
		齊　系	
		燕　系	
		秦　系	義〈十三年相邦義戈〉　義〈睡虎地・秦律十八種 27〉
		秦　朝	義〈泰山刻石〉
		漢　朝	羛《馬王堆・五行篇 202》　羛《馬王堆・戰國縱横家書 238》

897、《説文》「瑟」字云：「瑟，禁也。神農所作，洞越，練朱五弦，周時加二弦。象形。凡瑟之屬皆從瑟。𨪂，古文瑟從金。」

〔註 100〕

戰國楚系文字或從亓金聲作「盃」〈郭店・性自命出 24〉，或從三亓金聲作「盃」〈上博・孔子詩論 14〉，或從二亓金聲作「盃」〈上博・性情論 15〉，辭例皆爲「琴瑟」，「盃」、「盃」所從之「亓」下半部的形體爲「八」，與「金」

〔註99〕曾憲通：《長沙楚帛書文字編》，頁 85～86，北京，中華書局，1993 年。
〔註100〕《説文解字注》，頁 639～640。

・801・

的上半部形體「⌒」相近，書寫時借用「金」上半部之「⌒」的筆畫，寫作「盉」、「盉」，《說文》古文從金聲作「盉」，較之於楚系文字，上半部的「非」，蓋為兂之形；馬王堆漢墓出土文獻為「父」《馬王堆・三號墓遣策》，或見「毛」《馬王堆・三號墓遣策》，辭例依次為「琴一青綺繡素裏」、「琴笥二」，篆文「玡」與「父」相近，惟書寫的筆畫略異，「毛」下半部為「毛」，較之於「父」，與「人」不同，若為聲符所在，應為從「金」或從「今」得聲，然「金」字作「金」《馬王堆・春秋事語83》，「金」字從「今」得聲，可知亦與「金」、「今」形體不符，疑「毛」為重複「人」後的訛形。

字 例	重 文	時 期	字 形
珡	盉	殷 商	
		西 周	
		春 秋	
		楚 系	〈郭店・性自命出24〉 〈上博・孔子詩論14〉 〈上博・性情論15〉
		晉 系	
		齊 系	
		燕 系	
		秦 系	
		秦 朝	
		漢 朝	《馬王堆・三號墓遣策》 《馬王堆・三號墓遣策》

898、《說文》「瑟」字云：「瑟，庖犧所作弦樂也。从珡必聲。玊，古文瑟。」〔註101〕

甲骨文有一字作「玊」《花東》（130），劉釗收錄於「瑟」字下〔註102〕，形體與《說文》古文「玊」相近；戰國楚系文字或作「珡」〈信陽2.3〉，從厽必聲，或作「珡」〈郭店・性自命出24〉，從二丌，或作「珡」〈上博・孔子詩論14〉，從三丌，或作「森」〈望山2.49〉，從三兂，或作「珡」〈上博・容成氏2〉，從二兂必聲，或作「珡」〈包山260〉，從三丌必聲，劉信芳指出，

〔註101〕《說文解字注》，頁640。

〔註102〕劉釗、洪颺、張新俊：《新甲骨文編》，頁699，福州，福建人民出版社，2009年。

信陽竹簡（2.3）與包山竹簡（260）之字，皆爲「瑟」字〔註103〕，據李家浩考證，望山竹簡从三亓之字、包山竹簡从三丌从必之字，亦爲「瑟」字〔註104〕，再據郭店竹簡〈性自命出 24〉與上博簡〈孔子詩論 14〉的辭例觀察，二者皆爲「琴瑟」之「瑟」，足證劉信芳、李家浩之說爲是，又作「⿱王瑟」者，將之與「⿱王瑟」相較，下半部的形體，實無差異，據顏世鉉考證，無論包山或是信陽竹簡的「瑟」字，上半部的形體，應爲三個瑟柱之形。〔註105〕馬王堆漢墓出土文獻从玨必聲作「⿱王瑟」《馬王堆‧三號墓遺策》，上半部的「⿱王瑟」，應與楚文字所見「⿱王亓」相近同，篆文「⿱王瑟」蓋源於此，惟上半部作「⿱王王」，與「琴」之「⿱王王」近同。「瑟」字上古音屬「山」紐「質」部，「必」字上古音屬「幫」紐「質」部，疊韻，戰國楚系文字或爲象形字，或增添必聲爲形聲字，由象形改爲形聲字，爲了便於時人閱讀使用之需，故以讀音相近的字作爲聲符。

字　例	重　文	時　期	字　　　形
瑟 ⿱王瑟	⿱王瑟	殷　商	⿱王亓《花東》（130）
		西　周	
		春　秋	
		楚　系	⿱王瑟〈信陽 2.3〉 ⿱王亓〈望山 2.49〉 ⿱王瑟〈包山 260〉 ⿱王亓〈郭店‧性自命出 24〉 ⿱王亓〈上博‧孔子詩論 14〉 ⿱王瑟〈上博‧容成氏 2〉
		晉　系	
		齊　系	
		燕　系	
		秦　系	

〔註103〕劉信芳：〈楚簡文字考釋（五則）〉，《于省吾教授百年誕辰紀念文集》，頁186，長春，吉林大學出版社，1996年；劉信芳：〈楚系文字「瑟」以及相關的幾個問題〉，《鴻禧文物》第二期，頁37～40，臺北，鴻禧藝術文教基金會，1997年。

〔註104〕李家浩：〈信陽楚簡「樂人之器」研究〉，《簡帛研究》第三輯，頁11～13，南寧，廣西教育出版社，1998年。

〔註105〕顏世鉉：〈考古資料與文字考釋、詞義訓詁之關係舉隅〉，「楚簡綜合研究第二次學術研討會——古文字與古文獻爲議題」，頁7～8，臺北，中央研究院歷史語言研究所，2002年。

		秦　朝	
		漢　朝	〔字形〕《馬王堆・三號墓遣策》

899、《說文》「直」字云：「直，正見也。從十目乚。棄，古文直或從木如此。」〔註106〕

甲骨文作「」《合》（22103），從目從丨，商承祚指出「象視線平直之形」〔註107〕，其後的文字多於此構形上增添「乚」，寫作「」〈恆簋蓋〉、「」〈侯馬盟書・宗盟類3.1〉、「」〈郭店・唐虞之道20〉、「」〈上博・性情論32〉、「直」〈睡虎地・法律答問9〉、「直」〈睡虎地・封診式32〉，「目」本作「」，爲了書寫的方便，書手往往將圖畫文字曲折的筆畫加以改易，形成「目」，「」、「」、「直」之「目」皆爲「」的變異，《說文》篆文作「直」，形體與「直」相同。戰國楚系文字或見從木直聲者，如：「」〈郭店・老子乙本14〉、「」〈郭店・緇衣3〉，辭例依序爲「大植（直）若屈」、「好是正植（直）」，「植」皆通假爲「直」，古文作「棄」，上半部的「」爲「」之訛寫，以彼律此，「棄」亦應爲「植」字，因通假之故誤將之列爲「直」的重文。

字　例	重　文	時　期	字　形
直 直	棄	殷　商	〔字形〕《合》（22103）
		西　周	〔字形〕〈恆簋蓋〉
		春　秋	〔字形〕〈侯馬盟書・宗盟類3.1〉
		楚　系	〔字形〕〈郭店・老子乙本14〉 〔字形〕〈郭店・緇衣3〉 〔字形〕〈郭店・唐虞之道20〉 〔字形〕〈上博・性情論32〉
		晉　系	
		齊　系	
		燕　系	
		秦　系	〔字形〕〈睡虎地・法律答問9〉 〔字形〕〈睡虎地・封診式32〉
		秦　朝	
		漢　朝	〔字形〕《馬王堆・十六經103》

〔註106〕《說文解字注》，頁640。

〔註107〕商承祚：《甲骨文字研究》，頁166，天津，天津古籍出版社，2008年。

900、《說文》「無」字云：「🔣，亡也。从亡🔣聲。🔣，奇字無也。
通於元者，虛无道也。王育說天屈西北爲无。」〔註108〕

殷商金文作「🔣」〈作冊般甗〉，「所持者或謂牛尾，或謂羽，實則隨所需
而定。」〔註109〕西周金文或作「🔣」〈大盂鼎〉，姚孝遂指出「舞」字像「有
所持而舞之形」，「舞蹈是雩祭祈雨時的一種主要形式」〔註110〕，或作「🔣」〈虢
季子白盤〉，將「🔣」兩側之「🔣」的橫畫接連，其後的文字多承襲此一形體，
寫作「🔣」〈秦公簋〉、「🔣」〈子璋鐘〉，或省略「🔣」的筆畫作「🔣」〈曾姬
無卹壺〉、「🔣」〈令狐君嗣子壺〉，《說文》篆文从亡🔣聲作「🔣」，蓋源於此，
而於其間增添「亡」，奇字作「🔣」，形體近於〈睡虎地・爲吏之道43〉的「🔣」，
其間的差異，係書體的不同。又《說文》另收「🔣」字，篆文作「🔣」，云：
「豐也。從林🔣。🔣，或說規模字。從大🔣。🔣，數之積也；林者，木之多
也。🔣與庶同意。〈商書〉曰：『庶艸🔣🔣』。」〔註111〕字形與「🔣」、「🔣」
近同，而同於「🔣」〈繹山碑〉，可知許書所釋字形爲非。

字 例	重 文	時　期	字　　形	
無　🔣	🔣🔣	殷　商	🔣〈作冊般甗〉	
		西　周	🔣〈大盂鼎〉	🔣〈虢季子白盤〉
		春　秋	🔣〈秦公簋〉	🔣〈子璋鐘〉
		楚　系	🔣〈曾姬無卹壺〉	🔣〈新蔡・乙三1〉
		晉　系	🔣〈令狐君嗣子壺〉	🔣〈魚鼎匕〉
		齊　系		
		燕　系		
		秦　系	🔣〈睡虎地・秦律十八種8〉	🔣〈睡虎地・爲吏之道42〉
		秦　朝	🔣〈繹山碑〉	
		漢　朝	🔣《馬王堆・戰國縱橫家書26》	🔣《馬王堆・春秋事語82》

〔註108〕《說文解字注》，頁640。

〔註109〕于省吾：《甲骨文字詁林》第一冊，頁258，北京，中華書局，1996年。

〔註110〕姚孝遂、蕭丁：《小屯南地甲骨考釋》，頁11，北京，中華書局，1985年。

〔註111〕《說文解字注》，頁74。

901、《說文》「匚」字云：「匚，受物之器。象形。凡匚之屬皆從匚。
讀若方。匚，籀文匚。」〔註112〕

甲骨文作「匚」《合》（190 正），或作「匚」《合》（418 正），或作「凵」
《合》（19852），左右相反或上下顛倒皆無礙於該字的辨識，亦作「匚」《合》
（22422）或「匚」《合》（27084），形體與「匚」或「匚」無別。《說文》篆
文「匚」應是承襲甲骨文「匚」而來；籀文「匚」則是承襲自甲骨文「匚」
與金文「匚」的形體而來。

字 例	重 文	時 期	字 形
匚 匚	匚	殷 商	匚《合》（190 正） 匚《合》（418 正） 凵《合》（19852） 匚《合》（22422） 匚《合》（27084）
		西 周	匚〈乃孫作且己鼎〉 匚〈匚賓父癸鼎〉
		春 秋	
		楚 系	
		晉 系	
		齊 系	
		燕 系	
		秦 系	
		秦 朝	
		漢 朝	

902、《說文》「匧」字云：「匧，械臧也。從匚夾聲。篋，匧或從
竹。」〔註113〕

篆文作「匧」，從匚夾聲，與〈睡虎地·法律答問 204〉的「匧」相近；
或體作「篋」，從竹匧聲。「匧」為置放東西的箱子，加上偏旁「竹」，為明示
製作「匧」的材質。

字 例	重 文	時 期	字 形
匧	篋	殷 商	

〔註112〕《說文解字注》，頁 641。

〔註113〕《說文解字注》，頁 642。

	西　周	
〔字形〕	春　秋	
	楚　系	
	晉　系	
	齊　系	
	燕　系	
	秦　系	灰〈睡虎地・法律答問 204〉
	秦　朝	
	漢　朝	

903、《說文》「匡」字云：「匡，飯器，筥也。从匚㞷聲。筐，匡或从竹。」〔註114〕

　　兩周以來的文字从匚㞷聲作「匡」〈尹氏貯良簋〉、「匡」〈禹鼎〉、「匡」《古陶文彙編》（4.96），「匚」或爲「匚」，或作「匚」，形體無別，《說文》篆文「匡」源於此，亦見在「匡」的構形上增添「金」作「鋸」〈戲叔簋〉，「匡」的字義爲「飯器，筥也」，增添偏旁「金」係明示製作的材質；戰國楚系文字或見从竹㞷聲作「筐」〈包山 70〉，據「往」字考證，「㞷」下半部的形體似「壬」，係在「土」的左側增添一道短斜畫「ノ」所致，又或體从竹匡聲作「筐」，增添「竹」是明示製作「匡」的材質；馬王堆漢墓出土文獻作「匡」《馬王堆・繆和 40》，「㞷」寫作「王」，係在隸變過程中省略部分的形體。

字例	重文	時　期	字　形
匡匡	筐	殷　商	
		西　周	匡〈尹氏貯良簋〉 鋸〈戲叔簋〉 匡〈禹鼎〉
		春　秋	匡〈叔家父簋〉
		楚　系	匡〈望山 2.48〉 筐〈包山 70〉
		晉　系	
		齊　系	
		燕　系	匡《古陶文彙編》（4.96）

〔註114〕《說文解字注》，頁 642。

	秦　系	
	秦　朝	
	漢　朝	![字形]《馬王堆・春秋事語70》 ![字形]《馬王堆・繆和40》

904、《說文》「匲」字云：「匲，小桮也。从匚䚢聲。櫝，匲或从木。」 〔註115〕

篆文作「匲」，从匚䚢聲；或體作「櫝」，从木䚢省聲。字義爲「小桮」，从匚表示該物爲「受物之器」，从木表明製作「桮」的材質。從字形觀察，篆文採取外匚內䚢的結構，或體將「匚」易爲「木」，若採取左木右䚢的左右式結構，將使得形體產生過寬的現象，故省減聲符「䚢」左側的「章」，寫作「櫝」。

字　例	重　文	時　期	字　形
匲 匲	櫝	殷　商	
		西　周	
		春　秋	
		楚　系	
		晉　系	
		齊　系	
		燕　系	
		秦　系	
		秦　朝	
		漢　朝	

905、《說文》「匛」字云：「匛，棺也。从匚久聲。柩，匛或从木。匶，籀文从舊。」 〔註116〕

篆文作「匛」，从匚久聲；或體作「柩」，从木匛聲。「匛」的字義爲「棺」，棺槨以木爲之，「匛」字加上偏旁「木」，是明示製作「匛」的材質；籀文作「匶」，从匚舊聲，形體與〈中山王𧻗方壺〉的「𧳏」相近，「舊」字作「𥣫」〈兮甲盤〉，較之於「𧳏」的「𥣫」，係省略「萑」上半部的部件「𠀎」，洪家義云：

〔註115〕《說文解字注》，頁642。

〔註116〕《說文解字注》，頁643。

「蓋即匛之別體」〔註117〕，馬承源云：「或以爲柩之異體」〔註118〕，辭例爲「不匛（就）諸侯」。「匛」、「舊」二字上古音皆屬「群」紐「之」部，雙聲疊韻，匛、舊作爲聲符使用時可替代。

字 例	重 文	時 期	字　　形
匛	柩，匛	殷　商	
		西　周	
		春　秋	
		楚　系	
		晉　系	〈中山王■方壺〉
		齊　系	
		燕　系	
		秦　系	
		秦　朝	
		漢　朝	

906、《說文》「曲」字云：「曲，象器曲受物之形也。凡曲之屬皆从曲。或說：『曲，蠶薄也』。𠃬，古文曲。」〔註119〕

甲骨文作「曲」《合》（1022甲），金文作「𠃬」〈𠃬父丁爵〉，或省作「𠃬」〈曾子斿鼎〉，或省略「𠃬」的一筆作「𠃬」〈包山260〉，形體變化差異不大，《說文》古文「𠃬」應源於此；或以剪裁省減的方式，保留基本的部分，寫作「匸」《古璽彙編》（2317）、「匸」〈陽曲‧尖足平首布〉，李零指出此即「曲」字〔註120〕；《說文》篆文作「曲」，形體與〈睡虎地‧編年記42〉的「曲」相近，僅上半部的筆畫略異。

字 例	重 文	時 期	字　　形
曲	𠃬	殷　商	曲 《合》（1022甲）　𠃬 〈𠃬父丁爵〉

〔註117〕洪家義：《金文選注繹》，頁636，南京，江蘇教育出版社，1988年。

〔註118〕馬承源：《殷周青銅器銘文選》第四卷，頁576，北京，文物出版社，1990年。

〔註119〕《說文解字注》，643。

〔註120〕李零：〈戰國鳥書箴銘帶鉤考釋〉，《古文字研究》第八輯，頁61，北京，中華書局，1983年。

	西　周	
	春　秋	〈曾子斿鼎〉
	楚　系	〈包山 260〉
	晉　系	《古璽彙編》（2317）〈陽曲・尖足平首布〉
	齊　系	
	燕　系	
	秦　系	
	秦　朝	〈睡虎地・編年記 42〉
	漢　朝	

907、《說文》「甾」字云：「甾，東楚名缶曰甾。象形也。凡甾之屬
皆从甾。𤳿，古文甾。」〔註121〕

甲骨文作「山」《合》（177）、「屮」《合》（975 正）、「𤰒」《合》（36347），
「象編製之器形」〔註122〕，金文承襲為「甾」〈甾作父己觶〉、「𤯔」〈訇簋〉；
馬王堆漢墓出土文獻襲自「山」作「屮」《馬王堆・戰國縱橫家書 324》，於豎
畫上增添一道飾筆性質的短橫畫「-」。《說文》篆文「甾」應源於「甾」，古文
「𤳿」係在「甾」的構形上再增添一道紋飾，究其形體，亦可能由「𤰒」、「𤯔」
演變而來，即將中間的豎畫貫穿上半部的短橫畫而作「𤳿」。

字　例	重　文	時　期	字　形
甾		殷　商	《合》（177）《合》（975 正）《合》（36347）
		西　周	〈甾作父己觶〉〈訇簋〉
		春　秋	〈子陳口之孫鼎〉
		楚　系	
		晉　系	
		齊　系	
		燕　系	
		秦　系	

〔註121〕《說文解字注》，頁 643。

〔註122〕《金文形義通解》，頁 3025。

	秦 朝	
	漢 朝	（字形）《馬王堆・戰國縱橫家書 324》

908、《說文》「盧」字云：「（字形），罃也。从由虍聲。讀若盧同。鑪，
　　　籀文盧如此。盧，篆文。」〔註123〕

　　金文作「（字形）」〈取膚匜〉，據「盧」字考證，甲骨文作「（字形）」《合》（21804），
正像「鑪形」，或从虍作「（字形）」《合》（28095）、「（字形）」《合》（32350），作「（字形）」
者，實由「（字形）」而來，《說文》古文「（字形）」、篆文从甾作「（字形）」、籀文从缶作「（字形）」，
所見之「由」，亦應由「（字形）」而來。《說文》「缶」字云：「瓦器所吕盛酒（字形）」，
「甾」字云：「東楚名缶曰由」〔註124〕，「甾」為東楚對「缶」的別稱，字義
相同，作為形符使用時，可因義同而兩相替代，「盧」的字義為「罃」，「罃」
指「小口的罌」，為「缶」的一種，增添「甾」或「缶」旁，係為了表示此為「缶」
器，表明其用途。

字 例	重 文	時 期	字 形
盧 （字形）	鑪， （字形）	殷 商	
		西 周	（字形）〈取膚匜〉
		春 秋	
		楚 系	
		晉 系	
		齊 系	
		燕 系	
		秦 系	
		秦 朝	
		漢 朝	

909、《說文》「甑」字云：「（字形），甗也。从瓦曾聲。（字形），籀文甑从（字形）。」
　　　〔註125〕

〔註123〕　《說文解字注》，頁 644。

〔註124〕　《說文解字注》，頁 227，頁 643。

〔註125〕　《說文解字注》，頁 644。

　　篆文作「觶」，從瓦曾聲，與《馬王堆‧五十二病方 286》的「觶」、《武威‧少牢 7》的「甌」相近；籀文作「壥」，從彌曾聲，「彌」者「鬲」之異體字，《說文》「鬲」字云：「鼎屬也」，「瓦」字云：「土器已燒之總名」[註126]，「瓦」、「鬲」的字義無涉，替代的現象，係造字時對於偏旁意義的選擇不同所致。

字　例	重　文	時　期	字　　　形
甌 觶	壥	殷　商	
		西　周	
		春　秋	
		楚　系	
		晉　系	
		齊　系	
		燕　系	
		秦　系	
		秦　朝	觶《馬王堆‧五十二病方 286》
		漢　朝	甌《武威‧少牢 7》

910、《說文》「甀」字云：「甀，康瓠破罌也。從瓦枲聲。甇，甀或從埶。」[註127]

　　「甀」字從瓦枲聲，或體「甇」從瓦埶聲。「枲」、「埶」二字上古音皆屬「疑」紐「月」部，雙聲疊韻，枲、埶作爲聲符使用時可替代。又聲符替代後，因「埶」爲左右式的結構，在偏旁位置的安排上，採取上埶下瓦的結構。

字　例	重　文	時　期	字　　　形
甀 甀	甇	殷　商	
		西　周	
		春　秋	
		楚　系	
		晉　系	

[註126] 《說文解字注》，頁 112，頁 644。

[註127] 《說文解字注》，頁 645。

齊 系	
燕 系	
秦 系	
秦 朝	
漢 朝	

911、《說文》「弭」字云：「𢏵，弓無緣可吕解轡紛者。从弓耳聲。
𢏴，弭或从兒。」〔註128〕

篆文作「𢏵」，與〈弭叔師察簋〉的「𢏴」相近，又〈師湯父鼎〉作「𢏴」，
辭例爲「賜盛弓象弭」，將之與「𢏴」相較，應是偏旁位置經營的不同，亦即
採取上耳下弓的形體。「弭」字从弓耳聲，或體「𢏴」从弓兒聲。「耳」字上古
音屬「日」紐「之」部，「兒」字上古音屬「日」紐「支」部，雙聲，耳、兒作
爲聲符使用時可替代。

字 例	重 文	時 期	字 形
弭 𢏵	𢏴	殷 商	
		西 周	𢏴〈師湯父鼎〉 𢏴〈弭叔師察簋〉
		春 秋	
		楚 系	
		晉 系	
		齊 系	
		燕 系	
		秦 系	
		秦 朝	
		漢 朝	

912、《說文》「弛」字云：「𢏱，弓解弦也。从弓也聲。𢏲，弛或从
虒。」〔註129〕

「弛」字从弓也聲，或體「𢏲」从弓虒聲。「也」字上古音屬「余」紐「歌」

〔註128〕《說文解字注》，頁646。

〔註129〕《說文解字注》，頁647。

部,「虎」字上古音屬「心」紐「支」部。又「弛」字上古音屬「書」紐「歌」部,錢大昕言「舌音類隔不可信」,黃季剛言「照系三等諸紐古讀舌頭音」,可知「書」於上古聲母可歸於「透」;從「虎」得聲之字,如:裼字上古音屬「透」紐「支」部,遞、咦、踶等字上古音屬「定」紐「支」部,榹字上古音屬「心」紐「支」部,聲母或爲舌頭音,或爲齒頭音,疑從弓虎聲的「虦」字,上古聲母應爲舌頭音,方能與從弓也聲之字替換聲符。

字　例	重　文	時　期	字　　　形
弛 弛	弛	殷　商	
		西　周	
		春　秋	
		楚　系	
		晉　系	
		齊　系	
		燕　系	
		秦　系	
		秦　朝	
		漢　朝	

913、《說文》「彈」字云:「彈,行丸也。从弓單聲。弓,或說彈从弓持丸如此。」[註130]

甲骨文作「弓」《合》(10048),爲「弓持丸」[註131],金文作「弓」〈弓作父辛鼎〉;馬王堆漢墓出土文獻爲「彈」《馬王堆・老子甲本79》,从弓單聲,與《說文》篆文「彈」近同;或體作「弓」,从弓持丸,大徐本言「从弓持丸」,寫作「弸」,小徐本爲「從弓打丸」,寫作「弸」[註132],「丸」字云:「圜也」[註133],或體右側的「○」即「丸」的具體形象,大小徐本則以文字呈現,與

〔註130〕《說文解字注》,頁647。

〔註131〕《增訂殷虛書契考釋》卷中,頁43。

〔註132〕《說文解字繫傳》,頁251;(漢)許慎撰、(宋)徐鉉校定:《說文解字》,頁270,香港,中華書局,1996年。

〔註133〕《說文解字注》,頁452。

「弓」相近者，又見於《汗簡》所載「彈」字，寫作「戸」《說文》，《古文四聲韻》亦載作「弖」《說文》〔註134〕，段注本收錄的或體字與《汗簡》、《古文四聲韻》所見字形，仍承襲甲骨文的形體，惟書體不同而產生形體的差異。又據大小徐本所載，「彈」字應補入「从弓持丸」的「弡」或「從弓打丸」的「弜」。

字 例	重 文	時 期	字 形
彈 彈	弓°	殷 商	⼸《合》（10048） ⼸《合》（13523 正）
		西 周	⼸〈⼸作父辛鼎〉
		春 秋	
		楚 系	
		晉 系	
		齊 系	
		燕 系	
		秦 系	
		秦 朝	
		漢 朝	彈《馬王堆・老子甲本 79》

914、**《說文》「弼」字云：「弼，輔也。从弜西聲。𣏾，古文弼如此；𣏾，亦古文弼。芎，弼或如此。」**〔註135〕

兩周文字作「弼」〈番生簋蓋〉、「弼」〈毛公鼎、「弼」〈曾侯乙 13〉、「弼」〈包山 35〉，皆从弜从西，《說文》篆文「弼」源於此，惟「西」的形體作「西」，與「田」、「田」不同，據「汎」字考證，「西」、「西」為「図」之訛。古文「𣏾」从弜从二西，另一古文「弢」从女弜聲，或體「芎」从弓弗聲。「弼」字上古音屬「並」紐「物」部，「弗」字上古音屬「幫」紐「物」部，為幫並旁紐、疊韻關係；「弜」字有二讀音，一為「渠羈切」，上古音屬「群」紐「歌」部，一為「其兩切」，上古音屬「群」紐「陽」部，據《說文》收錄「璊」、「琨」等重文資料分析，在聲符替代的現象中，文、元二部關係十分密切，又「微」、「文」、「物」，「歌」、「元」、「月」分屬二組陰、陽、入聲韻部的文字，若「弜」

〔註134〕 （宋）郭忠恕編、（宋）夏竦編、（民國）李零、劉新光整理：《汗簡・古文四聲韻》，頁 35，北京，中華書局，1983 年；《古文四聲韻》，頁 74。

〔註135〕 《說文解字注》，頁 648。

字上古音屬「群」紐「歌」部，則可與聲符「弗」替換；許書言「弻」字从弜丙聲，「丙」字上古音屬「透」紐「侵」部，與弜、弗的音韻關係俱遠，疑應从「弜」得聲，才能作爲聲符使用而彼此替代。

字　例	重　文	時　期	字　　形
弻	弻, 弼, 𢐹	殷　商	
		西　周	〈番生簋蓋〉　〈毛公鼎〉
		春　秋	
		楚　系	〈曾侯乙13〉　〈包山35〉
		晉　系	
		齊　系	
		燕　系	
		秦　系	
		秦　朝	
		漢　朝	

915、《說文》「系」字云：「系，縣也。从糸厂聲。凡系之屬皆从系。繫，系或从毄處。絲，籀文系从爪絲。」〔註136〕

金文作「系」〈小臣𤔲卣〉、「系」〈戈爵〉，像以爪（手）持絲之形，所持之「絲」从三糸作「絲」，或从二糸作「絲」，「系」與籀文「絲」相近，春秋以來的文字易三糸爲一糸，寫作「系」〈侯馬盟書‧宗盟類92.45〉、「系」〈包山179〉；或見作「系」《古陶文彙編》（6.79），《說文》篆文「系」與之相近，其間的差異，爲「糸」上的筆畫「／」引曳拉長與否，又據商周以來的「系」字形體觀察，無論所从爲三糸、二糸、一糸，上半部的形體皆爲「爪（手）」形，「系」所見的「／」蓋爲「爪」的省略，篆文未識其形，故將省略的「爪（手）」形進一步訛寫爲「厂」，遂產生「从糸厂聲」之說。或體作「繫」，从處毄聲，「系」字爲會意字，上古音屬「匣」紐「錫」部，「毄」字上古音屬「見」紐「錫」部，二者發聲部位相同，見匣旁紐，疊韻，由會意字改爲形聲字，爲了便於時人閱讀使用之需，故以讀音相近的字作爲聲符，然或體的形符爲「處」，

〔註136〕《說文解字注》，頁648。

字義爲「止」〔註137〕，與「系」的字義「縣也」難以連繫，故馬叙倫以爲「」
應爲訛體〔註138〕，今暫從其言。

字　例	重　文	時　期	字　　形
系		殷　商	〈小臣卣〉　〈戈爵〉
		西　周	
		春　秋	〈侯馬盟書・宗盟類 92.45〉
		楚　系	〈包山 179〉
		晉　系	《古陶文彙編》（6.79）
		齊　系	
		燕　系	
		秦　系	
		秦　朝	
		漢　朝	

916、《說文》「」字云：「，隨從也。从系聲。，或字。」
〔註139〕

金文作「」〈師袁簋〉、「」〈師克盨〉、「」〈彔伯簋蓋〉、「」
〈散氏盤〉，左側皆爲「言」，右側依序爲「」、「」、「」、「」，朱芳
圃認爲字形从言聲，像獸形，爲「鼬」的初文，頭上的「」即繩索，
故獵獲時以繩索繫於頸部而懸之，「」、「」皆爲「」的變形〔註140〕，曾
憲通指出「」爲「」的初文，字形像「鼬」的省變，上半部「」爲鼬
鼠的頭，非爲幺、白、糸，下半部「」像其足與尾，非「本」聲，「」之
偏旁「」，係由象形文的獸頭與聲符「缶」訛變而來，與肉聲無涉〔註141〕，
李零以爲字形从言从一被縛的豸，豸之足爲「」，與「缶」相近，又與「」
字下半部的「」相同，「」爲省豸的「爪」而與「言」相合成左側的形體，

〔註137〕《說文解字注》，頁 722。

〔註138〕《說文解字六書疏證》四，卷廿四，頁 3191〜3192。

〔註139〕《說文解字注》，頁 649。

〔註140〕朱芳圃：《殷周文字釋叢》，頁 11〜12，臺北，臺灣學生書局，1972 年。

〔註141〕曾憲通：〈說繇〉，《古文字研究》第十輯，頁 23〜36，北京，中華書局，1983 年。

以縛豸的「系」爲右邊的偏旁，「絲」爲省豸的「爪」而與訛變爲「缶」的「⿱」組合成左側的形體，以縛豸的「系」爲右旁，故而同時包含「絲」、「絲」二個字形[註142]，從字形觀察，右側的形體爲某種動物之形，並以繩索繫綁，曾憲通以爲「⿱」係鼬鼠之首的說法有待商榷；戰國楚系文字作「⿰」〈曾侯乙89〉、「⿰」〈包山149〉、「⿰」〈郭店・尊德義9〉、「⿰」〈新蔡・甲三31〉、「⿰」〈楚帛書・乙篇9.31〉，辭例依序爲「絲⿰」、「女絲一賽」、「絲禮知樂」、「其絲曰是日未兌」、「帝曰絲」，對照「⿰」之「⿰」的形體，「⿰」、「⿰」、「⿰」皆爲省減之形，「⿰」除了省寫外，更將「⿱」訛寫作「禾」，又「⿰」之「⿱」應爲「言」的訛寫，而透過「⿰」、「⿰」、「⿰」右側之「系」，亦可知曾憲通之言爲非；齊系文字作「⿰」《古陶文彙編》（3.76），較之於「⿰」，形體訛省愈甚；秦系文字作「⿰」〈睡虎地・秦律十八種118〉、「⿰」〈睡虎地・法律答問199〉，亦省略該動物之形，又「⿰」之「⿱」係重複「⿱」而誤爲「系」，「⿰」之「⿱」因省略「⿱」的一道筆畫而作「⿱」，《說文》篆文「⿰」源於此，可知許書言「从系⿱聲」爲非；秦、漢間或見「由」《秦代陶文》（388）、「由」〈元始鈁〉，或體「⿱」與之相近，惟書體不同。

字 例	重 文	時 期	字 形
絲 絲	由	殷 商	
		西 周	⿰〈師袁簋〉 ⿰〈師克盨〉 ⿰〈彔伯戈簋蓋〉 ⿰〈散氏盤〉
		春 秋	
		楚 系	⿰〈曾侯乙89〉 ⿰〈包山149〉 ⿰〈郭店・尊德義9〉 ⿰〈新蔡・甲三31〉 ⿰〈楚帛書・乙篇9.31〉
		晉 系	
		齊 系	⿰《古陶文彙編》（3.76）
		燕 系	
		秦 系	⿰〈睡虎地・秦律十八種118〉 ⿰〈睡虎地・法律答問199〉
		秦 朝	由《秦代陶文》（388）
		漢 朝	由〈元始鈁〉 ⿰《馬王堆・五行篇202》

[註142] 李零：《長沙子彈庫戰國楚帛書研究》，頁61，頁116，北京，中華書局，1985年。

第十四章　《說文》卷十三重文字形分析

917、《說文》「糸」字云：「糹，細絲也。象束絲之形。凡糸之屬皆從糸。讀若覛。𢆯，古文糸。」[註1]

甲骨文作「𢆯」《合》（15121）、「𢆯」《合》（21306乙），像「束絲之形」，金文承襲作「𢆯」〈子糸爵〉，或省減上下的「𢆯」作「𢆯」〈𢆯父壬爵〉。又從糸之「𢆯」〈沈子它簋蓋〉，左側的形體為「𢆯」，亦省減上下的「𢆯」，而與《說文》古文「𢆯」相同。篆文作「糹」，省略上半部的「𢆯」，形體與〈明‧弧背燕刀〉的「𢆯」相同。

字 例	重 文	時　期	字　　　形
糸	𢆯	殷　　商	𢆯《合》（15121） 𢆯《合》（21306乙） 𢆯〈子糸爵〉
糹		西　　周	𢆯〈𢆯父壬爵〉
		春　　秋	
		楚　　系	
		晉　　系	
		齊　　系	

〔註1〕　（漢）許慎撰、（清）段玉裁注：《說文解字注》，頁 650，臺北，黎明文化事業股份有限公司，1991 年。

燕 系	〈明・弧背燕刀〉
秦 系	
秦 朝	
漢 朝	

918、《說文》「繭」字云：「繭，蠶衣也。从糸从虫从芇。緁，古文繭从糸見。」 (註2)

　　篆文作「繭」，从糸从虫从芇聲，與〈睡虎地・日書甲種 13 背〉的「繭」相近，疑因書寫草率遂由「从」作「义」，「8」爲古文糸，「士」爲虫；古文作「緁」，从糸見聲，「糸」之「宇」爲古文糸，與〈包山 268〉的「緁」相近，又「見」字作「夗」〈見作甗〉、「罗」〈史牆盤〉、「罗」〈史牆盤〉，或側立狀，或跪坐狀，形體無別，楚簡的「皂」與古文的「罗」亦無別。馬王堆漢墓出土文獻作「爾」《馬王堆・相馬經 6》，上半部的「甲」爲「芇」的訛寫，下半部本應从糸从虫卻改从二個糸，此種現象在古文字中亦習見，如：「羕」字作「羕」〈羕史尊〉，或作「箫」〈包山 41〉，「發」字作「鈛」〈包山 171〉，或作「鈛」〈包山 128〉。「芇」字上古音屬「明」紐「元」部，「見」字上古音屬「見」紐「元」部，疊韻，芇、見作爲聲符使用時可替代。

字 例	重 文	時 期	字 形
繭　繭	緁	殷 商	
		西 周	
		春 秋	
		楚 系	緁 〈包山 268〉
		晉 系	
		齊 系	
		燕 系	
		秦 系	繭 〈睡虎地・日書甲種 13 背〉
		秦 朝	
		漢 朝	爾 《馬王堆・相馬經 6》

〔註 2〕《說文解字注》，頁 650。

919、《說文》「織」字云：「織，作布帛之總名也。从糸戠聲。絨，
樂浪挈令織从糸从式。」〔註3〕

「織」字从糸戠聲，「絨」从糸式聲。「戠」字上古音屬「章」紐「職」部，「式」字上古音屬「書」紐「職」部，二者發聲部位相同，章書旁紐，疊韻，戠、式作爲聲符使用時可替代。又〈睡虎地・法律答問162〉作「織」，將之與「織」相較，前者係將「音」置於「戈」的下方，因「音」的起筆短橫畫「一」與「戈」的橫畫「一」相同，遂共用相同的橫畫，並將「音」的豎畫省略。

字 例	重 文	時 期	字 形
織 織	絨	殷 商	
		西 周	
		春 秋	
		楚 系	
		晉 系	
		齊 系	
		燕 系	
		秦 系	織〈睡虎地・法律答問162〉
		秦 朝	織《馬王堆・五十二病方359》
		漢 朝	

920、《說文》「絍」字云：「絍，機縷也。从糸壬聲。絍，絍或从紊。」
〔註4〕

「絍」字从糸壬聲，或體「絍」从糸任聲。「壬」、「任」二字上古音皆屬「日」紐「侵」部，雙聲疊韻，壬、任作爲聲符使用時可替代。從字形觀察，篆文左糸右壬，採取左右式結構，或體上任下糸，爲上下式結構，「任」爲「人」與「壬」所組成，因受書寫空間的影響，當聲符由「壬」改爲「任」時，遂將「糸」直接改置於「任」的下方。

〔註3〕 《說文解字注》，頁651。
〔註4〕 《說文解字注》，頁651。

字 例	重 文	時 期	字 形
紝 紝	𦀗	殷 商	
		西 周	
		春 秋	
		楚 系	
		晉 系	
		齊 系	
		燕 系	
		秦 系	
		秦 朝	
		漢 朝	

921、《說文》「絕」字云：「絕，斷絲也。从刀糸卩聲。𢇍，古文絕
　　　象不連體絕二絲。」〔註5〕

甲骨文作「𠠬」《合》（152 正）、「𢇍」《合》（17464）、「𢇍」《合》（24461）、
「𢇍」《合》（36508），像以刀斷絲之形；戰國楚系文字或承襲為「𢇍」〈九店
56.34〉，或重複四「糸」作「𢇍」〈曾侯乙5〉，中山國文字與之相同，寫作「𢇍」
〈中山王𨻶方壺〉，或重複二「糸」作「𢇍」〈上博・孔子詩論27〉，對照「𢇍」
的形體，係省略「刀」的筆畫，或从糸从二刀作「𢇍」〈望山2.17〉，辭例依序
為「是謂絕日」、「絕畾」、「北風不絕」、「絕純口」，形體雖不同，實為「絕」字
異體，《說文》古文「𢇍」源於此，與「𢇍」、「𢇍」近同，僅筆畫略異；秦
系文字作「𢇍」〈睡虎地・日書甲種17背〉，从刀从糸卩聲，篆文「絕」與此
相近。可知《說文》篆文應源於秦系文字的系統，古文則源於東方之晉、楚等
地的系統。

字 例	重 文	時 期	字 形
絕 絕	𢇍	殷 商	𠠬《合》（152正）𢇍《合》（17464）𢇍《合》（24461） 𢇍《合》（36508）
		西 周	
		春 秋	

〔註 5〕《說文解字注》，頁652。

	楚　系	![字形]〈曾侯乙5〉 ![字形]〈望山2.17〉 ![字形]〈上博・孔子詩論27〉 ![字形]〈九店56.34〉
	晉　系	![字形]〈中山王![字形]方壺〉
	齊　系	
	燕　系	
	秦　系	![字形]〈睡虎地・日書甲種17背〉
	秦　朝	
	漢　朝	![字形]《馬王堆・戰國縱橫家書70》

922、《説文》「繼」字云：「繼，續也。从糸![字形]。![字形]，繼或作![字形]，反![字形]爲![字形]。」〔註6〕

甲骨文作「![字形]」《合》（16225）、「![字形]」《合》（17166正），姚孝遂指出「象續絲之形，不从反![字形]。」〔註7〕金文作「![字形]」〈拍敦〉，「从二絲，中間橫筆表示接續。」〔註8〕戰國楚系文字作「![字形]」〈郭店・老子甲本1〉、「![字形]」〈郭店・老子乙本4〉，辭例依序爲「繼（絕）巧棄利」、「繼（絕）學亡憂」，對照「絕」字的「![字形]」〈曾侯乙5〉，形體左右相反，從字音言，「絕」字上古音屬「從」紐「月」部，「繼」字上古音屬「見」紐「質」部，二者聲韻俱遠，若從字形言，古文字往往正反無別，如：「少」字作「![字形]」〈蔡侯紐鐘〉，或作「![字形]」〈包山80〉，「角」字作「![字形]」〈史牆盤〉，或作「![字形]」〈羊角戈〉，「姬」字作「![字形]」〈魯侯鬲〉，或作「![字形]」〈曾姬無卹壺〉，以彼律此，「![字形]」、「![字形]」即「![字形]」字，或从糸作「![字形]」〈上博・用曰14〉，辭例爲「繼緒」，右側的形體即「![字形]」；漢代墓葬出土文獻或作「![字形]」《馬王堆・十問11》，《説文》或體「![字形]」與之相同，或从糸作「![字形]」《馬王堆・戰國縱橫家書195》，所从之「![字形]」爲「![字形]」，較之於「![字形]」，《銀雀山247》的「![字形]」係偏旁左右互置，篆文「![字形]」从糸从古文絕之「![字形]」，從文字形體的發展言，本應襲自「![字形]」或「![字形]」，右側的形體應爲「![字形]」。

〔註6〕 《説文解字注》，頁652。

〔註7〕 姚孝遂：《精校本許慎與説文解字》，頁133，北京，作家出版社，2008年。

〔註8〕 何琳儀：《戰國古文字典——戰國文字聲系》，頁1195，北京，中華書局，1998年。

字　例	重　文	時　期		字　形
繼 繼	𢇍 𢇍	殷　商		《合》（16225）　《合》（17166 正）
		西　周		
		春　秋		〈拍敦〉
		楚　系		〈郭店・老子甲本 1〉　〈郭店・老子乙本 4〉 〈上博・用日 14〉
		晉　系		
		齊　系		
		燕　系		
		秦　系		
		秦　朝		
		漢　朝		《馬王堆・戰國縱橫家書 195》　《馬王堆・十問 11》 《銀雀山 247》

923、《說文》「續」字云：「續，連也。从糸𧷹聲。𧭊，古文續从庚貝。」[註9]

戰國楚系文字作「𧰨」〈上博・從政甲篇 16〉，从庚貝，與《說文》古文「𧭊」近同，段玉裁〈注〉云：「許謂會意字，故从庚貝，會意。庚貝者，貝更迭相聯屬也。……《毛詩》『西有長庚』，〈傳〉曰：『庚，續也。』此正謂『庚』與『𧷹』同意，『庚』有『續』義，故古文續字取以會意也。」秦系文字作「續」〈睡虎地・秦律十八種 201〉，从糸𧷹聲，其後文字多承襲爲「續」《馬王堆・五十二病方 17》、「𧷿」《馬王堆・相馬經 52》，篆文「續」源於此，與「續」相近，又對照「續」的形體，「續」右側之「𧷹」上半部的「𠫓」爲「先」之省。「𧷹」字上古音屬「余」紐「覺」部，「續」字上古音屬「邪」紐「屋」部，二者的聲韻俱遠，理無對應關係，然從古文字的通假現象觀察，通假字與本字之間雖無聲韻相同或相近的關係，卻時見借用聲符之字替代形聲字，如：「妥」字通假爲「綏」，見於「白柔之妥（綏）」〈望山 2.9〉，從前後簡的內容觀察，應是記載馬車上的器物，「妥」的字義爲「安也」[註10]，

〔註 9〕　《說文解字注》，頁 652。

〔註 10〕　《說文解字注》，頁 632。

於此無法釋讀，應作爲「綏」字解，「綏」有「車中把」之義，段玉裁〈注〉云：「綏則系於車中，御者執以授登車者，故別之曰：『車中靶也』。」〔註 11〕可知「綏」爲登車時的工具，「妥」字上古音屬「透」紐「歌」部，「綏」字上古音屬「心」紐「微」部，其通假現象又見於金文，如：「大神妥（綏）多福」〈瘨簋〉、「用妥（綏）公唯壽」〈沈子它簋蓋〉等〔註 12〕；又如：「立」字通假爲「位」，見於「未有爵立（位）」〈望山 1.23〉，「立」的字義爲「侸也」，「位」爲「列中庭之左右謂之位」〔註 13〕，「立」字上古音屬「來」紐「緝」部，「位」字上古音屬「匣」紐「物」部，其通假現象亦見於傳世文獻與金文，如：《莊子・讓王》云：「吾子胡不立乎」〔註 14〕，《呂氏春秋・離俗》云：「吾子胡不位之」〔註 15〕、「隹二十又七年三月既生霸戊戌，王在周，格大室，即立（位）」〈廿七年衛簋〉〔註 16〕、「而臣主易立（位）」〈中山王嚳方壺〉等〔註 17〕，可知只要在聲符相同的條件下，即可發生通假的現象。以彼律此，「賣」爲「續」的聲符，其聲韻關係，以上古音韻觀之雖遠，然於時人而言，二者應有某種程度的關聯。

字　例	重　文	時　期	字　形
續 		殷　商	
		西　周	
		春　秋	
		楚　系	〈上博・從政甲篇 16〉
		晉　系	
		齊　系	
		燕　系	

〔註 11〕《說文解字注》，頁 668。

〔註 12〕中國社會科學院考古研究所：《殷周金文集成釋文》第三卷，頁 310，頁 465，香港，香港中文大學出版社，2001 年。

〔註 13〕《說文解字注》，頁 504，頁 375。

〔註 14〕（周）莊周撰、（晉）郭象注：《莊子》第九卷，頁 16，臺北，中華書局，1984 年。

〔註 15〕（周）呂不韋撰、（漢）高誘注：《呂氏春秋》，頁 529，臺北，藝文印書館，1974 年。

〔註 16〕《殷周金文集成釋文》第三卷，頁 370。

〔註 17〕《殷周金文集成釋文》第五卷，頁 479。

		秦　系	〈睡虎地・秦律十八種201〉
秦　朝	《馬王堆・五十二病方17》		
漢　朝	《馬王堆・相馬經52》		

924、《說文》「紹」字云：「紹，繼也。从糸召聲。一曰：『紹，緊糾也。』，古文紹从邵。」 [註18]

篆文作「紹」，从糸召聲；古文作「」，从糸邵聲，與〈楚王酓忑盤〉的「」相近，其間的差異，一為「糸」的寫法不同，前者之「」為古文糸，一為「召」的結構安排略異，「」將「召」所从之「刀」、「口」的形體分置，並將「口」與下方的「糸」緊密結合。「召」字上古音屬「定」紐「宵」部，「邵」字上古音屬「禪」紐「宵」部，定、禪皆為舌音，錢大昕言「舌音類隔不可信」，黃季剛言「照系三等諸紐古讀舌頭音」，可知「禪」於上古聲母可歸於「定」，雙聲疊韻，召、邵作為聲符使用時可替代。

字　例	重　文	時　期	字　　　形
紹		殷　商	
		西　周	
		春　秋	
		楚　系	〈楚王酓忑盤〉
		晉　系	
		齊　系	
		燕　系	
		秦　系	
		秦　朝	
		漢　朝	

925、《說文》「繧」字云：「繧，緩也。从糸盈聲。讀與聽同。経，繧或从呈。」 [註19]

「繧」字从糸盈聲，或體「経」从糸呈聲。「盈」字上古音屬「余」紐「耕」

[註18] 《說文解字注》，頁652。

[註19] 《說文解字注》，頁652。

部，「呈」字上古音屬「定」紐「耕」部，二者發聲部位相同，余定旁紐，疊韻，盈、呈作爲聲符使用時可替代。戰國楚系文字亦從糸呈聲作「𦀖」〈包山184〉，所從之「呈」爲「呈」，尚未見「呈」，據「郢」字考證，作「呈」者係「呈」的訛寫。

字　例	重　文	時　期	字　　　形
緫　緥	經	殷　商	
		西　周	
		春　秋	
		楚　系	𦀖〈包山184〉
		晉　系	
		齊　系	
		燕　系	
		秦　系	
		秦　朝	
		漢　朝	

926、《說文》「終」字云：「絭，絿絲也。从糸冬聲。宍，古文終。」

[註20]

甲骨作「𠂇」《合》（916正），像兩端有結形[註21]，或言像「絲線兩端或束結」[註22]，兩周文字或承襲作「𠂇」〈小克鼎〉、「𠂇」〈臧孫鐘〉，兩端有「結」之形，或以小圓點「·」取代，或將小圓點「·」拉長爲短橫畫「-」，若將「𠂇」的短橫畫連接成一直線，即作「兯」〈商鞅量〉，與《說文》古文「宍」近同。篆文作「絭」，亦近於「終」〈睡虎地·秦律十八種 171〉、「終」《馬王堆·戰國縱橫家書11》，惟因書體不同，造成形體的差異。楚系文字或從糸冄聲作「紂」〈郭店·語叢一49〉，上半部的形體即《說文》之「古文終」；或從糸舟聲作「紬」〈上博·中弓24〉，「舟」即「舟」〈包山2〉，即《說文》古文「宍」。

[註20]　《說文解字注》，頁 654。

[註21]　林義光：《文源》卷三，頁 4，臺北，新文豐出版公司，2006 年。（收入《石刻史料新編》第四輯，冊8）

[註22]　徐中舒：《甲骨文字典》，頁 1239，成都，四川辭書出版社，1995 年。

字　例	重　文	時　期	字　形
終 		殷　商	《合》（916 正）
		西　周	，〈小克鼎〉
		春　秋	〈臧孫鐘〉〈多・平肩空首布〉
		楚　系	〈曾侯乙簠〉〈郭店・老子丙本 12〉 〈郭店・語叢一 49〉〈上博・中弓 24〉
		晉　系	
		齊　系	
		燕　系	
		秦　系	〈商鞅量〉〈睡虎地・秦律十八種 171〉
		秦　朝	
		漢　朝	《馬王堆・戰國縱橫家書 11》

927、《說文》「繒」字云：「繒，帛也。从糸曾聲。緈，籀文繒从宰省。楊雄呂爲漢律祠宗廟丹書告也。」〔註23〕

「繒」字从糸曾聲，籀文「緈」从糸宰省聲。「曾」字上古音屬「精」紐「蒸」部，「宰」字上古音屬「精」紐「之」部，雙聲，之蒸陰陽對轉，曾、宰作爲聲符使用時可替代。又現今所見「繒」字多从糸曾聲，作「繒」〈睡虎地・封診式 82〉或「繒」《馬王堆・三號墓木牌》，未見作「緈」，若從「緈」的字形分析，亦可作从糸辛聲，「辛」字上古音屬「心」紐「眞」部，精心旁紐，曾、心作爲聲符使用時亦可替代。

字　例	重　文	時　期	字　形
繒 		殷　商	
		西　周	
		春　秋	
		楚　系	
		晉　系	
		齊　系	

燕　系		
秦　系	繻	〈睡虎地・封診式 82〉
秦　朝		
漢　朝	襠	《馬王堆・三號墓木牌》

928、《說文》「緹」字云：「緹，帛丹黃色也。从糸是聲。衹，緹或作衹。」〔註24〕

篆文从糸是聲作「緹」，與〈睡虎地・封診式 21〉的「緹」相近，或體从衣氏聲作「衹」，《說文》「衣」字云：「依也。上曰衣，下曰常。」「糸」字云：「細絲也」〔註25〕，「糸」為細絲，「衣」為紡織品，在意義上有相當的關係，作為形符使用時替代的現象，屬義近而替代。「是」、「氏」二字上古音皆屬「禪」紐「支」部，雙聲疊韻，是、氏作為聲符使用時可替代。是、氏二字非僅作為聲符時可兩相替代，在傳世文獻與出土文獻中亦見通假的現象，如：郭店竹簡〈緇衣〉（3）云：「好氏正直」，《禮記・緇衣》云：「好是正直」〔註26〕，《儀禮・覲禮》云：「大史是右」，鄭玄〈注〉云：「古文是為氏」〔註27〕，《禮記・曲禮》云：「五官之長曰伯是職方」，鄭玄〈注〉云：「是或為氏」〔註28〕等。可知以「氏」替代「是」的現象由來已久，於戰國時期已見其兩相代換的情形。

字　例	重　文	時　期	字　形
緹 緹	衹	殷　商	
		西　周	
		春　秋	
		楚　系	緹 〈包山 259〉
		晉　系	

〔註24〕《説文解字注》，頁 657。

〔註25〕《説文解字注》，頁 392，頁 650。

〔註26〕（漢）鄭玄注、（唐）孔穎達疏：《禮記正義》，頁 930，臺北，藝文印書館，1993 年。

〔註27〕（漢）鄭玄注、（唐）賈公彥疏：《儀禮注疏》，頁 327，臺北，藝文印書館，1993 年。

〔註28〕《禮記正義》，頁 89。

齊　系		
燕　系		
秦　系	緹	〈睡虎地‧封診式 21〉
秦　朝		
漢　朝	緹	《馬王堆‧三號墓遣策》

929、《說文》「緕」字云：「緕，帛蒼艾色也。从糸異聲。《詩》曰：
『縞衣緕巾』，未嫁女所服。一曰：『不借緕』。綦，緕或从其。」
〔註29〕

篆文作「緕」，从糸異聲，與〈睡虎地‧封診式 78〉的「綦」相近，其
間的差異，除了偏旁位置的經營有異外，即「異」的形體不同，前者作「田」，
後者為「田」；或體作「綦」，从糸其聲，秦系文字或見「綦」〈睡虎地‧為吏
之道 36〉，上半部的形體為「其」，與「其」字之「其」〈睡虎地‧效律 41〉
相近，下半部从「廾」，又从「廾」的「其」字或見於馬王堆漢墓出土的文獻，
寫作「其」《馬王堆‧陰陽五行乙篇圖 4》，據「其」字考證，从「廾」者係「丌」
之訛，睡虎地秦簡所見「其」之「廾」，或為「丌」的誤寫。「異」、「其」二
字上古音皆屬「群」紐「之」部，雙聲疊韻，異、其作為聲符使用時可替代。
從字形觀察，篆文左糸右異，採取左右式結構，或體上其下糸，為上下式結構，
「異」的形體較長，若置於「糸」上，字形結構必呈現長條狀，故採取左糸右
異的構形。

字　例	重　文	時　期	字　　　形
緕 緕	綦	殷　商	
		西　周	
		春　秋	
		楚　系	
		晉　系	
		齊　系	
		燕　系	

〔註29〕《說文解字注》，頁 657～658。

		秦　系	〈睡虎地・爲吏之道 36〉〈睡虎地・封診式 78〉
		秦　朝	
		漢　朝	

930、《說文》「紘」字云：「紘，冠卷維也。从糸厷聲。紭，紘或从弘。」〔註 30〕

「紘」字从糸厷聲，或體「紭」从糸弘聲。「厷」、「弘」二字上古音皆屬「匣」紐「蒸」部，雙聲疊韻，厷、弘作爲聲符使用時可替代。又「紘或从弘」下，段玉裁將「弘」寫作「宏」，係爲避清高宗弘曆諱，故以「宏」代「弘」。

字　例	重　文	時　期	字　形
紘 紘	紭	殷　商	
		西　周	
		春　秋	
		楚　系	
		晉　系	
		齊　系	
		燕　系	
		秦　系	
		秦　朝	
		漢　朝	

931、《說文》「紟」字云：「紟，衣系也。从糸今聲。䋜，籀文从金。」〔註 31〕

「紟」字於戰國時期的楚系文字或从市金聲作「裣」〈曾侯乙 106〉，或从糸金聲作「䋜」、「䋜」〈包山 262〉，曾侯乙墓竹簡的辭例爲「紫裣之裏」，包山竹簡的辭例皆爲「䋜純」，可知「䋜」或「䋜」的差異除了所从之「金」的筆畫多寡不一外，主要爲偏旁位置經營的不同；又《說文》「市」字云：

〔註 30〕《說文解字注》，頁 659。

〔註 31〕《說文解字注》，頁 661。

「韠也」，「糸」字云：「細絲也」〔註 32〕，「糸」爲細絲，「市」爲人身上的紡織飾品，在意義上有相當的關係，作爲形符使用時替代的現象，屬義近的代換，其現象亦見於楚系文字，如：「純」字或从糸作「」〈曾侯乙 67〉，或从市作「」〈曾侯乙 65〉，「紫」字或从糸作「」〈曾侯乙 122〉，或从市作「」〈曾侯乙 124〉。「紟」字从糸今聲，籀文「」从糸金聲。「今」、「金」二字上古音皆屬「見」紐「侵」部，雙聲疊韻，今、金作爲聲符使用時可替代。

字 例	重 文	時 期	字 形
紟		殷 商	
		西 周	
		春 秋	
		楚 系	〈曾侯乙 106〉〈包山 254〉，〈包山 262〉
		晉 系	
		齊 系	
		燕 系	
		秦 系	
		秦 朝	
		漢 朝	

932、《說文》「綱」字云：「，网紘也。从糸岡聲。，古文綱。」〔註 33〕

篆文作「」，从糸岡聲，與《馬王堆・合陰陽 103》的「」相近，其間的差異，係書體的不同所致；古文作「」，从糸从木，「糸」之「」爲古文糸。「綱」的字義爲提網的總繩，《說文》「木」字云：「冒也」，「糸」字云：「細絲也」〔註 34〕，二者的字義無涉，商承祚指出「網之下綱，或用木柙，故从木也。」〔註 35〕其說可參。

〔註 32〕《説文解字注》，頁 366，頁 650。

〔註 33〕《説文解字注》，頁 662。

〔註 34〕《説文解字注》，頁 241，頁 650。

〔註 35〕商承祚：《說文中之古文考》，頁 110～111，臺北，學海出版社，1979 年。

字　例	重　文	時　期	字　　形
綱 綱	（字形）	殷　商	
		西　周	
		春　秋	
		楚　系	
		晉　系	
		齊　系	
		燕　系	
		秦　系	
		秦　朝	
		漢　朝	（字形）《馬王堆・合陰陽 103》

933、《說文》「綫」字云：「（字形），縷也。从糸戔聲。（字形），古文線。」〔註 36〕

「綫」字从糸戔聲，或體「線」从糸泉聲。「戔」、「泉」二字上古音皆屬「從」紐「元」部，雙聲疊韻，戔、泉作爲聲符使用時可替代。據《汗簡》所載，「綫」字作「（字形）」〔註 37〕，左側从糸，形體作「（字形）」，與古文的「（字形）」不同，「綫」字古文所从「（字形）」爲「糸」字古文的形體。

字　例	古　文	時　期	字　　形
綫 綫	（字形）	殷　商	
		西　周	
		春　秋	
		楚　系	
		晉　系	
		齊　系	
		燕　系	
		秦　系	

〔註 36〕　《說文解字注》，頁 662。

〔註 37〕　（宋）郭忠恕編、（宋）夏竦編、（民國）李零、劉新光整理：《汗簡・古文四聲韻》，頁 35，北京，中華書局，1983 年。

	秦　朝	
	漢　朝	

934、《說文》「緁」字云：「緁，緁衣也。从糸疌聲。緝，緁或从習。」〔註38〕

「緁」字从糸疌聲，或體「緝」从糸習聲。「疌」字上古音屬「從」紐「葉」部，「習」字上古音屬「邪」紐「緝」部，二者發聲部位相同，從邪旁紐，疌、習作爲聲符使用時可替代。

字　例	重　文	時　期	字　形
緁　緁	緝	殷　商	
		西　周	
		春　秋	
		楚　系	
		晉　系	
		齊　系	
		燕　系	
		秦　系	
		秦　朝	
		漢　朝	

935、《說文》「紱」字云：「紱，車紱也。从糸伏聲。茯，紱或从艸；鞴，紱或从革菔聲。」〔註39〕

篆文作「紱」，从糸伏聲；或體作「茯」，从艸伏聲；另一或體作「鞴」，从革菔聲。《說文》「艸」字云：「百芔也」，「革」字云：「獸皮治去其毛曰革」，「糸」字云：「細絲也」〔註40〕，三者無形近、義近、音近的關係，段玉裁〈注〉云：「駕車之飾，此所謂紱也。」所从之「糸」、「艸」、「革」係指製作的材料，其作用應爲反映其製作材料的差異。「伏」、「菔」二字上古音皆屬「並」紐「職」

〔註38〕《說文解字注》，頁 662。

〔註39〕《說文解字注》，頁 664。

〔註40〕《說文解字注》，頁 22，頁 108，頁 650。

部，雙聲疊韻，伏、葡作爲聲符使用時可替代。

字　例	重　文	時　期	字　形
絥 絥	茯， 鞴	殷　商	
		西　周	
		春　秋	
		楚　系	
		晉　系	
		齊　系	
		燕　系	
		秦　系	
		秦　朝	
		漢　朝	

936、《說文》「緐」字云：「緐，馬髦飾也。从糸每。《春秋傳》曰：『可吕稱旌緐乎』。䋣，緐或从弁；弁，籀文弁。」〔註 41〕

金文从糸每聲作「緐」〈班簋〉、「緐」〈師虎簋〉、「緐」〈吳王御士叔緐簠〉、「緐」〈噩君啓車節〉，又「每」字作「每」〈曶鼎〉、「每」〈𣪕尊〉，可知「緐」係省略「每」中間的小點，「緐」除了省略中間的小點外，亦省減上半部的「屮」或「𡕒」，「緐」將「屮」或「𡕒」寫作「夾」，爲戰國楚系文字特有的形體。《說文》篆文「緐」源於此，形體近於「緐」。晉系文字作「緐」，對照「緐」的形體，上半部的「𡕒」爲「每」之省，下半部的「糸」爲「糸」；燕系文字作「緐」《古陶文彙編》(4.36)，「每」亦爲「每」之省，「糸」左右兩側的「〃 〃」爲飾筆的增添，具有補白的作用；楚系文字或从糸每聲作「緐」〈包山 90〉，辭例爲「緐丘」，或从糸弁聲作「䋣」〈郭店・緇衣 18〉、「䋣」〈上博・緇衣 10〉，辭例皆爲「民此以緐」，「弁」爲「弁」之省；馬王堆漢墓出土文獻从糸敏聲作「緐」《馬王堆・十問 49》。或體从籀文弁作「䋣」，與从每聲的「緐」不同，「每」、「敏」二字上古音皆屬「明」紐「之」部，「弁」字上古音屬「並」紐「元」部，每、敏爲雙聲疊韻關係，每、弁的發聲部位相同，並明旁紐，每、弁、敏作爲聲符使用時可替代。

〔註 41〕《說文解字注》，頁 664。

字 例	重文	時 期	字 形
繇 繰	總	殷 商	
		西 周	〈班簋〉 〈師虎簋〉
		春 秋	〈吳王御士叔繇簋〉 〈晉姜鼎〉
		楚 系	〈繁湯之金劍〉 〈�君啓車節〉 〈包山 90〉 〈郭店・緇衣 18〉 〈上博・緇衣 10〉
		晉 系	〈繁寺・尖足平首布〉
		齊 系	
		燕 系	《古陶文彙編》（4.36）
		秦 系	
		秦 朝	
		漢 朝	《馬王堆・十問 49》

937、《說文》「縻」字云：「縻，牛繫也。从糸麻聲。紑，縻或从多。」

〔註42〕

「縻」字从糸麻聲，或體「紑」从糸多聲。「麻」字上古音屬「明」紐「歌」部，「多」字上古音屬「端」紐「歌」部，疊韻，麻、多作爲聲符使用時可替代。

字 例	重文	時 期	字 形
縻 縻	紑	殷 商	
		西 周	
		春 秋	
		楚 系	
		晉 系	
		齊 系	
		燕 系	
		秦 系	
		秦 朝	
		漢 朝	

〔註42〕《說文解字注》，頁 665。

938、《說文》「紲」字云：「紲，犬系也。从糸世聲。《春秋傳》曰：
『臣負羈紲』。緤，紲或从枼。」〔註43〕

「紲」字从糸世聲，或體「緤」从糸枼聲。「世」字上古音屬「書」紐「月」
部，「枼」字上古音屬「余」紐「葉」部，書、余皆爲舌音，錢大昕言「舌音類
隔不可信」，黃季剛言「照系三等諸紐古讀舌頭音」，可知「書」於上古聲母可
歸於「透」，世、枼作爲聲符使用時可替代。

字　例	重　文	時　期	字　　　形
紲	緤	殷　商	
		西　周	
		春　秋	
		楚　系	
		晉　系	
		齊　系	
		燕　系	
		秦　系	
		秦　朝	
		漢　朝	紲《馬王堆・老子乙本 195》

939、《說文》「綆」字云：「綆，綆也。从糸丙聲。綆，古文从絲。
綆，籀文綆。」〔註44〕

篆文作「綆」，从糸丙聲；古文作「綆」，从絲丙聲；籀文作「綆」，从絲
从臼丙聲。《說文》「糸」字云：「細絲也」，「絲」字云：「蠶所吐也」〔註45〕，
二者的字義有所關連，作爲形符使用時，可因字義同屬於某類而兩相替代；「綆」
的字義爲「綆也」，「綆」的字義爲「汲井綆也」，段玉裁〈注〉云：「綆者，
汲水索也。」〔註46〕可知「綆」即「汲水用的繩索」，籀文从「臼」，「臼」爲
「叉手也」〔註47〕，「綆」之「臼」係表現汲水時以雙手拉引繩索之狀。

〔註43〕 《說文解字注》，頁 665。

〔註44〕 《說文解字注》，頁 665。

〔註45〕 《說文解字注》，頁 650，頁 669。

〔註46〕 《說文解字注》，頁 665。

〔註47〕 《說文解字注》，頁 106。

字　例	重　文	時　期	字　　形
繘	纗，繘	殷　商	
		西　周	
		春　秋	
		楚　系	
		晉　系	
		齊　系	
		燕　系	
		秦　系	
		秦　朝	
		漢　朝	

940、《說文》「纊」字云：「纊，絮也。从糸廣聲。《春秋傳》曰：『皆如挾纊』。絖，纊或从光。」〔註48〕

「纊」字从糸廣聲，或體「絖」从糸光聲。「廣」、「光」二字上古音皆屬「見」紐「陽」部，雙聲疊韻，廣、光作爲聲符使用時可替代。

字　例	重　文	時　期	字　　形
纊	絖	殷　商	
		西　周	
		春　秋	
		楚　系	
		晉　系	
		齊　系	
		燕　系	
		秦　系	
		秦　朝	
		漢　朝	

〔註48〕《說文解字注》，頁666。

941、《說文》「綌」字云：「綌，粗葛也。从糸谷聲。帒，綌或从巾。」
〔註49〕

《說文》「糸」字云：「細絲也」，「巾」字云：「佩巾也」〔註50〕，「糸」爲
細絲，「巾」爲人身上的紡織飾品，在意義上有相當的關係，作爲形符時可因義
近而替代。又據《汗簡》所載，「綌」字作「帒」或「帒」《義雲章》〔註51〕，
前者所從之「糸」作「帒」，與《說文》古文「帒」近同，「谷」作「帒」，將
之與「綌」相較，係省減「帒」之「口」的橫畫；又「帒」係將「巾」置於
「谷」上半部形體「帒」的左下方，寫作「帒」，故將「口（帒）」置於「帒」
的右下方。

字 例	重 文	時 期	字 形
綌 綌	帒	殷 商	
		西 周	
		春 秋	
		楚 系	
		晉 系	
		齊 系	
		燕 系	
		秦 系	
		秦 朝	
		漢 朝	

942、《說文》「紵」字云：「紵，枲屬，細者爲絟，布白而細曰紵。
从糸宁聲。緒，紵或从緒省。」〔註52〕

篆文从糸宁聲作「紵」，或體作「緒」，言「或从緒省」，從字形觀察，「緒」
下半部从「宁」，「者」字金文作「帒」〈羌伯簋〉、「帒」〈子璋鐘〉等，上半
部「帒」爲「者」的省體，寫作「緒」可視爲疊加「者」聲，惟於此省減聲

〔註49〕 《說文解字注》，頁666。

〔註50〕 《說文解字注》，頁650，頁360。

〔註51〕 《汗簡・古文四聲韻》，頁6，頁21。

〔註52〕 《說文解字注》，頁667。

符「⿰」下半部的形體。「宁」字上古音屬「定」紐「魚」部,「者」字上古音屬「章」紐「魚」部,定、章皆為舌音,錢大昕言「舌音類隔不可信」,黃季剛言「照系三等諸紐古讀舌頭音」,可知「章」於上古聲母可歸於「端」,二者發聲部位相同,為旁紐疊韻的關係,該字可能為从糸、从宁聲、从者省聲之字。

字　例	重　文	時　期	字　形
紵 紵	紵	殷　商	
		西　周	
		春　秋	
		楚　系	
		晉　系	
		齊　系	
		燕　系	
		秦　系	
		秦　朝	
		漢　朝	

943、《說文》「緦」字云:「緦,十五升抽其半布也。一曰:『⿰麻一絲布也』。从糸思聲。⿱,古文緦从恖省。」〔註53〕

　　篆文作「緦」,从糸思聲,與《武威·服傳乙本24》的「緦」相近,惟書體不同;古文作「⿱」,从糸恖省聲。許慎認為「緦」字古文「⿱」為「恖省」之字,係以「緦」省去右側下半部的「心」,即寫作「⿱」。「⊗」字為「囟」,「囟」字上古音屬「心」紐「眞」部,「思」字上古音屬「心」紐「之」部,雙聲,思、囟作為聲符使用時可替代。從字形言,「⿱」或可視為从糸囟聲之字。

字　例	重　文	時　期	字　形
緦 緦	⿱	殷　商	
		西　周	
		春　秋	
		楚　系	
		晉　系	

〔註53〕《說文解字注》,頁667。

	齊　系	
	燕　系	
	秦　系	
	秦　朝	
	漢　朝	《武威・服傳乙本 24》

944、《說文》「緆」字云：「緆，細布也。从糸易聲。𪎺，緆或从麻。」
〔註54〕

　　篆文从糸作「緆」，或體从麻作「𪎺」，《說文》「麻」字云：「枲也。」「糸」字云：「細絲也。」〔註55〕二者的字義雖無涉，然麻可整治爲絲，故仍具有關聯，作爲形符使用時可替代。

字　例	重　文	時　期	字　　形
緆 緆	𪎺	殷　商	
		西　周	
		春　秋	
		楚　系	
		晉　系	
		齊　系	
		燕　系	
		秦　系	
		秦　朝	
		漢　朝	

945、《說文》「彝」字云：「彝，宗廟常器也。从糸，糸，綦也；𦥑持之，米器中實也，从彑，象形。此與爵相佀。《周禮》：『六彝：雞彝、鳥彝、黃彝、虎彝、蜼彝、斝彝，㠯待祼將之禮。』彝、𢇷，皆古文彝。」〔註56〕

〔註54〕　《說文解字注》，頁 667。

〔註55〕　《說文解字注》，頁 339，頁 650。

〔註56〕　《說文解字注》，頁 669。

甲骨文作「⿱⿰爫爫」《合》（14294），羅振玉指出像「兩手持雞」〔註57〕，西周金文承襲爲「▨」〈小夫卣〉、「▨」〈史牆盤〉、「▨」〈卯簋〉，張世超等人指出金文「彝」字增添「⿻」在反縛的雞翅處，旁邊的小點「象經宰殺而滴瀝之雞血」〔註58〕，何琳儀以爲「从廾，从糸，从雞，會雙手以繩縛雞祭祀之意」〔註59〕，或省略部分筆畫作「▨」〈姬鼎〉，「▨」省爲「▨」，「⿻」寫作「▨」；春秋金文或承襲爲「▨」〈秦公簋〉，或僅保留雙手之形而省略部分形體作「▨」〈蔡侯盤〉，或省略「⿻」而增添「辵」作「▨」〈王子午鼎〉，從字形發展觀察，从「辵」者，蓋由〈小克鼎〉的「▨」而來，因「▨」誤將左側的小點接連，遂形成「彳」的形體，後又增添「止」旁，遂寫作「辵」；戰國楚系文字或承襲「▨」，省略旁邊的小點與上半部的形體，並重複「⿻」，寫作「▨」〈楚王酓章鎛〉，《說文》古文「▨」與之相近，惟省略下半部的「廾」，或襲自「▨」而从彳作「▨」〈曾姬無卹壺〉，楚簡作「▨」〈清華・皇門7〉，辭例爲「非彝」，字形爲「▨」、「▨」、「▨」的組合，「▨」爲「廾」之省，「▨」應爲「▨」的訛省，从「▨」者或爲「▨」、「▨」之誤；晉系文字作「▨」〈中山王▨方壺〉，形體近於「▨」，其間的差異有二，除了將「▨」易爲「▨」，更在「廾」的中間增添飾筆性質的「＝」；齊系文字仍承襲「▨」作「▨」〈禾簋〉。《說文》篆文作「▨」，許書言「从糸，糸，䋣也；▨持之，米器中實也，从互，象形。」從字形的演變觀察，从「糸」者，蓋因「▨」上半部的形體作「▨」，遂由「⿻」寫作「▨」，「互」即雞首的訛誤，身軀訛爲「米」，又另一古文作「▨」，較之於「▨」，其間的差異，係後者將「糸」易爲「書」，對照「▨」的形體，可知「書」係因割裂「▨」，遂產生「素」，後又省改爲「書」。

字 例	重 文	時 期	字 形
彝 ▨	▨， ▨	殷 商	▨《合》（14294）
		西 周	▨〈小夫卣〉 ▨〈史牆盤〉 ▨〈卯簋〉 ▨〈小克鼎〉 ▨〈史頌鼎〉 ▨〈姬鼎〉

〔註57〕 羅振玉：《增訂殷虛書契考釋》卷中，頁36，臺北，藝文印書館，1982年。

〔註58〕 張世超、孫凌安、金國泰、馬如森：《金文形義通解》，頁3098，日本京都，中文出版社，1995年。

〔註59〕 《戰國古文字典——戰國文字聲系》，頁1247。

	春 秋	[篆] 〈秦公簋〉 [篆] 〈王子午鼎〉 [篆] 〈蔡侯盤〉
	楚 系	[篆] 〈楚王酓章鎛〉 [篆] 〈曾姬無卹壺〉 [篆] 〈清華・皇門 7〉
	晉 系	[篆] 〈中山王[篆]方壺〉
	齊 系	[篆] 〈禾簋〉
	燕 系	
	秦 系	
	秦 朝	
	漢 朝	

946、《說文》「韇」字云：「[篆]，緂也。从絲卓聲。[篆]，韇或省。」
〔註60〕

　　金文作「[篆]」〈瘐鐘〉、「[篆]」〈蔡姞簋〉，辭例依序爲「永命綽綰」、「綽綰永命」，左側形體雖不同，皆爲「韇」字異體，或从糸作「[篆]」〈叔□孫父簋〉，戴家祥云：「素字篆書作[篆]，金文作爲偏旁作[篆][篆][篆]等形，此字从[篆]當爲素之異體，又从[篆]，即素字。」〔註61〕其言可從，又「卓」字金文爲「[篆]」〈九年衛鼎〉，「[篆]」係「[篆]」的訛寫，《說文》篆文「[篆]」、或體「[篆]」右側的「[篆]」，據「卓」字考證，皆爲形體的訛誤。又《說文》「糸」字云：「細絲也」，「素」字云：「白致繒也」〔註62〕，在意義上有相當的關係，作爲形符使用時，理可因義近而替代。

字 例	重 文	時 期	字 形
韇 [篆]	[篆]	殷 商	
		西 周	[篆] 〈瘐鐘〉 [篆] 〈蔡姞簋〉 [篆] 〈叔□孫父簋〉
		春 秋	
		楚 系	
		晉 系	

〔註60〕 《說文解字注》，頁 669。

〔註61〕 轉引自《古文字詁林》編纂委員會：《古文字詁林》第十冊，頁 2，上海，上海教育出版社，2004 年。

〔註62〕 《說文解字注》，頁 650，頁 669。

齊 系	
燕 系	
秦 系	
秦 朝	
漢 朝	

947、《說文》「緆」字云：「緆，韓也。从素爰聲。緩，緆或省。」

〔註63〕

　　篆文作「緆」，从素爰聲；或體作「緩」，从糸爰聲，與〈包山189〉的「緩」、《馬王堆・一號墓遣策256》的「緩」相近，其間的差異，係書體不同所致，又從戰國以來的形體觀察，皆从糸得形，可知許書言「緆或省」為非。从素、从糸替代的現象，據「韓」字考證，屬義近替代。

字 例	重 文	時 期	字 形
緆 緆	緩	殷 商	
		西 周	
		春 秋	
		楚 系	緩 〈包山189〉 緩 〈上博・容成氏6〉
		晉 系	
		齊 系	
		燕 系	
		秦 系	
		秦 朝	
		漢 朝	緩 《馬王堆・一號墓遣策256》

948、《說文》「蝹」字云：「蝹，側行者。从虫寅聲。蚓，蝹或从引。」

〔註64〕

　　「蝹」字从虫寅聲，或體「蚓」从虫引聲。「寅」、「引」二字上古音皆屬「余」紐「眞」部，雙聲疊韻，寅、引作為聲符使用時可替代。

〔註63〕　《說文解字注》，頁669。

〔註64〕　《說文解字注》，頁670。

字 例	重 文	時 期	字 形
蟥 蟥	𧑒	殷　商	
		西　周	
		春　秋	
		楚　系	
		晉　系	
		齊　系	
		燕　系	
		秦　系	
		秦　朝	
		漢　朝	

949、《說文》「蠁」字云：「蠁，知聲蟲也。从虫鄉聲。蚵，司馬相如說从向。」〔註65〕

「蠁」字从虫鄉聲，古文「蚵」从虫向聲。「鄉」、「向」二字上古音皆屬「曉」紐「陽」部，雙聲疊韻，鄉、向作為聲符使用時可替代。

字 例	重 文	時 期	字 形
蠁 蠁	蚵	殷　商	
		西　周	
		春　秋	
		楚　系	
		晉　系	
		齊　系	
		燕　系	
		秦　系	
		秦　朝	
		漢　朝	

〔註65〕《說文解字注》，頁 670。

950、《說文》「蝘」字云：「，在壁曰蝘蜓，在艸曰蜥易。从虫匽聲。，蝘或从䖵。」〔註66〕

篆文从「虫」作「蝘」，或體从䖵作「」，《說文》「虫」字云：「一名蝮。博三寸，首大如擘指。」「䖵」字云：「蟲之總名也。从二虫。」〔註67〕「虫」與「䖵」在字義上有關，作爲形符使用時可替代。又从䖵的「」字，因下半部爲二虫，在偏旁位置的安排上改以上匽下䖵的形體。

字例	重文	時期	字形
蝘		殷 商	
		西 周	
		春 秋	
		楚 系	
		晉 系	
		齊 系	
		燕 系	
		秦 系	
		秦 朝	
		漢 朝	

951、《說文》「蠆」字云：「，毒蟲也。象形。，蠆或从䖵。」〔註68〕

將篆文「」與或體「」相較，前者將所从的二虫改爲一虫，據「蝘」字考證，「虫」、「䖵」替換，屬義近偏旁的替代。〈亞萬父己鐃〉的「」字，據容庚指出「蠆萬初乃一字」〔註69〕，可知其形爲「蠍」；或體「」則承襲「」〈侯馬盟書·宗盟類92.20〉而來。

〔註66〕《說文解字注》，頁671。

〔註67〕《說文解字注》，頁669，頁681。

〔註68〕《說文解字注》，頁672。

〔註69〕（清）劉體智藏，容庚編著：《善齋彝器圖錄》，頁407，臺北，台聯國風出版社，1976年。

字　例	重　文	時　期	字　　　形
蠆 (篆1) (篆2)	(重1)	殷　商	(字形) 〈亞萬父己鐃〉
		西　周	
		春　秋	(字形) 〈侯馬盟書・宗盟類 92.20〉
		楚　系	(字形) 〈包山 185〉
		晉　系	
		齊　系	
		燕　系	
		秦　系	
		秦　朝	
		漢　朝	

952、《說文》「強」字云：「(篆)，蚚也。从虫弘聲。(篆)，籀文強从蚰从彊。」〔註70〕

戰國秦系文字作「(字形)」〈睡虎地・秦律雜抄 8〉，晉系兵器中亦見「強」字，寫作「(字形)」〈二年皇陽令戈〉，右側「(字形)」的下半部形體，應爲「虫」的訛寫。《說文》篆文从虫弘聲作「(字形)」，與「(字形)」相近，其間的差異有二，一爲書體的不同，一爲秦簡所从之「弘」右側爲「(字形)」，篆文爲「(字形)」。據「厷」字考證，甲骨文作「(字形)」《合》（21565），戰國楚系文字作「(字形)」〈上博・民之父母9〉，「(字形)」與「(字形)」割裂，訛寫爲「口」，篆文又進一步訛爲「(字形)」，可知所見之「(字形)」或「(字形)」皆爲訛寫的形體。籀文从蚰彊聲作「(字形)」，據「蝘」字考證，「虫」、「蚰」替換，屬義近偏旁的替代。「弘」字上古音屬「匣」紐「蒸」部，「彊」字上古音屬「群」紐「陽」部，二者發聲部位相同，群匣旁紐，弘、彊作爲聲符使用時可替代。又段注本《說文》將「弘」寫作「(字形)」，今據大徐本改訂爲「弘」。

字　例	重　文	時　期	字　　　形
強	(重文)	殷　商	
		西　周	

〔註70〕《說文解字注》，頁 672。

	春　秋	
	楚　系	
	晉　系	<二年皇陽令戈>
	齊　系	
	燕　系	
	秦　系	<睡虎地‧秦律雜抄 8>
	秦　朝	<繹山碑>
	漢　朝	《馬王堆‧老子乙本 244》

953、《說文》「蚳」字云：「蚳，蟘子也。从虫氏聲。《周禮》有『蚳醢』。讀若祁。𧖊，籀文蚳从䖵。𡋐，古文蚳从辰土。」 〔註71〕

　　將篆文「蚳」與籀文「𧖊」相較，前者將所從的二虫改爲一虫，據「蟥」字考證，「虫」、「䖵」替換，屬義近偏旁的替代。又「蚳」字从虫氏聲，古文「𡋐」从虫从土辰聲。「氏」字上古音屬「端」紐「脂」部，「辰」字上古音屬「禪」紐「文」部，錢大昕言「舌音類隔不可信」，黃季剛言「照系三等諸紐古讀舌頭音」，可知「禪」於上古聲母可歸於「定」，二者發聲部位相同，旁紐，氏、辰作爲聲符使用時可替代。

字　例	重　文	時　期	字　形
蚳　蚳	𧖊，𡋐	殷　商	
		西　周	
		春　秋	
		楚　系	
		晉　系	
		齊　系	
		燕　系	
		秦　系	
		秦　朝	
		漢　朝	

〔註71〕《說文解字注》，頁 673。

954、《說文》「蠟」字云：「蠟，蠟蠃，蒲盧，細要土蠭也。天地之
性，細要純雄無子。《詩》曰：『螟蠕有子，蠟蠃負之。』從虫咼
聲。蜾，蠟或從果。」〔註72〕

「蠟」字從虫咼聲，或體「蜾」從虫果聲。段玉裁指出「咼」字反切為
「古禾切」，上古韻部屬第十七部〔註73〕，上古聲紐屬「見」紐，「果」字上古
音屬「見」紐「歌」部，二者的聲紐相同，具有雙聲的關係，咼、果作為聲符
使用時可替代。

字　例	重　文	時　期	字　　　形
蠟 蠟	蜾	殷　商	
		西　周	
		春　秋	
		楚　系	
		晉　系	
		齊　系	
		燕　系	
		秦　系	
		秦　朝	
		漢　朝	

955、《說文》「蜙」字云：「蜙，蜙蝑，舂黍也，吕股鳴者。從虫松
聲。蚣，蜙或省。」〔註74〕

許慎認為「蜙」字或體作「蚣」，為「蜙或省」，係以「蜙」省去聲符「松」
之「木」，即寫作「蚣」。「蜙」字從虫松聲，「蚣」從虫公聲。「松」字上古音
屬「邪」紐「東」部，「公」字上古音屬「見」紐「東」部，疊韻，松、公作為
聲符使用時可替代。從字形言，「蚣」或可視為從虫公聲之字。

字　例	重　文	時　期	字　　　形
蜙	蚣	殷　商	

〔註72〕《說文解字注》，頁 673～674。

〔註73〕《說文解字注》，頁 112。

〔註74〕《說文解字注》，頁 674。

西	周	
春	秋	
楚	系	
晉	系	
齊	系	
燕	系	
秦	系	
秦	朝	
漢	朝	

956、《說文》「蜩」字云：「蜩，蟬也。从虫周聲。《詩》曰：『五月鳴蜩』。蚪，蜩或从舟。」〔註75〕

「蜩」字从虫周聲，或體「蚪」从虫舟聲。「周」、「舟」二字上古音皆屬「章」紐「幽」部，雙聲疊韻，周、舟作爲聲符使用時可替代。

字 例	重 文	時 期		字 形
蜩	蚪	殷	商	
蜩		西	周	
		春	秋	
		楚	系	
		晉	系	
		齊	系	
		燕	系	
		秦	系	
		秦	朝	
		漢	朝	

957、《說文》「蛹」字云：「蛹，它屬也。黑色，潛於神淵之中，能興雲致雨。从虫侖聲。讀若莫艸。蛫，蛹或从戾。」〔註76〕

〔註75〕《說文解字注》，頁 674。

〔註76〕《說文解字注》，頁 676～677。

「蜦」字从虫侖聲，「蛃」从虫戾聲。「侖」字上古音屬「來」紐「文」部，「戾」字上古音屬「來」紐「質」部，雙聲，侖、戾作爲聲符使用時可替代。

字　例	重　文	時　期	字　形
蜦　蛃	蛃	殷　商	
		西　周	
		春　秋	
		楚　系	
		晉　系	
		齊　系	
		燕　系	
		秦　系	
		秦　朝	
		漢　朝	

958、《說文》「蟜」字云：「蟜，觜蟜，大龜也，呂胃鳴者。从虫崙聲。蟇，司馬相如說蟜从夐。」〔註77〕

「蟜」字从虫崙聲，或體「蟇」从虫夐聲。「崙」字上古音屬「匣」紐「支」部，「夐」字上古音屬「曉」紐「耕」部，二者發聲部位相同，曉匣旁紐，支耕陰陽對轉，崙、夐作爲聲符使用時可替代。

字　例	重　文	時　期	字　形
蟜　蟇	蟇	殷　商	
		西　周	
		春　秋	
		楚　系	
		晉　系	
		齊　系	
		燕　系	
		秦　系	

〔註77〕《說文解字注》，頁678。

		秦　朝	
		漢　朝	

959、《說文》「蠏」字云：「蠏，有二敖八足，旁行，非它鮮之穴無所庇。从虫解聲。䲹，蠏或从魚。」 〔註78〕

《說文》「魚」字云：「水蟲也。象形。」「虫」字云：「一名蝮。博三寸，首大如擘指。象其臥形。物之散細，或行或飛，或毛或羸，或介或鱗，吕虫爲象。」〔註79〕據許慎之言，魚當屬虫的一類，在字義上有所關聯，作爲形符使用時可替代。

字　例	重　文	時　期	字　形
蠏 䲹	䲹	殷　商	
		西　周	
		春　秋	
		楚　系	
		晉　系	
		齊　系	
		燕　系	
		秦　系	
		秦　朝	
		漢　朝	

960、《說文》「蜮」字云：「蜮，短弧也。佀鼈，三足，吕气躲害人。从虫或聲。蜮，蜮或从國。」 〔註80〕

「蜮」字从虫或聲，或體「蟈」从虫國聲。「或」字上古音屬「匣」紐「職」部，「國」字上古音屬「見」紐「職」部，二者發聲部位相同，見匣旁紐，疊韻，或、國作爲聲符使用時可替代。

〔註78〕　《說文解字注》，頁 678。

〔註79〕　《說文解字注》，頁 580，頁 669。

〔註80〕　《說文解字注》，頁 678～679。

字　例	重　文	時　期	字　　形
蝨	（字形）	殷　商	
（字形）		西　周	
		春　秋	
		楚　系	
		晉　系	
		齊　系	
		燕　系	
		秦　系	
		秦　朝	
		漢　朝	

961、《說文》「虹」字云：「（字形），蝀蝀也，狀佀虫。从虫工聲。〈朙堂
月令〉曰：『虹始見』。（字形），籀文虹从申。申，電也。」〔註81〕

甲骨文作「（字形）」《合》（10405 反），「兩首，且有巨口，以其能飲也。」
〔註82〕爲象形字，《馬王堆‧陰陽五行乙篇圖 4》作「（字形）」，从虫工聲，爲形
聲字，將之與篆文相較，「（字形）」與「（字形）」的差異主要在於偏旁位置的左右不
同；籀文作「（字形）」，右側形體从「申」，「申」字籀文作「（字形）」，與之相同，
然「申」字於甲骨文作「（字形）」《合》（904 正）或「（字形）」《合》（20139），於金
文作「（字形）」〈衛簋〉、「（字形）」〈此簋〉或「（字形）」〈二十五年上郡守廟戈〉，尚未
見「（字形）」的形體，疑「（字形）」應是將豎畫「｜」彎延而成，其後爲了配合「（字形）」
的形體，遂將「（字形）」分置於「（字形）」的兩側，寫作「（字形）」。又大徐本「虹」字
作「（字形）」，小徐本作「（字形）」〔註83〕，右側形體皆與「申」字古文「（字形）」相同，
段玉裁將之改作「（字形）」爲是。「虹」字从虫工聲，籀文「（字形）」从虫从申，段
玉裁〈注〉云：「會意」，馬叙倫指出「从電之初文，虫聲」。〔註84〕「工」字

〔註81〕《說文解字注》，頁 680。

〔註82〕《甲骨文字典》，頁 1426。

〔註83〕（漢）許慎撰、（南唐）徐鍇撰：《說文解字繫傳》，頁 258，北京，中華書局，1998
　　　年；（漢）許慎撰、（宋）徐鉉校定：《說文解字》，頁 283，香港，中華書局，1996
　　　年。

〔註84〕馬叙倫：《說文解字六書疏證》五，卷廿五，頁 3329，臺北，鼎文書局，1975 年。

上古音屬「見」紐「東」部,「虫」字上古音屬「曉」紐「微」部,二者發聲部位相同,見曉旁紐,工、虫作爲聲符使用時可替代。

字 例	重 文	時 期	字 形
虹	䗖	殷 商	🐍《合》(10405 反)
虹		西 周	
		春 秋	
		楚 系	
		晉 系	
		齊 系	
		燕 系	
		秦 系	
		秦 朝	
		漢 朝	虹《馬王堆・陰陽五行乙篇圖 4》

962、《說文》「蛾」字云:「蛾,螘子飛蛾。从䖵我聲。蛾,或从虫。」[註85]

將篆文「蛾」與或體「蛾」相較,後者將所从的二虫改爲一虫,據「螶」字考證,「虫」、「䖵」替換,屬義近偏旁的替代。又戰國楚系「蛾」字作「蛾」,與篆文「蛾」略有差異,楚系「虫」字作「个」、「䖵」作「𠂤」,將「𠂤」與「䖵」相較,前者應是簡化的形體。

字 例	重 文	時 期	字 形
蛾	蛾	殷 商	
蛾		西 周	
		春 秋	
		楚 系	蛾〈新蔡・零 435〉
		晉 系	
		齊 系	
		燕 系	
		秦 系	

[註85] 《說文解字注》,頁 681。

	秦　朝	
	漢　朝	〔字形〕《馬王堆・胎產書 16》

963、《說文》「蚤」字云：「〔篆〕，齧人跳蟲也。从蚰叉聲。叉，古爪字。〔或體〕，蚤或从虫。」〔註86〕

將篆文「〔篆〕」與或體「〔或體〕」相較，後者將所从的二虫改爲一虫，據「蝘」字考證，「虫」、「蚰」替換，屬義近偏旁的替代。又甲骨文作「〔字形〕」《合》（4890），从又从虫，其後的文字多承襲此形體，如：戰國楚系文字「〔字形〕」〈郭店・尊德義 28〉、《馬王堆・五十二病方 370》「〔字形〕」、《馬王堆・戰國縱橫家書 249》「〔字形〕」等，然亦見从父从虫的字形，如：「〔字形〕」〈睡虎地・封診式 28〉，辭例爲「蚤（早）莫」，从父者應爲从又之誤，故裘錫圭云：「『蚤』字本來大概是從『又』從『虫』的一個會意字，可能就是『搔』的初文，字形象徵用手搔抓身上有虫或爲虫所咬之處。從『父』的是它的訛體。從『叉』的『蚤』當是改會意爲形聲的後起字。」〔註87〕

字　例	重　文	時　期	字　形
〔蚤〕〔蚤〕	〔或體〕	殷　商	〔字形〕《合》（4890）
		西　周	
		春　秋	
		楚　系	〔字形〕〈郭店・尊德義 28〉
		晉　系	
		齊　系	
		燕　系	
		秦　系	〔字形〕〈睡虎地・封診式 28〉
		秦　朝	〔字形〕《馬王堆・五十二病方 370》
		漢　朝	〔字形〕《馬王堆・戰國縱橫家書 249》

〔註86〕　《說文解字注》，頁 681。

〔註87〕　裘錫圭：〈殷墟甲骨文字考釋〉，《湖北大學學報》1990：1，頁 52。

964、《說文》「螽」字云：「🔣，蝗也。从䖵🔣聲。🔣，古文終字。
🔣，螽或从虫眾聲。」〔註88〕

將篆文「🔣」與或體「🔣」相較，後者將所从的二虫改爲一虫，據「蝘」
字考證，「虫」、「䖵」替換，屬義近偏旁的替代。又〈睡虎地・秦律十八種2〉
「🔣」，辭例爲「螽䖵」，上半部从「🔣」，即〈睡虎地・秦律十八種94〉「冬
（冬）」字上半部所从的形體，此外，「🔣」與「🔣」的差異亦爲从虫與从䖵的
不同。「螽」字从䖵🔣聲，🔣爲古文終字，或體「螽」从虫眾聲。「終」、「眾」
二字上古音皆屬「章」紐「冬」部，雙聲疊韻，終、眾作爲聲符使用時可替代。

字　例	重　文	時　期	字　　　形
螽 🔣	🔣	殷　商	
		西　周	
		春　秋	
		楚　系	
		晉　系	
		齊　系	
		燕　系	
		秦　系	🔣〈睡虎地・秦律十八種2〉
		秦　朝	
		漢　朝	

965、《說文》「蠲」字云：「🔣，蟲蛸也。从䖵卑聲。🔣，蠲或从
虫。」〔註89〕

將篆文「🔣」與或體「🔣」相較，後者將所从的二虫改爲一虫，據「蝘」
字考證，「虫」、「䖵」替換，屬義近偏旁的替代。

字　例	重　文	時　期	字　　　形
蠲 🔣	🔣	殷　商	
		西　周	
		春　秋	

〔註88〕　《說文解字注》，頁681。

〔註89〕　《說文解字注》，頁681。

楚 系	
晉 系	
齊 系	
燕 系	
秦 系	
秦 朝	
漢 朝	

966、《說文》「蠭」字云：「⿰，飛蟲螫人者。从䖵逢聲。𡘹，古文省。」〔註90〕

許慎認爲「蠭」字古文作「𡘹」，爲省體，係以「⿰」省去聲符「逢」之「辵」，即寫作「𡘹」。又古文「𡘹」下半部所从之「⿰」，即戰國楚系文字所見的「⿰」；《馬王堆・雜療方 12》「⿰」从虫逢聲，《馬王堆・雜療方 67》「⿰」从䖵逢聲，《馬王堆・老子乙本 190》「⿰」从䖵夆聲，據「蝘」字考證，「虫」、「䖵」替換，屬義近偏旁的替代。「逢」、「夆」二字上古音皆屬「並」紐「東」部，雙聲疊韻，逢、夆作爲聲符使用時可替代。

字　例	重　文	時　期	字　形
蠭 ⿰	𡘹	殷　商	
		西　周	
		春　秋	
		楚　系	
		晉　系	
		齊　系	
		燕　系	
		秦　系	
		秦　朝	
		漢　朝	⿰《馬王堆・雜療方 12》⿰《馬王堆・雜療方 67》⿰《馬王堆・老子乙本 190》

〔註90〕《說文解字注》，頁 681。

967、《說文》「蠠」字云：「蠠，蠠甘飴也。一曰：『螟子』。從蚰冥聲。𧖟，蠠或從宓。」〔註91〕

將篆文「蠠」與或體「𧖟」相較，後者將所從的二虫改爲一虫，據「蝝」字考證，「虫」、「蚰」替換，屬義近偏旁的替代；又〈上博・孔子詩論 28〉「𧖟」，辭例爲「愼蜜而不智言」，〈上博・民之父母 8〉「𧖟」，辭例爲「夙夜基命有蜜（密）」，上半部「宀」下的形體作「必」，「必」字作「弋」〈九店 56.32〉，「必」應是重複二「必」之形，下半部從「甘」，就「蠠甘飴」言，應爲明確表示其字義。「蠠」字從蚰冥聲，或體「蜜」從虫宓聲。「冥」字上古音屬「明」紐「錫」部，「宓」字上古音屬「明」紐「質」部，雙聲，冥、宓作爲聲符使用時可替代；又質部與錫部亦見通假之例，如：〈秦公簋〉「冥宅禹迹」之「冥」字，馬承源釋爲「宓」〔註92〕，可知自春秋至漢代以來，質、錫二部的關係並不疏離。

字 例	重 文	時 期	字　　形
蠠 蠠	𧖟	殷　商	
		西　周	
		春　秋	
		楚　系	𧖟〈上博・孔子詩論 28〉　𧖟〈上博・民之父母 8〉
		晉　系	
		齊　系	
		燕　系	
		秦　系	
		秦　朝	
		漢　朝	蠠《馬王堆・養生方 45》

968、《說文》「蟲」字云：「蟲，齧人飛蟲。從蚰民聲。蟲，蟲或從昏，呂昏時出也。蚊，俗蟲從虫從文。」〔註93〕

將篆文「蟲」與俗字「蚊」相較，後者將所從的二虫改爲一虫，據「蝝」字考證，「虫」、「蚰」替換，屬義近偏旁的替代。又《古陶文彙編》（3.143）「蚊」，

〔註91〕《說文解字注》，頁 681～682。

〔註92〕馬承源：《商周青銅器銘文選（四）》，頁 610，北京，文物出版社，1990 年。

〔註93〕《說文解字注》，頁 682。

從蚰民聲，與篆文「羼」結構相同。「蟁」字從蚰民聲，或體「蟁」從蚰昏聲，俗字「蚊」從虫文聲。「民」字上古音屬「明」紐「眞」部，「昏」字上古音屬「曉」紐「文」部，「文」字上古音屬「明」紐「文」部，民、文爲雙聲關係，昏、文爲疊韻關係，民、昏、文作爲聲符使用時可替代。

字　例	重　文	時　期		字　　形
蟁 蟁	蟁， 蟁	殷　商		
		西　周		
		春　秋		
		楚　系		
		晉　系		
		齊　系	蟁 《古陶文彙編》（3.143）	
		燕　系		
		秦　系		
		秦　朝		
		漢　朝		

969、《說文》「蠹」字云：「蠹，木中蟲。從蚰橐聲。蟁，蠹或從木，象蟲在木中形，譚長說。」 [註94]

篆文作「蠹」，從蚰橐聲，與〈睡虎地・效律 42〉的「蠹」相近，惟前者之「橐」字作「橐」。或體作「蟁」，從木從蚰，會意，許愼云：「從木，象蟲在木中形。」「蠹」字上古音屬「端」紐「鐸」部，「橐」字上古音屬「透」紐「鐸」部，二者發聲部位相同，端透旁紐，疊韻。由會意字改爲形聲字，爲了便於時人閱讀使用之需，故以讀音相近的字以爲聲符。

字　例	重　文	時　期		字　　形
蠹 蠹	蟁	殷　商		
		西　周		
		春　秋		
		楚　系		
		晉　系		

[註94] 《說文解字注》，頁 682。

		齊 系	
		燕 系	
		秦 系	蠹〈睡虎地・效律 42〉
		秦 朝	
		漢 朝	

970、《說文》「蠹」字云：「蠹，蟲齧木中也。从蚰彖聲。𧒐，古文。」〔註95〕

將篆文「蠹」與古文「𧒐」相較，二者的差異在於下半部的形體，前者爲「𧒓」，後者爲「𣎼」，就「蠶」字的考證，「𣎼」即戰國楚系「蚰」字。

字 例	重 文	時 期	字 形
蠹 蠹	𧒐	殷 商	
		西 周	
		春 秋	
		楚 系	
		晉 系	
		齊 系	
		燕 系	
		秦 系	
		秦 朝	蠹《馬王堆・五十二病方 97》
		漢 朝	

971、《說文》「蚰」字云：「蚰，多足蟲也。从蚰求聲。𧒒，蚰或从虫。」〔註96〕

將篆文「𧒒」與或體「𧒒」相較，後者將所從的二虫改爲一虫，據「蝘」字考證，「虫」、「蚰」替換，屬義近偏旁的替代。

〔註95〕《說文解字注》，頁 682。

〔註96〕《說文解字注》，頁 682。

字　例	重　文	時　期	字　形
蠢 蠡	蠡	殷　商	
		西　周	
		春　秋	
		楚　系	
		晉　系	
		齊　系	
		燕　系	
		秦　系	
		秦　朝	
		漢　朝	

972、《說文》「蠢」字云：「蠢，鱉蠢也。从蚰橐聲。蜉，蠢或从
蟲从孚。」〔註97〕

　　將篆文「蠢」與或體「蜉」相較，後者將所從的二虫改為一虫，據「蝯」
字考證，「虫」、「蚰」替換，屬義近偏旁的替代。又「蠢」字从蚰橐聲，或體
「蜉」从虫孚聲。「橐」、「孚」二字上古音皆屬「滂」紐「幽」部，雙聲疊韻，
橐、孚車作為聲符使用時可替代。

字　例	重　文	時　期	字　形
蠢 蠢	蜉	殷　商	
		西　周	
		春　秋	
		楚　系	
		晉　系	
		齊　系	
		燕　系	
		秦　系	
		秦　朝	
		漢　朝	

〔註97〕　《說文解字注》，頁 682。

973、《說文》「蠢」字云：「蠢，蟲動也。从蛐萅聲。𧍙，古文蠢从
才。〈周書〉曰：『我有戴于西』。」〔註98〕

篆文作「蠢」，从蛐春聲；古文作「𧍙」，从才春省聲。戰國秦系文字作
「蠢」〈睡虎地·日書甲種47背〉，从虫春聲，「春」字為「春」〈睡虎地·日
書甲種87〉，較之於「蠢」，係書體的不同，據「蝯」字考證，「虫」、「蛐」替
換，屬義近偏旁的替代。《說文》「才」字云：「傷也」，「蛐」字云：「蟲之總
名也」〔註99〕，二者的字義無涉，「蠢」的字義為「蟲動」，从「蛐」者與其字
義相關，段玉裁於古文下〈注〉云：「才之言才也始也」，易「蛐」為「才」，
蓋如段玉裁所言，係以「才也始也」示意。

字 例	重 文	時 期	字 形
蠢 蠢	𧍙	殷 商	
		西 周	
		春 秋	
		楚 系	
		晉 系	
		齊 系	
		燕 系	
		秦 系	蠢〈睡虎地·日書甲種47背〉
		秦 朝	
		漢 朝	

974、《說文》「蠱」字云：「蠱，蟲食艸根者。从蟲𦥔，象形。吏抵
冒取民財則生。𧎲，蠱或从攴。𧈦，古文蠱从虫从牟。」〔註100〕

篆文从「蟲」作「蠱」，或體从虫作「𧎲」，古文从虫作「𧈦」，《說文》
「虫」字云：「一名蝮。博三寸，首大如擘指。象其臥形。」「蟲」字云：「有足
謂之蟲，無足謂之豸。从三虫。」〔註101〕「虫」與「蟲」在字義上有關，作為

〔註98〕　《説文解字注》，頁682。

〔註99〕　《説文解字注》，頁637，頁681。

〔註100〕　《説文解字注》，頁683。

〔註101〕　《説文解字注》，頁669，頁682。

形符使用時可替代。又或體「蝥」字从虫敄聲，古文「蛑」从虫牟聲。「敄」字
上古音屬「明」紐「侯」部、「牟」字上古音屬「明」紐「幽」部，雙聲，敄、
牟作爲聲符使用時可替代。

字　例	重　文	時　期	字　形
蠽蠹	蟊，蛑	殷　商	
		西　周	
		春　秋	
		楚　系	
		晉　系	
		齊　系	
		燕　系	
		秦　系	
		秦　朝	
		漢　朝	

975、《説文》「蟲」字云：「蟲，蟲蠹，大螾也。从蟲此聲。蚍，蟲
　　　或从虫比聲。」〔註102〕

　　將篆文「蟲」與或體「蚍」相較，後者將所从的蟲改爲虫，據「蠹」字
考證，「虫」、「蟲」替換，屬義近偏旁的替代。「蟲」字从蟲此聲，或體「蚍」
从虫比聲。「此」、「比」二字上古音皆屬「並」紐「脂」部，雙聲疊韻，此、
比作爲聲符使用時可替代。

字　例	重　文	時　期	字　形
蟲蠹	蚍	殷　商	
		西　周	
		春　秋	
		楚　系	
		晉　系	
		齊　系	
		燕　系	

〔註102〕《説文解字注》，頁 683。

秦　系	
秦　朝	
漢　朝	

976、《說文》「蠹」字云：「蠹，臭蟲負蠜也。从蟲非聲。蜚，蠹或从虫。」〔註103〕

將篆文「蠹」與或體「蜚」相較，後者將所從的蟲改爲虫，據「蠹」字考證，「虫」、「蟲」替換，屬義近偏旁的替代。

字　例	重　文	時　期	字　形
蠹 蠹	蜚	殷　商	
		西　周	
		春　秋	
		楚　系	
		晉　系	
		齊　系	
		燕　系	
		秦　系	
		秦　朝	
		漢　朝	蜚 《馬王堆・相馬經 15》

977、《說文》「風」字云：「風，八風也。東方曰明庶風，東南曰清明風，南方曰景風，西南曰涼風，西方曰閶闔風，西北曰不周風，北方曰廣莫風，東北曰融風。从虫凡聲。風動蟲生，故蟲八日而七。凡風之屬皆从風。鳳，古文風。」〔註104〕

戰國楚系文字或从虫凡聲作「圉」〈上博・孔子詩論 27〉、「圉」〈楚帛書・甲篇 1.31〉，或从蚰凡聲作「圉」〈清華・金縢 13〉，「凡」字作「廿」〈天亡簋〉、「廿」〈多友鼎〉，或增添「口」作「圉」〈清華・金縢 13〉，較之於「廿」，可知「凡」右側較長筆畫上的「丨」或「ㇳ」皆爲飾筆的增添，又據「蜾」字

〔註103〕《說文解字注》，頁 683。

〔註104〕《說文解字注》，頁 683～684。

考證，「虫」、「蚰」替換，屬義近偏旁的替代。古文作「」，雖尚未見於出土文獻，形體卻近於「凡」之「」，所見的「⊙」疑爲「口」的訛寫；又秦系文字作「」〈睡虎地・效律 42〉，與《說文》篆文「」相近，其間的差異有二，一爲「凡」的筆畫略異，一爲「虫」的書體不同。「風」字上古音屬「幫」紐「冬」部，「凡」字上古音屬「並」紐「侵」部，二者發聲部位相同，幫並旁紐，理可通假，「風」字所收古文「」，可能因通假之故而收入其間

字 例	重 文	時　期	字　形
風		殷　商	
		西　周	
		春　秋	
		楚　系	〈上博・孔子詩論 27〉 〈楚帛書・甲篇 1.31〉 〈清華・金縢 13〉
		晉　系	
		齊　系	
		燕　系	
		秦　系	〈睡虎地・效律 42〉
		秦　朝	《馬王堆・五十二病方 30》
		漢　朝	《馬王堆・老子乙本 238》

978、《說文》「飆」字云：「，扶搖風也。从風猋聲。，古文飆。」 [註105]

「飆」字从風猋聲，或體「颮」从風包聲。「猋」字上古音屬「幫」紐「宵」部，「包」字上古音屬「幫」紐「幽」部，雙聲，猋、包作爲聲符使用時可替代。

字 例	重 文	時　期	字　形
飆		殷　商	
		西　周	
		春　秋	
		楚　系	
		晉　系	

〔註105〕《說文解字注》，頁 684～685。

齊　系	
燕　系	
秦　系	
秦　朝	
漢　朝	

979、《說文》「它」字云：「⟨它⟩，虫也。从虫而長，象冤曲⟨垂⟩尾形。上古艸尻患它，故相問無它乎。凡它之屬皆从它。⟨蛇⟩，它或从虫。」〔註106〕

甲骨文作「⟨它⟩」《合》（10065），金文省略其間複雜的筆畫，寫作「⟨它⟩」〈師遽方彝〉、「⟨它⟩」〈齊侯敦〉、「⟨它⟩」〈魯大嗣徒子仲伯匜〉、「⟨它⟩」〈樊夫人龍嬴匜〉，李孝定指出「象蛇卓立鼓喉之狀，今眼鏡蛇見敵即如此，古金文以爲匜字，乃同音叚借。」〔註107〕戰國以來多沿襲「⟨它⟩」，作「⟨它⟩」〈包山 164〉、「⟨它⟩」〈睡虎地・法律答問 25〉，或於「⟨它⟩」的構形上，於右側增添「⟨丿⟩」，寫作「⟨它⟩」〈郭店・忠信之道 7〉，以爲補白、裝飾之用，《說文》篆文「⟨它⟩」源於此，形體近於「⟨它⟩」，或增添「虫」旁作「⟨蛇⟩」〈睡虎地・日書甲種 74背〉、「⟨蛇⟩」《馬王堆・養生方 173》，或體「⟨蛇⟩」與之相近，其間的差異，係書體的不同。「它」的字義爲「虫」，《說文》「虫」字云：「一名蝮，博三寸，首大如擘指。」〔註108〕增添「虫」旁係明示該字的字義與「虫」有關。

字　例	重　文	時　期	字　形
它	⟨蛇⟩	殷　商	⟨它⟩《合》（10065）
	⟨它⟩	西　周	⟨它⟩〈師遽方彝〉
		春　秋	⟨它⟩〈齊侯敦〉 ⟨它⟩〈魯大嗣徒子仲伯匜〉 ⟨它⟩〈樊夫人龍嬴匜〉
		楚　系	⟨它⟩〈包山 164〉 ⟨它⟩〈郭店・忠信之道 7〉
		晉　系	

〔註106〕《說文解字注》，頁 684～685。

〔註107〕李孝定：《金文詁林讀後記》，頁 445，臺北，中央研究院歷史語言研究所，1992 年。

〔註108〕《說文解字注》，頁 669。

	齊　　系	《古陶文彙編》（3.379）
	燕　　系	
	秦　　系	〈睡虎地・法律答問 25〉〈睡虎地・日書甲種 74 背〉
	秦　　朝	《馬王堆・五十二病方 250》
	漢　　朝	《馬王堆・要 13》《馬王堆・養生方 173》

980、《說文》「龜」字云：「，舊也。外骨內肉者也。从它，龜頭與它頭同；天地之性，廣肩無雄，龜鼈之類，吕它爲雄；象足甲尾之形。凡龜之屬皆从龜。，古文龜。」〔註109〕

甲骨文作「」《合》（8996 正）、「」《屯》（859），或側視之，或正視之，「象昂首被甲短尾之形」〔註110〕，金文承襲「」寫作「」〈龜父丙鼎〉、「」〈弔龜父丙簋〉、「」〈龜父丁爵〉。戰國楚系文字作「」〈郭店・緇衣 46〉、「」〈上博・緇衣 24〉，辭例皆爲「我龜既厭」，較之於「」，省四足之形爲二足，首腹之形亦與「它」字的形體相近。馬王堆漢墓出土文獻爲「」《馬王堆・五十二病方 246》、「」《馬王堆・周易 13》，與《說文》篆文「」相近，較之於「」，皆與「龜」的形像相去甚遠，許書言「从它，龜頭與它頭同」，非是；古文作「」，對照「」、「」、「」的形體，像正視之形，惟省略龜之頭部與四足。

字　例	重　文	時　期	字　　形
龜 		殷　商	《合》（8996 正）《屯》（859）〈龜父丙鼎〉
		西　周	〈弔龜父丙簋〉〈龜父丁爵〉
		春　秋	
		楚　系	〈郭店・緇衣 46〉〈上博・緇衣 24〉
		晉　系	
		齊　系	
		燕　系	
		秦　系	

〔註109〕《說文解字注》，頁 685。
〔註110〕《增訂殷虛書契考釋》卷中，頁 33。

秦　朝		《馬王堆・五十二病方 246》
漢　朝		《馬王堆・周易 13》

981、《說文》「黽」字云：「黽，鼃黽也。从它，象形，黽頭與它頭同。凡黽之屬皆从黽。黽，籀文黽。」 〔註111〕

「黽」字作「」《合》（5947）、「」《合》（17868）、「」〈黽父丁鼎〉，「象巨首、大腹、四足之黽形。」又「『黽』後足曲，無尾，與『龜』形有別。」〔註112〕或省四足之形為二足，寫作「」、「」，首腹之形亦訛寫為「」、「」，與「它」字的形體相近，形成「」〈師同鼎〉、「」〈噩君啟車節〉，與原本的形體相去甚遠。《說文》篆文「」與〈上林共府升〉的「」相近，籀文作「」，「前足訛而為，後足訛而為」〔註113〕，較之於「」，皆與「鼃黽」之形相去甚遠，許書言「从它，黽頭與它頭同」，係受到「」、「」的訛形所致。

字　例	重　文	時　期	字　形
黽		殷　商	《合》（5947）　《合》（17868）
		西　周	〈黽父丁鼎〉　〈師同鼎〉
		春　秋	
		楚　系	〈噩君啟車節〉
		晉　系	
		齊　系	
		燕　系	
		秦　系	〈大良造鞅鐓〉
		秦　朝	《秦代陶文》（1460）
		漢　朝	〈上林共府升〉

〔註111〕《說文解字注》，頁 685。

〔註112〕《甲骨文字典》，頁 1441；于省吾：《甲骨文字詁林》第二冊，頁 1823，北京，中華書局，1996 年。

〔註113〕王國維：《王觀堂先生全集・史籀篇疏證》冊七，頁 2443，臺北，文華出版公司，1968 年。

982、《說文》「鼀」字云：「🦎，先鼀，詹諸也。其鳴詹諸，其皮鼀
鼀，其行先先。从黽先，先亦聲。🦎，鼀或从酋。」〔註114〕

「鼀」字从黽先聲，或體「🦎」从黽酋聲。「先」字上古音屬「來」紐「覺」
部，「酋」字上古音屬「從」紐「幽」部，幽覺陰入對轉，先、酋作爲聲符使用
時可替代。從字形觀察，篆文上先下黽，採取上下式結構，或體左酋右黽，爲
左右式結構，「酋」的形體較長，若置於「黽」上，字形結構必呈現長條狀，故
改以左酋右黽的構形。

字　例	重　文	時　期	字　形
鼀 🦎	🦎	殷　商	
		西　周	
		春　秋	
		楚　系	
		晉　系	
		齊　系	
		燕　系	
		秦　系	
		秦　朝	
		漢　朝	

983、《說文》「鼄」字云：「🦎，🦎鼄，鼄蟊也。从黽🦎省聲。🦎，
或从虫。」〔註115〕

篆文从「黽」作「🦎」，或體从虫作「🦎」，《說文》「虫」字云：「一名
蝮」，「黽」字云：「鼃黽也」〔註116〕，二者的字義與爬蟲類有關，作爲形符使
用時理可替代，相同的現象亦見於《說文》「黽」部的「鼀」字。

字　例	重　文	時　期	字　形
🦎	🦎	殷　商	
		西　周	

〔註114〕《說文解字注》，頁 685～686。

〔註115〕《說文解字注》，頁 686。

〔註116〕《說文解字注》，頁 669，頁 685。

	春　秋	
𧎮	楚　系	
	晉　系	
	齊　系	
	燕　系	
	秦　系	
	秦　朝	
	漢　朝	

984、《說文》「鼄」字云：「𧎮，𪓿鼄也。从黽朱聲。𧉽，鼄或从虫。」
〔註117〕

　　甲骨文作「𧎮」《合》（809 正）、「𧎮」《合》（17744）、「𧎮」《合》（17792），像「蜘蛛」之形，兩周以來的文字多增添「朱」聲作「𧎮」〈鼄公華鐘〉、「𧎮」〈鼄大宰簠〉、「𧎮」〈杞伯每亡鼎〉，無論是「𧎮」、「𧎮」、「𧎮」，皆沿襲「𧎮」、「𧎮」的造形。《說文》篆文「𪓿」，从黽朱聲，據上列「黽」字考證，字形爲「𧎮」《合》（5947）、「𧎮」《合》（17868）、「𧎮」〈黽父丁鼎〉，皆與「𧎮」、「𧎮」、「𧎮」、「𧎮」不同，从「黽」者爲「𧎮」、「𧎮」之誤。或體作「𧉽」，从虫朱聲。據「𪓿」字考證，虫、黽作爲形符使用時，可因義近而替代。

字　例	重　文	時　期	字　形
鼄 𪓿	𧉽	殷　商	𧎮《合》（809 正）　𧎮《合》（17744）　𧎮《合》（17792）
		西　周	
		春　秋	𧎮〈鼄公華鐘〉　𧎮〈鼄大宰簠〉　𧎮〈杞伯每亡鼎〉
		楚　系	
		晉　系	
		齊　系	
		燕　系	
		秦　系	
		秦　朝	
		漢　朝	

〔註117〕《說文解字注》，頁 686。

985、《説文》「鼂」字云：「鼂，匽鼂也。讀若朝。楊雄說匽鼂蟲名。
杜林呂爲朝旦，非是。从黽从旦。鼂，古文从皀。」〔註118〕

篆文作「鼂」，从黽从旦；古文作「鼂」，从黽皀聲。戰國楚系文字作「鼂」
〈郭店・窮達以時 7〉，从黽从日，辭例爲「釋板築而爲鼂（朝）卿」，又秦系
文字作「鼂」〈睡虎地・爲吏之道 20〉，从黽从日，段玉裁於「从黽从旦」下
云：「蓋亦蟲之大腹者，故从黽。其从旦之意，不能詳也。」何琳儀指出「鼂」
字應爲从黽早省聲之字〔註119〕，據此可知，从「旦」或从「日」者，皆爲「早」
之省，「鼂」所从之「日」，亦爲「早」的省體，因將「日」置於「黽」的下方，
遂進一步訛誤爲「曰」。「早」字上古音屬「精」紐「幽」部，「皀」字上古音
屬「影」紐「幽」部，疊韻，早、皀作爲聲符使用時可替代。

字 例	重 文	時 期	字 形
鼂 鼂	鼂	殷 商	
		西 周	
		春 秋	
		楚 系	
		晉 系	鼂 〈郭店・窮達以時 7〉
		齊 系	
		燕 系	
		秦 系	鼂 〈睡虎地・爲吏之道 20〉
		秦 朝	
		漢 朝	

986、《説文》「卵」字云：「卵，凡物無乳者卵生。象形。凡卵之屬
皆从卵。㫺，古文卵。」〔註120〕

篆文作「卵」，與〈睡虎地・日書甲種 74〉的「卵」相同；古文作「㫺」，
與〈咸陽器片〉的「㫺」相同。又戰國秦系文字或見「㫺」〈睡虎地・日書乙
種 185〉，較之於「卵」，係將中間的部分填實，望山竹簡之「㫺」〈望山 2.46〉，

〔註118〕《説文解字注》，頁 686。

〔註119〕《戰國古文字典——戰國文字聲系》，頁 227。

〔註120〕《説文解字注》，頁 686～687。

非僅爲塡實之形，更將二筆豎畫易寫爲「）（」。

字 例	重 文	時 期	字　　形
卯	北	殷　商	
		西　周	
		春　秋	
		楚　系	北〈望山 2.46〉
		晉　系	
		齊　系	
		燕　系	北〈北坣城睘小器〉
		秦　系	卯〈睡虎地·日書甲種 74〉 北〈睡虎地·日書乙種 185〉
		秦　朝	北〈咸陽器片〉
		漢　朝	北《馬王堆·三號墓木牌》

987、《說文》「二」字云：「二，地之數也。从耦一。凡二之屬皆从二。弍，古文二。」[註121]

「二」字小篆寫作「二」，與殷商以來的「二」相同；古文从「弋」寫作「弍」，與「一」字古文「弌」、「三」字古文「弎」同从「弋」得形。又戰國楚系文字或作「弍」〈清華·程寤 6〉，或作「戈」〈郭店·語叢三 67〉，辭例依序爲「朕聞周長不二」、「名二」，據「一」字考證，楚系「戈」字皆作「戈」，「弋」字多作「弋」，「弍」所見的「-」爲飾筆，又「弋」字的橫畫與增添的飾筆採取約略平行的方式書寫，據此可知，「弍」字从弋、「戈」字从戈得形。由〈郭店·語叢三 67〉从「戈」寫作「戈」可知《說文》應補入从「戈」的古文「戈」。

字 例	重 文	時 期	字　　形
二	弍	殷　商	二《合》（4896 正）
一		西　周	二〈沈子它簋蓋〉
		春　秋	二〈洹子孟姜壺〉 二〈侯馬盟書·宗盟類 1.4〉
		楚　系	二〈郭·緇衣 47〉 戈〈郭店·語叢三 67〉 弍〈清華·程寤 6〉

晉　系	二 〈東周左𠂤壺〉 二 〈安邑二釿・弧襠方足平首布〉
齊　系	二 〈明・弧背齊刀〉
燕　系	𣎆 〈緻窀君扁壺〉 二 《古陶文彙編》（4.1）
秦　系	二 〈青川・木牘〉
秦　朝	二 《秦代陶文》（11）
漢　朝	二 《馬王堆・養生方 65》

988、《說文》「恆」字云：「𡨥，常也。从心舟在二之閒上下，心吕舟施恆也。𣎆，古文恆从月，《詩》曰：『如月之恆』。」〔註122〕

甲骨文作「𠃍」《合》（14749 正），从二从月，金文或襲爲「𠃍」〈亙鼎〉，或增添「心」作「𡨥」〈恒簋蓋〉，戰國秦系文字作「𡨥」〈睡虎地・秦律十八種 84〉，《說文》篆文易「月」爲「舟」作「𡨥」，古文字之肉、舟、月的形體相近，如：「盟」字作「𥂗」〈包山 137〉，「祭」字或从肉作「𥙫」〈包山 237〉，或从舟作「𥙱」〈包山 225〉，从舟者爲从月之訛，可知許書言「从心舟在二之閒上下」爲非；戰國楚系文字作「𣎆」〈包山 130〉、「𠃍」〈包山 201〉、「𠃍」〈包山 218〉、「𠃍」〈包山 222〉、「𠃍」〈包山 233〉，辭例皆爲「恆貞吉」，對照「𠃍」、「𠃍」的形體，「𠃍」爲重複短橫畫，「𣎆」係增添飾筆性質的短橫畫「-」於起筆的橫畫上，「𠃍」、「𠃍」所見之心、口，皆與「恆」的形義無涉，爲無義偏旁的增添，古文「𣎆」與「𠃍」相近，僅筆畫略異；晉系文字作「𠃍」〈六年格氏令戈〉，除重複豎畫外，亦省寫「𠃍」的筆畫。

字　例	重　文	時　期	字　形
恆 𡨥	𣎆	殷　商	𠃍 《合》（14749 正）
		西　周	𠃍 〈亙鼎〉 𡨥，𡨥 〈恒簋蓋〉
		春　秋	
		楚　系	𣎆 〈包山 130〉 𠃍 〈包山 201〉 𠃍 〈包山 218〉 𠃍 〈包山 222〉 𠃍 〈包山 233〉
		晉　系	𠃍 〈六年格氏令戈〉

〔註122〕《說文解字注》，頁 687。

齊　系			
燕　系			
秦　系	🗌 〈睡虎地・秦律十八種 84〉		
秦　朝			
漢　朝	🗌《馬王堆・養生方 218》		

989、《說文》「地」字云：「𰀥，元气初分，輕清易爲天，重濁会爲地，萬物所陳列也。从土也聲。𰀥，籒文地从𰀥土彖聲。」〔註123〕

玉石文字或見「𰀥」〈侯馬盟書・宗盟類 35.6〉，或在「𰀥」增添「又」作「𰀥」〈侯馬盟書・宗盟類 75.4〉，从「又」者或易爲「寸」作「𰀥」〈侯馬盟書・宗盟類 156.18〉，或將「又」訛寫爲「止」作「𰀥」〈侯馬盟書・宗盟類 91.5〉，或在「𰀥」增添「土」作「𰀥」〈侯馬盟書・宗盟類 195.1〉，或再增添「又」作「𰀥」〈侯馬盟書・宗盟類 194.2〉，形體雖異，辭例皆爲「晉邦之地」；戰國楚系文字或承襲「𰀥」，寫作「𰀥」〈郭店・忠信之道 4〉，晉系中山國文字作「𰀥」〈𰀥盉壺〉，形體同於「𰀥」，从土从又隊聲。楚系文字或作「𰀥」〈包山 149〉，从土也聲，或作「𰀥」〈郭店・老子甲本 23〉，从土**陀**聲〔註124〕，或作「𰀥」〈上博七・凡物流形甲本 17〉，亦从土**陀**聲，或作「𰀥」〈郭店・語叢一 12〉，从彳从土也聲，辭例依序爲「需地一邑」、「人法地」、「此貌以爲天地旨」、「有地有形」，「𰀥」左側的「阜」因筆畫的割裂而訛寫爲「𰀥」，「𰀥」左側之「彳」應爲「阜」的訛寫；晉系貨幣文字作「𰀥」〈貝地・平襠方足平首布〉，左側形體作「工」，較之於「𰀥」，係以收縮筆畫的方式書寫所致；秦系文字作「𰀥」〈睡虎地・日書甲種 131 背〉，近於《說文》篆文「𰀥」。籒文作「𰀥」，从土**隊**聲。「也」字上古音屬「余」紐「歌」部，「**隊**」字上古音屬「定」紐「元」部，「隊」字上古音屬「定」紐「物」部，也、隊爲余定旁紐關係，也與**隊**爲余定旁紐、歌元陰陽對轉關係，三者作爲聲符使用時可替代。

字　例	重　文	時　期	字　　　形
地	𰀥	殷　商	
		西　周	

〔註123〕《說文解字注》，頁 688。

〔註124〕李零：《長沙子彈庫戰國楚帛書研究》，頁 53，北京，中華書局，1985 年。

		時期	字形
地		春　秋	〈侯馬盟書・宗盟類 35.6〉 〈侯馬盟書・宗盟類 75.4〉 〈侯馬盟書・宗盟類 91.5〉 〈侯馬盟書・宗盟類 156.18〉 〈侯馬盟書・宗盟類 194.2〉 〈侯馬盟書・宗盟類 195.1〉
		楚　系	〈包山 149〉 〈郭店・老子甲本 23〉 〈郭店・忠信之道 4〉 〈郭店・語叢一 12〉 〈上博七・鄭子家喪甲本 2〉 〈上博七・凡物流形甲本 17〉 〈清華・金縢 5〉
		晉　系	〈䤾𥂖壺〉 〈貝地・平襠方足平首布〉
		齊　系	
		燕　系	
		秦　系	〈睡虎地・日書甲種 131 背〉
		秦　朝	
		漢　朝	《馬王堆・老子甲本 25》

990、《說文》「墺」字云：「墺，四方之土可定凥者也。从土奧聲。堁，古文墺。」〔註125〕

「墺」字作「墺」，从土奧聲，古文作「堁」，隸定爲「堁」，右側形體作「釆」。「奧」字篆文作「奧」，上半部从釆，「釆」字从宀釆，釆字古文作「釆」，形體與「釆」相近，疑「釆」爲「釆」的異體。「奧」字上古音屬「影」紐「覺」部，「釆」字上古音屬「並」紐「元」部，二者的聲韻關係俱遠。古文作「堁」，疑似因趨簡避繁的書寫心態，遂以「釆」字古文取代「奧」。「墺（堁）」字目前尚未見於出土文獻中，詳確的討論，實有待更多的材料驗證。

字　例	重　文	時　期	字　形
墺 墺	堁	殷　商	
		西　周	
		春　秋	
		楚　系	
		晉　系	
		齊　系	
		燕　系	

〔註125〕《說文解字注》，頁 689。

		秦　系	
		秦　朝	
		漢　朝	

991、《說文》「墣」字云：「墣，凷也。从土業聲。圤，墣或从卜。」

〔註 126〕

「墣」字从土業聲，或體「圤」从土卜聲。「業」字上古音屬「並」紐「屋」部，「卜」字上古音屬「幫」紐「屋」部，二者發聲部位相同，幫並旁紐，疊韻，業、卜作爲聲符使用時可替代。

字　例	重　文	時　期	字　形
墣 墣	圤	殷　商	
		西　周	
		春　秋	
		楚　系	
		晉　系	
		齊　系	
		燕　系	
		秦　系	
		秦　朝	
		漢　朝	

992、《說文》「凷」字云：「凷，墣也。从土凵，凵屈象形。塊，俗凷字。」〔註 127〕

「凷」字从土凵，爲合體象形字，與《馬王堆・五十二病方 106》的「凷」相同；俗字「塊」从土鬼聲，爲形聲字，與《武威・服傳乙本 2》的「塊」相近，其間的差異，係書體的不同。「凷」字上古音屬「溪」紐「微」部，「鬼」字上古音屬「見」紐「微」部，二者發聲部位相同，見溪旁紐，疊韻，由象形字改爲形聲字，爲了便於時人閱讀使用之需，故以讀音相近的字作爲聲符。

〔註 126〕《說文解字注》，頁 690。

〔註 127〕《說文解字注》，頁 690 年。

字　例	重　文	時　期		字　　形
凷	塊	殷　商		
凷		西　周		
		春　秋		
		楚　系		
		晉　系		
		齊　系		
		燕　系		
		秦　系		
		秦　朝	出	《馬王堆・五十二病方 106》
		漢　朝	塊	《武威・服傳乙本 2》

993、《説文》「垣」字云：「垣，墻也。从土亘聲。𩫡，籀文垣从𠦑。」

〔註 128〕

　　金文作「垣」〈兆域圖銅版〉，从土亘聲，从「亘」的「洹」字在兩周金文作「洹」〈伯喜父簋〉、「洹」〈洹子孟姜壺〉，將之與〈睡虎地・爲吏之道 15〉之字相較，寫作「垣」者，實爲形體的訛誤，由「𠃊」或「𠃌」寫作「亘」，係將「𠃌」中間的筆畫相連，形成「日」的形體，又於「日」上下二側增添「一」，寫作「亘」的形體。又戰國晉系貨幣文字作「垣」、「亘」〈戴垣・平襠方足平首布〉，「垣」、「亘」、「亘」〈垣・圜錢〉，所从之「土」於兩周金文作「土」〈大盂鼎〉、「土」〈哀成叔鼎〉，貨幣文字之「土」作「｜」，係省減「土」的收筆橫畫「一」，「亘」係省略形符「土」；馬王堆漢墓出土文獻或作「垣」《馬王堆・老子乙本 208》，較之於「垣」，右側爲「亘」，因「日」的收筆橫畫與「一」相同，故以共用筆畫的方式書寫，二者共用一道橫畫，寫作「垣」。篆文「垣」，从土亘聲；籀文「𩫡」，从𠦑亘聲。《説文》「𠦑」字云：「度也，民所度居也。」「土」字云：「地之吐生萬物者也」〔註 129〕，二者的字義無涉，作爲形符使用時，替代的現象，亦見於古文字，如：「塤」字从𠦑作「𩫡」〈史頌簋〉，「坏」字从𠦑作「𩫡」〈競卣〉，屬一般形符的互代，又以「土」替代「𠦑」，

〔註 128〕《説文解字注》，頁 691。
〔註 129〕《説文解字注》，頁 231，頁 688。

為形符簡化的現象，即以筆畫簡單者，取代筆畫複雜者。

字例	重文	時期		字形
垣 垣	𡎸	殷	商	
		西	周	
		春	秋	
		楚	系	
		晉	系	圷〈兆域圖銅版〉 垣，昌〈𣁏垣・平襠方足平首布〉 垣，引，冝〈垣・圓錢〉
		齊	系	
		燕	系	
		秦	系	垣〈十二年上郡守壽戈〉 垣〈睡虎地・為吏之道 15〉
		秦	朝	垣《馬王堆・五十二病方 54》
		漢	朝	垣《馬王堆・相馬經 69》 垣《馬王堆・老子乙本 208》

994、《說文》「堵」字云：「堵，垣也。五版為堵。从土者聲。𡎸，籀文从𩫖。」[註130]

金文或从𩫖者聲作「𦖞」〈邵𪔭鐘〉，或从金者聲作「鐇」〈黽公𨪚鐘〉，或从土者聲作「𡎸」〈叔尸鐘〉，「𡎸」左側的「工」，係以收縮筆畫的方式書寫「土」所致，〈邵𪔭鐘〉的辭例為「其竃四堵」，〈黽公𨪚鐘〉的辭例為「龢鐘二堵」，「鐇」似受到語境影響所致，即受到前詞「龢鐘」之「鐘」的影響，而改換偏旁，此種現象亦見於戰國文字，如：楚系的「熂」字或从火作「熂」〈上博・容成氏 30〉，或从而作「熂」〈上博・容成氏 29〉，辭例依序為「舜乃欲會天地之熂（氣），而聽用之」、「乃辨陰陽之熂（氣），而聽其訟獄」，「熂」字本从火既聲，惟於〈容成氏 29〉作从而既聲的形體，因受到其後的「而」字影響，將「火」改作「而」；戰國以來的文字多从土者聲作「坴」〈楚帛書・甲篇 2.31〉、「堵」〈睡虎地・秦律雜抄 40〉、「墻」《馬王堆・五行篇 325》；《說文》篆文从土作「堵」，籀文从𩫖作「𡎸」，皆承襲於前代的文字，从土、从𩫖替代的現象，據「垣」字考證，非僅為一般形符的替代，亦為形符的簡化。

[註130]《說文解字注》，頁 691。

字　例	重　文	時　期	字　形
堵 堵	𡉕	殷　商	
		西　周	
		春　秋	𦧠〈邵黛鐘〉　𦧠〈䶼公牼鐘〉　𡉕〈叔尸鐘〉
		楚　系	𡉕〈楚帛書・甲篇2.31〉
		晉　系	
		齊　系	
		燕　系	
		秦　系	堵〈睡虎地・秦律雜抄40〉
		秦　朝	
		漢　朝	堵《馬王堆・五行篇325》

995、《說文》「堂」字云：「堂，殿也。从土尚聲。𡉕，古文堂如此。𡉕，籀文堂从尚京省聲。」〔註131〕

篆文作「堂」，从土尚聲，與〈睡虎地・封診式79〉的「堂」相近；古文作「𡉕」，从土尚省聲，與〈兆域圖銅版〉的「𡉕」相近，皆省略「尚」之「口」；籀文作「𡉕」，與「堂」對照，應爲从堂从京省聲，「堂」字上古音屬「定」紐「陽」部，「京」字上古音屬「見」紐「陽」部，疊韻，「𡉕」所从之「京省聲」，應爲疊加的聲符。〈鄂君啓車節〉有一辭例爲「屯十一堂（當）一車」，字形从立尚聲作「堂」，〈橈比當忻・平襠方足平首布〉之「堂」爲「𡉕」，从立尚省聲，《說文》「立」字云：「住也」，「土」字云：「地之吐生萬物者也」〔註132〕，二者的字義雖無涉，卻習見作爲形符時替代的現象，如：「坡」字从土作「𡉕」〈兆域圖銅版〉，或从立作「𡉕」〈包山188〉，「均」字从土作「𡉕」《古璽彙編》（0783），或从立作「𡉕」《古璽彙編》（0782），其替換的現象，屬一般形符的互代。

字　例	重　文	時　期	字　形
堂	𡉕，	殷　商	
		西　周	

〔註131〕《說文解字注》，頁692。

〔註132〕《說文解字注》，頁504，頁688。

堂	堂	春 秋	
		楚 系	堂〈�君啓車節〉 堂〈九店 56.53〉 堂〈清華・程寤 3〉
		晉 系	堂〈兆域圖銅版〉 堂〈橈比當忻・平襠方足平首布〉
		齊 系	
		燕 系	
		秦 系	堂〈睡虎地・封診式 79〉
		秦 朝	
		漢 朝	堂《銀雀山 905》

996、《說文》「坐」字云：「坐，止也。从畱省从土；土，所止也，此與畱同意。坐，古文坐。」 〔註 133〕

甲骨文作「坐」（5357）、「坐」《合》（16998 正），高嶋謙一透過該字的用法，並從上下文的語境探求，指出其字形係描繪一人坐在一張草席上，應釋為「坐」〔註 134〕，其說可參。戰國楚系文字作「坐」〈九店 56.18〉、「坐」〈上博・莊王既成 申公臣靈王 8〉、「坐」〈上博・凡物流形甲本 15〉，辭例依序為「坐於卯」、「申公坐拜」、「坐而思之」，形體雖不同，實皆「坐」字異體，又秦系文字作「坐」〈睡虎地・效律 20〉，可知字形或从卩从土，或从二卩从土，「卩」从「人」造形，楚系文字从「卩」者，如：「郗」字作「郗」〈曾侯乙 64〉，「卻」字作「卻」〈包山 135〉，「郗」字作「郗」〈包山 184〉，「卩」的形體為「卩」、「卩」，「坐」之「卩」應為「卩」的省寫，「坐」係將「卩」下半部的筆畫與「土」的豎畫借用一道筆畫，「坐」右側的形體與「坐」近同，為借筆省減的書寫方式，左側从「人」，與从卩者相同，《說文》古文从二人从土作「坐」，應源於从二卩之形，又篆文作「坐」，許書言「从畱省从土」，林義光指出像二人對坐之形，篆文作卯，係人之訛寫〔註 135〕，然較之於「坐」、「坐」，作「卯」者應為「卩」的訛誤。

〔註 133〕《說文解字注》，頁 693～694。

〔註 134〕高嶋謙一：〈古文字詮釋的一種新方法──以坐（坐）字為例〉，《南方文物》2010：2，頁 60～62。

〔註 135〕《文源》卷六，頁 3。

字　例	重　文	時　期	字　　　形
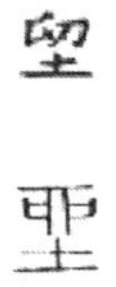 望 聖	 𡈼	殷　商	 《合》（5357）《合》（16998 正）
		西　周	
		春　秋	
		楚　系	 〈九店 56.18〉〈上博・莊王既成　申公臣靈王 8〉  〈上博・凡物流形甲本 15〉
		晉　系	
		齊　系	
		燕　系	
		秦　系	〈睡虎地・效律 20〉
		秦　朝	 〈五十二病方 253〉
		漢　朝	《馬王堆・老子甲本 38》

997、《說文》「封」字云：「�，爵諸侯之土也。从之土从寸；寸，守其制度也。公侯百里，伯七十里，子男五十里。𡐭，籀文封从丰土。𡉚，古文封省。」〔註136〕

金文或作「𡐭」〈伊簋〉，又「尸」字作「𧾷」、「𧾷」〈師寰簋〉，可知「𧾷」即「尸」字，或从「又」作「𡐭」〈六年召伯虎簋〉，「尸」者取象於人，「又」為人之手，以「又」代「尸」其義應無別；貨幣文字作「𡉚」〈封・平肩空首布〉，形體近同於「𡐭」的「𡉚」，《說文》古文「𡉚」源於此，許書以為「从之土」者，係「𡉚」的訛寫；戰國楚系文字从丰从土作「𡐭」〈上博・容成氏 18〉，與籀文「𡐭」近同，其間的差異，係偏旁位置的經營左右互置；晉系文字作「𡐭」〈中山王𰯀鼎〉，左側下半部易「土」為「田」，《說文》「土」字云：「地之吐生萬物者也」，「田」字云：「陳也，樹穀曰田。」〔註137〕，田、土皆與「土地」之義有關，理可替換，故王國維以為古文字封、邦相同，《說文》「邦」字古文「𨜓」上半部的「𡳡」為「丰」的訛寫，籀文「𡐭」从土丰聲與从田的「𨜓」本為一字〔註138〕；齊系文字作「𡐭」、「𡐭」、「𡐭」〈節

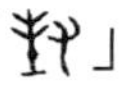

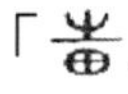

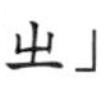

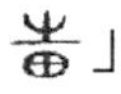

〔註136〕《說文解字注》，頁 694。

〔註137〕《說文解字注》，頁 688，頁 701。

〔註138〕《王觀堂先生全集・史籀篇疏證》冊七，頁 2444～2445。

墨之大刀・齊刀〉，「𡊅」左側本應从土，作「生」者，係受到「生」的類化影響，使得二者趨於相近；秦系文字从寸作「封」〈睡虎地・秦律十八種29〉、「封」〈睡虎地・秦律十八種171〉，从寸、从又替代的現象，據「禱」字考證，爲一般形符的代換，又對照「封」的形體，「封」左側的「生」應與「生」相同，因將上半部第二道曲筆「〵」拉直爲「一」，遂寫作「生」，篆文「𡊅」源於此，因形體訛誤，而言其字形爲「从之土从寸」，又馬王堆漢墓出土文獻作「封」《馬王堆・戰國縱橫家書24》，左側形體作「圭」，係因書體不同所致。

字　例	重　文	時　期	字　形
封 封	𡊅， 生	殷　商	
		西　周	封〈伊簋〉 封〈六年召伯虎簋〉
		春　秋	生〈封・平肩空首布〉
		楚　系	封〈上博・容成氏18〉
		晉　系	封〈中山王𰀼鼎〉
		齊　系	封，𡊅，生〈節墨之大刀・齊刀〉
		燕　系	
		秦　系	封〈睡虎地・秦律十八種29〉 封〈睡虎地・秦律十八種171〉
		秦　朝	
		漢　朝	封《馬王堆・戰國縱橫家書24》

998、《說文》「壐」字云：「壐，王者之印也。吕主土。从土爾聲。璽，籀文从玉。」〔註139〕

戰國時期東方六國或从金尒聲作「鉥」《古璽彙編》（0141）、「鉥」《古璽彙編》（0142）、「鉥」《古璽彙編》（025）、「鉥」《古璽彙編》（0158），「鉥」、「鉥」爲楚系文字習見的形體，或从土尒聲，寫作「坉」《古璽彙編》（0341）；秦系文字从土爾聲作「壐」〈睡虎地・日書甲種25背〉、「壐」〈睡虎地・法律答問146〉、「壐」〈睡虎地・日書乙種195〉、「壐」〈睡虎地・爲吏之道33〉，《說

〔註139〕《說文解字注》，頁694。

文》篆文「璽」近同於「璽」，又「爾」字作「爾」〈史牆盤〉、「爾」〈瘦鐘〉，
較之於「爾」，「爾」、「爾」、「爾」皆爲「爾」的省寫。「爾」、「介」二字上古
音皆屬「日」紐「脂」部，雙聲疊韻，爾、介作爲聲符使用時可替代。又籀文
從玉爾聲作「璽」，所從之「玉」與從「土」、從「金」的意涵相同，皆爲了明
示製作「璽印」的材質。

字　例	重　文	時　期	字　形
璽 璽	璽	殷　商	
		西　周	
		春　秋	
		楚　系	璽《古璽彙編》（0141）　璽《古璽彙編》（0142）
		晉　系	璽《古璽彙編》（0341）
		齊　系	璽《古璽彙編》（025）
		燕　系	璽《古璽彙編》（0158）
		秦　系	璽〈睡虎地・日書甲種 25 背〉璽〈睡虎地・法律答問 146〉 璽〈睡虎地・日書乙種 195〉璽〈睡虎地・爲吏之道 33〉
		秦　朝	璽《馬王堆・五十二病方 381》
		漢　朝	璽《馬王堆・五行篇 344》

999、《説文》「城」字云：「城，吕盛民也。从土成，成亦聲。𩫡，
籀文城从𩫖。」 〔註140〕

西周金文作「𩫡」〈班簋〉、「𩫡」〈散氏盤〉，从𩫖成聲，偏旁位置雖左右
易位，並未影響文字的識讀，其後文字或承襲爲「𩫡」〈包山 4〉、「𩫡」〈武城
戈〉、「𩫡」《古陶文彙編》（3.512），「𩫡」从𩫖城聲，左側之「𩫖」，爲戰國
楚系文字的寫法，「𩫡」所見「𩫖」，爲齊系文字常見的形體，《説文》籀文「𩫡」
源於此，與「𩫡」相近。或从土成聲，寫作「成」〈邾公尹征城〉、「城」〈鄂
君啓車節〉、「城」〈𩫖羌鐘〉、「城」〈工城戈〉、「城」〈詛楚文〉，篆文「城」
源於此，與「城」相近，惟書體略異；从土成聲者，或作「城」〈侯馬盟書・
宗盟類 156.20〉、「城」〈城・直刀〉、「城」《古璽彙編》（0017），上半部的形

〔註140〕《説文解字注》，頁 695。

體，係一方面將「戊」的兩道橫畫貫穿左右兩筆豎畫，一方面又省減右側豎畫上的兩道斜畫；或作「呂」〈新城・尖足平首布〉、「𡊮」與「𡊮」〈城・直刀〉，以「呂」、「𡊮」為例，係將「戊」的形體以收縮筆畫的方式書寫，又「𡊮」下半部的「土」作「𡈼」，係因貫穿筆畫所致；或作「𡊮」〈城・直刀〉，對照「呂」的形體，一方面將上方的橫畫化為曲筆，一方面又省略其下的橫畫。從土、從𩫆替代的現象，據「垣」字考證，為一般形符的代換；再者，以「土」替代「𩫆」，為形符簡化的現象，即以筆畫簡單者取代筆畫複雜者；又細審形符替換後，偏旁位置的經營不同，應是受到偏旁影響所致，「𩫆」的形體修長，書寫時若將之置於「成」的下方，勢必過於狹長，產生不協調感，將「𩫆」改為「土」，並將之置於「成」的下半部，或置於左側，非僅不會造成空間的浪費，亦較具協調與平衡感。

字 例	重 文	時 期	字 形
城　城	𩫆𢦏	殷 商	
		西 周	𩫆𢦏〈班簋〉 𩫆𢦏〈散氏盤〉
		春 秋	𢦏〈邾陷匜尹征城〉 𡊮〈侯馬盟書・宗盟類 156.20〉
		楚 系	𩫆𢦏〈鄂君啟車節〉 𩫆𢦏〈包山 4〉
		晉 系	𢦏〈𨛬羌鐘〉 呂〈新城・尖足平首布〉 𡊮，𡊮，𡊮，𡊮〈城・直刀〉
		齊 系	𩫆〈工城戈〉 𩫆𢦏〈武城戈〉 𩫆𢦏《古陶文彙編》（3.512）
		燕 系	𢦏《古璽彙編》（0017）
		秦 系	城〈詛楚文〉
		秦 朝	城〈始皇詔橢量六〉
		漢 朝	城《馬王堆・經法 12》

1000、《說文》「墉」字云：「墉，城垣也。從土庸聲。𩫝，古文墉。」〔註141〕

甲骨文作「𩫝」《合》（4865）、「𩫝」《合》（13514 正甲）、「𩫝」《合》（20570），金文承襲為「𩫝」〈毛公鼎〉、「𩫝」〈師𩵋鼎〉、「𩫝」〈五年召伯虎簋〉、「𩫝」

〔註141〕《說文解字注》，頁 695。

〈拍敦〉、「![字形]」〈曾侯乙鐘〉，上半部的形體多作「![字形]」或「![字形]」，下半部或爲「![字形]」、「![字形]」等，「![字形]」下半部的形體，係戰國楚系文字獨特的寫法，如：「融」字作「![字形]」〈包山217〉，齊系文字作「![字形]」《古陶文彙編》（3.332），究其形體，應由「![字形]」演變而來，「![字形]」的上下兩側本作「∧」、「∨」，「![字形]」則寫作「∧」、「∨」，因而形成「![字形]」，發展至春秋時期，〈拍敦〉進一步誤寫爲「![字形]」，遂寫作「![字形]」，戰國陶文又進一步訛爲「![字形]」。《說文》古文「![字形]」與篆文「![字形]」相同，皆源於「![字形]」，爲象形字，段玉裁〈注〉云：「蓋古讀如庸，秦以後讀如郭。」戰國楚系「廚」字作「![字形]」〈集脰大子鼎〉，從肉豆聲，《說文》「脰」字作「![字形]」，亦從肉豆聲，字義爲「項也」〔註142〕，「廚」、「脰」二字上古音皆屬「定」紐「侯」部，與篆文「![字形]」、古文「墉」形體相同、字音與字義不同的現象類似，此種現象係因各地方音不同，而依據當地文字使用者的需求，造出不同聲符的形聲字，若從肉豆聲的「廚」字收入於許書，亦與「![字形]」、「墉」的情形相近，以彼律此，篆文「![字形]」、古文「墉」形體相同、字音與字義不同的現象，蓋爲反映各地方言所致。「墉」、「庸」二字上古音皆屬「余」紐「東」部，由象形字改爲形聲字，爲了便於時人閱讀使用之需，故以讀音相同的字作爲聲符。

字　例	重　文	時　期	字　形
墉 墉	![字形]	殷　商	![字形]《合》（4865）　![字形]《合》（13514正甲）　![字形]《合》（20570）
		西　周	![字形]〈毛公鼎〉　![字形]〈師𩛥鼎〉　![字形]〈五年召伯虎簋〉
		春　秋	![字形]〈國差𤭴〉　![字形]〈拍敦〉
		楚　系	![字形]〈曾侯乙鐘〉
		晉　系	
		齊　系	![字形]《古陶文彙編》（3.332）
		燕　系	
		秦　系	
		秦　朝	
		漢　朝	

〔註142〕《說文解字注》，頁170。

1001、《說文》「坻」字云：「坻，小渚也。从土氏聲。《詩》曰：『宛
　　　在水中坻』。汷，坻或从水从夂；濇，坻或从水耆。」〔註143〕

篆文作「坻」，从土氏聲；或體作「汷」，从水夂聲；另一或體作「濇」，
从水耆聲。《說文》「水」字云：「準也」，「土」字云：「地之吐生萬物者也」
〔註144〕，二者的字義無涉，「坻」的字義為「小渚」，即「水中高地」，从土
者係表示「高地」之意，从水者應強調「水中高地」的意涵。「氏」字上古
音屬「端」紐「脂」部，「夂」字上古音屬「心」紐「微」部，「耆」字上古
音屬「群」紐「脂」部，「氏」與「耆」為疊韻關係，氏、耆作為聲符使用
時可替代，又據「瞋」字考證，「脂」、「質」、「眞」，「微」、「物」、「文」分
屬二組陰、陽、入聲韻部的文字，其間的關係在戰國楚系文字中並非絕對分立，
故氏、夂作為聲符使用時亦可替代。

字 例	重 文	時 期	字 形
坻	汷，濇	殷　商	
		西　周	
		春　秋	
		楚　系	
		晉　系	
		齊　系	
		燕　系	
		秦　系	
		秦　朝	
		漢　朝	

1002、《說文》「坒」字云：「坒，吕土增大道上。从土次聲。聖，
　　　古文坒从土即。〈虞書〉曰：『龍朕坒讒說殄行』。聖，疾惡也。」
〔註145〕

「坒」字从土次聲，或體「聖」从土即聲。「次」字上古音屬「清」紐「脂」

〔註143〕《說文解字注》，頁695。
〔註144〕《說文解字注》，頁521，頁688。
〔註145〕《說文解字注》，頁696。

部,「即」字上古音屬「精」紐「質」部,二者發聲部位相同,精清旁紐,脂質陰入對轉,次、即作爲聲符使用時可替代。

字　例	重　文	時　期	字　　形
垒	𡎚	殷　商	
		西　周	
		春　秋	
		楚　系	
		晉　系	
		齊　系	
		燕　系	
		秦　系	
		秦　朝	
		漢　朝	

1003、《說文》「垠」字云:「𡎚,地垠器也。从土艮聲。一曰:『岸也』。圻,垠或从斤。」〔註146〕

「垠」字从土艮聲,或體「圻」从土斤聲。「艮」、「斤」二字上古音皆屬「見」紐「文」部,雙聲疊韻,艮、斤作爲聲符使用時可替代。

字　例	重　文	時　期	字　　形
垠	圻	殷　商	
		西　周	
		春　秋	
		楚　系	
		晉　系	
		齊　系	
		燕　系	
		秦　系	
		秦　朝	
		漢　朝	

〔註146〕《說文解字注》,頁697。

1004、《說文》「垝」字云：「垝，毀垣也。从土危聲。《詩》曰：『乘
彼垝垣』。𨺈，垝或从𨸏。」〔註147〕

篆文从土作「垝」，或體从「𨸏」作「𨺈」，《說文》「土」字云：「地之吐
生萬物者也」，「𨸏」字云：「大陸也。山無石者。」〔註148〕二者的字義無涉，
作爲形符時替代的現象，屬一般形符的替代。相同的現象亦見於《說文》「土」
部的「堊」、「𨸏」部的陸等字。

字　例	重　文	時　期	字　　　　　形
垝　垝	𨺈	殷　商	
		西　周	
		春　秋	
		楚　系	
		晉　系	
		齊　系	
		燕　系	
		秦　系	
		秦　朝	
		漢　朝	

1005、《說文》「圮」字云：「圮，毀也。从土己聲。〈虞書〉曰：『方
命圮族』。㨘，圮或从手配省非聲。」〔註149〕

篆文作「圮」，从土己聲；或體作「㨘」，从手配省非聲。關於或體字形
的分析，小徐本云：「從手配省非聲」〔註150〕，大徐本云：「从手从非配省聲」
〔註151〕，段玉裁〈注〉云：「大徐作从手从非配省聲，未知孰是。此葢即屵部
之嶏嵤字，其音義皆略同也。」另於「嶏」字下云：「《列子·黃帝篇》：『目
所偏視，晉國爵之；口所偏肥，晉國黜之。』殷敬順《釋文》云：『肥，皮美

〔註147〕 《說文解字注》，頁 697。

〔註148〕 《說文解字注》，頁 688，頁 738。

〔註149〕 《說文解字注》，頁 697。

〔註150〕 《說文解字繫傳》，頁 263。

〔註151〕 《說文解字》，頁 288。

切。』《説文》、《字林》皆作巋，又作圮，皆毀也。按古肥與非通。……巋與圮亦非一字。」〔註152〕「巋」的字義爲「岉也」，「岉」即「崩」，字義爲「山壞也」〔註153〕，即「山陷塌」之義，如：《左傳・成公五年》云：「山有朽壞而崩」〔註154〕，《國語・周語下》云：「諺曰：『從善如登，從惡如崩。』」〔註155〕據段玉裁〈注〉言「醻」與「巋」、「崩」的音義略同，可知「巋」亦有「毀」之義，即有「敗壞」或「毀壞」的意思。古文字習見通假現象，如：郭店竹簡《老子》甲本的「未知牝戊」（34），今本《老子》第五十五章與馬王堆漢墓帛書《老子》乙本皆作「未知牝牡」，「戊」、「牡」二字上古音皆屬「明」紐「幽」部，又郭店竹簡〈六德〉的「雖在艸茆之中」（12），《韓非子・外儲説右上》云：「荊莊王有茅門之法」，孫詒讓云：「茅門下作茆門」〔註156〕，「茆」、「茅」二字上古音皆屬「明」紐「幽」部，「艸茆」即「艸茅」，又郭店竹簡《老子》甲本的「盜惻亡有」（1）、「盜惻多有」（31），分別見於今本《老子》第十九、五十七章，馬王堆漢墓帛書《老子》甲、乙本與今本《老子》皆作「盜賊」，「惻」字上古音屬「初」紐「職」部，「賊」字上古音屬「從」紐「職」部。據上列所舉通假字例言，通假字與本字各有其原本的意義，它只限於某一語境下，二者的意義方能相同，倘若離開此一語境，二者皆回復原本所屬的意義，段玉裁〈注〉言「醻」與「巋」、「崩」的音義略同，又言「巋與圮亦非一字」，可知「巋」與「圮」應有通假的關係，至於「圮」下收錄的重文「醻」，亦可因字音的近同而與「巋」字發生通假關係。「圮」字云：「毀也」，或體「醻」從手，應爲表現以手「敗壞」或「毀壞」之意，至於「配省」之「配」，字義爲「酒色也」〔註157〕，「非」爲「韋也」〔註158〕，無涉於表義，「配」

〔註152〕　《説文解字注》，頁 446～447。

〔註153〕　《説文解字注》，頁 445。

〔註154〕　（周）左丘明傳、（晉）杜預注、（唐）孔穎達等正義：《春秋左傳正義》，頁 440，臺北，藝文印書館，1993 年。

〔註155〕　（周）左丘明：《國語》，頁 145，臺北，宏業書局，1980 年。

〔註156〕　（周）韓非撰、（清）王先慎集解：《韓非子集解》，頁 505，臺北，藝文印書館，1983 年。

〔註157〕　《説文解字注》，頁 755。

〔註158〕　《説文解字注》，頁 588。

字上古音屬「滂」紐「物」部,「非」字上古音屬「幫」紐「微」部,二者發聲部位相同,幫滂旁紐,微物陰入對轉,應可視爲从配省、从非的二聲字,此種疊加聲符的現象在古文字中習見,如:「彝」字作「象」〈大克鼎〉,或增添「兄」聲作「鬱」〈秦公簋〉,「恕」字作「忽」〈鄔君啓舟節〉,或增添「早」聲作「曑」〈包山 267〉,疊加聲符後皆爲一形二聲的構形。又「妃」字上古音屬「並」紐「之」部,「己」字上古音屬「見」紐「之」部,「己」與「配」、「非」雖無音韻的近同關係,然「妃」與「配」、「非」有旁紐的關係,故可兩相替代。

字　例	重　文	時　期	字　　　形
妃 妃	圖	殷　商	
		西　周	
		春　秋	
		楚　系	
		晉　系	
		齊　系	
		燕　系	
		秦　系	
		秦　朝	
		漢　朝	

1006、《說文》「堙」字云:「壐,箕也。从土𤔔聲。〈商書〉曰:『鯀堙洪水』。㘾,堙或从𨸏。壐,古文堙如此。」[註159]

篆文作「壐」,从土西聲,與〈堙戈〉的「坐」相近,又兵器中有一字作「坐」〈大坐公戟〉,整理者釋爲「堙」[註160],上半部的「⊗」即「⊗」,可知「坐」下半部的「壬」本應爲「土」,因於「土」的豎畫上增添短斜畫「ノ」遂作「壬」;古文作「壐」,上半部爲「西」,下半部爲「坐」,較之於「坐」、「坐」,「坐」應爲「壬」之訛;或體作「㘾」,从𨸏西聲。據「堨」字考證,从土、从𨸏替換的現象,爲一般形符的替代。戰國齊系文字作「墜」〈墜喜壺〉,

〔註159〕《說文解字注》,頁 697。

〔註160〕《殷周金文集成釋文》第六卷,頁 384。

辭例為「叀壺」，《說文》「禋」字云：「絜祀也」〔註 161〕，「叀」應即「禋」，
增添之「又」即「手」，以示其作為「禋」之用。

字　例	重　文	時　期	字　形
叀	昴， 壺	殷　商	
		西　周	
		春　秋	
		楚　系	
		晉　系	星 〈叀戈〉
		齊　系	陸 〈陸喜壺〉
		燕　系	
		秦　系	
		秦　朝	
		漢　朝	

**1007、《說文》「毀」字云：「毀，缺也。从土毇省聲。毀，古文毀
从壬。」**〔註 162〕

戰國楚系文字或從攴作「毀」〈噩君啓車節〉，或從攵作「毀」〈九店 56.37
下〉，或作「望」〈郭店・窮達以時 14〉，以〈九店 56.37 下〉與〈郭店・窮達以
時 14〉的辭例言，依序為「必毀其壬」、「譽毀在旁」，形體雖不同，實皆「毀」
字異體，其下半部皆從「壬」，何琳儀指出「毀」左側形體係從「兒」，作「望」
者係在「兒」的下半部增添「土」所致，從兒從攴以「會小兒換齒之意」，其後
則引申為「殘缺」、「毀敗」〔註 163〕，可知許書言「从土毇省聲」為非，《說文》
古文「毀」與「毀」相同，又據「敗」字考證，從攴、從攵替代的現象，屬一
般形符的替換；秦系文字或作「毀」〈睡虎地・日書甲種 61〉、「毀」〈睡虎地・
日書甲種 138 背〉，或作「毀」〈睡虎地・日書乙種 46〉，較之於「望」，左側所
見「星」、「皇」、「皇」皆為「望」的訛寫；馬王堆漢墓出土文獻或從攵作「毀」
《馬王堆・陰陽五行甲篇 142》，或從攴作「毀」《馬王堆・陰陽五行乙篇 48》，

〔註 161〕《說文解字注》，頁 3。

〔註 162〕《說文解字注》，頁 698。

〔註 163〕《戰國古文字典——戰國文字聲系》，頁 762，頁 1175。

左側的「□」亦為「□」之訛。《說文》篆文从土作「□」，據戰國以來的字形觀察，「毀」字左側下半部皆从「壬」，从「土」者係「壬」的訛寫。

字例	重文	時期	字形
毀 □	□	殷商	
		西周	
		春秋	
		楚系	□〈鄂君啓車節〉□〈郭店・窮達以時 14〉 □〈九店 56.37 下〉
		晉系	
		齊系	
		燕系	
		秦系	□〈睡虎地・日書甲種 61〉□〈睡虎地・日書甲種 138 背〉 □〈睡虎地・日書乙種 46〉
		秦朝	□《馬王堆・五十二病方 117》
		漢朝	□《馬王堆・陰陽五行甲篇 142》 □《馬王堆・陰陽五行乙篇 48》

1008、《說文》「壞」字云：「□，敗也。从土褱聲。□，籀文壞从攴。□，古文壞省。」〔註 164〕

篆文作「□」，从土褱聲，與〈睡虎地・秦律雜抄 40〉的「□」近同，又見「□」〈睡虎地・日書乙種 112〉，「□」應為「□」之誤，馬王堆漢墓出土文獻或見「□」《馬王堆・十六經 121》，左側為「□」，右側為「□」，「□」為「衣」的下半部形體，作「□」者，一方面係因形體的割裂，一方面亦可能為避免右側的形體過於狹長，遂將形體組合、編排為「□」。古文作「□」，與〈郭店・唐虞之道 28〉的「□」相近，楚簡的辭例為「天下必壞」，較之於「褱」之「□」〈沈子它簋蓋〉、「□」〈褱鼎〉，「□」、「□」係省略「衣」，字形為从土褱省聲。籀文从攴褱聲作「□」，《說文》「攴」字云：「小擊也」，「土」字云：「地之吐生萬物者也」〔註 165〕，二者的字義無涉，「壞」字有敗

〔註 164〕《說文解字注》，頁 698。

〔註 165〕《說文解字注》，頁 123，頁 688。

壞、衰敗、破敗的意涵，段玉裁〈注〉云：「毀壞字皆謂自毀自壞，而人毀之、人壞之，其義同也。」從「攵」者葢可表示「敗壞」之意。

字　例	重　文	時　期	字　形
壞	𪚥，𪚥	殷　商	
		西　周	
		春　秋	
		楚　系	𡍋〈郭店・唐虞之道 28〉
		晉　系	
		齊　系	
		燕　系	
		秦　系	𡍋〈睡虎地・秦律雜抄 40〉 𡋼〈睡虎地・日書甲種 143 背〉 𡍋〈睡虎地・日書乙種 112〉
		秦　朝	
		漢　朝	𡍋《馬王堆・周易 73》 𡍋《馬王堆・陰陽五行甲篇殘》 𡍋《馬王堆・十六經 121》

1009、**《說文》「壖」字云：「壖，壞也。從土虜聲。𨻶，壖或從𨸏。」**

〔註 166〕

「壖」字從土虜聲作「壖」，或從阜虜聲作「𨻶」，據「坥」字考證，「土」、「阜」替換，屬一般形符的替代。

字　例	重　文	時　期	字　形
壖	𨻶	殷　商	
		西　周	
		春　秋	
		楚　系	
		晉　系	
		齊　系	
		燕　系	
		秦　系	

〔註 166〕《說文解字注》，頁 698。

	秦　朝	
	漢　朝	

1010、《說文》「圭」字云：「圭，瑞玉也。上圜下方。公執桓圭，
　　　　九寸，侯執信圭，伯執躬圭，皆七寸，子執穀璧，男執蒲璧，
　　　　皆五寸，吕封諸侯。从重土。楚爵有執圭。珪，古文圭从玉。」
〔註167〕

篆文作「圭」，與〈多友鼎〉的「圭」相同；古文作「珪」，與〈郭店・
緇衣35〉的「珪」相近，惟後者於「玉」的豎畫兩側增添短斜畫「丶丿」；又
將「圭」與〈上博・魯邦大旱3〉的「圭」相較，後者係以收縮筆畫的方式書
寫；將「珪」與〈上博・緇衣18〉的「珪」相較，二者除了偏旁位置左右不
固定外，「珪」左側之「圭」亦以收縮筆畫的方式表現；或見「珪」〈上博・
君人者何必安哉甲本3〉、「珪」〈上博・君人者何必安哉乙本3〉，辭例皆爲「珪
玉之君」，「圭」係將所从之「土」的形體倒置。

字　例	重　文	時　期	字　形
圭 圭	珪	殷　商	
		西　周	圭〈多友鼎〉
		春　秋	圭〈溫縣盟書〉
		楚　系	珪〈郭店・緇衣35〉　珪〈上博・緇衣18〉 圭〈上博・魯邦大旱3〉　珪〈上博・君人者何必安哉甲本3〉 珪〈上博・君人者何必安哉乙本3〉
		晉　系	
		齊　系	
		燕　系	
		秦　系	圭〈詛楚文〉
		秦　朝	
		漢　朝	圭〈始建國元年銅撮〉

〔註167〕《說文解字注》，頁700。

1011、**《説文》**「堯」字云：「堯，高也。从垚在兀上，高遠也。𡗊，
　　　古文堯。」〔註168〕

甲骨文作「𡘙」《合》（9379），發展至戰國時期，楚系文字作「𡎣」〈郭
店・唐虞之道 1〉、「𡗊」〈郭店・六德 7〉、「夫」〈上博・容成氏 12〉，辭例依
序爲「堯舜之王」、「雖堯求之弗得也」、「堯有子九人」，其形體雖異，皆爲「堯」
字異體。甲骨文尚未見增添「土」者，〈唐虞之道〉所增添的偏旁「土」，無礙
於原本所承載的音義，可視爲無義的偏旁。又與「夫」形體相近者，見於〈𡕥
盤〉的「𡕥」，辭例爲「𡕥敢作姜盤」，「𡕥」爲人名。在古文字的發展過程，
小圓點「・」往往可以拉長爲短橫畫「-」，如：「氏」字作「𡕥」〈散氏盤〉或
「𡕥」〈杕氏壺〉，「生」字作「𡕥」〈番生簋蓋〉或「𡕥」〈輪鎛〉，「十」字作
「𡕥」〈虢季子白盤〉或「𡕥」〈十四年方壺〉，以彼律此，「𡕥」豎畫上的小
圓點拉長後即與「夫」近同。《説文》古文作「𡗊」，从二𡗊，與「𡗊」近同，
將「𡗊」與「夫」相較，可知後者爲省減同形的現象。古文字中省減同形的
現象亦十分常見，如：「艸」字作「𡶛」〈信陽 2.13〉或「𡶛」〈郭店・六德
12〉，「曹」字作「𡶛」〈曹公子沱戈〉或「𡶛」〈中山王𨥏方壺〉，「楚」字作
「𡶛」〈蔡侯紐鐘〉或「𡶛」〈楚王酓肯鉈鼎〉，書寫時省減一個或一個以上的
同形偏旁或是部件，亦不影響原本所承載的音義。《説文》篆文作「堯」，从垚
在兀上，與《馬王堆・陰陽五行甲篇220》的「堯」相近，惟「兀」的筆畫有
異。

字 例	重 文	時　期	字　　形
堯 堯	𡗊	殷　商	𡘙《合》（9379）
		西　周	𡕥〈𡕥盤〉
		春　秋	
		楚　系	𡎣〈郭店・唐虞之道1〉　𡗊〈郭店・六德7〉 夫〈上博・容成氏12〉
		晉　系	
		齊　系	
		燕　系	

〔註168〕《説文解字注》，頁 700。

	秦　系	
	秦　朝	
	漢　朝	〈馬王堆·陰陽五行甲篇 220〉　〈馬王堆·繫辭 35〉

1012、《說文》「堇」字云：「𡥀，黏土也。从黃省从土。凡堇之屬皆从堇。𡏳，古文堇；𡎸，亦古文。」[註169]

金文作「𡎸」〈堇伯鼎〉，像將人置於火上之形，「火」或訛寫爲「土」作「𡥀」〈善夫山鼎〉，《說文》篆文「𡥀」與之相近，許書言「从黃省从土」爲非，或省爲「ㄥ」作「𡥀」〈頌鼎〉；其後的文字多承襲从土之形，寫作「堇」〈洹子孟姜壺〉、「𡥀」〈郭店·老子甲本 24〉、「𡥀」〈齊陸曼簠〉，「黃」字作「黃」〈刺鼎〉，可知其形从黃从土，古文「𡏳」源於此，與「堇」相近；又楚系文字或見「𡥀」〈上博七·武王踐阼 10〉，辭例爲「毋堇（勤）弗志」，上半部的形體作「𡥀」，「黃」字於楚系文字作「𡥀」〈包山 33〉、「黃」〈包山 109〉、「𡥀」〈上博·孔子詩論 9〉，將之與「𡥀」相較，「堇」字所从之「黃」係省減下半部左側的一道斜畫。另一古文作「𡎸」，較之於「𡏳」，仍爲从堇从土之字，因重複其間的「○」，遂寫爲「𡎸」，又大徐本收錄作「𡎸」[註170]，對照「𡎸」的形體，應爲「𡎸」的訛寫，故段玉裁〈注〉云：「此篆各本皆訛，今依難字古所用形聲更正。」

字　例	重　文	時　期	字　形
堇 𡥀	𡏳， 𡎸	殷　商	
		西　周	𡎸 〈堇伯鼎〉　𡥀 〈善夫山鼎〉　𡥀 〈頌鼎〉
		春　秋	堇 〈洹子孟姜壺〉
		楚　系	𡥀 〈郭店·老子甲本 24〉　𡥀 〈上博七·武王踐阼 10〉 𡥀 〈清華·金縢 11〉　𡥀 〈清華·皇門 3〉
		晉　系	
		齊　系	𡥀 〈齊陸曼簠〉
		燕　系	

[註169]　《說文解字注》，頁 700。

[註170]　《說文解字》，頁 290。

	秦　系	堇〈睡虎地・日書甲種72〉
	秦　朝	
	漢　朝	堇《馬王堆・老子甲本30》

1013、《說文》「艱」字云：「艱，土難治也。从堇皀聲。囏，籀文艱从喜。」〔註171〕

甲骨文作「𦰩」《合》（24177），像𦰩站立在壴（鼓）旁，或作「𦰩」《懷》（946），像女子跪坐在壴（鼓）旁；金文或从堇从喜作「𦰩」〈不𡙇簋〉、「𦰩」〈毛公鼎〉，對照「堇」的形體，右側上半部的「𦰩」、「𦰩」應爲「黃」，作「堇」、「𦰩」者，蓋受到从「黃」之「堇」字的影響，或見「𦰩」〈叔尸鐘〉，「黃」字作「𦰩」〈叔單鼎〉，从「火」之「焚」字作「焚」〈多友鼎〉，「𦰩」係以共用筆畫的方式將「黃」下半部的形體與「火」共用，遂寫作「𦰩」，故仍爲从「黃」之「堇」字。《說文》篆文从堇皀聲作「艱」，籀文从堇从喜作「囏」，所从之「堇」，據「堇」字考證，从「土」者爲「火」之訛；又「囍」、「皀」二字上古音皆屬「見」紐「文」部，由會意字改爲形聲字，爲了便於時人閱讀使用之需，故以讀音相同的字作爲聲符。

字　例	重　文	時　期	字　　形
艱 艱	囏	殷　商	𦰩《合》（24177） 𦰩《懷》（946）
		西　周	𦰩〈不𡙇簋〉 𦰩〈毛公鼎〉
		春　秋	𦰩〈叔尸鐘〉
		楚　系	
		晉　系	
		齊　系	
		燕　系	
		秦　系	
		秦　朝	
		漢　朝	

〔註171〕《說文解字注》，頁700。

1014、《說文》「野」字云：「𤲅，郊外也。从里予聲。𣊊，古文野从里省从林。」〔註172〕

　　甲骨文从土从林作「𣊊」《合》（22027），兩周文字承襲爲「𣊊」〈大克鼎〉、「𣊊」〈楚王酓忎鼎〉，「土」由「𠂤」因增添小圓點「‧」而作「𡈽」，其後因小圓點可以拉長爲橫畫，遂寫作「土」。戰國時期秦系文字或在从土从林的形體上增添聲符「予」，寫作「𣊊」〈睡虎地‧爲吏之道28〉，《說文》古文「𣊊」與之相近，其言「从里省从林」爲非，或作「𡈽」〈睡虎地‧日書甲種32〉，省減「林」，保留聲符「予」，「予」作「𠂤」。晉系文字作「𤲅」〈十二年邦司寇戈〉，从土从田予聲，「予」的形體爲「𠂤」，此一構形又見於秦代，如：〈繹山碑〉的「𤲅」，「予」作「𠂤」，並將「土」與「予」的形體接連。馬王堆漢墓出土文獻或从土从林予聲作「𣊊」《馬王堆‧天文雲氣雜占A69》，或从土从田予聲作「𤲅」《馬王堆‧刑德乙本72》、「𤲅」《馬王堆‧五行篇225》，「𤲅」蓋承襲於「𤲅」，「𤲅」左側形體係將「田」置於「土」之上，右側爲「予」，寫作「𠂤」，形體與《說文》收錄的「予」字之「𠂤」相近，若進一步將「田」與「土」緊密接連則形成「里」，篆文「𤲅」蓋源於此，可知許書言「从里予聲」爲非。又何琳儀曾指出「野」字本从林从土，爲會意字，其後增添「予」聲，作「𣊊」，後又演變爲「从田从土予聲」的「𤲅」字，小篆誤將田、土接連而作「里」，又「予」字或作「𠃌」、「𠂤」、「𠂤」，「𠂤」係戰國時期秦系文字才出現〔註173〕，其說可從。「𣊊」字从林从土，屬會意字，「𣊊」字从𣊊予聲，爲形聲字，「野」、「予」二字上古音皆屬「余」紐「魚」部，雙聲疊韻，由會意字改爲形聲字，爲了便於時人閱讀使用之需，故以讀音相同的字作爲聲符。

字　例	重　文	時　　期	字　　形
野	𣊊	殷　商	𣊊《合》（22027）
	𤲅	西　周	𣊊〈大克鼎〉
		春　秋	

〔註172〕《說文解字注》，頁701。

〔註173〕何琳儀：〈古璽雜識續〉，《古文字研究》第十九輯，頁478～480，北京，中華書局，1992年。

	楚　　系	〈楚王酓忎鼎〉	
	晉　　系	〈十二年邦司寇戈〉 《古璽彙編》（3992）	
	齊　　系		
	燕　　系		
	秦　　系	〈睡虎地・爲吏之道 28〉 〈睡虎地・日書甲種 32〉	
	秦　　朝	〈繹山碑〉 〈睡虎地・編年記 45〉	
	漢　　朝	《馬王堆・天文雲氣雜占 A69》《馬王堆・刑德乙本 72》《馬王堆・五行篇 225》	

1015、《說文》「疇」字云：「，耕治之田也。从田，象耕田溝
詰詘也。，或省。」〔註174〕

甲骨文作「」《合》（1654）、「」《合》（23614），與《說文》或體「」
相近，惟後者將「」的形體寫作「」或「」；篆文作「」，應是疊加
義符「田」的形體。戰國秦系文字作「」〈睡虎地・秦律十八種 38〉，右側
之「壽」讀音應與「」相近同，「」字上古音屬「定」紐「幽」部，「壽」
字上古音屬「禪」紐「幽」部，疊韻，定、禪皆爲舌音，錢大昕言「舌音類隔
不可信」，黃季剛言「照系三等諸紐古讀舌頭音」，可知「禪」於上古聲母可歸
於「定」，、壽作爲聲符使用時可替代。

字　例	重　文	時　　期	字　　　形
疇 		殷　　商	《合》（1654）《合》（21174）《合》（23614）
		西　　周	
		春　　秋	
		楚　　系	
		晉　　系	
		齊　　系	
		燕　　系	
		秦　　系	〈睡虎地・秦律十八種 38〉
		秦　　朝	
		漢　　朝	

〔註174〕《說文解字注》，頁 701～702。

1016、《說文》「畮」字云：「畮，六尺爲步，步百爲畮，秦田二百四十步爲畮。从田每聲。畞，畮或从十久。」〔註175〕

金文作「畮」〈賢簋〉，从田每聲，與《說文》篆文「畮」相近；戰國楚系文字从田母聲作「畮」〈上博・子羔 8〉、「畮」〈上博・容成氏 52〉，辭例依序爲「由諸畎畝之中而使君天下而稱」、「以小會諸侯之師於畝（牧）之野」，「每」、「母」二字上古音皆屬「明」紐「之」部，雙聲疊韻，每、母作爲聲符使用時可替代，或作「畮」〈上博・鮑叔牙與隰朋之諫 3〉，辭例爲「畝纑短」，从田十攵，秦系文字作「畮」與「畞」〈青川・木牘〉、「畞」〈睡虎地・秦律十八種 38〉，將「畮」、「畞」相較，後者無論「畮」或「畮」，皆與「十」的豎畫借用一個筆畫，形成近似「田」的形體，若再對照「畞」，「畮」左側的「畮」，爲「畮」之「田（畮）」，若將「畮」省改則變爲「十」，若拉直則形成「十」，亦即將「十」改作「十」，把「畮」的形體誤爲「久（久）」，遂形成从「久」聲的「畝」字，或體「畞」即源於此。

字 例	或 體	時 期	字 形
畮 畮	畞	殷 商	
		西 周	畮〈賢簋〉
		春 秋	
		楚 系	畮〈上博・子羔 8〉畮〈上博・容成氏 52〉 畮〈上博・鮑叔牙與隰朋之諫 3〉
		晉 系	
		齊 系	
		燕 系	
		秦 系	畮，畞〈青川・木牘〉畞〈睡虎地・秦律十八種 38〉
		秦 朝	
		漢 朝	畝《銀雀山 937》

1017、《說文》「畜」字云：「畜，田畜也。淮南王曰：『園田爲畜』。畜，〈魯郊禮〉畜从田从茲。茲，益也。」〔註176〕

〔註175〕《說文解字注》，頁 702。

〔註176〕《說文解字注》，頁 704。

　　甲骨文作「𥝋」《合》（29416），金文承襲爲「𥝋」〈秦公簋〉，从田幺聲。戰國楚系文字或作「𥝋」〈楚帛書・丙篇 3.3〉，較之於「𥝋」，「幺」下半部的「〜」與「田」上半部「一」相近，二者遂以借用筆畫的方式書寫；或从田玄聲作「𥝋」〈九店 56.39 下〉。其後的文字多承襲爲「畜」〈睡虎地・秦律十八種 77〉、「畜」〈睡虎地・法律答問 108〉，後者所見「亠」，係因割裂筆畫所致。《說文》篆文「畜」近於「𥝋」，古文从茲作「𤲟」，又段注本言「园田爲畜」，「园」即「玄」字，因避諱而改字。「幺」字上古音屬「影」紐「宵」部，「玄」字上古音屬「匣」紐「眞」部，二者發聲部位相同，影匣旁紐，幺、玄作爲聲符使用時可替代，又「茲」字上古音屬「精」紐「之」部，與幺、玄的音韻俱遠，據《古文四聲韻》所載，「畜」字从茲作「𤲟」〈張揖集〉、「𤲟」〈籀韻〉〔註177〕，「茲」字上古音屬「匣」紐「眞」部，與幺、玄的聲韻關係密切，疑作「茲」者爲「茲」的訛寫。

字　例	重　文	時　期	字　形
畜 畜	𤲟	殷　商	𥝋《合》（29416）
		西　周	
		春　秋	𥝋〈秦公簋〉
		楚　系	𥝋〈九店 56.39 下〉　𥝋〈楚帛書・丙篇 3.3〉
		晉　系	
		齊　系	
		燕　系	
		秦　系	畜〈睡虎地・秦律十八種 77〉　畜〈睡虎地・法律答問 108〉
		秦　朝	
		漢　朝	畜《馬王堆・老子乙本 186》

1018、《說文》「畺」字云：「畺，界也。从畕；三，其介畫也。疆，畺或从土彊聲。」〔註178〕

　　金文或作「𤲞」〈毛伯簋〉，「从畕象二田，相比界畫之義」〔註179〕，从二

〔註177〕　《古文四聲韻》，頁 273，頁 288。

〔註178〕　《說文解字注》，頁 704。

〔註179〕　《增訂殷虛書契考釋》卷中，頁 8。

田比鄰，即有疆界之意，或增添「弓」作「」〈五祀衛鼎〉、「」〈散氏盤〉、「」〈兮甲盤〉、「」〈黿公華鐘〉、「」〈洹子孟姜壺〉，表示「界畫」的「—」多寡不一，或在「」的構形上再增添「土」作「」〈吳王光鑑〉、「」〈中山王方壺〉，段玉裁〈注〉云：「今則疆行而畺廢矣」，增添「土」旁表示所指爲疆土、疆界，卻形成从土彊聲的形聲字。秦代文字作「」《秦代陶文》（1349），形體同於「」，《說文》篆文「」與「」相同，或體「」與「」相近，其間的差異，係或體字將「土」置於「弓」內，〈吳王光鑑〉的字形將「土」置於「弓」、「畺」的下方。戰國楚系文字或作「」〈上博‧孔子詩論9〉，較之於「」，係省減上下兩道表示「界畫」的「—」；或作「」〈包山87〉、「」〈包山153〉，對照「」的形體，除了將「弓」訛寫爲「人」，亦省減「」間的「—」而作「」、「」；或作「」〈清華‧耆夜9〉，辭例爲「萬壽亡疆」，「」亦爲「」的訛省。

字 例	重 文	時 期	字 形
畺 		殷 商	
		西 周	、〈五祀衛鼎〉 〈毛伯簋〉 〈散氏盤〉 〈兮甲盤〉
		春 秋	〈吳王光鑑〉 〈黿公華鐘〉 〈洹子孟姜壺〉
		楚 系	〈包山87〉 〈包山153〉 〈上博‧孔子詩論9〉 〈清華‧程寤9〉 〈清華‧楚居8〉 〈清華‧耆夜9〉
		晉 系	，〈中山王方壺〉
		齊 系	
		燕 系	
		秦 系	
		秦 朝	《秦代陶文》（1349） 《馬王堆‧五十二病方271》
		漢 朝	《馬王堆‧養生方164》

1019、《說文》「黃」字云：「黃，地之色也。从田芡聲；芡，古文光。凡黃之屬皆从黃。，古文黃。」[註180]

〔註180〕《說文解字注》，頁704。

甲骨文作「𡙈」《合》（595 正）、「𡙈」《合》（14356），高鴻縉以爲「象佩玉之形，所繫玉左右半環各一。下，其綏也。」〔註181〕關於「黃」字的考證，學者以爲「『矢』、『寅』、『黃』諸形，既有聯繫，復有區別，要皆自矢形衍化而出。晚期卜辭則『矢』作𡙈，『寅』作𡙈、𡙈，『黃』作𡙈，區別甚嚴。金文『黃』字，乃𡙈形之譌變。」〔註182〕發展至兩周時期，形體日漸產生訛誤，或作「黃」〈剌鼎〉，在「𡙈」上增添「廿」；或作「𡙈」〈趙孟𡴂壺〉，將「𡙈」上半部的「ㄧ」與「ㄥ」接連，並以割裂形體的方式作「ㄥ」、「𡙈」兩部分，「𡙈」係在「𡙈」的「ㄧ」兩側增添短斜畫「ノ丶」，並於其間增添小圓點「·」；戰國文字多承襲之，楚系文字或作「𡙈」〈包山 33〉、「黃」〈包山 109〉，上半部的「廿」訛寫爲「凵」、「廾」，或作「𡙈」〈上博·孔子詩論 9〉，形體近於「𡙈」與晉系的「𡙈」〈哀成叔鼎〉、齊系的「黃」〈𡊨侯因𦎧敦〉，惟將「𡙈」、「𡙈」所見的「田」省寫爲「曰」，從「黃」字的形體觀察，上海博物館藏戰國竹書之〈孔子詩論〉的原始抄本可能係由齊、晉地傳入，其後經過幾番的傳抄，才出現今日所見的竹簡風貌；秦系文字作「黃」〈睡虎地·秦律十八種 34〉，仍以割裂形體的方式書寫作「𡘸」、「𡙈」兩部分，把「廿」圓勻的筆畫拉直，並將下面的筆畫向左右兩側延伸即作「𡘸」，馬王堆漢墓出土文獻作「黃」《馬王堆·一號墓遣策 161》，形體與之相同；秦代文字作「黃」《秦代陶文》（1387），上半部的形體係承襲「𡘸」而來，惟將收筆橫畫割裂，遂形成「廿」的下半部兩側接連短斜畫「ノ丶」的形體，《說文》篆文「黃」與之相近，因進一步訛寫，使得「黃」的形體訛爲「黃」，可知許書言「从田芡聲；芡，古文光」的說法係就訛形說解；古文「𤎓」，上半部从「久」，下半部从「𤆏」，亦應爲「黃」之訛。

字 例	重 文	時 期	字 形
黃　　黃	𤎓	殷　商	𡙈《合》（595 正） 𡙈《合》（14356）
		西　周	黃〈剌鼎〉 黃〈師奎父鼎〉
		春　秋	黃〈石鼓文〉 𡙈〈趙孟𡴂壺〉
		楚　系	𡙈〈包山 33〉 黃〈包山 109〉 𡙈〈上博·孔子詩論 9〉

〔註181〕高鴻縉：《中國字例》，頁 139，臺北，三民書局股份有限公司，1981 年。
〔註182〕于省吾：《甲骨文字詁林》第三冊，頁 2537，北京，中華書局，1996 年。

晉 系	🔸	〈哀成叔鼎〉
齊 系	🔸	〈陳侯因資敦〉
燕 系	🔸	〈郾王職矛〉
秦 系	🔸	〈睡虎地・秦律十八種 34〉
秦 朝	🔸	《秦代陶文》（1387）
漢 朝	🔸	《馬王堆・一號墓遣策 161》

1020、《說文》「勳」字云：「🔸，能成王功也。从力熏聲。🔸，古文勳从員。」〔註183〕

「勳」字从力熏聲，或體「勛」从力員聲。「熏」字上古音屬「曉」紐「文」部，「員」字上古音屬「匣」紐「文」部，二者發聲部位相同，曉匣旁紐，旁紐疊韻，熏、員作爲聲符使用時可替代。又〈中山王🔸方壺〉「勳」字作「🔸」，左側下半部的形體从「鼎」，不从「貝」，據「員」字考證，从「貝」之「員」字係从「鼎」之訛。

字 例	重 文	時 期	字 形
勳 🔸	🔸	殷 商	
		西 周	
		春 秋	
		楚 系	
		晉 系	🔸 〈中山王🔸方壺〉
		齊 系	
		燕 系	
		秦 系	
		秦 朝	
		漢 朝	

1021、《說文》「勥」字云：「🔸，迫也。从力強聲。🔸，古文从彊。」〔註184〕

〔註183〕《說文解字注》，頁705。
〔註184〕《說文解字注》，頁706。

　　戰國楚系文字或從力剛聲作「🀆」〈郭店・老子甲本 22〉，或從力畺省聲作「🀆」〈郭店・五行 41〉，或從心畺省聲作「🀆」〈郭店・語叢二 34〉，辭例依序為「吾強為之名曰大」、「不強不林」、「強生於性」，形體雖不同，皆為「強」字的異體，「畺」字或從弓作「🀆」〈大盂鼎〉、「🀆」〈五祀衛鼎〉、「🀆」〈史牆盤〉、「🀆」〈散氏盤〉，或作「🀆」〈毛伯簋〉，較之於「🀆」，「🀆」係省減二田為一田，並將表示「田界」的橫畫「一」省略，又將「弓」訛寫為「人」，「🀆」所從之「畺」雖與「🀆」相近，亦將「弓」訛寫為「人」；「🀆」字從「剛」得聲，「剛」於楚系文字作「🀆」〈郭店・老子甲本 7〉，辭例為「不以取剛（強）」，「剛」字上古音屬「見」紐「陽」部，「強」字上古音屬「群」紐「陽」部，二者發聲部位相同，見群旁紐，疊韻，理可通假。《說文》「心」字云：「人心土臟也」，「力」字云：「筋也」〔註185〕，二者的字義無涉，替代的現象，係造字時對於偏旁意義的選擇不同所致。《說文》篆文「🀆」，從力強聲，古文「🀆」，從力彊聲，據金文字形觀察，「彊」、「畺」古本為一字，其後分為二字，「畺」字上古音屬「見」紐「陽」部，「彊」字上古音屬「群」紐「陽」部，亦為見群旁紐、疊韻的關係，而「強」字上古音屬「群」紐「陽」部，與「彊」字為雙聲疊韻的關係，強、彊作為聲符使用時可替代。

字　例	重　文	時　期	字　　形
勥　🀆	🀆	殷　商	
		西　周	
		春　秋	
		楚　系	🀆〈郭店・老子甲本 22〉　🀆〈郭店・五行 41〉 🀆〈郭店・語叢二 34〉
		晉　系	
		齊　系	
		燕　系	
		秦　系	
		秦　朝	
		漢　朝	

〔註185〕《說文解字注》，頁 506，頁 705。

1022、《說文》「動」字云：「劸，作也。从力重聲。踵，古文動从
　　　辵。」〔註186〕

篆文作「劸」，从力重聲，與《馬王堆・老子甲本12》的「動」相近；古
文作「踵」，从辵重聲。《說文》「辵」字云：「乍行乍止也」，「力」字云：「筋
也」〔註187〕，二者的字義無涉，然从「辵」者可強調其動作，如：「去」字作
「去」《合》（169），或增添「辵」旁作「㣚」〈郭店・成之聞之21〉，後者的
辭例爲「其去人弗遠矣」，「來去」之「去」本爲動詞，增添「辵」旁應是強調
其動作，力，辵替代的現象，係造字時對於偏旁意義的選擇不同所致。又戰國
楚系文字从辵童聲作「踵」〈郭店・老子甲本23〉，辭例爲「動而愈出」，「重」、
「童」二字上古音皆屬「定」紐「東」部，雙聲疊韻，重、童作爲聲符使用時
可替代。

字　例	重　文	時　期	字　　　形
動 劸	踵	殷　商	
		西　周	
		春　秋	
		楚　系	踵〈郭店・老子甲本23〉
		晉　系	
		齊　系	
		燕　系	
		秦　系	
		秦　朝	
		漢　朝	動《馬王堆・老子甲本12》

1023、《說文》「勞」字云：「勞，劇也。从力熒省，焱火燒冖，用
　　　力者勞。勞，古文如此。」〔註188〕

篆文作「勞」，从力熒省，與〈睡虎地・爲吏之道12〉的「勞」相近，其
間的差異，係書體的不同。古文作「勞」，段玉裁〈注〉云：「今依《玉篇》、

〔註186〕　《說文解字注》，頁706。

〔註187〕　《說文解字注》，頁70，頁705。

〔註188〕　《說文解字注》，頁707。

《汗簡》、《古文四聲韵》所據正。」又大徐本所載爲「（）」〔註189〕，從悉熒省，《古文四聲韻》收錄作「（）」《王存乂切韻》、「（）」《說文》、「（）」《籀韻》〔註190〕，亦見從悉熒省之字，可知應補入從「悉」的古文「（）」。《說文》「悉」字云：「詳盡也。從心釆。」〔註191〕「勞」有辛勤、勞苦的意涵，又《說文》「心」字云：「人心土臧也」，「力」字云：「筋也」〔註192〕，二者的字義雖無涉，然辛勤、勞苦者，或爲心，或爲力，其替代的現象，係造字時對於偏旁意義的選擇不同所致。

字 例	重 文	時 期	字 形
勞 （）	（）	殷 商	
		西 周	
		春 秋	
		楚 系	
		晉 系	
		齊 系	
		燕 系	
		秦 系	（）〈睡虎地・爲吏之道 12〉
		秦 朝	
		漢 朝	（）《馬王堆・春秋事語 59》

1024、《說文》「勇」字云：「（），气也。從力甬聲。（），勇或從戈用。（），古文勇從心。」〔註193〕

篆文作「（）」，從力甬聲，與《馬王堆・明君 410》的「（）」相近，將二者相較，篆文採取左甬右力的結構，後者爲上用下力的結構；或體作「（）」，從戈用聲，與〈鄭戒句父鼎〉的「（）」相同；古文作「（）」，從心甬聲，與〈睡虎地・日書乙種 245〉的「（）」、〈郭店・性自命出 63〉的「（）」相近。戰國

〔註189〕 《說文解字》，頁 292。

〔註190〕 《古文四聲韻》，頁 95，頁 257。

〔註191〕 《說文解字注》，頁 50。

〔註192〕 《說文解字注》，頁 506，頁 705。

〔註193〕 《說文解字注》，頁 707。

楚系文字亦見从戈甬聲者，如：「𢧢」〈包山71〉、「𢦤」〈郭店・成之聞之21〉，所从之「甬」於金文作「𤰯」或「甶」〈師克盨〉，其筆畫多寡不一，並未影響文字的辨識；又〈成之聞之21〉的辭例爲「勇而行之不果」，〈性自命出63〉的辭例爲「行欲勇而必至」，从戈或从心，在辭例上並無差異。《說文》「心」字云：「人心土臟也」，「戈」字云：「平頭𢧢也」，「力」字云：「筋也」〔註194〕，三者之字義無涉，替代的現象，係造字時對於偏旁意義的選擇不同所致。「甬」、「用」二字上古音皆屬「余」紐「東」部，雙聲疊韻，甬、用作爲聲符使用時可替代。

字 例	重 文	時 期	字 形
勇 𦜩	𢧢，惥	殷 商	
		西 周	
		春 秋	𢧢〈鄭𢧢句父鼎〉 𢦤〈攻敔王光劍〉
		楚 系	𢧢〈包山71〉 𢦤〈郭店・成之聞之21〉 惥〈郭店・性自命出63〉
		晉 系	
		齊 系	
		燕 系	
		秦 系	惥〈睡虎地・日書乙種245〉
		秦 朝	
		漢 朝	勇〈馬王堆・明君410〉

1025、《說文》「協」字云：「協，同衆之龢也。从劦十。叶，古文協从口十；叶，叶或从日。」〔註195〕

篆文作「協」，从劦十；古文作「叶」，从口十；或體作「叶」，从日十。「協」的字義爲「同衆之龢」，段玉裁於古文下〈注〉云：「十口所同，亦同衆之意。」从劦、从口的不同，應爲造字時對於偏旁意義的選擇不同所致；又《說文》「口」字云：「人所吕言食也」，「日」字云；「實也」〔註196〕，「詞」由「口」

〔註194〕《說文解字注》，頁506，頁634，頁705。

〔註195〕《說文解字注》，頁708。

〔註196〕《說文解字注》，頁54，頁204。

出，二者在字義上有所關聯，作爲形符使用時可兩相替代，故段玉裁〈注〉云：
「口、曰一也。」

字 例	重 文	時 期	字 形
協 協	吅，叶	殷 商	
		西 周	
		春 秋	
		楚 系	
		晉 系	
		齊 系	
		燕 系	
		秦 系	
		秦 朝	
		漢 朝	

第十五章 《說文》卷十四重文字形分析

1026、《說文》「金」字云：「金，五色金也。黃爲之長，久薶不生衣，百鍊不輕，從革不韋。西方之行。生於土，从土；ナ又注，象金在土中形；今聲。凡金之屬皆从金。金，古文金。」〔註1〕

殷墟花園莊東地甲骨有一字作「　」《花東》（474），整理者隸定爲「灵」〔註2〕，劉釗等釋爲「金」。〔註3〕勞榦從考古發現與古器物的製作方式考證，指出若將坩鍋倒置，其形體與「　」相近，若其中有銅液則可以小點表示，或是以流下的形體「（」示之，故「金」字上半部爲坩鍋，下半部爲器範，兩旁的小點爲流注的銅液。〔註4〕今從花園莊所見字形觀察，上半部作「　」，釋爲坩鍋倒置之形應無誤，下半部作「　」，形體近似「火」的形體，如：「　」《合》（20245）、「　」《合》（21095），金屬器物製作時，須將相關的金屬礦石以高溫熔化爲液體，此時鎔液高溫而色澤火紅，作「　」者，可能係表現鎔液於器範之形，其

〔註 1〕　（漢）許愼撰、（清）段玉裁注：《說文解字注》，頁 709，臺北，黎明文化事業股份有限公司，1991 年。

〔註 2〕　中國社會科學院考古研究所：《殷墟花園莊東地甲骨》六，頁 1741，昆明，雲南人民出版社，2003 年。

〔註 3〕　劉釗、洪颺、張新俊：《新甲骨文編》，頁 743，福州，福建人民出版社，2009 年。

〔註 4〕　勞榦：《勞榦學術論文集甲編》，頁 1264，臺北，藝文印書館，1976 年。

言或可備一說。又兩周文字作「」〈利簋〉、「」〈史頌簋〉、「」〈師寰簋〉、「」〈曾伯陭壺〉、「」〈王孫遺者鐘〉，下半部的形體與甲骨文差異甚大，故何琳儀云：「从土，从氷（象二銅料之形），會土生金（銅）之意，亼聲。」〔註5〕再者，觀察「金」字兩側的小點或爲二，或爲三，或爲四，筆畫的多寡並未影響該字形的辨識。《說文》篆文作「」，與〈睡虎地・日書乙種 81〉的「」近同，从「今聲」者，或源於此；古文作「」，與〈中子化盤〉的「」相近，僅兩旁的小點數量不一，而同於〈塦肪簋蓋〉的「」。

字　例	古　文	時　期	字　形
金		殷　商	《花東》(474)
		西　周	〈利簋〉〈史頌簋〉〈師寰簋〉
		春　秋	〈曾伯陭壺〉〈王孫遺者鐘〉〈中子化盤〉
		楚　系	〈噩君啓舟節〉〈曾侯乙 20〉〈包山 119〉
		晉　系	〈共屯赤金・圜錢〉
		齊　系	〈塦肪簋蓋〉〈塦侯因脊敦〉
		燕　系	《古璽彙編》(0363)
		秦　系	〈二年寺工讋戈〉〈睡虎地・日書乙種 81〉〈睡虎地・日書乙種 190〉
		秦　朝	〈泰山刻石〉〈琅琊刻石〉
		漢　朝	《馬王堆・老子甲本 107》

1027、《說文》「鐵」字云：「，黑金也。从金𢧜聲。，鐵或省。，古文鐵从夷。」〔註6〕

篆文作「」，从金𢧜聲，與〈睡虎地・秦律十八種 86〉的「」相近，惟後者右側形體下半部作「」而非「」，作「呈」者應爲「」的訛寫；或體作「」，省略聲符「」之「大」；古文作「」，从金夷聲。又將《馬王堆・養生方 66》的「」與「」相較，前者係將「」上半部的「口」改置於「戈」之橫畫上，使其形體割裂。「」字上古音屬「定」紐「質」部，

〔註5〕何琳儀：《戰國古文字典——戰國文字聲系》，頁 1392，北京，中華書局，1998 年。

〔註6〕《說文解字注》，頁 709。

「夷」字上古音屬「余」紐「脂」部，二者發聲部位相同，定余旁紐，脂質陰入對轉，戟、夷作爲聲符使用時可替代。

字　例	重　文	時　期		字　形
鐵 鐵	鐵，鋏	殷	商	
		西	周	
		春	秋	
		楚	系	
		晉	系	
		齊	系	
		燕	系	
		秦	系	鐵〈睡虎地・秦律十八種86〉 鐵〈睡虎地・秦律雜抄23〉
		秦	朝	
		漢	朝	鐵《馬王堆・陰陽五行乙篇8》 鐵《馬王堆・養生方66》

1028、《說文》「錏」字云：「錏，酒器也。从金，亞象器形。亞，錏或省金。」[註7]

篆文作「錏」，从金从亞，或體作「亞」，于省吾指出「亞」像「罍壺一類無蓋之器」[註8]，其說可從。可知「亞」應爲象形文，其後則增添偏旁「金」，以示該器物爲金屬材質，故寫作「錏」。

字　例	重　文	時　期		字　形
錏 錏	亞	殷	商	
		西	周	
		春	秋	
		楚	系	
		晉	系	
		齊	系	
		燕	系	
		秦	系	

〔註 7〕　《說文解字注》，頁711。

〔註 8〕　于省吾：《殷契駢枝續編》，頁64～65，臺北，藝文印書館，1971年。

		秦　朝	
		漢　朝	

1029、《說文》「鏶」字云：「鏶，鍱也。从金集聲。鍹，鏶或从咠。」
〔註 9〕

「鏶」字从金集聲，或體「鍹」从金咠聲。「集」字上古音屬「從」紐「緝」部，「咠」字上古音屬「清」紐「緝」部，二者發聲部位相同，清從旁紐，疊韻，集、咠作爲聲符使用時可替代。

字　例	重　文	時　期	字　形
鏶 鏶	鍹	殷　商	
		西　周	
		春　秋	
		楚　系	
		晉　系	
		齊　系	
		燕　系	
		秦　系	
		秦　朝	
		漢　朝	

1030、《說文》「鋙」字云：「鋙，鉏鋙也。从金御聲。鋙，鋙或从吾。」〔註 10〕

「鋙」字从金御聲，或體「鋙」从金吾聲。「御」、「吾」二字上古音皆屬「疑」紐「魚」部，雙聲疊韻，作爲聲符使用時可替代。

字　例	重　文	時　期	字　形
鋙 鋙	鋙	殷　商	
		西　周	
		春　秋	

〔註 9〕 《說文解字注》，頁 712。
〔註 10〕 《說文解字注》，頁 712。

		楚　系	
		晉　系	
		齊　系	
		燕　系	
		秦　系	
		秦　朝	
		漢　朝	

1031、《說文》「鈕」字云：「，印鼻也。从金丑聲。，古文鈕从王。」〔註 11〕

篆文作「」，从金丑聲。古文作「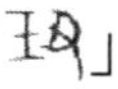」，从玉丑聲，與〈包山 214〉的「」相近，「玉」字於金文作「」〈番生簋蓋〉，於楚系文字作「」〈曾侯乙 123〉、「」〈信陽 1.33〉，古文所从之「玉」承襲於金文；又「丑」字於金文作「」〈天亡簋〉、「」〈令簋〉，楚系「丑」字多作「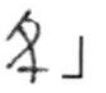」，與古文或異，小篆與古文「丑」字作「」，應是由「」→「」→「」，亦即將原本分離的「」連接作「｜」。《說文》「玉」字云：「石之美有五德者」，「金」字云：「五色金也」〔註 12〕，二者的字義無涉，然替代的現象亦見於戰國文字，如；「⿰王弋」字或从玉作「」〈曾侯乙 42〉，或从金作「」〈曾侯乙 77〉，辭例皆爲「黃金之⿰王弋」。「鈕」字之義爲「印鼻」，璽印的質材，可以木、金屬、玉石等爲之，二者替代的現象，係造字時對於偏旁意義的選擇不同所致。

字　例	重　文	時　期	字　形
鈕 		殷　商	
		西　周	
		春　秋	
		楚　系	〈包山 214〉
		晉　系	
		齊　系	

〔註 11〕《說文解字注》，頁 713。

〔註 12〕《說文解字注》，頁 10，頁 709。

		燕　系	
		秦　系	
		秦　朝	
		漢　朝	

1032、《說文》「銳」字云：「銳，芒也。从金兌聲。，籀文銳从
　　　　厂剡。」〔註13〕

篆文作「銳」，从金兌聲，與《馬王堆・繆和61》的「」相近；籀文作
「」，段玉裁以爲从剡厂聲，《說文》「剡」字云：「銳利也」，「金」字云：「五
色金也」〔註14〕，「金」、「剡」的字義無涉，替代的現象，係造字時對於偏旁意
義的選擇不同所致。「兌」字上古音屬「定」紐「月」部，「厂」字上古音屬「曉」
紐「元」部，元月陽入對轉，兌、厂作爲聲符使用時可替代。

字　例	重　文	時　期	字　形
銳 銳		殷　商	
		西　周	
		春　秋	
		楚　系	
		晉　系	
		齊　系	
		燕　系	
		秦　系	
		秦　朝	《馬王堆・五十二病方156》
		漢　朝	《馬王堆・繆和61》

1033、《說文》「鏝」字云：「鏝，鐵杇也。从金曼聲。，鏝或从
　　　　木。」〔註15〕

篆文作「鏝」，从金曼聲，或體作「槾」，从木曼聲，《說文》「木」字云：

〔註13〕　《說文解字注》，頁714。

〔註14〕　《說文解字注》，頁180，頁709。

〔註15〕　《說文解字注》，頁714。

「冒也。」「金」字云：「五色金也。」〔註16〕二者在字義上無關係，可知製造「朾」的材質可以爲金屬，亦可爲木頭，從金改換爲從木，係爲明確表現製造材料的不同。

字 例	重 文	時 期	字　　形
鏝 鏝	槾	殷 商	
		西 周	
		春 秋	
		楚 系	
		晉 系	
		齊 系	
		燕 系	
		秦 系	
		秦 朝	
		漢 朝	

1034、《說文》「鈞」字云：「鈞，三十斤也。从金匀聲。銞，古文鈞从旬。」〔註17〕

兩周以來的文字或從金匀聲作「鈞」〈幾父壺〉、「鈞」〈小臣守簋蓋〉、「鈞」〈上博・子羔2〉、「鈞」〈睡虎地・效律6〉、「鈞」〈麗山園鍾〉，《說文》篆文「鈞」源於此，形體近於「鈞」，其間的差異，係書體的不同，又所从之「勹」、「勹」、「勻」、「勻」，據「旬」字考證，作「勹」者爲「勹」的訛省；或從金旬聲作「銞」〈子禾子釜〉，近於古文「銞」，二者不同之處爲書體的差異。「匀」字上古音屬「余」紐「眞」部，「旬」字上古音屬「邪」紐「眞」部，疊韻，匀、旬作爲聲符使用時可替代。

字 例	重 文	時 期	字　　形
鈞	銞	殷 商	
		西 周	鈞〈幾父壺〉 鈞〈小臣守簋蓋〉

〔註16〕《説文解字注》，頁241，頁709。
〔註17〕《説文解字注》，頁715。

銅	春　秋		
	楚　系		〈上博・子羔 2〉
	晉　系		
	齊　系		〈子禾子釜〉
	燕　系		
	秦　系		〈睡虎地・效律 6〉
	秦　朝		〈麗山園鍾〉
	漢　朝		《馬王堆・戰國縱橫家書 254》

1035、《說文》「鐘」字云：「鐘，樂鐘也。秋分之音，萬物穜成，故謂之鐘。从金童聲。古者𡍨作鐘。鏞，鐘或从甬。」[註18]

篆文作「鐘」，从金童聲，與〈睡虎地・秦律十八種 125〉的「鐘」相近；或體作「鏞」，从金甬聲，近於〈包山 262〉的「鏞」。「鐘」字或从金童聲作「鐘」〈士父鐘〉；或於所从之「東」的下方增添「土」作「鐘」〈兮仲鐘〉；或省略「童」之「目」而重複「東」作「鐘」〈秦公鐘〉，「鐘」右側之「童」作「童」，將所从之「東」與「東」〈競卣〉相較，前者於重複、疊加「東」時，除了共用與「辛」的一道豎畫「｜」外，「辛」下之「東」亦與之共用一道橫畫「一」，而二個「東」之間則借用相近的筆畫，寫作「一」；或省略「童」左側下半部的部分形體，並將「土」訛寫為「王」作「鐘」〈天星觀・卜筮〉。或从金重聲作「鐘」或「鐘」〈兮仲鐘〉。「童」字上古音屬「定」紐「東」部，「甬」字上古音屬「余」紐「東」部，「重」字上古音屬「定」紐「東」部，「童」與「重」為雙聲疊韻關係，「童」與「甬」二者發聲部位相同，定余旁紐，疊韻，童、甬、重作為聲符使用時可替代。

字　例	重　文	時　期	字　　形
鐘 鐘	鏞	殷　商	
		西　周	〈士父鐘〉　，， 〈兮仲鐘〉
		春　秋	〈洹子孟姜壺〉 〈秦公鐘〉
		楚　系	〈天星觀・卜筮〉 〈包山 262〉

[註18]　《說文解字注》，頁 716。

晉 系	〈羌鐘〉
齊 系	
燕 系	
秦 系	〈睡虎地・秦律十八種 125〉
秦 朝	
漢 朝	《馬王堆・三號墓遣策》

1036、《說文》「鏦」字云：「鏦，矛也。从金從聲。鐩，鏦或从象。」
〔註 19〕

　　「鏦」字从金從聲，或體「鐩」从金象聲。「從」字上古音屬「從」紐「東」部，「象」字上古音屬「透」紐「元」部，二者無聲韻的關係。段玉裁〈注〉中指出「象」應非聲符，何以或體「从象」，則不明其因，故言「今《說文》轉寫有誤」，馬叙倫進一步指出「鐩蓋鉈之轉注字，鐩聲元類，鉈聲歌類，歌元對轉也，蓋傳寫誤入鏦下。」〔註 20〕其說可從。

字　例	重　文	時　期	字　形
鏦 鏦	鐩	殷　商	
		西　周	
		春　秋	
		楚　系	
		晉　系	
		齊　系	
		燕　系	
		秦　系	
		秦　朝	
		漢　朝	

〔註 19〕　《說文解字注》，頁 718。
〔註 20〕　馬叙倫：《說文解字六書疏證》五，卷廿七，頁 3516，臺北，鼎文書局，1975 年。

1037、《說文》「鑣」字云：「鑣，馬銜也。从金麃聲。𩨘，鑣或从角。」〔註21〕

篆文从金作「鑣」，或體从角作「𩨘」，《說文》「角」字云：「獸角也」，「金」字云：「五色金也」〔註22〕，二者的字義無涉，段玉裁〈注〉云：「蓋古或以角之至堅爲之」，可知製造「馬銜」的材質可以爲金屬，亦可爲動物之角，从金改換爲从角，係爲明確表現製造材料的不同。

字 例	重 文	時 期	字 形
鑣	𩨘	殷 商	
	鑣	西 周	
		春 秋	
		楚 系	
		晉 系	
		齊 系	
		燕 系	
		秦 系	
		秦 朝	
		漢 朝	

1038、《說文》「処」字云：「処，止也。从夊几，夊得几而止也。處，處或从虍聲。」〔註23〕

金文作「處」〈召鼎〉，上半部从「虎」，下半部从「几」，〈石鼓文〉作「處」，若進一步將足趾之形與虎割裂，即形成《說文》或體「處」的字形，由虎形易爲虍聲，又若再省減「虍」則爲篆文所見之「処」；晉系文字或承襲爲「處」〈魚鼎匕〉，下半部的「中」本爲足趾之形，因標示的位置上移而作「中」，與「女」之「中」近同，或省減「虎」爲「𠘪」，寫作「𠇇」〈親處・三孔平首布〉；秦系文字作「處」〈睡虎地・法律答問125〉，又《秦代陶文》中亦見「處」（1257），「虎」爲「虍」的省減，二者下半部的「夊」、「𠘪」本應爲「処」，

〔註21〕《說文解字注》，頁720。

〔註22〕《說文解字注》，頁186，頁709。

〔註23〕《說文解字注》，頁723。

因受到自體類化的影響而產生訛誤，馬王堆漢墓出土文獻或承襲「處」作「🔲」《馬王堆・九主 391》，或作「🔲」《馬王堆・經法 3》，辭例依序爲「處安其民」、「無處也」，可知「🔲」係省略「虍」聲。楚系文字或作「🔲」、「🔲」〈天星觀・卜筮〉與「🔲」〈噩君啓車節〉、「🔲」〈上博・容成氏 27〉，對照「🔲」的形體，係從几從虎省；竹書〈緇衣〉或見「🔲」〈郭店・緇衣 9〉、「🔲」〈上博・緇衣 6〉，辭例皆爲「日暑雨」，整理小組將「🔲」釋爲「俗」，將「🔲」列爲待考字〔註 24〕，李零指出該字「從人從几從日，……此字是『處』字的異體，這裡借讀爲『暑』」〔註 25〕，又「容」字作「🔲」〈郭店・語叢一 109〉、「🔲」〈香港中大・戰 1〉，可知「🔲」應非從人從容之「俗」，古文字往往上下倒置、左右無別，「🔲」、「🔲」二者的辭例相同，僅右側偏旁位置經營上下互置，爲一字異體，於此從李零意見，將之作爲「處」的異體字。

字　例	重文	時　　期	字　　　　形
处 汛	🔲	殷　商	
		西　周	🔲〈曶鼎〉
		春　秋	🔲〈石鼓文〉
		楚　系	🔲〈噩君啓車節〉 🔲，🔲〈天星觀・卜筮〉 🔲〈郭店・緇衣 9〉 🔲〈上博・緇衣 6〉 🔲〈上博・容成氏 27〉 🔲〈上博・愼子曰恭儉 3〉 🔲〈上博・孔子見季趄子 14〉
		晉　系	🔲〈魚鼎匕〉 🔲〈親處・三孔平首布〉
		齊　系	
		燕　系	
		秦　系	🔲〈睡虎地・法律答問 125〉
		秦　朝	🔲《秦代陶文》（1257）
		漢　朝	🔲《馬王堆・經法 3》 🔲《馬王堆・九主 391》

〔註 24〕荊門博物館：〈緇衣釋文注釋〉，《郭店楚墓竹簡》，頁 133，北京，文物出版社，1998 年；陳佩芬：〈緇衣〉，《上海博物館藏戰國楚竹書（一）》，頁 181，上海，上海古籍出版社，2001 年。

〔註 25〕李零：《郭店楚簡校讀記》，頁 64，北京，北京大學出版社，2002 年。

1039、《說文》「且」字云：「且，所吕薦也。从几，足有二橫；一，
其下地也。凡且之屬皆从且。⟨几⟩，古文吕爲且，又吕爲几字。」
〔註26〕

甲骨文作「⟨⟩」《合》（903 正），徐中舒云：「象俎形，⋯⋯古置肉於俎上
以祭祀先祖，故稱先祖爲且，後起字爲祖。」〔註27〕唐蘭指出「且」字本作「⟨⟩」，
像「俎」之形，作「⟨⟩」或「⟨⟩」則像「房俎，於俎上施橫格也。」〔註28〕可
知許愼所言爲非。兩周以來的文字承襲甲骨文的形體發展，寫作「⟨⟩」〈散氏
盤〉，《說文》篆文作「且」，應源於此，而同於〈睡虎地・法律答問 4〉的「且」；
或於既有的形體下方增添一道飾筆橫畫「一」作「⟨⟩」〈王孫遺者鐘〉；或增添
二道飾筆橫畫「=」作「⟨⟩」〈郭店・唐虞之道 5〉，其辭例爲「親事且（祖）
廟」，將之與「⟨⟩」相較，「⟨⟩」應爲訛寫的形體。又《馬王堆・戰國縱橫家
書 8》的「⟨⟩」，上半部作「目」，下半部作「一」，可能是受到「⟨⟩」或「⟨⟩」
的影響所致。

字 例	重 文	時 期	字 形
且 ⟨目⟩	⟨几⟩	殷 商	⟨⟩《合》（903 正）
		西 周	⟨⟩〈散氏盤〉
		春 秋	⟨⟩〈秦公簋〉 ⟨⟩〈王孫遺者鐘〉
		楚 系	⟨⟩〈望山 2.10〉 ⟨⟩〈郭店・唐虞之道 5〉
		晉 系	
		齊 系	⟨⟩〈墜侯因育敦〉
		燕 系	
		秦 系	⟨⟩〈睡虎地・法律答問 4〉
		秦 朝	
		漢 朝	⟨⟩《馬王堆・周易 36》 ⟨⟩《馬王堆・戰國縱橫家書 8》

〔註26〕 《說文解字注》，頁 723。

〔註27〕 徐中舒：《甲骨文字典》，頁 1490，成都，四川辭書出版社，1995 年。

〔註28〕 轉引自《古文字詁林》編纂委員會：《古文字詁林》第十冊，頁 626～627，上海，
上海教育出版社，2004 年。

1040、《說文》「斸」字云：「，斫也。从斤聲。，斸或从刉畫聲。」〔註29〕

金文作「」〈富奠劍〉，从斤从畫，「會以斧斤斫畫之意」〔註30〕；戰國秦系文字作「」〈睡虎地・法律答問 66〉，或作「」〈睡虎地・日書乙種 199〉，从斤从卯从豆，「斸」字篆文「」从「」得聲，「斸」字上古音屬「端」紐「屋」部，「」字上古音屬「定」紐「侯」部，「豆」字上古音屬「定」紐「侯」部，、豆為雙聲疊韻的關係，可知秦簡所从之「豆」為聲符；馬王堆漢墓出土文獻或承襲「」、「」，寫作「」《馬王堆・繫辭 33》、「」《馬王堆・老子甲本 81》，或从斤豆聲作「」《馬王堆・雜禁方 4》。或體从刉畫聲作「」，然小徐本為「」，言「從刉畫」，大徐本為「」，言「从畫从刉」〔註31〕，皆為會意字，又據〈富奠劍〉的「」字形，从「畫」者應為从「畫」之誤，因誤為「畫」，遂由會意字易為形聲字，以「畫」為聲符，「畫」字上古音屬「端」紐「侯」部，與「」字為端定旁紐、疊韻的關係，作為聲符使用時可替代。

字 例	重 文	時 期	字 形
斸		殷 商	
		西 周	
		春 秋	〈富奠劍〉
		楚 系	
		晉 系	
		齊 系	
		燕 系	
		秦 系	〈睡虎地・法律答問 66〉 〈睡虎地・日書乙種 199〉
		秦 朝	
		漢 朝	《馬王堆・繫辭 33》 《馬王堆・老子甲本 81》 《馬王堆・雜禁方 4》

〔註29〕 《說文解字注》，頁 724。

〔註30〕 《戰國古文字典——戰國文字聲系》，頁 373。

〔註31〕 （漢）許慎撰、（南唐）徐鍇撰：《說文解字繫傳》，頁 271，北京，中華書局，1998年；（漢）許慎撰、（宋）徐鉉校定：《說文解字》，頁300，香港，中華書局，1996年。

1041、《說文》「斷」字云：「▨，也徵。从斤▨；▨，古文絕。▨，古文▨从▨，▨古文叀字，〈周書〉曰：『▨▨猗無它技』；▨，亦古文▨。」〔註32〕

金文从叀从刀从口，作「▨」〈量侯簋〉，戰國楚、晉二系文字从叀从刀作「▨」〈包山 16〉、「▨」〈二十五年戈〉，或从叀从刃作「▨」〈郭店・六德 42〉，刀、刃作為形符使用，兩相替代的現象，據「利」字考證，為義近的替代；《說文》古文作「▨」、「▨」，左側的「▨」即「叀」字古文「▨」，據「叀」字考證，「占」為「屰」的訛省，「ㄥ」為「ㄩ」之訛，可知「ㄑ」亦為「ㄩ」的訛寫，前者从「召」，後者从「刀」，从「召」者蓋源於「▨」，篆文从斤作「▨」，《說文》「刀」字云：「兵也」，「斤」字云：「斫木斧也」〔註33〕，二者的字義無涉，兩相替代的現象，應是造字時對於偏旁意義的選擇不同所致。秦系文字作「▨」〈睡虎地・法律答問 122〉，从斤从▨，「會斧斤斷絕之意」〔註34〕，近於篆文「▨」，其間的差異，係「▨」、「▨」左右相反。

字 例	重 文	時 期	字 形
斷 ▨	▨， ▨	殷 商	
		西 周	▨〈量侯簋〉
		春 秋	
		楚 系	▨〈包山 16〉 ▨〈郭店・六德 42〉
		晉 系	▨〈二十五年戈〉
		齊 系	
		燕 系	
		秦 系	▨〈睡虎地・法律答問 122〉
		秦 朝	
		漢 朝	▨《馬王堆・繫辭 26》

〔註32〕 《說文解字注》，頁 724。

〔註33〕 《說文解字注》，頁 180，頁 723。

〔註34〕 《戰國古文字典——戰國文字聲系》，頁 1031。

1042、《說文》「矛」字云：「矛，酋矛也。建於兵車，長二丈。象
　　　形。凡矛之屬皆从矛。𢧢，古文矛从戈。」〔註35〕

　　金文作「𰀷」〈𢦏簋〉，其後的文字承襲爲「矛」〈睡虎地・法律答問85〉、
「矛」《馬王堆・三號墓遣策》，或增添短斜畫「丶」、「丿」於其間，寫作「𰀷」
〈郭店・五行41〉、「𰀷」〈大良造鞅鐓〉。《說文》古文从戈作「𢧢」，「矛」的
字義爲「酋矛」，係兵器之一，「戈」亦爲兵器名，增添「戈」旁，可明確表示
其爲「兵器」，又較之於「矛」，「矛」的形體應源於此，因將筆畫延伸、引曳，
並於其間增添小圓點「・」，遂寫作「矛」，此種增添小圓點「・」於部件中的
現象，亦見於戰國文字，如：「茅」字作「茅」〈睡虎地・秦律十八種195〉，
或作「茅」〈𡚖𡨋壺〉，「務」字作「務」〈毛公鼎〉，或作「務」〈中山王𰀷
方壺〉。透過與「矛」對照，篆文「矛」，亦應源於「矛」，其間的差異，係因
書體的不同。

字　例	重　文	時　期	字　　　形
矛　　矛	𢧢	殷　商	
		西　周	𰀷〈𢦏簋〉
		春　秋	
		楚　系	𰀷〈郭店・五行41〉
		晉　系	
		齊　系	
		燕　系	
		秦　系	𰀷〈大良造鞅鐓〉　矛〈睡虎地・法律答問85〉
		秦　朝	
		漢　朝	矛《馬王堆・三號墓遣策》

1043、《說文》「車」字云：「車，輿輪之總名也。夏后時奚仲所造。
　　　象形。凡車之屬皆从車。𨌰，籀文車。」〔註36〕

　　「車」字形體於殷商甲金文中繁簡不一，或作全形，如：「𨏖」〈父己車

〔註35〕　《說文解字注》，頁726。
〔註36〕　《說文解字注》，頁727。

鼎〉，或省略部分形體，如：「𝍞」《合》（10405 正），或僅存其車輪，如：「𝍞」《合》（13624 正），發展至西周早期，亦見相同的現象，惟將「車」字以直式書寫，如：「𝍞」〈大盂鼎〉，春秋、戰國時期多寫作「車」。〈泉伯或簋蓋〉作「車」，與辭例爲「右使車」的〈十四年雙翼神獸〉之「車」近同，皆以收縮筆畫的方式書寫；〈上博・孔子詩論 21〉作「車」，辭例爲「將大車」，豎畫上的小圓點「・」可以拉長爲橫畫「一」，寫作「車」。《說文》「籀文」作「戟」，左側從二車，右側從二戈，將之與「𝍞」、「𝍞」相較，「𝍞」爲車輪之形，「𝍞」應爲轅軛之形，作二戈者係誤識轅軛之形。

字 例	重 文	時 期	字 形
車 車	戟 戟	殷 商	𝍞《合》（584 正甲）𝍞《合》（10405 正）𝍞《合》（11455） 𝍞《合》（13624 正）𝍞〈父己車鼎〉
		西 周	𝍞〈大盂鼎〉𝍞，車〈師同鼎〉車〈泉伯或簋蓋〉
		春 秋	車〈石鼓文〉
		楚 系	車〈包山 227〉車〈上博・孔子詩論 21〉
		晉 系	車〈𫯰盆壺〉車〈十四年雙翼神獸〉
		齊 系	車〈子禾子釜〉
		燕 系	車《古璽彙編》（0368）
		秦 系	車〈睡虎地・秦律十八種 73〉
		秦 朝	車〈秦陵銅車馬轡〉
		漢 朝	車《馬王堆・二三子問 10》

1044、《說文》「軨」字云：「軨，車轄閒橫木。从車令聲。轠，軨，司馬相如說軨从霝。」 [註37]

「軨」字从車令聲，或體「轠」从車霝聲。「令」、「霝」二字上古音同屬「來」紐「耕」部，雙聲疊韻，令、霝作爲聲符使用時可替代。又《說文》篆文作「軨」，《馬王堆・明君 412》作「軨」，二者雖爲左右式的偏旁結構，惟偏旁位置左右相反。

〔註37〕《說文解字注》，頁 730。

字　例	重文	時　期	字　　　形
輪 輪	輪	殷　商	
		西　周	
		春　秋	
		楚　系	
		晉　系	
		齊　系	
		燕　系	
		秦　系	
		秦　朝	
		漢　朝	輪《馬王堆・明君 412》

1045、《說文》「軝」字云：「軝，長轂之軝也。吕朱約之。从車氏聲。《詩》曰：『約軝錯衡』。䩓，軝或从革。」〔註38〕

　　篆文作「軝」，从車氏聲，或體作「䩓」，从革氏聲，「軝」指的是車轂上的裝飾，故从車，段玉裁〈注〉云：「以革鞍，故从革。」从「革」表示其製作的材質。

字　例	重　文	時　期	字　　　形
軝 軝	䩓	殷　商	
		西　周	
		春　秋	
		楚　系	
		晉　系	
		齊　系	
		燕　系	
		秦　系	
		秦　朝	
		漢　朝	

〔註38〕《說文解字注》，頁 732。

1046、《說文》「專」字云：「專，車軸耑也。从車，象形，杜林說。
轊，專或从彗。」〔註39〕

「專」字屬象形字，段玉裁〈注〉云：「謂以口象轂耑之孔，而以車之中直象軸之出於外。」楊樹達指出「車爲本形，口爲特形，車字中直畫象車軸，字當橫看，……車軸兩端皆當有專，此省去一端也。」〔註40〕其言可從。或體「轊」从車彗聲，爲形聲字。「專」字上古音屬「匣」紐「月」部，「彗」字上古音屬「邪」紐「月」部，疊韻。由象形字改爲形聲字，爲了便於時人閱讀使用之需，故以讀音相近的字作爲聲符。

字 例	重 文	時 期	字 形
專	轊	殷 商	
		西 周	
		春 秋	
		楚 系	
		晉 系	
		齊 系	
		燕 系	
		秦 系	
		秦 朝	
		漢 朝	

1047、《說文》「輈」字云：「輈，轅也。从車舟聲。𨏹，籀文輈。」

〔註41〕

篆文作「輈」，从車舟聲；籀文作「𨏹」，从籀文「車（𨏹）」，因將聲符「舟」置於「𨏹」之「𢆶」下方，爲符合方塊字的書寫，故將「𢆶」縮小，置於「車」的右側。

字 例	重 文	時 期	字 形
輈	𨏹	殷 商	

〔註39〕《説文解字注》，頁 732。

〔註40〕楊樹達：《文字形義學》，頁 61，上海，上海古籍出版社，2006 年。

〔註41〕《説文解字注》，頁 732～733。

朝	西　周	
	春　秋	
	楚　系	
	晉　系	
	齊　系	
	燕　系	
	秦　系	
	秦　朝	
	漢　朝	

1048、《說文》「轙」字云：「轙，車衡載鸞者。从車義聲。鑀，轙或从金獻。」〔註42〕

篆文作「轙」，从車義聲，或體作「鑀」，从金獻聲，「轙」為「車衡載鸞」之物，故从車，段玉裁〈注〉云：「从金者，環以金爲之。」从「金」表示其製作的材質。「轙」字於楚系文字作「䤴」〈包山266〉，从金獻聲，形體與「鑀」相近，惟所从之「獻」的寫法不同，「獻」字从虍从鬲从犬，「鬲」字於兩周金文作「鬲」〈大盂鼎〉、「鬲」〈作冊夨令簋〉、「鬲」〈仲姬作鬲〉、「鬲」〈魯侯鬲〉、「鬲」〈同姜鬲〉，「鬲」爲古代的炊具，其形體據馬承源云：「大口，袋形腹，猶如三個奶牛乳房拼合而成，其下有三個較短的錐形足。」〔註43〕可知其下應爲三袋足之形，非似「羊」的形體，「䤴」所見之「鬲」下半部形體近似「羊（羊）」，應是受到形體的割裂，再加上於豎畫添加兩道短橫畫「＝」所致。「義」字上古音屬「疑」紐「歌」部，「獻」字上古音屬「曉」紐「元」部，二者發聲部位相同，疑曉旁紐，歌元陰陽對轉，作爲聲符使用時可替代。

字　例	重　文	時　期	字　形
轙　轙	鑀	殷　商	
		西　周	
		春　秋	
		楚　系	䤴〈包山266〉

〔註42〕　《說文解字注》，頁733。

〔註43〕　馬承源：《中國青銅器》，頁112，臺北，南天書局有限公司，1991年。

	晉　系	
	齊　系	
	燕　系	
	秦　系	
	秦　朝	
	漢　朝	

1049、《說文》「輗」字云：「輗，大車轅耑持衡者也。从車兒聲。輨，輗或从宜；樏，輗又从木。」〔註44〕

「輗」字从車兒聲；或體「輨」从車宜聲，楚系文字作「𨍷」〈曾侯乙120〉，形體與之相近。「兒」字上古音屬「日」紐「支」部，「宜」字上古音屬「疑」紐「歌」部。「日」爲舌上音，「疑」爲喉音。又「輗」字上古音屬「疑」紐「支」部，與「兒」字有疊韻的關係，與「宜」字有雙聲的關係。「輨」爲「輗」的重文，「兒」、「宜」上古聲韻關係俱遠，作爲聲符使用時依理而言不當替代，於此得以互換或許是「輗」字分別與「兒」、「宜」具有一定的音韻關係。「輗」指古代車子之車轅與橫木相連接的插銷，另一或體作「樏」，从木兒聲，插銷可以木頭或金屬爲之，从木者係爲明確表現製造的材料。

字　例	重　文	時　期	字　形
輗　輗	輨，樏	殷　商	
		西　周	
		春　秋	
		楚　系	𨍷〈曾侯乙120〉
		晉　系	
		齊　系	
		燕　系	
		秦　系	
		秦　朝	
		漢　朝	

〔註44〕《說文解字注》，頁736。

1050、《說文》「自」字云：「自，大陸也。山無石者。象形。凡自之屬皆從自。𨸏，古文。」〔註45〕

甲骨文作「𠂤」《合》（10405 正），或省減同形作「𨸏」《合》（31831），或省寫爲「𨸏」《合》（20600）。銀雀山出土文獻作「𨸏」《銀雀山 346》，蓋源於「𨸏」，《說文》篆文「自」，形體近於「𠂤」《合》（10405 正）。古文「𨸏」，下半部的「自」即「自」的省寫，上半部的「𣲙」，段玉裁〈注〉云：「上象絫高」，今從其言。

字　例	重　文	時　期	字　形
自 自	𨸏	殷　商	𠂤《合》（10405 正）　𨸏《合》（20600）　𨸏《合》（31831）
		西　周	
		春　秋	
		楚　系	
		晉　系	
		齊　系	
		燕　系	
		秦　系	
		秦　朝	
		漢　朝	𨸏《銀雀山 346》

1051、《說文》「陸」字云：「陸，高平地。从自坴聲。𨸜，籀文陸。」〔註46〕

甲骨文作「𨸜」《合》（36825），从阜从二屮，金文或作「𨸜」〈陸冊父甲卣〉、「𨸜」〈陸冊父庚卣〉，或从二阜从屮作「𨸜」〈陸冊父乙卣〉，正反無別，繁簡不一，皆以「屮」爲聲符，《說文》籀文从阜从三屮作「𨸜」，甲金文的形體雖不固定，惟尚未見从三「屮」者；春秋金文或从阜从土從六作「陸」〈庚壺〉，或从阜从土从二六作「陸」〈邾公釛鐘〉，聲符易爲「六」；戰國楚系文字或从阜从二六作「陸」〈包山 62〉，或从阜从土从二六「陸」〈上博・周易 50〉，或从邑从六作「𨛫」〈包山 181〉，〈包山 62〉與〈包山 181〉

〔註45〕　《說文解字注》，頁 738。
〔註46〕　《說文解字注》，頁 738。

的辭例皆爲「安陸」，〈上博・周易 50〉的辭例爲「鴻漸於陸」，形體雖不同，實爲「陸」字異體，《說文》「邑」字云：「國也」，「阜」字云：「大陸也。山無石者。」〔註 47〕二者的字義雖無涉，替代的現象，卻見於古文字，如：「陰」字从邑作「」〈包山 131〉，或从阜作「」〈𡚬伯子庭父盨〉，「陽」字从邑作「」〈鄂君啓舟節〉，或从阜作「」〈虢季子白盤〉，爲一般形符的替換；齊系文字作「」、「」〈平陸戈〉，對照「」、「」的形體，「」應爲「」的訛寫；燕系文字从阜从土从二六作「」《古陶文彙編》（4.150）；秦文字从阜坴聲作「」〈睡虎地・編年記 29〉，馬王堆漢墓出土文獻承襲爲「」《馬王堆・周易 87》，兩相比對，前者之「」爲「」的省減同形，篆文「」近於「」，惟書體不同。「」字从屮六聲，「六」、「坴」二字上古音皆屬「來」紐「覺」部，雙聲疊韻，六、坴、作爲聲符使用時可替代。

字　例	重　文	時　期	字　形
陸		殷　商	《合》（36825）〈陸冊父乙卣〉〈陸冊父庚卣〉〈陸冊父甲卣〉
		西　周	〈陸婦簋〉〈義伯簋〉
		春　秋	〈邾公釪鐘〉〈庚壺〉
		楚　系	〈包山 62〉〈包山 181〉〈上博・周易 50〉
		晉　系	
		齊　系	，〈平陸戈〉
		燕　系	《古陶文彙編》（4.150）
		秦　系	
		秦　朝	〈睡虎地・編年記 29〉
		漢　朝	《馬王堆・周易 87》

〔註 47〕《說文解字注》，頁 285，頁 738。

1052、《説文》「陟」字云：「闬，登也。从𨸏步。𨸏，古文陟。」

〔註48〕

甲骨文作「𣥑」《合》（14792）、「𨸏」《合》（15370），从阜从二趾，正反無別，金文承襲爲「𨸏」〈沈子它簋蓋〉、「𨸏」〈散氏盤〉、「𨸏」〈癲鐘〉、「𨸏」〈㝬簋〉，《説文》篆文「闬」源於此，形體近於「𨸏」，或見「𨸏」〈蔡侯盤〉，較之於「𨸏」，所从之「阜」作「𠂤」，應爲「𨸏」的省減同形；戰國晉系文字作「𨸏」〈中山王𡮟方壺〉，从厂从步，徐中舒、伍仕謙指出从「田」者爲「日」之訛〔註49〕，「步」字作「𣥕」〈包山105〉、「𣥕」〈包山151〉，或从「𠯑」，或从「𠯑」，从「日」者寫作「田」，據「昔」字考證，係受到上方的「｜」或是「﹨」影響，誤將「日」訛寫爲「田」，《説文》「厂」字云：「山石之厓巖人可尻」，「阜」字云：「大陸也。山無石者。」〔註50〕二者的字義無涉，何琳儀指出古文字中「厂」與「阜」作爲偏旁使用時，可兩相替代〔註51〕，其替代的現象，應爲造字時對於偏旁意義的選擇不同所致。又古文从人从步作「闬」，據《古陶文彙編》收錄一字形作「闬」（3.1291），形體與之相近，其間的差異，係前者「步」的中間从「⊙」，後者爲「⊕」，从「人」者，蓋表示「登陞」的動作係人所爲，故从人从步以會「登陞」之意。

字　例	重　文	時　期	字　形
陟　闬	闬	殷　商	𣥑《合》（14792）　𨸏《合》（15370）
		西　周	𨸏〈沈子它簋蓋〉　𨸏〈散氏盤〉　𨸏〈癲鐘〉　𨸏〈㝬簋〉
		春　秋	𨸏〈蔡侯盤〉
		楚　系	
		晉　系	𨸏〈中山王𡮟方壺〉
		齊　系	
		燕　系	
		秦　系	

〔註48〕《説文解字注》，頁739。

〔註49〕徐中舒、伍仕謙：〈中山三器釋文及宮室圖説明〉，《中國史研究》1979：4，頁88。

〔註50〕《説文解字注》，頁450，頁738。

〔註51〕何琳儀：〈中山王器考釋拾遺〉，《史學集刊》1984：3，頁8。

秦　朝	
漢　朝	

1053、《說文》「隓」字云：「䧢，敗城𠂤曰隓。从𠂤㚖聲。墮，篆文。」〔註52〕

金文从𠂤㚖聲作「𨽥」〈遂公盨〉，辭例爲「隓（隨）山濬川」，戰國文字或承襲爲「𨽥」〈上博‧周易26〉，辭例爲「執其隓（隨）」，段玉裁〈注〉云：「先古籀後小篆者，是亦先二後上之例也。」於此將「䧢」視爲古文，「䧢」近於「𨽥」、「𨽥」，僅「左」字形體不同；或从𠂤㚖省聲作「𠂤」〈郭店‧唐虞之道26〉，辭例爲「四肢倦隓（惰）」，較之於「𨽥」，係省略上下二「左」的「𠂇」；或从邑从𠂤㚖聲作「𨺅」〈包山22〉，辭例爲「隓（隋）得」；或从邑从𠂤左省聲作「𨺅」〈包山62〉，辭例爲「下隓（隋）里人」，省略「左」的「𠂇」；或从田从𠂤㚖省聲作「𨽥」〈郭店‧老子甲本16〉，辭例爲「先後之相隓（隨）也」，省略上下二「左」的「𠂇」，並將「田」置於其間；或从田从𠂤左省聲作「𨽥」〈包山163〉，辭例爲「隓（隋）晨」，省略「左」的「𠂇」；或从又从𠂤㚖省聲作「𨽥」〈上博‧周易16〉，辭例爲「隓（隨）求有得……隓（隨）有獲」，「㚖」下半部所見之「又」，其來源有二種可能，一爲在从𠂤㚖省聲的構形上增添「又」，一爲書寫時原本僅省寫一「左」之「𠂇」，因書寫訛誤作「㚖」；或从邑从𠂤左聲作「𨺅」〈包山167〉，辭例爲「𨺅鄖隓（隋）遏」。字形雖不同，從辭例言，實爲「隓」字異體；無論聲符如何省減，皆保留部分形體，以爲識讀之用。《說文》「邑」字云：「國也」，「田」字云：「陳也。樹穀曰田。」「𠂤」字云：「大陸也」，〔註53〕表面上三者的字義雖無涉，然皆與「土地」有關，故竹書中所見增添「田」或增添「邑」者，蓋爲強調其「敗城𠂤曰隓」與「土地」有關，故疊加形符於其間。篆文从土隋聲作「墮」，古文从阜㚖聲作「䧢」，段玉裁〈注〉云：「許書無㚖字，蓋或古有此文。或縶左爲聲，皆未可知。」據出土文獻可知，許愼收錄的字形實有所據，又从二左的「㚖」字，其聲應爲「左」，「隋」字上古音屬「邪」紐「歌」部，「左」字上古音屬「精」紐「歌」部，二者發聲部位相同，精邪旁紐，疊韻，隋、左作爲聲符使用時可替代。

〔註52〕《說文解字注》，頁740。

〔註53〕《說文解字注》，頁285，頁701，頁738。

字　例	重　文	時　期	字　　形
陸　陸	𨼂	殷　商	
		西　周	𨽬〈遂公盨〉
		春　秋	
		楚　系	𨽬〈包山 22〉　𨼂〈包山 62〉　𨽬〈包山 163〉　𨼂〈包山 167〉 𨽬〈郭店・老子甲本 16〉　𨼂〈郭店・唐虞之道 26〉 𨽬，〈上博・周易 16〉　𨼂〈上博・周易 26〉
		晉　系	
		齊　系	
		燕　系	
		秦　系	
		秦　朝	
		漢　朝	

1054、《說文》「瀆」字云：「𤃟，通溝，吕防水者也。从𨸏賣聲。
　　　讀若洞。𤅰，古文瀆从谷。」〔註54〕

篆文作「𤃟」，从阜賣聲，古文作「𤅰」，从谷賣聲，《說文》「谷」字云：
「泉出通川爲谷」，「阜」字云：「大陸也」〔註55〕，谷、阜的字義皆與地理有關，
作爲形符使用時可因義近而替代。

字　例	重　文	時　期	字　　形
瀆　𤃟	𤅰	殷　商	
		西　周	
		春　秋	
		楚　系	
		晉　系	
		齊　系	
		燕　系	
		秦　系	
		秦　朝	
		漢　朝	

〔註54〕　《說文解字注》，頁 740。

〔註55〕　《說文解字注》，頁 575，頁 738。

1055、《說文》「防」字云：「防，隄也。从自方聲。堓，防或从土。」

〔註56〕

「防」字或从阜方聲作「防」，或从土防聲作「堓」，《說文》「土」字云：「地之吐生萬物者也」，「自」字云：「大陸也。山無石者。」〔註57〕二者的字義雖無直接關係，卻與「土地」有關，「堓」字可視爲在「防」的形體上疊加形符「土」的現象。

字 例	重 文	時 期	字 形
防 防	堓	殷 商	
		西 周	
		春 秋	
		楚 系	
		晉 系	
		齊 系	
		燕 系	
		秦 系	
		秦 朝	
		漢 朝	

1056、《說文》「阯」字云：「阯，基也。从自止聲。圵，阯或从土。」

〔註58〕

「阯」字或从阜止聲作「阯」，或从土止聲作「圵」，據「塊」字考證，「土」、「阜」替換，屬一般形符的替代。

字 例	重 文	時 期	字 形
阯 阯	圵	殷 商	
		西 周	
		春 秋	
		楚 系	

〔註56〕 《說文解字注》，頁 740。

〔註57〕 《說文解字注》，頁 688，頁 738。

〔註58〕 《說文解字注》，頁 741。

晉 系			
齊 系			
燕 系			
秦 系			
秦 朝			
漢 朝			

1057、《說文》「陳」字云：「𨹔，宛丘也，舜後嬀滿之所封。从𨸏从木申聲。𨹹，古文陳。」〔註59〕

金文或从阜東聲〔註60〕作「𨹔」〈九年衛鼎〉，戰國時期或承襲「𨹔」作「𨹹」〈廿九年高都令劍〉，或於既有的形體上增添「土」作「墜」〈陸侯午簋〉；或从阜从土東聲作「墜」〈陸逆簋〉；或从阜東聲作「陳」〈睡虎地・日書甲種 138 背〉。楚系文字或作「墜」〈包山 135〉，或作「墜」〈新蔡・甲三 20〉，包山竹簡中間的部件近同於「尹」字，將之與「墜」相較，下半部因增添「土」，並將之與上半部的「東」連接，又「墜」下半部所从應爲「土」，於其左側增添一道短斜畫「丶」，使得形體作「壬」；秦系文字或作「陳」〈睡虎地・爲吏之道 1〉，與「陳」相較，左側之「𨸏」應爲「𨸏」省減同形的結果，《馬王堆・春秋事語 83》所見的「陳」，可能源於「陳」。《說文》篆文作「𨹔」，从𨸏从木申聲；古文作「𨹹」，从阜申聲，皆尚未見於出土文獻，從兩周以來的形體觀察，或从東得聲，或从束得聲，尚未見从申得聲之字，从阜从木申聲者，本應爲从阜東聲之字。「申」字上古音屬「書」紐「眞」部，「東」字上古音屬「端」紐「東」部，「束」字上古音屬「書」紐「屋」部，端、書皆爲舌音，錢大昕言「舌音類隔不可信」，黃季剛言「照系三等諸紐古讀舌頭音」，可知「書」於上古聲母可歸於「透」，東屋陽入對轉，東、束、申作爲聲符使用時可替代。

字 例	重 文	時 期	字 形
陳 陳	𨹹	殷 商	
		西 周	𨹔 〈九年衛鼎〉

〔註59〕 《説文解字注》，頁 742。

〔註60〕 《戰國古文字典──戰國文字聲系》，頁 1132。

	春 秋	〈陳侯鬲〉
	楚 系	〈包山 135〉 〈新蔡・甲三 20〉
	晉 系	〈廿九年高都令劍〉
	齊 系	〈塦純釜〉 〈塦逆簋〉 〈塦侯午簋〉
	燕 系	
	秦 系	〈睡虎地・爲吏之道 1〉 〈睡虎地・日書甲種 138 背〉
	秦 朝	
	漢 朝	《馬王堆・春秋事語 83》

1058、《說文》「陴」字云：「𨹧，城上女牆俾倪也。从𨸏卑聲。𩫤，籀文陴从𩫖。」〔註61〕

甲骨文作「𩫤」《合》（36962），从𩫖卑聲，與籀文「𩫤」相近；篆文作「𨹧」，从𨸏卑聲。《說文》「𩫖」字云：「度也，民所度居也。」「𨸏」字云：「大陸也。山無石者。」〔註62〕「𨸏」、「𩫖」無形近、義近、音近的關係，作為偏旁時，互代的現象，屬一般形符的互代。

字例	重文	時期	字 形
陴 𨹧	𩫤	殷 商	𩫤《合》（36962）
		西 周	
		春 秋	
		楚 系	
		晉 系	
		齊 系	
		燕 系	
		秦 系	
		秦 朝	
		漢 朝	

〔註61〕 《說文解字注》，頁 743。

〔註62〕 《說文解字注》，頁 231，頁 738。

1059、《說文》「䧹」字云：「䧹，陋也。從⻖⿱㔾森聲；森，籀文嗌字。䧊，篆文䧹從𨸏益。」〔註63〕

篆文作「䧊」，從𨸏益聲；籀文作「䧹」，從⻖⿱㔾森聲。「森」者，籀文爲「森」，即「嗌」字。又銀雀山漢簡從𨸏益聲，寫作「䧊」《銀雀山294》。《說文》「𨸏」字云：「小𨸏也」，「𨸏」字云：「大陸也」，「⻖⿱㔾」字云：「兩𨸏之閒也」〔註64〕，三者的字義有所關聯，作爲形符使用時，理可替代。從字音言，「益」、「嗌」二字上古音皆屬「影」紐「錫」部，雙聲疊韻，益、嗌作爲聲符使用時可替代。

字　例	重　文	時　期	字　　形
䧹䧹	䧊	殷　商	
		西　周	
		春　秋	
		楚　系	
		晉　系	
		齊　系	
		燕　系	
		秦　系	
		秦　朝	
		漢　朝	䧊《銀雀山294》

1060、《說文》「䧓」字云：「䧓，塞上亭守燧火者也。從⻖⿱㔾從火遂聲。䧖，篆文䧓省。」〔註65〕

篆文作「䧖」，從𨸏從火遂省聲，與〈杜虎符〉的「䧖」相近；籀文作「䧓」，從⻖⿱㔾從火遂聲。又秦漢間亦見從𨸏從火遂省聲者，作「䧖」〈咸陽盆〉或「䧖」《銀雀山415》，從𨸏、從𨸏、從⻖⿱㔾替換的現象，據「䧊」字考證，爲義近形符的替代。許書言篆文「䧖」爲「䧓省」，所省者有二，一爲省略「⻖⿱㔾」的同形，一爲省減聲符「遂」所從之「辵」。

〔註63〕《說文解字注》，頁744。

〔註64〕《說文解字注》，頁737，頁738，頁744。

〔註65〕《說文解字注》，頁744。

字　例	重　文	時　期		字　　形
關 關	關	殷　商		
		西　周		
		春　秋		
		楚　系		
		晉　系		
		齊　系		
		燕　系		
		秦　系	關	〈杜虎符〉
		秦　朝	關	〈咸陽盆〉
		漢　朝	關	《銀雀山 415》

1061、《說文》「四」字云：「四，会數也。象四分之形。凡四之屬皆从四。示，古文四如此。三，籀文四。」〔註66〕

甲骨文作「三」《合》（33042），像「橫置之算籌。」〔註67〕兩周文字多承襲此形體，惟秦代文字作「川」《秦代陶文》（25），將四道橫畫改易爲豎畫，籀文作「三」，與甲骨文的字形相同。春秋、戰國時期或見「四」〈石鼓文〉，或於「四」的形體增添一道橫畫「一」作「四」〈邵黛鐘〉，或增添二道橫畫「＝」作「四」〈曾侯乙 120〉，商承祚指出金文「四」爲从口四聲之字的初文，因同聲假借而作計數之「四」〔註68〕，馬叙倫指出「四」、「示」爲「涕泗」字〔註69〕，其說可參。篆文「四」與〈石鼓文〉之字相同。又或見「甲」〈四比‧平襠方足平首布〉，將之與「四」相較，若將「四」中間的兩道筆畫向下延伸，便形成「甲」的形體；「夬」〈包山 115〉係將「四」中間的兩道筆畫向上下延伸；「示」〈見金四朱‧銅錢牌〉則是縮減「甲」部分的形體，古文「示」形體與之相同。燕系的刀幣文字或見「双」、「又」、「▽」〈明‧弧背燕刀〉，其形體本應與「甲」相同，惟筆畫草率，將「甲」的二道豎畫向下移，寫作「又」，或省略二道豎畫改以一道橫畫「一」取代，寫作「▽」。

〔註66〕《說文解字注》，頁 744。

〔註67〕《甲骨文字典》，頁 1520。

〔註68〕商承祚：《說文中之古文考》，頁 121，臺北，學海出版社，1979 年。

〔註69〕《說文解字六書疏證》五，卷廿八，頁 3619。

字例	重文	時期	字形
四		殷商	《合》（33042）
		西周	〈靜卣〉
		春秋	〈秦公一號墓磬〉　〈石鼓文〉　〈邵黛鐘〉　〈徐王子旃鐘〉
		楚系	〈曾侯乙120〉　〈曾侯乙140〉　〈信陽2.1〉　〈包山115〉　〈包山266〉　〈見金四朱·銅錢牌〉
		晉系	〈廿七年大梁司寇鼎〉　〈武安·尖足平首布〉　〈四比·平襠方足平首布〉
		齊系	〈賹四刀·圓錢〉
		燕系	〈明·弧背燕刀〉　《古陶文彙編》（4.6）
		秦系	〈十四年相邦冉戈〉
		秦朝	《秦代陶文》（24）　《秦代陶文》（25）
		漢朝	《馬王堆·養生方201》

1062、《說文》「五」字云：「五行也。從二，侌昜在天地閒交午也。凡五之屬皆从五。古文五如此。」[註70]

　　甲骨文作「　」《合》（137正），或作「　」《合》（15662），西周以來的形體多承襲「　」，或進一步省減「　」上下的橫畫，寫作「　」；此外，貨幣文字尚見省略「　」下半部的橫畫作「　」，此種現象並不常見，應屬貨幣中特殊的省減方式。

字例	重文	時期	字形
五		殷商	《合》（137正）　《合》（15662）
		西周	〈頌鼎〉
		春秋	〈侯馬盟書·卜筮類303.1〉　〈五·平肩空首布〉
		楚系	〈集剆鼎〉　〈郭·性自命出40〉　〈包山·牘1〉
		晉系	〈武平·尖足平首布〉　〈閔·尖足平首布〉

〔註70〕《說文解字注》，頁745。

齊　系	✕，✕ 〈明‧弧背齊刀〉
燕　系	✕，✕ 〈明‧弧背燕刀〉
秦　系	✕ 〈十七年寺工鈹〉
秦　朝	✕ 〈琅琊刻石〉
漢　朝	✕ 《馬王堆‧戰國縱橫家書 147》

1063、《說文》「馗」字云：「馗，九達道也。佀龜背，故謂之馗。
　　　從九首。逵，馗或從辵坴；馗，高也，故從坴。」〔註71〕

篆文作「馗」，從九首，屬會意字；或體作「逵」，從辵坴，段玉裁〈注〉
云：「坴亦聲」，即會意兼聲。「馗」字上古音屬「群」紐「幽」部，「坴」字上
古音屬「來」紐「覺」部，幽覺陰入對轉，爲了便於時人閱讀使用之需，故以
讀音相近的字標示聲音。

字　例	重　文	時　期	字　形
馗 馗	逵	殷　商	
		西　周	
		春　秋	
		楚　系	
		晉　系	
		齊　系	
		燕　系	
		秦　系	
		秦　朝	
		漢　朝	

1064、《說文》「禸」字云：「禸，獸足蹂地也。象形，九聲。《尒疋》
　　　曰：『狐貍貛貉醜其足蹯其迹厹』。凡厹之屬皆從厹。蹂，篆
　　　文厹從足柔聲。」〔註72〕

篆文作「蹂」，從足柔聲，段玉裁〈注〉云：「先古文後小篆者，上部先二

〔註71〕《說文解字注》，頁 745。

〔註72〕《說文解字注》，頁 746。

之例也。」可知「㞢」爲古文。金文从「内」之字，如：「禽」字作「⬥」〈禽簋〉、「⬥」〈不嬰簋〉，「萬」字作「⬥」〈靜簋〉、「⬥」〈頌鼎〉，「禹」字作「⬥」〈禹鼎〉、「⬥」〈秦公簋〉，以「萬」字爲例，其形爲「蠍」，不當从「内」，故林義光指出「内」字所見之「⬥」像足形，「⬥」像「身連尾」。〔註73〕「内」字爲象形文，或體「踩」从足柔聲，爲形聲字。「内」、「柔」二字上古音皆屬「日」紐「幽」部，雙聲疊韻。由象形改爲形聲字，爲了便於時人閱讀使用之需，故以讀音相同的字作爲聲符。

字　例	重　文	時　期	字　　　形
内　踩	㞢	殷　商	
		西　周	
		春　秋	
		楚　系	
		晉　系	
		齊　系	
		燕　系	
		秦　系	
		秦　朝	
		漢　朝	

1065、《說文》「禹」字云：「⬥，蟲也。从⬥，象形。⬥，古文禹。」
〔註74〕

　　殷商金文作「⬥」〈爨且辛罍〉，其後作「⬥」〈禹鼎〉，又「虫」字於金文作「⬥」〈⬥咠作旅鼎〉、「⬥」〈甲虫爵〉、「⬥」〈魚鼎匕〉，可知「禹」字中間的形體爲「虫」，又篆文作「⬥」，與〈秦公簋〉的「⬥」相同；古文作「⬥」，與〈郭店・唐虞之道10〉之「⬥」上半部的形體相近，〈唐虞之道10〉的辭例爲「禹治水」，添加偏旁「土」的現象亦見於「萬」字，如；〈黿公牼鐘〉之「⬥」、「⬥」，辭例皆爲「至於萬年」，可知增添「土」旁無礙於原本所承

〔註73〕 林義光：《文源》卷四，頁 8，臺北，新文豐出版社，2006 年。（收入《石刻史料新編》第四輯，冊 8）

〔註74〕 《說文解字注》，頁 746。

載的音義，可視爲無義偏旁的性質。

字　例	重　文	時　期	字　　　形
禹	衞	殷　商	〈龔且辛罍〉
衰		西　周	〈禹鼎〉
		春　秋	〈秦公簋〉
		楚　系	〈郭店・唐虞之道 10〉
		晉　系	
		齊　系	
		燕　系	《古陶文彙編》（4.92）
		秦　系	〈睡虎地・日書甲種 135〉
		秦　朝	《秦代陶文》（569）
		漢　朝	《馬王堆・雜療方 13》

1066、《說文》「禼」字云：「禼，蟲也。从厹，象形。讀與偰同。𥜽，古文禼。」〔註75〕

戰國竹書中有一字作「𥜽」〈上博・子羔 10〉或「𥜽」〈上博・子羔 12〉，辭例依序爲「禼（契）之母」、「是禼（契）也」，竹書中言及「契」者，又見於〈上博・容成氏 30〉的「乃立𥜽呂爲樂正」、〈上博・容成氏 30〉的「𥜽既受命」，與「𥜽」的字形近同者，又見於〈郭店・語叢四 8〉的「𥜽」，辭例爲「竊鉤者誅」，故陳偉指出〈容成氏 30〉所見「𥜽」、「𥜽」與〈語叢四 8〉的「𥜽」形體相同，堯、舜樂正在古書中多作「夔」，僅《呂氏春秋・古樂》作「質」，「竊」或爲「質」的通假，又「竊」與「契」在上古音爲質月旁轉，或可通假，且《說文》「竊」字云：「从穴米，禼廿皆聲也。廿，古文疾；禼，偰字也。」可知「契」亦作「偰」、「禼」。〔註76〕陳劍亦提出簡文所見的字形即「商契」之「契」，即古書所見的「質」〔註77〕，據此可知「𥜽」或「𥜽」應即「禼」；又「𥜽」、「𥜽」

〔註75〕　《說文解字注》，頁 746。

〔註76〕　陳偉：〈《上海博物館藏戰國楚竹書（二）》零釋〉，簡帛研究網站，2003 年 3 月 17 日。

〔註77〕　陳劍：〈上博簡〈容成氏〉與古史傳說〉，「中國南方文明學術研討會」，頁 8～9，臺北，中央研究院歷史語言研究所，2003 年 12 月 19～20 日。

左側爲「⿰」、「⿰」，與「⿰」或「⿰」的形體略有差異，以「⿰」爲例，其間的不同，主要爲下半部形體的寫法略異，即省略「夫」豎畫上的短橫畫「-」後，本應寫作「⿰」，因於其間標示足趾之形而訛作「⿰」，類似的現象或見於兩周文字，如：「虞」字作「⿰」〈邵𪔂鐘〉，或作「⿱」〈蔡侯墓殘鐘四十七片〉，「乘」字作「⿰」〈虢季子白盤〉，或作「⿰」〈公臣𣪘〉，至於上半部所見三道短豎畫應爲「髮」狀，此現象猶見於「子」字，甲骨文作「⿰」《合》（94正）、「⿰」《英》（1915 正）、「⿰」《合》（20794），後二者的形體像頭上有髮之狀。《說文》篆文「⿰」、古文「⿰」的形體尚未見於出土文獻，然「⿰」上半部的「⿰」，對照「⿰」、「⿰」的形體，應爲頭上有髮之狀，「⿰」之「⿰」，或爲「⿰」的訛省，下半部從「内」，可能係誤將形體訛寫所致，或受到字義言「蟲也」的影響，目前尚未能知曉其因，有待日後出土材料中從「内」之「离」字出現，以解決此問題。

字　例	重　文	時　期	字　形
离 ⿰	⿰	殷　商	
		西　周	
		春　秋	
		楚　系	⿰〈上博・子羔 10〉 ⿰〈上博・子羔 12〉
		晉　系	
		齊　系	
		燕　系	
		秦　系	
		秦　朝	
		漢　朝	

1067、《說文》「甲」字云：「⿰，東方之孟，易气萌動。从木，戴孚甲之象。《大一經》曰：『人頭空爲甲』。凡甲之屬皆从甲。⿰，古文甲，始於一，見於十，歲成於木之象。」 〔註78〕

甲骨文作「⿰」《合》（248正）、「十」《合》（7838），前者爲「上甲」，作爲人名使用，後者爲「甲午」，爲干支紀日，兩周以來的文字或承襲「⿰」，寫

〔註78〕 《說文解字注》，頁 747。

作「⊕」〈兮甲盤〉、「王」〈包山 12〉、「王」〈包山 46〉、「土」〈包山 82〉，或作爲人名，如：「兮甲」〈兮甲盤〉，或作爲干支紀日，如：包山竹簡之辭例依序爲「甲戌之日」、「甲辰之日」、「甲寅之日」，楚系文字所見形體屬省減單筆或複筆的現象；或承襲「十」，寫作「十」〈利簋〉，作爲干支紀日，可知無論是「十」或「王」多爲干支紀日之用。春秋時期的〈秦公一號墓磬〉爲「中」，與《說文》篆文「中」、古文「中」相近，戰國秦系文字作「甲」〈睡虎地・秦律雜抄 26〉，若將「中」的筆畫接連，即可形成「甲」。許書言其形義爲「東方之孟，易气萌動。从木，戴孚甲之象。《大一經》曰：『人頭空爲甲』。中，古文甲，始於一，見於十，歲成於木之象。」較之於殷周以來習見的「⊕」、「十」，實難見其形義，于省吾指出金文有一字作「𢧵」〈𢆶簋〉，字形「象武士右手執戈，左手執盾，首戴盔甲形」，此爲「⊕」字的來源，至於甲骨文作「⊕」是因鍥刻之故，篆文「中」、古文「中」，皆爲「⊕」之訛，「⊕」字應釋爲「首甲也，从○象首甲之形，十聲。十，古文甲乙之甲。」〔註79〕據其言，再對照「⊕」、「十」的形體與用法，可知其言可參，惟「⊕」、「十」在後世的用法已混淆，多作爲干支紀日之用。

字 例	重 文	時 期	字 形
甲 中	中 中	殷 商	⊕《合》（248 正） 十《合》（7838）
		西 周	十〈利簋〉 ⊕〈兮甲盤〉
		春 秋	中〈秦公一號墓磬〉 十〈侯馬盟書・宗盟類 16.3〉
		楚 系	王〈包山 12〉 王〈包山 46〉 土〈包山 82〉
		晉 系	
		齊 系	
		燕 系	王〈明・弧背燕刀〉
		秦 系	甲〈睡虎地・秦律雜抄 26〉
		秦 朝	甲《秦代陶文》（402）
		漢 朝	甲《馬王堆・戰國縱橫家書 9》

〔註79〕于省吾：《甲骨文字釋林・釋甲》，頁 348～350，臺北，大通書局，1981 年。

1068、**《說文》**「乾」字云：「乾，上出也。从乙，乙物之達也；倝聲。
　　倝，籀文乾。」〔註80〕

篆文作「乾」，从乙倝聲，與〈睡虎地・封診式 89〉的「乾」相近；籀
文作「倝」，段玉裁〈注〉云：「倝蓋籀文倝」，古文字繁簡不一，如：「秦」字
作「𥝲」〈秦公簋〉，或作「秦」〈睡虎地・法律答問 203〉，「臨」字作「𦥑」
〈毛公鼎〉，或作「𣌢」〈包山 185〉，籀文左側上半部从三「☉」作「倝」，从
一或从三「☉」相同。

字　例	重　文	時　期	字　形
乾 乾	倝	殷　商	
		西　周	
		春　秋	
		楚　系	
		晉　系	
		齊　系	
		燕　系	
		秦　系	乾 〈睡虎地・封診式 89〉　乾 〈睡虎地・日書甲種 51 背〉
		秦　朝	乾 《馬王堆・五十二病方 23》
		漢　朝	乾 《馬王堆・養生方 18》

1069、**《說文》**「成」字云：「𢦓，就也。从戊丁聲。𢦏，古文成从
　　午。」〔註81〕

篆文从戊丁聲作「𢦓」，李孝定指出「成」字於金文中从「戌」，篆文从「戊」，
係因戊、戌二字的形義相近所致，金文「成（戍）」字所从之「戌」下方的「｜」
應為「丁」，古文「𢦏」从「午」的形體，應是由〈沇兒鎛〉「成」而來，因
在「↑」的豎畫增添小圓點「・」，遂與「午」的形體相混〔註82〕；徐中舒亦言
〈沇兒鎛〉「成」的形體訛寫作从戊从丫，「丫」非為「午」字，「丫」係「戌」

〔註80〕 《說文解字注》，頁 747。

〔註81〕 《說文解字注》，頁 748。

〔註82〕 李孝定：《金文詁林讀後記》，頁 486～487，臺北，中央研究院歷史語言研究所，
　　　　1992 年。

的斜畫與「｜」結合而成的形體〔註83〕；陳復澄以爲金文字形從「㦰」從「｜」，「㦰」即「戌」，爲「斧鉞」之形，其後在文字的發展過程產生訛變，因而出現從丁得聲與從午得聲的字形，至於甲骨文所見之「口」應非「丁」。〔註84〕從西周銅器銘文所示，「成」字多作從「㦰」從「｜」的形體〔註85〕，而「丁」字作「●」〈虢季子白盤〉、「●」〈王子午鼎〉、「○」〈王孫壽甗〉，可知陳復澄所言爲是。又據西周至春秋金文「戌」〈頌鼎〉、「戌」〈沇兒鎛〉以及戰國文字「戌」〈春成侯壺〉、「戌」〈詛楚文〉、「㦰」〈郭店・緇衣 35〉或「戌」〈包山 91〉的形體，可知「成」字在演變的過程，因筆畫的接連、化直筆爲曲筆、在「｜」增添飾筆等因素，使得從戌從｜者，訛誤爲從戊丁聲或從戊午聲，《說文》篆文「戌」從戊丁聲與古文「戌」從戊午聲的形體，即源於此。又「成」字於兩周金文作「戌」〈士上卣〉，貨幣文字寫作「戌」，除省減「｜」外，又將「㦰」以收縮筆畫的方式作「戌」；將「戌」〈琅琊刻石〉、「戌」《秦代陶文》（1423）、「戌」《秦代陶文》（1425）、「戌」《秦代陶文》（1428）的形體相較，（1423）係將「｜」重複寫作「川」，並省略「㦰」右側下方的一道筆畫，（1425）則是將「川」改寫作「三」，（1428）除了重複「｜」爲「川」外，亦省略「㦰」的部分筆畫。

字例	重文	時期	字形
成　戌	戌	殷　商	戌《合》（1245）戌《合》（32444）
		西　周	戌〈頌鼎〉
		春　秋	戌〈沇兒鎛〉
		楚　系	戌〈包山 91〉戌〈郭店・緇衣 35〉
		晉　系	戌〈春成侯壺〉戌〈城白・直刀〉
		齊　系	戌〈墜侯因𦎡敦〉戌《古陶文彙編》（3.172）
		燕　系	
		秦　系	戌〈詛楚文〉

〔註83〕《甲骨文字典》，頁 1553。

〔註84〕陳復澄：〈咸爲成湯說〉，《遼寧文物》1983：5，頁 6～9。

〔註85〕容庚：《金文編》，頁 965～967，北京，中華書局，1992 年。

秦　朝	戌〈琅琊刻石〉戌《秦代陶文》（1423）戌《秦代陶文》（1425）戌《秦代陶文》（1428）
漢　朝	戌《馬王堆・要 11》

1070、**《說文》「己」字云：「己，中宮也。象萬物辟藏詘形也。己承戊，象人腹。凡己之屬皆从己。芑，古文己。」**〔註86〕

「己」字或作「己」〈己侯簋〉，或作「5」〈己侯簋〉，左右無別，亦見作「己」《合》（27391），可知在古文字中只要具有辨識作用，無論上下顛倒或左右相反，應無區別。《說文》古文「己」字作「芑」，與「己」近同，差異處在於前者將橫畫拉長。又郭店竹簡〈成之聞之〉寫作「己」，辭例為「故欲人之愛己也」，下方所從之「口」，未具備聲符或形符的作用，應屬無義的偏旁添加。

字　例	重　文	時　期	字　形
己 己	芑	殷　商	己《合》（549）己《合》（27391）
		西　周	己，5〈己侯簋〉
		春　秋	5〈己・平肩空首布〉
		楚　系	己〈包山 150〉己〈郭店・成之聞之 20〉
		晉　系	
		齊　系	己〈明・弧背齊刀〉
		燕　系	
		秦　系	己〈放馬灘・墓主記〉
		秦　朝	己《秦代陶文》（444）
		漢　朝	己《馬王堆・春秋事語 28》

1071、**《說文》「辜」字云：「辜，辠也。从辛古聲。㱿，古文辜从死。」**〔註87〕

戰國楚系文字作「㱿」〈包山 248〉，从死古聲，與之形體近同者，又見於晉系中山國文字「㱿」〈䂂盇壺〉，《說文》古文「㱿」與「㱿」相近，其間的差異，一為偏旁位置的經營左右相反，一為筆畫略異；秦系文字作「辜」〈睡

〔註86〕《說文解字注》，頁 748。

〔註87〕《說文解字注》，頁 748～749。

虎地‧日書甲種 36 背〉、「𢍐」〈睡虎地‧日書甲種 52 背〉，篆文「𦎕」與之相近，惟書體不同。《說文》「死」字云：「澌也，人所離也。」「辛」字云「秋時萬物成而孰，金剛味辛，辛痛即泣出。」〔註88〕「辛」字作「𢆉」〈司母辛方鼎〉、「𢆉」〈子刀父辛方鼎〉，像某器物之形，何琳儀指出「象刑具之形，引申有罪義」〔註89〕，從辛可表示「辠」義，從「死」葢與刑罰有關，二者的差異，係造字時對於偏旁意義的選擇不同所致。

字 例	重 文	時 期	字 形
辠 辜	𦎕	殷 商	
		西 周	
		春 秋	
		楚 系	〈包山 248〉
		晉 系	〈𢾕盉壺〉
		齊 系	
		燕 系	
		秦 系	〈睡虎地‧日書甲種 36 背〉 〈睡虎地‧日書甲種 52 背〉
		秦 朝	
		漢 朝	《馬王堆‧經法 58》

1072、《說文》「辭」字云：「辭，不受也。从受辛；受辛，宜辭之也。辤，籀文辭。」〔註90〕

金文作「𩰬」〈齛鎛〉、「𩰬」〈龜公輕鐘〉，从𠬪从𢆉（辛），字形與《說文》籀文「辤」相近，金文「辛」字作「𢆉」〈利簋〉、「𢆉」〈匽侯旨鼎〉，中間為豎畫，與「𢆉（辛）」的形體不同，湯餘惠以為「辛」字較長的筆畫皆為豎畫，「𢆉（辛）」字較長的筆畫多彎曲，或於下方斜出一筆而呈刀字形〔註91〕，其言可從，又戰國晉系文字作「𧭓」〈右明辭強‧平襠方足平首布〉，

〔註88〕 《說文解字注》，頁 166，頁 748。
〔註89〕 《戰國古文字典——戰國文字聲系》，頁 1158。
〔註90〕 《說文解字注》，頁 749。
〔註91〕 湯餘惠：〈戰國文字考釋（五則）〉，《古文字研究》第十輯，頁 283～284，北京，中華書局，1983 年。

對照「⿰⿱」的形體，字形從⿱從又從台省，許書言「从辛」蓋由「⿱」、「⿱」而來。馬王堆漢墓出土文獻作「⿰」《馬王堆・春秋事語 45》，從受從辛，與篆文「⿰」近同。《說文》「台」字云：「說也」，「受」字云：「相付也」〔註92〕，二者的字義無涉，段玉裁〈注〉云：「和悅以卻之故从台」，可知二者的差異，係造字時對於偏旁意義的選擇不同所致。

字　例	重　文	時　期	字　　形
辭 辭	辞	殷　商	
		西　周	
		春　秋	⿰〈輪鎛〉　⿰〈黿公䪔鐘〉
		楚　系	
		晉　系	⿰〈右明辝強・平襠方足平首布〉
		齊　系	
		燕　系	
		秦　系	
		秦　朝	
		漢　朝	⿰《馬王堆・春秋事語 45》

1073、**《説文》「辭」字云：「⿰，說也。从⿰辛；⿰辛，猶理辠也。⿰，籀文辭从司。」**〔註93〕

甲骨文作「⿰」《花東》（286），右側的「⿱」即「辝」之「⿱」、「⿱」所見的「⿱（⿱）」，可知从「辛」者爲「⿱」之誤。兩周以來的文字或承襲爲「⿰」〈兮甲盤〉，所从之「⿱」下半部的「又」或易爲「寸」作「⿰」〈⿰匜〉，从又、从寸替代的現象，據「禱」字考證，爲一般形符的代換，或將「⿱」所从之「口」易爲「言」，寫作「⿰」〈⿰匜〉，因「言」的形體較長，若置於「⿱」間，字形結構必呈現長條狀，故將之移置於「⿱」的左側，據「哲」字考證，「口」、「言」替換，屬義近偏旁的替代；或从「司」作「⿰」、「⿰」〈師酉簋〉，或寫作「⿰」、「⿰」〈頌簋〉，較之於「司」，「⿱」係省略「口」，《說文》籀文「⿰」

〔註92〕　《說文解字注》，頁 58，頁 162。

〔註93〕　《說文解字注》，頁 749。

與「䛭」相同，又〈洹子孟姜壺〉之「䛭」，左側形體作「桑」，對照「䇂」的形体，下半部的「𠬩」爲「𠦂」之誤；或從辛作「辭」〈琅琊刻石〉、「辭」〈兩詔橢量一〉，篆文「辭」源於此，與「辭」相近，惟筆畫略異，又戰國秦系文字或見從辛者，如：「辭」〈睡虎地・秦律雜抄 35〉、「辭」〈睡虎地・封診式 17〉、「辭」〈睡虎地・封診式 38〉，對照「䛭」左側的形體「桑」，「桑」係將「𠬩」省寫爲「曰」，「𠬪」將上半部的「爪」與「𠬩」接連並省略筆畫，「𠬪」則是在「𠬪」的構形上進一步省寫。又李孝定指出「辤」、「辭」二字在金文的形體不同，《說文》篆文均從「辛」，僅左側所從受、𤔔的差異，從「受」者爲「𤔔」的訛寫，即「𤔔」中的「𢆶」，訛爲「𠬩」後再誤寫爲「𦥑」，其後誤爲二字，遂將「辤」作「辤讓」字、「辭」作「言辭」字〔註94〕，從殷周以來的字形觀察，其言可參。

字　例	重　文	時　期	字　　　形
辭　辭	䛭	殷　商	「？」《花東》（286）
		西　周	「？」，「？」〈師酉簋〉 「？」，「？」〈頌簋〉 「？」〈分甲盤〉 「？」，「？」〈䢅匜〉
		春　秋	「？」〈石鼓文〉 「？」〈洹子孟姜壺〉
		楚　系	
		晉　系	
		齊　系	
		燕　系	
		秦　系	「？」〈睡虎地・秦律雜抄 35〉 「？」〈睡虎地・封診式 17〉 「？」〈睡虎地・封診式 38〉
		秦　朝	「？」〈琅琊刻石〉 「？」〈兩詔橢量一〉 「？」〈兩詔權二〉
		漢　朝	

1074、《說文》「𡶫」字云：「𡶫，冬時水土平可揆度也。象水從四方流入地中之形。𡶫承壬，象人足。凡𡶫之屬皆从𡶫。𨑊，籀文从辵从矢。」〔註95〕

〔註94〕 《金文詁林讀後記》，頁 490。

〔註95〕 《說文解字注》，頁 749。

　　甲骨文作「✕」《合》（16939正）、「✕」《合》（36846），「疑从戈，援、內各施一筆表其有刃，再加上矛刃，恰是所謂三鋒矛（戟）」。〔註96〕兩周以來的文字或承襲「✕」，寫作「✕」《古陶文彙編》（3.63）；或襲自「✕」作「✕」〈墜侯因𦎟敦〉；或進一步將四端的短畫化爲曲筆，寫作「✕」〈仲辛父簋〉、「✕」〈此簋〉、「✕」〈侯馬盟書・卜筮類303.1〉、「✕」〈新蔡・甲三8〉、「✕」《秦代陶文》（1610），《說文》篆文「✕」源於此，與「✕」相同；或將「✕」下端的「∧」移置於「✕」的下方，寫作「✕」或「✕」〈格伯簋〉、「✕」〈包山23〉、「✕」〈包山81〉。秦文字作「✕」〈石鼓文〉，對照「✕」、「✕」的形體，上半部的「火」、「火」訛爲「屮」，下半部的「𠂤」、「个」寫作「夨」，戰國以來的文字或承襲「✕」作「✕」《古陶文彙編》（4.90）、「✕」《馬王堆・出行占26》，「夨」又訛寫爲「天」、「夫」，「屮」寫作「彳」、「兆」，形體訛誤愈甚，籀文「✕」源於此；睡虎地秦簡所見「✕」〈睡虎地・日書乙種111〉、「✕」《秦代陶文》（1222），亦源於「✕」，下半部的「夅」即「夨」，「火」、「�」爲「屮」的訛省。可知許書言「冬時水土平可揆度也。象水從四方流入地中之形。……籀文从屮从矢。」爲非。

字　例	重　文	時　期	字　　形
✕ ✕	✕	殷　商	✕《合》（16939正）　✕《合》（36846）
		西　周	✕〈仲辛父簋〉　✕〈此簋〉　✕，✕〈格伯簋〉
		春　秋	✕〈石鼓文〉　✕〈侯馬盟書・卜筮類303.1〉
		楚　系	✕〈包山23〉　✕〈包山81〉　✕〈新蔡・甲三8〉
		晉　系	
		齊　系	✕〈墜侯因𦎟敦〉　✕《古陶文彙編》（3.63）
		燕　系	✕《古陶文彙編》（4.90）
		秦　系	✕〈睡虎地・日書乙種111〉
		秦　朝	✕《秦代陶文》（1222）　✕《秦代陶文》（1610）
		漢　朝	✕《馬王堆・出行占26》　✕《馬王堆・陰陽五行甲篇245》

〔註96〕《戰國古文字典──戰國文字聲系》，頁1189。

1075、《說文》「子」字云：「㜽，十一月，昜气動，萬物滋，人吕
為偁。象形。凡子之屬皆从子。㜽，古文子从巛象髮也。㜽，
籀文子囟有髮臂脛在几上也。」〔註97〕

甲骨文作「凹」《合》（2763）、「㜽」《合》（20794）、「凹」《合》（33468）、
「㜽」《合》（38002），皆像「無兩臂」之形〔註98〕，而頭上有髮，或作「早」
《合》（94 正）、「㜽」《花東》（475），「象幼兒在襁褓中兩臂舞動，上象其
頭形，……其下僅見一微曲之直畫而不見其兩脛。」〔註99〕或於頭上增添髮
作「㜽」《英》（1915 正），《說文》篆文「㜽」、古文「㜽」，與「㜽」、「㜽」
近同。兩周以來的文字或承襲「㜽」，寫作「㜽」〈利簋〉、「㜽」〈六年召伯
虎簋〉、「㜽」〈子鼎〉，籀文「㜽」的形體與「㜽」相近，惟上半部「子」
的形體略異；或承襲「早」、「㜽」，寫作「㜽」〈虢季子白盤〉。晉系貨幣文
字或見「㜽」、「㜽」、「㜽」、「㜽」〈莆子・平襠方足平首布〉，或見「㜽」、
「㜽」〈長子・平襠方足平首布〉，較之於「㜽」，「㜽」將表示「頭形」的
形體由「▽」書寫作「△」，「㜽」於豎畫上增添一道飾筆性質的橫畫「一」，
「㜽」省略「兩臂之形」，即省略豎畫上的「〵」，「㜽」將表示「兩臂之形」
的形體由「〵」書寫作「〱」，無論「▽」→「△」，或是「〵」→「〱」，
皆屬倒書現象；燕系貨幣文字或見「㜽」、「㜽」〈明・弧背燕刀〉，「㜽」係
將「頭形」訛寫為形似「口」的形體。

字例	重文	時期	字形
子 㜽	㜽， 㜽	殷 商	早《合》（94 正） 凹《合》（2763） 㜽《合》（20794） 凹《合》（33468） 㜽《合》（38002） 㜽《英》（1915 正） 㜽《花東》（475） 㜽〈子爵〉
		西 周	㜽〈利簋〉 㜽〈六年召伯虎簋〉 㜽〈子鼎〉 㜽〈虢季子白盤〉
		春 秋	㜽〈龕公華鐘〉
		楚 系	㜽〈包山 4〉

〔註97〕《說文解字注》，頁 749。

〔註98〕《說文解字注》，頁 749。

〔註99〕《甲骨文字典》，頁 1571。

晉　系	〈兆域圖銅版〉 ，，，〈莆子・平襠方足平首布〉 ，〈長子・平襠方足平首布〉
齊　系	〈子禾子釜〉　〈墜𠂤子戈〉
燕　系	，〈明・弧背燕刀〉
秦　系	〈睡虎地・日書乙種 37〉
秦　朝	
漢　朝	《馬王堆・春秋事語 73》

1076、**《說文》「孟」字云：「　，長也。从子皿聲。　，古文孟如此。」**〔註100〕

篆文作「　」，从子皿聲，與〈孟上父壺〉的「　」近同；金文「孟」字或作「　」〈父乙孟觚〉、「　」〈齊侯匜〉，或作「　」〈陳子匜〉、「　」〈禾簋〉，下半部的形體皆為「皿」，前二者从子，後二者从承。又《說文》「保」字古文作「　」〔註101〕，與「孟」字古文「　」近同。「保」字於甲骨文作「　」《合》（6），金文或增添一道斜畫「〆」作「　」〈大盂鼎〉，或於「子」的兩旁各增添一道斜畫「〆」作「　」〈鄘侯少子簋〉，所增添的「〆」應具有補白效果，省減偏旁「人」即寫作「　」。「孟」字亦从「子」，將「子」寫作「　」，蓋受到「　」所从之「子」的影響；《說文》古文作「　」，應為省減偏旁「皿」的結果，其形體雖與「保」字古文近同，然二者係因省減偏旁後致使原本不同的二字趨於近同，故不可將之視為一字。

字　例	重　文	時　期	字　形
孟	承	殷　商	〈父乙孟觚〉
		西　周	〈孟上父壺〉
		春　秋	〈齊侯匜〉　〈陳子匜〉　〈侯馬盟書・宗盟類 1.22〉
		楚　系	〈上博・容成氏 51〉
		晉　系	

〔註100〕　《說文解字注》，頁 750。

〔註101〕　《說文解字注》，頁 369。

齊　系	〈禾簋〉 〈陞璋方壺〉 《古陶文彙編》（3.425）
燕　系	
秦　系	〈睡虎地・日書乙種 17〉
秦　朝	
漢　朝	《馬王堆・稱 155》 《馬王堆・戰國縱橫家書 140》

1077、《說文》「孳」字云：「，孳孳汲汲生也。从子茲聲。，籀文孳从絲。」〔註102〕

篆文作「」，从子茲聲，與「」〈郭店・老子丙本 3〉、「」〈柀里瘟戈〉相近，「茲」字作「」〈彔伯𣫏簋蓋〉，可知「」應爲「」之省，又「」爲左茲右子的結構，左側的「茲」作「」，應爲「」的省寫。籀文作「」，从籀文子（）絲聲，與〈𣫏鐘〉的「」相近，其間的不同，主要爲「絲」的寫法略異，「絲」字作「」〈商尊〉、「」〈智鼎〉，「」爲省體之形。「茲」字上古音屬「精」紐「之」部，「絲」字上古音屬「心」紐「之」部，二者發聲部位相同，精心旁紐，疊韻，茲、絲作爲聲符使用時可替代。

字　例	重　文	時　期	字　形
孳		殷　商	
		西　周	〈𣫏鐘〉
		春　秋	
		楚　系	〈郭店・老子丙本 3〉
		晉　系	
		齊　系	
		燕　系	〈柀里瘟戈〉
		秦　系	
		秦　朝	
		漢　朝	

〔註102〕《說文解字注》，頁 750。

1078、《說文》「𣪘」字云：「𣪘，盛皃。从弄从日。讀若薿。薿，
　　　　一曰：『若存』。𣪘，籀文𣪘从二子。一曰：『𣪘即奇字𣪘』。」

〔註103〕

　　金文作「𣪘」〈叔𣪘妊簋〉，从二子从口，戰國楚系文字从甘作「𣪘」
〈磚瓦場370.2〉，籀文从日作「𣪘」，从甘者係在「口」中增添短橫畫「-」
所致，从日者或爲从甘之進一步的訛寫。篆文作「𣪘」，从弄从日，所从之
「日」亦爲从「口」之訛。古文字繁簡不一，所从相同形體的多寡不同，並
未影響文字的辨識，如：「楚」字作「𣪘」〈季楚簋〉，或作「𣪘」〈楚王酓
肯鉈鼎〉，「紃」字作「𣪘」〈包山268〉，或作「𣪘」〈望山2.6〉，可知从二
子與从三子相同。

字 例	重 文	時 期	字 形
𣪘　𣪘	𣪘	殷　商	
		西　周	𣪘 〈叔𣪘妊簋〉
		春　秋	
		楚　系	𣪘 〈磚瓦場370.2〉
		晉　系	
		齊　系	
		燕　系	
		秦　系	
		秦　朝	
		漢　朝	

1079、《說文》「𠫓」字云：「𠫓，不順忽出也。从到子。《易》曰：
　　　　『突如其來』。如不孝子突出不容於內也。𠫓即易突字也。凡
　　　　𠫓之屬皆从𠫓。𠫓，或从到古文子。」〔註104〕

　　甲骨文「育」字作「𠫓」《合》（31202），或作「𠫓」《懷》（1368），右側
形體與《說文》篆文「𠫓」、古文「𠫓」近同，王國維指出形體像「產子之形，……

〔註103〕《說文解字注》，頁751。
〔註104〕《說文解字注》，頁751。

產子時之有水液也」〔註105〕，商承祚進一步云；「如將點整齊則如髮，作髮形者，非其初也。」〔註106〕其言可從。

字 例	重 文	時 期	字 形
去 古	𠑗	殷 商	
		西 周	
		春 秋	
		楚 系	
		晉 系	
		齊 系	
		燕 系	
		秦 系	
		秦 朝	
		漢 朝	

1080、《說文》「育」字云：「𠌥，養子使作善也。从𠫓肉聲。〈虞書〉曰：『教育子』。𣱒，育或从每。」〔註107〕

甲骨文作「𠫓」《合》（18689）、「𠫓」合》（31202）、「𠫓」《懷》（1368），王國維指出像从女（或从母）產子之形〔註108〕，或見从人作「𠌥」《合》（14125），金文分別承襲爲「𠌥」〈班簋〉或「𠫓」〈史牆盤〉，據「侯」字考證，人、女作爲形符使用時替代的現象，屬義近的替代，又《說文》「母」字云：「牧也。从女，象裏子形。」〔註109〕字形从女得形，「女」指婦人，二者的字義有所關聯，女、母作爲形符使用時替代的現象，亦見於兩周文字，如：「姬」字或从女作「𡢃」〈禾簋〉，或从母作「𡝕」〈伯姬作𠄼簋〉。《說文》篆文「𠌥」，从𠫓肉聲，或體从每从𠫓作「𣱒」，「𠫓」爲「去」的古文，像倒子形，「每」字从母得形，作「𡞉」〈曶鼎〉，从「每」者應與从「母」相同，又《說文》「肉」

〔註105〕羅振玉：《增訂殷虛書契考釋》卷中，頁52，臺北，藝文印書館，1982年。

〔註106〕《說文中之古文考》，頁124。

〔註107〕《說文解字注》，頁751。

〔註108〕《增訂殷虛書契考釋》卷中，頁52。

〔註109〕《說文解字注》，頁620。

字云：「殘肉」〔註110〕，從「肉」與從「人」替代的現象，亦見於戰國文字，如：「體」字或從肉作「🐛」〈上博・民之父母 11〉，或從人作「🐛」〈上博・緇衣 5〉，人類身體的組成份子，包括骨頭與肌膚，以「人」替代「肉」，係以整體取代部分的現象，「🐛」字可視爲從去從肉的會意字。

字　例	重文	時　期	字　形
育 🐛	🐛	殷　商	🐛《合》（18689）🐛《合》（31202）🐛《合》（14125） 🐛《懷》（1368）
		西　周	🐛〈班簋〉🐛〈史牆盤〉
		春　秋	
		楚　系	
		晉　系	
		齊　系	
		燕　系	
		秦　系	
		秦　朝	
		漢　朝	

1081、《說文》「寅」字云：「🐛，髕也。正月，昜气動，去黃泉，欲上出，会尙強也。象宀不違髕寅於下也。凡寅之屬皆从寅。🐛，古文寅。」〔註111〕

甲骨文作「🐛」《合》（4300 臼）、「🐛」《合》（37992）、「🐛」《合》（38015 反），本從「矢」形，殷周金文作「🐛」〈戊寅作父丁方鼎〉，或訛寫爲「🐛」〈🐛�方鼎〉、「🐛」〈靜簋〉，或增添四筆短畫於「🐛」作「🐛」〈師奎父鼎〉，古文字所見從「E ヨ」者，皆爲割裂形體的結果；若將「🐛」上半部的「🐛」加以割裂，則寫作「🐛」〈叔尸鎛〉，〈陳純釜〉之「🐛」源於〈叔尸鎛〉，〈陳逆簋〉因形體割裂而與原形不同，下半部作「🐛」，係受到文字類化的影響，使得文字訛誤過甚寫作「🐛」，《說文》古文從土之「🐛」，或源於齊國文字；又「寅」字作「🐛」、「🐛」、「🐛」，上半部的形體爲「人」，〈五年相邦呂不

〔註110〕《說文解字注》，頁 169。
〔註111〕《說文解字注》，頁 752。

韋戈〉之「寅」上半部與「宀」相同，由於「矢頭」的訛寫，進一步將之與下半部的形體割裂，文字的訛誤愈甚，篆文作「寅」，應襲自「寅」，許書所釋字形，係就割裂的形體言。

字 例	重 文	時 期	字 形
寅 寅	𡩟	殷 商	个《合》（4300 臼） 寅《合》（37992） 寅《合》（38015 反） 寅〈戌寅作父丁方鼎〉
		西 周	寅〈歔𤔲方鼎〉 寅〈靜簋〉 寅〈師奎父鼎〉 寅〈豆閉簋〉
		春 秋	寅〈叔尸鎛〉 夾〈侯馬盟書·宗盟類 16.3〉 寅〈侯馬盟書·宗盟類 105.2〉
		楚 系	夾〈楚王酓肯簋〉 寅〈包山 162〉
		晉 系	𡩟〈鄲孝子鼎〉
		齊 系	𡩟〈陳逆簋〉 𡩟〈墜純釜〉
		燕 系	
		秦 系	寅〈五年相邦呂不韋戈〉
		秦 朝	寅〈阿房宮遺址瓦〉
		漢 朝	寅《馬王堆·出行占 25》

1082、《說文》「卯」字云：「卯，冒也。二月，萬物冒地而出。象開門之形。故二月爲天門。凡卯之屬皆从卯。非，古文卯。」

〔註112〕

甲骨文作「卯」《合》（1027 正），兩周文字多承襲之，《說文》篆文作「卯」，亦從「卯」而來，因將「丨丨」的上半部向外彎曲，遂寫作「卯」。楚系文字作「卯」〈包山 126〉，或作「非」〈包山 207〉，辭例皆爲「癸卯之日」，形體與「非」相近者，見於齊系的「非」〈墜非造戈〉，何琳儀指出〈墜非造戈〉之「墜非」即《戰國策·齊策》的「田瞀」〔註113〕，「卯」、「瞀」二字上古音皆屬「明」紐「幽」部，雙聲疊韻，理可通假，其言可從。又若將「非」之「丿」

〔註112〕《說文解字注》，頁 752。

〔註113〕何琳儀：《戰國文字通論》，頁 260～261，北京，中華書局，1989 年。

（」兩側的筆畫略爲分離，即與古文「兆」相同。

字 例	重 文	時 期	字 形
卯	兆	殷 商	中《合》（1027 正）
		西 周	北〈師旂鼎〉
		春 秋	北〈侯馬盟書・宗盟類 98.13〉
		楚 系	96〈包山 126〉北〈包山 207〉
		晉 系	
		齊 系	北〈陸兆造戈〉
		燕 系	卯〈明・弧背燕刀〉
		秦 系	卯〈放馬灘・日書甲種 7〉
		秦 朝	
		漢 朝	卯《馬王堆・戰國縱橫家書 136》

1083、《說文》「辰」字云：「辰，震也。三月，易气動，靁電振，
　　　民農時也，物皆生。从乙匕，匕象芒達；厂聲；辰，房星天時
　　　也；从二，二，古文上字。凡辰之屬皆从辰。辰，古文辰。」
〔註 114〕

甲骨文作「辰」《合》（1402 正）、「辰」《合》（21145），李孝定指出爲「蜃
殼」〔註 115〕，徐中舒以爲像「縛蚌鐮於指之形」，其本義爲「蚌鐮」〔註 116〕，
金文承襲之，或於起筆橫畫上增添一道短橫畫飾筆「-」作「辰」〈士上卣〉，
將之與〈青川・木牘〉的「辰」、〈睡虎地・日書甲種 94〉的「辰」、《秦代陶
文》（462）的「辰」相較，可知作「乁」、「?」或「人」、「匕」或「4」、「乀」
皆爲割裂形體所致；又若將「辰」刻寫的更爲工整，並將筆畫予以接連，則
與古文「辰」相同。《說文》篆文之「辰」、古文之「辰」應源於此，許書釋
其字形「从乙匕，厂聲，从二」，係就割裂的形體言。戰國楚系文字或作「辰」

〔註 114〕《說文解字注》，頁 752。
〔註 115〕李孝定：《甲骨文字集釋》第十四，頁 4357，臺北，中央研究院歷史語言研究所，
　　　　1991 年。
〔註 116〕《甲骨文字典》，頁 1590。

〈包山 141〉、「𣥚」〈包山 143〉、「𣥚」〈包山 182〉、「𣥚」〈包山 224〉、「𣥚」〈包山 225〉，（141）與（143）的辭例為「甲辰之日」，（182）為「甲辰」，（224）與（225）為「丙辰之日」，皆為干支紀日，為了明確表示其義，故增添「日」旁；又「𣥚」與「𣥚」所從之「日」，或置於「辰」之上，或置於其下方，並未影響文字的辨識，將「𠬪」與「𠬝」相較，可知後者亦為割裂形體所致；「𣥚」與「𣥚」、「𣥚」對照，「𣥚」係省減「厂」左側筆畫，「𣥚」因筆畫省略過多，形成「𠬝」形體。齊系文字增添「口」作「𣥚」〈陳璋方壺〉，辭例為「戊辰」，為干支紀日，「辰」下之「口」並無示義之用，此種現象於戰國文字習見，如：「己」字作「己」〈沈子它簋蓋〉，或作「𣥚」〈郭店・成之聞之 20〉，「巫」字作「亞」〈齊巫姜簋〉，或作「𣥚」〈天星觀・卜筮〉，為無義偏旁的增添。

字 例	重 文	時 期	字 形
辰 𠬝 𠬝	𠬝	殷 商	𠬝《合》（1402 正）𠬝《合》（20896）𠬝《合》（21145）
		西 周	𠬝〈士上卣〉
		春 秋	
		楚 系	𣥚〈包山 141〉𣥚〈包山 143〉𣥚〈包山 182〉 𣥚〈包山 224〉𣥚〈包山 225〉
		晉 系	
		齊 系	𣥚〈陳璋方壺〉
		燕 系	
		秦 系	𠬝〈青川・木牘〉辰〈睡虎地・日書甲種 94〉
		秦 朝	辰《秦代陶文》（462）
		漢 朝	辰《馬王堆・要 21》辰《馬王堆・經法 43》

1084、《說文》「申」字云：「𤰔，神也。七月，会气成，體自申束。從𦥑，自持也，吏吕餔時聽事申旦政也。凡申之屬皆從申。𤰔，古文申。𤰔，籀文申。」〔註117〕

甲骨文作「𤰔」《合》（32），或作「𤰔」《合》（23900），字形「象電燿屈

─────────
〔註117〕《說文解字注》，頁 753。

折」〔註118〕，於金文作「」〈此簋〉，或作「」〈多友鼎〉，《說文》古文「」
應是由「」演變而來，在「」的形體分別添加一道「ˋ」，即與「」近
同。又戰國秦系文字作「」〈二十五年上郡守廟戈〉，或作「」〈三年相邦
呂不韋矛〉，將二者的字形相較，後者係將「」的形體割裂，遂作「」。籀
文作「」，將之與「」相較，「」應是將豎畫「｜」彎延而成，其後爲
了配合「」的形體，遂將「」分置於「」的兩側，寫作「」。由葉玉
森之言，可知「申」的形象應爲「閃電」，許慎之言爲誤。

字　例	重　文	時　期	字　　形
申 	， 	殷　商	《合》（32）《合》（904 正）《合》（20139） 《合》（23900）
		西　周	〈衛簋〉〈此簋〉〈多友鼎〉
		春　秋	〈秦公一號墓磬〉
		楚　系	〈包山 39〉
		晉　系	
		齊　系	〈明・弧背齊刀〉
		燕　系	
		秦　系	〈二十五年上郡守廟戈〉〈三年相邦呂不韋矛〉
		秦　朝	《秦代陶文》（391）
		漢　朝	《馬王堆・戰國縱橫家書 248》

1085、**《說文》「酉」字云：「，就也。八月，黍成，可爲酎酒。象
　　　古文酉之形也。凡酉之屬皆从酉。，古文酉从卯，卯爲春門，
　　　萬物已出，卯爲秋門，萬物已入，一門象也。」**〔註119〕

甲骨文作「」《合》（166）、「」《合》（32859），像酒尊之形，兩周文
字多承襲之，戰國時期的楚系文字形體不一，或承襲前代的文字，作「」〈秦
家嘴 13.3〉，或於「酉」的上半部增添「木」，作「」〈包山 27〉，或將「木」
置於「酉」的內部，作「」〈包山 35〉，或省減「木」下半部的形體，作「」
〈包山 221〉，或於「酉」的右側增添「〃」，作「」〈新蔡・甲三 42〉，不論

〔註118〕葉玉森：《殷虛書契前編集釋》卷一，頁 17，臺北，藝文印書館，1966 年。
〔註119〕《說文解字注》，頁 754。

其形體如何繁化、簡化，辭例皆爲干支紀日，如：〈包山 27〉與〈秦家嘴 13.3〉爲「癸酉之日」，〈包山 35〉爲「乙酉之日」，〈包山 221〉爲「己酉之日」，〈新蔡・甲三 42〉爲「丁酉之日」。故滕壬生云：「酉在楚簡讀酒，干支酉从木或加飾筆。」〔註120〕又形體近於「🔲」，且未增添「木」、「〃」者，其辭例或爲「酒」，如：「酒食」〈天星觀・卜筮〉。可知其改易形體的目的，應是爲了與作爲「酒」的「酉」字區別，因而以改易形體，或增添「木」、「〃」區別二者的差異。據《古文四聲韻》所載，「酉」字作「𠕑」《說文》〔註121〕，與《說文》古文「𠕑」不同，疑其字形或爲傳抄過程產生訛誤，遂在「𠕑」的兩側增添「丿」、「乀」。

字　例	重　文	時　期	字　　　形
酉 🔲	🔲	殷　商	🔲《合》（166）　🔲《合》（32859）　🔲《合》（34388）
		西　周	🔲〈酉父辛爵〉　🔲〈遹簋〉
		春　秋	🔲，🔲〈𥷚叔之仲子平鐘〉
		楚　系	🔲〈包山 27〉　🔲〈包山 35〉　🔲〈包山 221〉 🔲〈新蔡・甲三 42〉　🔲〈秦家嘴 13.3〉
		晉　系	
		齊　系	🔲〈陳喜壺〉　🔲《古陶文彙編》（3.409）
		燕　系	
		秦　系	🔲〈青川・木牘〉
		秦　朝	
		漢　朝	🔲《馬王堆・老子乙本 214》

1086、《說文》「醮」字云：「🔲，冠娶禮祭也。从酉焦聲。🔲，醮或从示。」〔註122〕

篆文从酉作「🔲」，或體从示作「🔲」，《說文》「示」字云：「天🔲象，見吉凶，所㠯示人也。」「酉」字云：「就也。八月，黍成，可爲酎酒。」〔註123〕

〔註120〕滕壬生：《楚系簡帛文字編（增訂本）》，頁 1253，武漢，湖北教育出版社，2008 年。

〔註121〕（宋）夏竦著：《古文四聲韻》，頁 191，臺北，學海出版社，1978 年。

〔註122〕《說文解字注》，頁 755。

〔註123〕《說文解字注》，頁 2，頁 754。

二者在字義上無關係，「醮」字之義爲「冠娶禮祭也」，從「示」之字多與祭祀有關，如：「禬」字爲「會福祭也」、「禂」字爲「禱牲馬祭也」、「禓」字爲「道上祭」〔註124〕等，從「示」之「禩」字，應是爲表現該字的字義與祭祀有關。

字　例	重　文	時　期	字　形
醮 釀	禩	殷　商	
		西　周	
		春　秋	
		楚　系	
		晉　系	
		齊　系	
		燕　系	
		秦　系	
		秦　朝	
		漢　朝	

1087、《說文》「醻」字云：「醻，獻醻主人進客也。從酉壽聲。酬，醻或从州。」〔註125〕

「醻」字從酉壽聲，或體「酬」從酉州聲。「壽」字上古音屬「禪」紐「幽」部，「州」字上古音屬「章」紐「幽」部，二者發聲部位相同，章禪旁紐，疊韻，壽、州作爲聲符使用時可替代。

字　例	重　文	時　期	字　形
醻 酬	酬	殷　商	
		西　周	
		春　秋	
		楚　系	
		晉　系	
		齊　系	
		燕　系	

〔註124〕　《說文解字注》，頁7，頁7，頁8。

〔註125〕　《說文解字注》，頁756。

秦　系	
秦　朝	
漢　朝	

1088、《說文》「釂」字云：「釂，會歙酒也。从酉虜聲。酲，釂或从巨。」〔註126〕

「釂」字从酉虜聲，或體「酲」从酉巨聲。「虜」字上古音屬「見」紐「魚」部，「巨」字上古音屬「群」紐「魚」部，二者發聲部位相同，見群旁紐，疊韻，虜、巨作爲聲符使用時可替代。又據《古文四聲韻》所載，「釂」字或作「酲」《義雲章》〔註127〕，「酉」作「酉」，「巨」作「臣」，「巨」字形體與《說文》古文「巨（𢀖）」相近，其差異處僅於「臣」中間的部件作「尸」，與「𢀖」的形體相反。

字　例	重　文	時　期	字　　　形
釂 釂	酲	殷　商	
		西　周	
		春　秋	
		楚　系	
		晉　系	
		齊　系	
		燕　系	
		秦　系	
		秦　朝	
		漢　朝	

1089、《說文》「酸」字云：「酸，酢也。从酉夋聲。關東謂酢曰酸。酸，籀文酸从畯。」〔註128〕

篆文作「酸」，从酉夋聲；籀文作「酸」，从酉畯聲。戰國時期或見作「酸」〈酸棗戈〉，从酉夋聲，从田之「畯」字作「畯」〈史牆盤〉、「畯」〈秦公簋〉、

〔註126〕 《說文解字注》，頁 757。

〔註127〕 《古文四聲韻》，頁 327。

〔註128〕 《說文解字注》，頁 758。

「」〈秦公鎛〉，右側皆爲人的形體，「」下方所見的「」爲足趾，其後因書寫時將之往上置放，遂與「女（）」近同，因而作「」；又辭例同爲「酸棗」者，亦見於貨幣文字，作「」〈酸棗・平襠方足平首布〉，從字形言，應釋爲「酉」，讀作「酉棗」，何琳儀指出應讀爲「酸棗」〔註129〕，「」係省減聲符「夋」。「酸」字於〈五十二病方 250〉作「」，右側爲「」，即「夋」字，《馬王堆・養生方 103》作「」，將「」訛寫爲二個夂。「夋」字上古音屬「清」紐「文」部，「睃」字上古音屬「精」紐「文」部，二者發聲部位相同，精清旁紐，疊韻，夋、睃作爲聲符使用時可替代。

字 例	重 文	時 期	字 形
酸 酸	酸	殷　商	
		西　周	
		春　秋	
		楚　系	
		晉　系	〈酸棗戈〉 〈酸棗・平襠方足平首布〉
		齊　系	
		燕　系	
		秦　系	
		秦　朝	〈五十二病方 250〉
		漢　朝	《馬王堆・養生方 103》

1090、《說文》「醬」字云：「，醢也。从肉酉，酒吕龢醬也，爿聲。，古文醬如此。，籀文。」〔註130〕

戰國時期或作「」〈兆域圖銅版〉、「」〈包山 137 反〉、「」〈包山 149〉、「」〈九年將軍戈〉，從酉爿聲，「酉」字作「」〈曶鼎〉，其後於「」的起筆橫畫上增添一道飾筆性質的短橫畫「-」作「」〈篙叔之仲子平鐘〉，「」右側之「酉」即爲增添飾筆後的形體，甚者又在「」之上增添「ノヽ」飾筆，寫作「」；「爿」的橫畫亦未固定，或爲二，或爲三，

〔註129〕何琳儀：〈三晉方足布彙釋〉，《古幣叢考》，頁 233，臺北，文史哲出版社，1996年。

〔註130〕《說文解字注》，頁 758。

或爲四。《說文》古文作「牉」與「牙」相近。篆文作「牉」，從肉酉，從爿聲，與〈睡虎地・秦律十八種179〉的「醬」相近，二者的「酉」字筆畫雖不同，基本上仍爲盛酒器之形。籀文作「盬」，段玉裁〈注〉云：「作之陳之皆必以器，故從皿。」「醬」的字義爲「醢也」，「醢」爲「肉醬」，「醬」字篆文從肉，籀文從皿，應如段氏之言，從肉者易爲皿，係造字時對於偏旁意義的選擇不同所致。

字　例	重　文	時　期	字　　　形
醬	牉，盬	殷　商	
		西　周	
		春　秋	
		楚　系	牉〈信陽2.21〉　牙〈包山137反〉　痎〈包山149〉
		晉　系	牉〈中山王▇方壺〉　痝〈兆域圖銅版〉
		齊　系	
		燕　系	牉〈九年將軍戈〉
		秦　系	醬〈睡虎地・日書甲種26背〉 醬〈睡虎地・秦律十八種179〉
		秦　朝	響《馬王堆・五十二病方242》
		漢　朝	醬《馬王堆・一號墓遺策93》

1091、《說文》「醢」字云：「醢，肉醬也。從酉盍聲。𪑒，籀文。」 [註131]

戰國、秦漢間從酉從手從肉作「醢」〈包山255〉、「醢」《馬王堆・十六經105》，《說文》篆文從酉盍聲作「醢」，與《武威・有司68》的「醢」相近，其間的差異，爲書體的不同，其下之皿，應如段玉裁於「醬」字籀文所言：「作之陳之皆必以器，故從皿。」籀文作「𪑒」，段玉裁〈注〉云：「從艸，謂芥醬、榆醬之屬也；從鹵，謂鹽也；從盍，猶從盍聲也。」王國維以爲「疑從鹽省，有聲，闕。」 [註132] 從「𪑒」的字形言，上半部爲艸，左側上半部從鹵，下

〔註131〕《說文解字注》，頁758。

〔註132〕王國維：《王觀堂先生全集・史籀篇疏證》冊七，頁2452，臺北，文華出版社，1968年。

半部爲皿，其意應與篆文从皿相近，右側从手从肉，即「有」字，爲聲符所在。「右」、「有」二字上古音皆屬「匣」紐「之」部，雙聲疊韻，右、有作爲聲符使用時可替代。

字　例	重　文	時　期	字　　　形
醢 醢	醢	殷　商	
		西　周	
		春　秋	
		楚　系	醢〈包山 255〉
		晉　系	
		齊　系	
		燕　系	
		秦　系	
		秦　朝	
		漢　朝	醢《馬王堆・十六經 105》 醢《武威・有司 68》

1092、《說文》「尊」字云：「尊，酒器也。从酋，廾吕奉之。《周禮》：『六尊，犧尊、象尊、箸尊、壺尊、大尊、山尊，吕待祭祀賓客之禮。』尊，或从寸。」〔註133〕

甲骨文作「尊」《合》（4059 正）、「尊」《合》（14879），像雙手捧酉之形，或增添「𨸏」旁作「尊」《合》（13566）、「尊」《合》（30728），李孝定云：「尊字古作尊，象兩手捧酉形，金文又或从𨸏，金文稱尊彝，爲宗廟常器之通名，不能以酒器解之。」〔註134〕張世超等人指出增添「𨸏」係表示「登陸」之意〔註135〕，兩周以來的文字承襲之，寫作「尊」〈士上卣〉，或於「酉」上增添「ㄍㄟ」飾筆，寫作「尊」〈訇簋〉、「尊」〈三年瘋壺〉，或在「尊」的構形上，於起筆橫畫上方增添一道短橫畫「-」飾筆，寫作「尊」〈曾姬無卹壺〉，甚者亦見增添「艸」而作「尊」〈伯六辪方鼎〉，或將「廾」易爲「寸」

〔註133〕《說文解字注》，頁 759。

〔註134〕《金文詁林讀後記》，頁 505。

〔註135〕張世超、孫凌安、金國泰、馬如森：《金文形義通解》，頁 3510，日本京都，中文出版社，1995 年。

作「尊」〈商鞅量〉，《說文》篆文「𢍜」、或體「𢍜」，與「尊」、「尊」相近。從辭例觀察，以青銅器為例，從酉從廾者，如：〈三年瘋壺〉、〈曾姬無卹壺〉、〈令狐君嗣子壺〉的辭例皆為「尊壺」，從酉從廾從𠂤者，辭例為「尊簋」〈訇簋〉、「寶尊彝」〈士上卣〉、「尊壺」〈呂王壺〉、「尊塍盥盤」〈楚季哶盤〉，從酉從廾從𠂤從𠬞者，辭例為「寶尊𤮜」〈伯六䛒方鼎〉，又以楚簡為例，從酉從廾者，辭例為「教民有尊也」〈郭店・唐虞之道 4〉，從酉從廾從𠂤者，辭例為「愛親尊賢」〈郭店・唐虞之道 6〉，無論增添「𠂤」旁與否，皆未影響其詞意，然增添「𠂤」旁之意，葢如張世超等人所言，原有表示「登陞」的意涵。又《說文》「廾」字云：「竦手也」，「寸」字云：「十分也」〔註 136〕，二者的字義無涉，「寸」作為形符使用時，據「叟」、「叔」等字考證，時見易為「又」，「又」的字義為「手也」〔註 137〕，「廾」字從左右手得形，從「廾」之意應與從「又」相同，故或體易為「寸」。

字　例	重　文	時　期	字　形
尊 𢍜	𢍜	殷　商	《合》（4059 正）　《合》（13566）　《合》（14879）　《合》（30728）
		西　周	〈訇簋〉　〈士上卣〉　〈三年瘋壺〉　〈呂王壺〉　〈伯六䛒方鼎〉
		春　秋	〈楚季哶盤〉
		楚　系	〈曾姬無卹壺〉　〈郭店・唐虞之道 4〉　〈郭店・唐虞之道 6〉
		晉　系	〈令狐君嗣子壺〉
		齊　系	
		燕　系	《古陶文彙編》（4.82）
		秦　系	〈商鞅量〉
		秦　朝	
		漢　朝	《馬王堆・十問 5》

〔註 136〕　《說文解字注》，頁 104，頁 122。
〔註 137〕　《說文解字注》，頁 155。

1093、《說文》「亥」字云：「𠄏，荄也。十月，微昜起，接盛会。从
二，二，古文上字也；一人男，一人女也；从乚，象裹子咳咳
之形也。《春秋傳》曰：『亥有二首六身』。凡亥之屬皆从亥。𠀆，
古文亥，亥爲豕，與豕同。亥而生子，復從一起。」〔註138〕

「豕」字篆文作「𧰨」，古文作「𠀆」，與「亥」字古文相同，故李陽冰
云：「本象豕減一畫爾」。〔註139〕從字形觀察，「𤣥」〈天亡簋〉係承襲於「𣎻」；
「𠧪」〈䣄君啓舟節〉的形體則襲自「𤣥」〈三年師兌簋〉而略作變化，即將
小點「‧」拉長爲短橫畫「-」，並將「𠃌」引曳拉長爲「𠃌」；若將「𤣥」〈虢
季子白盤〉下半部的筆畫拉長、彎延，便形成「𤣥」〈鎛鎛〉；〈天星觀‧卜筮〉
「亥」字作「𥅀」，與「豕（𧰨）」〈包山 146〉近似，主要差異處在於「亥」
字上半部的「二」，其下半部的形體應是受到「豕」字的影響所致；〈黿公鏗鐘〉
的字形作「𥃭」，辭例爲「正月初吉，辰在乙亥」，爲干支紀日之用，就辭例言，
若爲「亥」字，則左側的「口」應爲無義偏旁的增添，就字形言，从口者應爲
「咳」，「咳」字从亥得聲，「亥」字上古音屬「匣」紐「之」部，「咳」字上古
音屬「曉」紐「之」部，二者發聲部位相同，旁紐疊韻，「咳」可通假爲「亥」；
〈黿公華鐘〉的辭例爲「正月初吉乙亥」，作爲干支紀日之用，惟字形作「𤰔」，
與習見的「亥」字形不同，與「𤣥」相較，左側的「乚」可能爲飾筆，以爲平
衡或補白之用；秦系「亥」字作「𠀆」〈睡虎地‧日書甲種 2〉或「𠀆」〈睡虎
地‧日書甲種 26〉，將之與「𤰔」相較，若省去「𤰔」左側的「乚」，再將「𤰔」
的筆畫拉直，則與「𠀆」無異，若省去「�」的一道筆畫則作「𠀆」。《說文》
篆文作「𠄏」，與「𠀆」近同，據上列考證，「𠀆」的形體源於「𤰔」之「𤰔」，
許愼云：「从二，二，古文上字也；一人男，一人女也；从乚，象裹子咳咳之形
也。」實因篆文的筆畫割裂而誤解其字形。

字 例	重 文	時　期	字　　　形
亥 𠄏	𠀆	殷　商	𣎻《合》（7629）　𥄑《合》（22621）
		西　周	𤣥〈天亡簋〉　𤣥〈三年師兌簋〉　𠧪〈虢季子白盤〉
		春　秋	𤰔〈黿公華鐘〉　𥃭〈黿公鏗鐘〉　𤣥〈鎛鎛〉

〔註138〕《說文解字注》，頁 759。
〔註139〕《說文解字繫傳》，頁 322。

			〈蔡侯盤〉
		楚　系	〈鄂君啓舟節〉〈天星觀・卜筮〉
		晉　系	
		齊　系	〈禾簋〉
		燕　系	
		秦　系	〈睡虎地・日書甲種 2〉〈睡虎地・日書甲種 26〉
		秦　朝	
		漢　朝	《馬王堆・出行占 30》

第十六章　結　論

第一節　本文研究成果

據上列的討論，《說文》古文計有 466 組〔註 1〕，如下所列：

一（弌）、上（丄）、旁（旁；㫄）、帝（帝）、下（丅）、示（𥘠）、禮（礼）、祡（𥛚）、社（𥘺）、三（弎）、王（𤣩）、玉（𤣩）、璿（璿）、瑁（珇）、玭（𤥾）、玭（蠙）、玕（𤤾）、中（𠁧）、毒（𧖧）、莊（𦾓）、荊（𦶘）、蕢（臾）、釆（𠩺）、番（𤰈）、悉（𢜭）、𥿢（𣏟）、咳（孩）、哲（嚞）、君（𠳯）、周（𠪂）、唐（啺）、吝（𠯑）、舌（𠯋）、𧮫（容）、嚴（𠪂）、起（𨑡）、正（𤴓；𤴔）、造（艁）、速（𧦓）、徙（𡱪）、遷（拪）、返（彶）、遂（𨒚）、近（𢓊）、邇（迩）、遠（𨗨）、逖（逷）、道（𨕥）、往（𨒥）、復（退）、後（𨒇）、得（㝵）、御（馭）、齒（𠮛）、牙（𦥛）、冊（䈂）、嗣（𡥈）、嚚（𡄕）、西（㐭）、商（𠷑；𠸅）、古（𠐮）、詩（𧥺）、謀（𠶷；𧥔）、謨（𡚬）、訊（𧦝）、信（𠈃；𧥤）、誥（𠮛）、䜌（𤔔）、訟（𧦮）、譙（誚）、善（譱）、業（𦟾）、僕（𨋱）、弇（𢍁）、兵（𠩺）、共（𢀜）、𢍏（𠔁）、與（𦦙）、𦥑（𦥘）、農（𨑩；𦦶）、革（𩏑）、鞀（𩌦）、鞭（𠋫）、鬲（𩰲；𩱛）、𩰪（𩱧；𩱜；𩱡）、孚（𤓰）、爲（𤓰）、

〔註 1〕本文以「組」爲計量單位，例如《說文》「一」字收錄一個古文爲重文，即爲一組，「旁」字收錄二個古文爲重文，亦爲一組。

厷（厶）、尹（𠃾）、及（乁；弓；遘）、反（𠬡）、彗（簪）、叚（叚）、友（䍾；習）、事（叓）、支（㩳）、𦘒（肄）、肅（肀）、晝（𦘔；劃）、隸（𨽿）、役（伇）、殺（殺；㣿；敍；㕠）、皮（𡰲）、𤿺（尼）、𪊨（𪊨）、徹（徹）、教（𡔭；效）、學（斅）、卜（𠁽）、兆（兆）、用（𤰃）、爽（爽）、目（𡇒）、睹（覩）、睦（𥇡）、省（𡿡）、自（𦣹）、智（𥎿）、百（百）、奭（奭）、雉（𨾦）、羌（𦍋）、鳳（朋；鵬）、鷞（𩀌；鸘；雛）、烏（𢑁；於）、雔（舃）、棄（弃）、叀（𢆯；𠧪）、惠（𢡟）、玄（𢆯）、𤔕（𤔕）、𠭊（𦤒）、叡（睿）、歺（𣦵）、殂（𣧝）、殪（𡔷）、殄（𠃝）、死（𣦸）、髀（踔）、脣（𩑕）、胤（𦙍）、膌（𤸃）、腆（𦞨）、肰（𦚧；𦜡）、𠕀（肎）、利（𥝤）、則（劃）、剛（𠇍）、刻（𠜕）、制（𠛐）、衡（𩍒）、觶（觗）、簬（簵）、籃（𥫯）、簋（匭；匦；朹）、簠（医）、箕（𠀠；𠁿；𠤳）、典（𥫮）、巽（巺）、工（𢒄）、巨（𢀜）、巫（𡚸）、甚（𠙰）、旨（𣅀）、曶（𦣻）、乃（𠄎）、卣（𠧢）、平（𠀭）、喜（歖）、𧮫（𩃳）、豆（𣅞）、豐（𧯩）、虐（𢊍）、虎（𧆢；𧆞）、丹（𠁿；彬）、青（岑）、阱（𡊒）、爵（𠙹）、飪（恁；肚）、養（羧）、飽（𩚐；𩚓）、會（㣛）、仝（𠓝）、射（䠶）、侯（𠊱）、冂（坰）、享（亯）、𩫖（𩫖）、厚（垕）、良（𡆰；𡱆；𡬜）、𩀱（𡕉）、嗇（𤲿）、夏（𡕾）、舞（𦏶）、舜（𩖃）、韋（𩏑）、弟（𢎟）、乘（𠈧）、李（杍）、杶（杻）、某（槑）、本（𣎵）、𣏟（𣏟）、築（𥳑）、槃（鎜）、梁（𣹢）、櫱（不；𣡗）、桓（𢄭）、柙（𠙵）、麓（𣡘）、𡳿（𡳿）、南（𡴘）、師（𠂵）、𠂹（𠂹）、回（𡇈）、困（𣎴）、賓（𡩹）、貧（穷）、邦（𡵁）、𨛜（𨛜）、扈（𡵕）、巷（𨞒）、日（𡆠）、時（𣅡）、暴（𣋡）、㫃（𠡩）、游（遊）、旅（𣃨）、壘（曑）、霸（𩂣）、期（𣅺）、朙（明）、盟（盟）、外（𡖄）、夙（𠈄；㑛）、多（𡖈）、栗（𣡌）、克（𠧛；𠅏）、稷（𥝂）、粒（𠊧）、糂（糝）、家（𡧢）、宅（𡧰；厇）、容（㝐）、寶（𡨚）、宜（𡧪；𡨀）、宄（𡩱；𠯍）、呂（膂）、疾（𤕫）、冑（𩉬）、冒（𦣝）、网（𦉳）、帷（𡘳）、席（𡉚）、市（韍）、白（𣅰）、保（𠍋；𠈅）、仁（忎；𡰥）、企（𠆭）、伊（𠇏）、份（彬）、備（𠈙）、侮（𠇘）、眞（𡗝）、𠦒（卓）、比（𠤏）、丘（𡊣）、臮（臮）、徵（𢼛）、朢（𡈼）、量（𥅧）、監（𥄊）、表（𧜓）、裔（𧙫）、襄（𡣈）、衰（𧝺）、裘（求）、屋（𡉫）、履（𩍧）、般（𣪘）、人（儿）、服（𦨶）、視（眎；眡）、觀（𥉒）、次（𠂺）、歆（𩚇；𣢧）、旡（𠄒）、𦣻（首）、髮（𩑶）、色（𩫢）、旬（𠣭）、苟（𦍌）、鬼（䰟）、畏（𤰞）、𦎫（羑）、嶽

（岳）、崩（䳩）、廟（庿）、碣（䃌）、磬（硁）、長（兂；镸）、豕（帀）、希（豨）、豪（䝥）、貄（貄）、豚（豚）、㣇（兕）、豫（豫）、馬（影）、驅（敺）、灋（金）、𢆶（丽）、狂（㞷）、羆（䙷）、烖（𤆎）、光（炗；芡）、熾（戭）、囪（囟）、赤（烾）、大（亣）、吳（吳）、尢（尪）、奏（𡘜；敎）、囟（𦥛）、悳（㥁）、愼（昚）、恕（㤅）、懼（愳）、悟（𢙮）、㤅（㤅）、𢠸（𢠸）、懖（𢡼）、怨（㤪）、患（𢝬；𢝬）、恐（㤙）、漾（瀁）、漢（㵄）、沇（㕣）、淵（𡇾）、津（𣶒）、湛（㴱）、𣶒（𣶒）、沬（湏）、泰（太）、𡿨（𡿨；甽）、巠（坙）、州（𡿧）、容（濬）、冬（𠔀）、雨（𠕲）、靁（𩃬；靐）、賓（𩃬）、電（𩂣）、雹（𩂣）、雲（云；𠄔）、霒（侌；𩂣）、至（𦤺）、西（卤）、戶（𢨼）、閾（閾）、闢（闢）、開（開）、閒（閒）、閔（𢘓）、聞（䎽）、頤（𦣝）、配（配）、手（𠂿）、拜（𢱭）、扶（𢺇）、握（𡀻）、撫（㢊）、揚（敭）、播（𢿃）、撻（𢷹）、妻（𡜏）、奴（㚢）、婁（𡣍）、姦（𢙀）、民（𡇚）、我（𢦏）、義（羛）、琴（𥴪）、瑟（𤦪）、直（𣚨）、𠥓（𠃊）、甾（𢀑）、𧆑（𧆑）、弼（𢐀；弜）、糸（𢆯）、𦁀（𦁀）、絕（𢇍）、續（賡）、紹（𦅜）、終（夂）、綱（㭃）、綫（線）、繘（𦃇）、緦（累）、彝（𢍡；𢑱）、蚳（𧉮）、蠭（𧓉）、蠡（𧗬）、蠢（𢧵）、𧖻（蚌）、風（凬）、颮（颮）、龜（𪚩）、黽（黽）、卵（𠀆）、二（弍）、恆（𠄨）、堣（堣）、堂（坣）、𡌫（坐）、封（𡉚）、墉（𩫏）、垐（堲）、毀（𣪘）、壞（𡊁）、圭（珪）、堯（㚸）、堇（𡏳；𡏳）、野（壄）、畜（蓄）、黃（灮）、勳（勛）、勥（勥）、動（動）、勞（𢦺）、勇（恿）、協（叶）、金（𠓷）、鐵（銕）、鈕（𤤚）、鈞（銞）、且（𠀃）、斷（𠸶；㫁）、矛（𢦒）、𠂤（𨸏）、陟（𨸏）、隓（隓）、𨺅（𨺅）、陳（𨺅）、四（𠃢）、五（㐅）、𠃬（内）、禹（𥜿）、禼（𥜿）、甲（𠕄）、成（𢦩）、己（𢀒）、辜（𡰿）、子（𡥈）、孟（𤓭）、𠫓（㐬）、寅（𡨝）、卯（𠨦）、辰（𠨦）、申（𤰈）、酉（丣）、醬（𤖆）、亥（𢃒）。其間爲古文奇字者即有倉（仺）、涿（𠃩）、無（无）諸字。

籀文計有224組，如下所列：

旁（旁）、祺（禥）、齋（𩐁）、禋（𥛷）、禱（𥛷）、祟（𥛷）、瓊（璚）、𡍮（𡍮）、薇（𧁓）、𣂺（𣂺）、蓬（𦳴）、蓐（蓐）、薅（𧂇）、牭（牭）、嗌（𦥿）、嘯（歗）、𠱧（𠱧）、歸（𨸗）、登（𤼷）、是（昰）、韙（愇）、迹（速）、退（𨓈）、述（𨔲）、速（𨘢）、送（𨑟）、遲（遟）、逋（𨕣）、商（𡰅）、話（譮）、誖（𧬢）、訇（𧦝）、誕（𧨎）、讋（𧮰）、童（𥫩）、兵（𢍂）、戴（𢦾）、

農（農）、爨（琴）、韶（磬）、靮（鞭）、鷺（鶮）、融（融）、叟（宎）、燮
（燮）、隸（隸）、畫（書）、豎（豎）、臧（臧）、殺（殺）、皮（夌）、覺（兒）、
敗（敗）、闉（雨）、雞（鷄）、雛（鶵）、雕（鵰）、雁（鷹）、雌（鴟）、雇（鳸）、
雝（鷁）、鸛（鷫）、鷽（鷽）、棄（棄）、叙（殷）、叡（壑）、臚（膚）、胗
（疹）、朓（默）、剐（剢）、則（鼎）、副（畐）、劍（劍）、觴（霧）、簁（簽）、
籩（匾）、箕（其；匸）、畀（巽）、差（差）、召（召）、乃（弜）、鼓（瞽）、
盧（盧）、飴（貪）、餔（盧）、饕（虢）、倫（龠）、仝（全）、就（就）、覃（覃）、
牆（牆；牆）、藥（藥）、樹（尌）、柏（辭）、梧（匜）、槃（盤）、�（醞）、
叒（晶）、囿（圕）、員（鼎）、贛（贛）、昌（咠）、昔（腊）、軌（軌）、盟（盟）、
黃（黌）、鹵（晶）、粟（籰）、秋（虀）、秦（秦）、稢（稅）、糂（糂）、糟
（糟）、枲（縣）、宇（寓）、寢（寢）、寤（癉）、疾（疒）、癉（癉）、病（疶）、
癃（瘁）、网（冈）、置（置）、人（刀）、仿（俩）、襲（襲）、表（襃）、屋
（屋）、皃（貌）、覍（鼻）、歎（歎）、次（漱）、顏（顏）、頌（額）、頂（顯）、
頰（顗）、髟（彡）、岫（窗）、廐（廏）、厂（厈）、仄（厌）、磬（殸）、希（希）、
馬（影）、騧（騛）、驔（騽）、駕（𡥏）、麋（麕）、㢟（麗）、塵（麤）、麁（鳥）、
貔（貔）、穮（穮）、栽（災）、炙（楝）、奢（奓）、意（意）、愆（譽）、悁
（悁）、流（漱）、涉（淋）、原（原）、邕（營）、𡊨（岷）、覛（脈）、大（巾）、
覛（脈）、䨓（靁）、震（霳）、霧（霽）、鰌（隨）、鱣（鱣）、魴（鰟）、漁
（漁）、翼（冀）、西（鹵）、頤（臣）、妌（姈）、婚（憂）、姻（婣）、姊（姊）、
媧（媧）、嬌（變）、婁（婁）、匸（匭）、匤（匿）、鑪（鑪）、甌（甇）、系
（絲）、繒（絳）、紟（紟）、繡（繊）、強（彊）、蚳（蚳）、虹（蚌）、黽（黿）、
地（墬）、垣（𡎉）、堵（𡐨）、堂（臺）、封（𡉈）、璽（𡎼）、城（𡊎）、壞（𡐬）、
艱（𡱻）、銳（𠛮）、車（𡈥）、輈（𡄡）、陸（陸）、陣（𡎌）、隘（𨼔）、𨼔
（𡲶）、四（三）、乾（乾）、辤（辝）、辭（𤔲）、焱（癸）、子（兒）、孳（𡥧）、
香（𦟼）、申（臼）、酸（酸）、醬（𥐉）、醢（𥐉）。

俗字計有 20 組，如下所列：

諓（誌）、肩（肩）、鰌（魠）、盥（膿）、饕（叨）、函（胗）、鼑（鎡）、
秔（稉）、采（穗）、攱（豉）、躳（躬）、褒（袖）、居（𡰫）、兂（簪）、歡（嗽）、
𢑔（抑）、灘（灘）、冰（凝）、蟊（蚊）、凷（塊）。

言「今文」或「今」者計有 2 組：灋（法）、澣（浣）。

或體及其他的篆文計有 483 組，如下所列：

祀（禩）、髭（祊）、禱（禂）、裯（�）、瓊（璚；瓗）、璿（琁）、球（璆）、瑱（顚）、璏（瑊）、璊（玧）、玩（貦）、琨（瑻）、霝（靈）、珏（瑴）、氛（雰）、壻（婿）、芬（芬）、稰（稂）、苊（顜）、蕙（萱；蒍）、菅（茛）、蕁（薚）、舊（菌）、蔦（檌）、薇（薇）、芰（茤）、鞠（菽）、莿（茨）、敊（壄）、苔（茬）、蓄（畜）、蕲（藥）、菹（蘁；薀）、菦（薀）、藗（藗）、蒸（菥）、藻（藻）、薅（茠）、番（蹞）、吻（脣）、嘵（噍）、唾（湶）、喟（嘳）、哲（悊）、嘩（譁）、嘖（讀）、吟（詻）、呦（詇）、迹（蹟）、邁（躉）、延（征）、退（徂）、徙（征）、遲（遞）、達（达）、道（纗）、遒（遒）、远（踉）、徯（蹊）、復（衲）、衛（衞）、醮（醻）、狟（齬）、跟（眼）、蹙（躏）、躐（韃）、朗（趴）、齟（簁）、囂（賞）、賜（舐）、谷（唂；腏）、詠（咏）、誻（咠）、讇（諂）、誖（悖）、詢（詷）、誇（誇）、詢（詉；說）、謗（謭；愬）、詘（詘）、讕（譋）、譒（譟）、誒（誮）、詬（詢）、對（對）、丵（撰）、舉（譽）、鞞（鞞）、鞠（鞪）、韜（靴；䪜）、鞭（鞭）、韆（韞）、鬴（釜）、鬵（鬶；鬴；健）、鬻（鯀）、鬻（鬻）、鬻（䊀）、鬻（餌）、鬻（煮；鬻）、巩（㧬）、厷（肱）、叟（俊）、叔（朾）、彗（篲）、赦（赦）、敉（俅）、敱（劇）、眣（胄）、旬（晌）、看（輪）、瞀（叫）、覢（眂）、雈（鵉）、雇（鴚）、隹（鳿）、蒦（韄）、舊（鵂）、奞（奪）、羴（羶）、雧（集）、雛（隼）、鷄（雞）、鸇（雞）、雞（難；雗）、搗（鷔）、鶂（鶃）、鴇（鴇）、鵳（鵳）、鵝（鶒）、鴝（雗）、鵁（雎）、叔（墼）、殞（殁）、歺（朽）、肊（臆）、膀（髈）、胑（肢）、脆（肶）、臂（脖）、膫（脊）、腜（臀）、騰（燓）、筋（腱）、箭（肕）、剝（卜）、剝（劇）、刅（創）、賴（蘱）、䑞（賑）、艚（鑢）、籆（觶）、籭（籆）、籬（籬）、箇（个）、筭（簨）、笠（互）、管（琯）、箊（鮫）、巨（榘）、獸（狾）、帑（慅）、虧（虧）、皷（鞞）、虞（鑢）、盨（盨）、盎（㼝）、凵（笶）、盦（醢）、䀰（鹽）、音（歆）、阱（葊）、巂（柜）、餱（饙；餼）、䉛（饎；粲）、饎（餌；禧）、簋（饡）、餗（鍚）、餐（湌）、餅（瓶）、高（顄）、冂（坰）、亯（廩）、糅（俟）、麰（荤）、麩（麪）、䴴（荁）、䴗（䐈）、糵（緞）、糵（鑾；摯）、梅（楳）、梣（檽）、梓（榟）、枱（杼）、櫏（檂）、楮（柠）、松（窼）、樲（樲）、植（橝）、櫟（鎺）、菜（釨）、椑（杮）、怡（鉛）、櫺（罍；盠）、柄（棅）、屎（杞）、櫓（橪）、櫬（橬）、櫅（橮）、休（庥）、芎（芎）、囮（圝）、邨（岐）、郢（邖）、

暱（昵）、旞（䢌）、旃（旜）、曐（星）、曑（曑）、曟（晨）、稑（穋）、穧（秶）、秫（朮）、穟（䔹）、稃（粰）、穅（康）、稈（秆）、黏（粘）、黎（䊵）、䊵（鞠）、氣（槩；餼）、舀（抗；舀）、𥸨（齏）、㾄（𪞷）、寏（院）、宇（寓）、宛（惌）、寓（庽）、竆（竆）、竈（竈）、瘚（欮）、癃（瘵）、冕（絻）、网（罔；䋞）、罤（𦊙）、罙（宗）、罶（𦌸）、罬（輟）、罠（罠）、罝（䍏）、罬（䍣）、覈（覈）、帥（帨）、帬（裠）、常（裳）、幝（褌）、幒（帪）、帙（袠）、帢（帢）、幡（𩕲）、㑀（㑀）、傀（瓌）、儐（擯）、㑦（嫉）、袗（袗）、襱（襩）、𧝝（裸）、襭（擷）、屍（髀；𦞠）、方（汸）、皃（䫉）、兂（弁）、款（欵）、歌（謌）、歠（吷）、㳄（㳄）、頂（𩕋）、頞（齃）、頫（俛）、頄（㾭）、䩉（䫗）、𩕄（剸）、㐱（鬒）、髮（𩭳）、鬈（𩭲）、鬄（髢）、鬣（䜃；獵）、髡（髠）、匈（肖）、匍（匐）、彪（魅）、羨（誘；誯）、𡺾（峻）、底（砥）、厝（厲）、确（㲉）、肆（𩑶）、勿（㧐）、耏（耐）、彙（蝟）、貔（貔）、豻（犴）、𧰨（㹈）、𢑚（䝸）、麀（䴠）、麜（麐）、麠（麖）、𤣩（㹍）、㹞（𩨂）、猵（獱）、䶊（蚡）、鼬（𤟣）、然（𦺅）、熬（𤑡）、爤（燗）、𤏳（焦）、烖（灾）、爟（烜）、燅（𤌝）、黥（䵋）、經（赬；赪）、浾（泟）、霸（𩄺）、亢（頏）、竢（𥓏）、𥪡（竘）、替（𥪲；𣈥）、囟（膟）、懋（𢝍）、態（𢓣）、惰（憜）、怨（𢙐）、怛（㤪）、惕（悐）、悑（怖）、𢜩（𪧃）、活（𣶐）、瀾（漣）、淵（𣶒）、沙（沚）、𣶒（學）、𣿩（遡）、淦（汵）、汓（泅）、砅（濿）、溓（濂）、涸（𣹢）、汀（𤁖）、漉（渌）、𧖴（脈）、㶒（濬）、縢（凌）、霰（霓）、雩（𩂍）、鯾（鯿）、鰋（鰋）、鯽（鯽）、鱷（鯨）、乙（鳦）、西（棲）、閻（壛）、聑（聑）、聵（䫲；𦖞）、聝（馘）、捦（㨨）、搹（扼）、揣（𢹌）、捊（抱）、拯（撜）、拓（摭）、𢳎（抽；㨨）、抗（杭）、𢪃（㩃）、㚤（𡛫）、姷（侑）、媿（愧）、乂（刈）、或（域）、匧（篋）、匡（筐）、匱（櫝）、匛（柩）、甈（𤮊）、弭（𢐀）、弛（𢐯）、彈（𢎿）、弼（𢏚）、系（𦃃）、𦀚（由）、紝（𥿍）、繼（㡭）、緼（綍）、緹（衹）、綥（綦）、紘（紭）、綫（䌌）、紟（茯；𦃼）、𦅻（纅）、縻（紲）、紲（緤）、纊（絖）、綌（㠊）、紵（綊）、緆（𧆠）、緽（綽）、緩（緩）、蠙（蚵）、蝘（𧍲）、蠣（蜾）、蜩（蜗）、蜦（蜧）、蠏（蠏）、蜮（蟈）、蝥（蟊）、蚤（蚤）、蠡（螺）、蠱（蜱）、蠠（蜜）、蝨（蝨）、蟁（䖟）、蟊（蛷）、𧓉（蟄）、蠹（蚍）、𧑒（䖵）、它（蛇）、黿（𪓊）、𪓎（蟹）、鼄（蛛）、墣（圤）、坻（汷；渚）、垠（圻）、垝（陒）、圮（酵）、墉（㙩）、疇（𢀜）、畮（畝）、畺（疆）、勇（𢦖）、協（叶）、鐵（銕）、

鉀（婭）、鎌（銲）、銆（鋙）、鏝（槾）、鐘（鎷）、縱（緣）、鑛（艫）、処（處）、
斳（劃）、軝（軧）、書（轉）、轙（鑶）、輨（鞁；梲）、防（隉）、阯（址）、
馗（遶）、育（毓）、醮（禨）、醻（酬）、釀（酙）、尊（尊）、淩（遴）、茵（鞀）、
斦（折）、審（宩）、嘷（獐）、扑（手）、叚（叚）、甌（麀）、攸（汥）、瞋
（賊）、鶸（鶸）、鵃（鵝）、籴（肺）、虞（虞）、臯（臺）、舛（蹖）、邠（圀）、
狂（怯）、揲（拜）、也（弋）、織（紨）、蟹（蚵）、蠣（蠮）、輪（鱷）。

透過偏旁的結構改易，可以發現其間的偏旁結構之位置並不固定，此種現
象蓋因重文多保留前代的文字，故偏旁不固定的特色亦反映於其間。

一、左右結構互置者，如：紐（崏）、覎（賑）、缾（瓶）、邶（岐）、粒
（喰）、歌（詞）、燚（燚）、揚（敭）、播（攲）、頤（臨）、奴（奻）、動（運）、
壞（數）、帥（帨）、伊（伒）、份（彬）、雑（緕）、歐（映）等。

二、上下結構互置者，如：舞（翌）、多（舟）、蠧（戠）、醫（櫃）等。

三、上下式結構改為左右式結構者，或由左右式結構改為上下式結構者，
如：雇（鴈）、李（杍）、近（岼）、謨（暮）、韜（磬）、鬻（餌）、鬻（銜；
釬；健）、鬻（餗）、觴（霧）、盥（臙）、簡（秅）、糟（嘼）、宗（詠）、冕
（絻）、罺（踪）、竈（蛛）、盱（旾）、怛（惎）、撨（棐）、紝（紮）、臂（顡）、
蓉（靬）、穟（蓫）、崩（開）、撻（踅）、甌（鷥）、紱（茯）、勇（惠）、辜
（祐）、唐（煬）、吝（哆）、瞀（旸）、飴（龺）、籑（饡）、餐（澰）、飽（餐）、
餔（盧）、饕（叨）、屎（梔）、廀（峻）、磬（磴）、駕（峉）、穧（棻）、懼（惍）、
悟（惡）、鰭（隌）、紹（繁）、螽（螺）、蠡（蚊）、蠹（蜉）、蠹（蛑）、鑑（蚍）、
竈（醜）、鈞（銎）、鞠（籍）、睦（菌）、臂（膵）、臁（脅）、腴（艏）、松
（窹）、怡（辝）、櫣（欂）、時（岀）、惕（惢）、瓿（甃）、繂（綦）、譏（愢）、
鯆（釜）、鮭（菫）、墮（陸）、舊（鴰）、剝（鷙）、簑（鰡）、銜（魿）、瞽（鞻）、
期（召）、鼎（鎡）等。

四、內外式結構改為左右式結構，或由左右式結構改為內外式結構者，如：
匜（檇）、瘞（壺）、梧（匞）、旬（眴）、聞（睯）等。

五、穿合式結構改為左右式結構，或由左右式結構改為穿合式結構者，如：
籴（肺）、褒（袖）、裸（裸）、饔（褻）等。

六、上下式結構改為穿合式結構，或由穿合式結構改為上下式結構者，如：
鳥（鷗）、蘽（矗）、孿（纞）等。

在構形的增繁，有以下幾種現象，

一、增添不成文筆畫者，如：斳（斳）、是（是）、自（𦣻）等。

二、重複形體者，如：𦥔（興）、鹵（鹵）、某（槑）、焦（焦）、流（㳅）、涉（淋）、原（厵）、漁（㵎）、兴（㷱）、塵（麤）、香（𣐽）等。

三、增添形符者，如：一（弌）、三（弎）、菹（蘁）、莁（溮）、牙（𦥒）、冊（篇）、爨（琴）、鬻（鬻）、巩（𤩅）、厷（肱）、叟（傁）、彗（篲；𥱵）、畫（劃）、雁（鷹）、蒦（𥲤）、叡（壑）、箕（匚）、典（𠍳）、工（𢀤）、巨（榘）、𦥯（憭）、喜（歡）、凵（𥬲）、蘁（蘁）、冂（坰）、靣（廩）、休（庥）、秫（朮）、氣（餼）、宅（�）、夵（㤬）、网（罔）、丘（垚）、屋（屋）、𡕖（抑）、勿（𠃢）、磬（殸）、罺（羈）、宂（頑）、容（溶；㵸）、乞（𠃬）、戶（𢧘）、閻（壖）、頤（臣；𦣺）、乂（刈）、或（域）、匽（籄）、匡（筐）、匚（柩）、繘（𦆅）、它（蛇）、二（弍）、錏（𨱽）、防（隉）、疇（𠃬）、矛（戟）等。

四、增添聲符者，如：齒（𠚕）、箕（其；匚）、鼓（鼖）、平（㞷）、网（罔；𦋁；宅）、尢（尩）、涸（瀹）、紵（綌）、堂（臺）等。

在構形的省減，有以下幾種現象，

一、省減部分筆畫者，如：采（𠂹）、周（用）、差（差）、青（𡴀）、某（槑）、网（宅）、百（首）、五（乂）等。

二、省減同形者，如：芬（芬）、囂（𧮦）、軌（軌）、疊（星）、秦（𥠼）、姒（姒）、蚔（蚍）、乾（乾）等。

三、省減形符者，如：薔（𥂴）、𥢼（𥠄）、送（𨕖）、𦥔（𨏧）、鬻（𣏞）、叡（睿）、箭（肑）、就（𡰠）、寶（𡩆）、𥤧（廳）、癡（欶）、保（𠈃）、服（𦨶）、灋（法）、𥰰（籔）、淵（𠿕）等。

四、省減聲符者，如：鞠（𩊜）、歸（�）、囂（𤲃）、旬（匀）、誕（這）、戴（戠）、融（䗶）、牵（牵）、殨（壺）、刻（𠜂）、籃（眉）、餐（湌）、饕（號）、梓（榟）、郢（邘）、癃（𤻕）、歉（歔）、屆（屬）、稫（麷）、熾（戠）、意（𢡃）、惰（惰）、怨（𢙁）、𦉰（𥥈）、鰭（隆）、匱（櫃）、緦（累）、蠹（螙）、鼉（黽）、壞（𡎺）、堂（坣）、鐵（鐵）、処（處）、闕（𨼏）等。

五、省減形符與聲符者，如：薅（茠）、筋（腱）等。

六、剪裁省減者，如：倉（仝）字。

在筆畫或形體的變異，有以下幾種現象，

一、變化筆畫者，如：螽（蠡）、己（壬）、申（𢑚，𦥔）、酉（丣）等。

二、接連筆畫者，如：斲（折）字。

三、收縮筆畫者，如：邕（𨚖）字。

四、分割形體、筆畫者，如：荊（𦵯）、君（𡆵）、用（𤰃）、虐（𢧗）、虎（𧆞；𧇋）、㫃（𠂈）、穅（𥞪）、网（罓）、襄（𡨥）、裘（求）、歓（𩛲；𠓞）、悳（𢛳）、妻（𡜌）、黃（𡕛）等。

五、貫穿筆畫者，如：事（𠭥）字。

六、反書者，如：沙（𣲡）字。

七、倒書者，如：丹（𠂁）字。

除了上述的現象外，形符與聲符的代換，爲多數重文常見的情形。形符的替換可分爲三大類，

一、形近形符的互代：一爲襾—雨：覈（𩄛）；二爲人—尸：仁（𡰥）。

二、一般形符的互代，即非形義近同之形符的互代：一爲玉—耳：瑱（䩞）；二爲玉—貝：玩（貦）；三爲玉—巫：靈（靈）；四爲土—玉：璽（璽）；五爲金—玉：鈕（㺲）；六爲竹—玉：管（琯）；七爲金—角：觼（鐍）、鑣（𧥛）；八爲金—木：鏝（槾）；九爲鬲—金：鬴（釜）；十爲木—金：槈（鎒）、枱（鈶）；十一爲鼎—金：鼒（鎡）；十二爲竹—角：篗（𧤗）；十三爲龠—竹：龥（篪）；十四爲竹—匚：籩（𠥏）、簠（医）；十五爲歺—木：死（朽）；十六爲匚—木：匵（櫝）、栖（匿）；十七爲木—金—皿：槃（鎜；盤）；十八爲木—缶—皿：櫑（罍；𥂡；𦉪）；十九爲皿—瓦：盎（瓷）；二十爲竹—匚—木：簋（匭；匦；机）；二十一爲車—木：輗（棿）；二十二爲竹—又：籞（馭）；二十三爲瓦—鬲：甑（鬵）；二十四爲角—爵：觴（𤖽）；二十五爲石—土：厚（垕）；二十六爲土—阜：垝（陒）、墉（𨻵）、阯（址）；二十七爲土—木：籞（篁）；二十八爲土—手：圮（𨹟）；二十九爲土—攴：壞（𣪏；𡊁）；三十爲水—土：坻（汶；渚）；三十一爲土—𩫏：垣（𩫚）、堵（𩫖）、城（𩫨）；三十二爲𨸏—𩫏：陴（𩫮）；三十三爲𨸏—人：陟（𠊊）；三十四爲厂—石：厎（砥）；三十五爲邑—山：郊（岐；𡵝）、𨜒（㟴）；三十六爲阜—穴—水：阱（穽；汬）；三十七爲山—穴：岫（窗）；三十八爲木、火—示：槱（𥙊）；三十九爲酉—示：醮（𥜏）；四十爲䖵—𢦏：蠢（𢧵）；四十一爲貝—宀：貧（穷）；四十二爲艸

一革：茵（鞇）；四十三為糸―艸―革：紴（茯；鞴）；四十四為革―鼓―殸：韶（鼕；磬）；四十五為鼓―革：鼖（鞼）、馨（鞈）；四十六為韋―弓：韠（弲）；四十七為韋―要：糵（糵）；四十八為足―革：躍（鞿）；四十九為車―革：軝（軝）；五十為冃―革：冑（韋）；五十一為釆―囧：悉（恩）；五十二為宀―言：宇（詠）；五十三為口―子：咳（孩）；五十四為口―水：唾（涶）；五十五為口―心：哲（悊）；五十六為口―音：吟（訡）；五十七為口―犬：嗥（獆）；五十八為飲―口：歠（哫）；五十九為食―口：饕（叨）；六十為食―皿：餔（盦）；六十一為食―肉：餁（恁；胵）；六十二為鬲―食：鬵（飾；飪；健）、鬻（餗）、鬻（餌）；六十三為鬲―火：鬻（煮）；六十四為劦―口―日：協（叶；旪）；六十五為力―心：勇（恿）；六十六為力―辵：動（連）；六十七為米―酉：糟（氃）；六十八為馬―攴：驅（敺）；六十九為辵―言：速（警）；七十為來―彳：勑（倈）；七十一為巾―匚：帷（匣）；七十二為白―頁：晳（顟）；七十三為冊―子：嗣（孠）；七十四為手―攵：扶（扙）、揚（敭）、播（敽）；七十五為手―木：抗（杭）、莽（恭）；七十六為手―虍：撻（䜌）；七十七為手―衣：襭（擷）；七十八為手―辵：撫（迕）；七十九為廾―寸：尊（尊）；八十為又―殳：豎（竪）；八十一為又―寸：叟（㝊）、叔（村）；八十二為又―殳―攵：叙（殷；敊）；八十三為殳―攵：殺（狨；弒）；八十四為攵―刀：啟（劄）；八十五為攵―人：救（㑣）；八十六為彳―人：役（伇）；八十七為人―臣：僕（𦦙）；八十八為人―彡：份（彬）；八十九為女―心：媿（愧）；九十為犬―心：狂（悭）、猛（怯）；九十一為犬―死：獘（斃）；九十二為辛―死：辜（辝）；九十三為水―平：汀（汧）；九十四為言―心：詩（詶）、謀（譽）、訊（誀）、誥（膌）、誖（悖）、訟（詾）、懲（譻）；九十五為心―疒：懶（癩）；九十六為网―夕：罪（寎）；九十七為网―足：罬（躞）；九十八為肉―日：腜（曹）；九十九為肉―疒：臍（瘯）、朕（疹）；一百為肉―黑：肬（黓）；一零一為肉―皿：醢（櫃）；一零二為肉―火：膽（燨）；一零三為血―肉：盦（膿）、衈（脈）；一零四為勹―肉：匈（肖）；一零五為血―言：盇（謍）；一零六為頁―疒：頄（疣）；一零七為疒―尢：瘙（尳）；一零八為彡―寸：彨（耐）；一零九為炎―炙：燅（㷺）；一一零為欠―言：歌（謌）；一一一為高―广：高（顧）；一一二為火―麥：熬（麷）；一一三為刀―𧟟：劀（掣）；一一四為斤―刀：斷（𣂏；剬）；一一五為凵―禾：稸（秬）；一一六為門―

思：閔（㥸）；一一七爲無—羽：舞（翌）；一一八爲髟—毛—豕：鬣（𣰽；𧴊）；一一九爲雨—羽：雩（䎤）；一二零爲囧—日：朙（明）；一二一爲受—台：辤（辝）等。

三、義近形符的互代：一爲艸—茻：蓐（蓐）；二爲艸—木：蔦（樢）；三爲麥—艸：麩（䒽）；四爲舜—艸：䑞（䔕）；五爲米—麥：籟（鞠）；六爲黍—米：黏（粘）；七爲禾—米：稃（粰）；八爲禾—艸：穟（蓫）；九爲隹—鳥：雞（鷄）、雛（鶵）、雕（鵰）、雃（鳽）、翟（鶨）、雇（鳸）、雒（鵅）、堆（䳄）、鵙（䳟）、鸎（罌）、鷬（難；𩁹；鸌；𩀨）、鴿（䧻）、鸂（灘）；十爲萑—鳥：舊（鵂）；十一爲虫—䖵：蝘（䗼）、蠆（蠆）、強（𧖟）、蝨（蝨）、蚤（蚤）、蟊（螺）、蟁（蜱）、蝨（蚊）、蠢（蚰）；十二爲虫—蟲：蠹（蛬）；十三爲虫—魚：蠏（鱰）；十四爲黽—虫：鼈（蟞）、鼄（蛛）；十五爲鼠—虫：鼢（蚡）；十六爲鼠—豸：鼬（貁）；十七爲豸—犬：豻（犴）；十八爲巾—衣：帬（裠）、常（裳）、㡓（褌）、帙（袠）、帢（㡊）；十九爲糸—麻：緆（𦃃）；二十爲糸—絲：繘（𦅾；𦆽）；二十一爲素—糸：䋤（綽）、𦈌（緩）；二十二爲冃—糸：冕（絻）；二十三爲韋—糸：韍（緞）；二十四爲革—韋：鞾（韡）；二十五爲口—欠：嘯（歗）、呦（𣢜）；二十六爲口—言：嘖（讀）、謨（暮）、信（㐰）、詠（咏）、譖（喈）；二十七爲口—甘：舌（昏）、甚（㞺）；二十八爲口—肉：谷（㗘；臄）；二十九爲口—曰：曶（𣅀）、昌（昌）；三十爲頁—首：顏（𩠐）、頂（𩠑）、頪（䭉）、髮（𩠶；頾）、頤（𩠔）；三十一爲耳—首：馘（䐑）；三十二爲心—耳：恥（聳）；三十三爲𨸏—谷：隫（𧯞）；三十四爲𨸏—土：墮（陊）；三十五爲走—辵：起（迟）；三十六爲止—足：正（𤴓）、跟（㫒）、企（𠆭）；三十七爲辵—彳：延（征）、退（徂）、徙（𢓊）、返（彶）、往（𨒽）、復（退）、後（遂）；三十八爲彳—足：徯（蹊）；三十九爲辵—止：近（岓）；四十爲牙—齒：𤘽（齲）；四十一爲人—手：儐（擯）；四十二爲人—又：奴（伮）；四十三爲人—心：信（䚱）、態（㑷）；四十四爲人—女：㑵（嫉）、婟（㑝）；四十五爲赤—豆：𧹞（豉）；四十六爲市—韋：韐（韐）；四十七爲目—見：睹（覩）；四十八爲肉—骨：髈（髈）、𡱂（脾；髀）；四十九爲骨—足：髀（踔）；五十爲肉—頁：脣（𩓜）；五十一爲筋—肉：笏（腱）；五十二爲亏—兮：虧（虧）；五十三爲𢑚—虫：彙（蝟）；五十四爲𢑚—豕：豪（𢊁）；五十五爲豕—𢑚：豚（腞）；五十六爲𠂇、又—手：廾（𢪔）；五十七爲宀—广：宅（庑）、寓（庽）；

五十八爲宀—穴：竅（竅）；五十九爲歹—死：殰（薨）；六十爲食—米：粲（粱）、餭（糖）、粒（塩）、氣（粲；餼）；六十一爲山—自：崩（崩）；六十二爲自—自：隕（隤）；六十三爲刀—刃：劍（劍）；六十四爲羽—飛：翼（翼）；六十五爲缶—瓦：缾（瓶）；六十六爲畱—缶：鑪（盧；鑪）；六十七爲月—日：期（期）等。

聲符的替換主要可分爲四大類，

一、雙聲疊韻的聲符互代：一爲「之」部的明紐之部：梅（楳）、悔（悔），匣紐之部：盉（盉）、醢（醢），群紐之部：匡（匩）、綦（綦），精紐之部：栽（災）；二爲「職」部的並紐職部：紨（䋐）；三爲「蒸」部的匣紐蒸部：紘（紭）；四爲「幽」部的明紐幽部：瑁（玥）、裒（褒）、懋（懋），曉紐幽部：薅（茠），幫紐幽部：鴇（鴇），章紐幽部：蜩（蚰），見紐幽部：簋（匭；匭；朹）；五爲「覺」部的並紐覺部：匐（匐），來紐覺部：睦（睦）、陸（陸），見紐覺部：鞠（鞫）、鞠（鞠），端紐覺部：築（篁）；六爲「冬」部的章紐冬部：螽（螽）；七爲「宵」部的來紐宵部：藔（藔）、膋（膋），定紐宵部：韶（軺；鼗）、紹（綤）；八爲「侯」部的匣紐侯部：厚（垕）；九爲「屋」部的來紐屋部：麗（簏）、麓（𣛧）、漉（涤）；十爲「東」部的並紐東部：蓬（𦸖）、蠭（蠭），曉紐東部：詢（詷；說），見紐東部：恐（㣺）；十一爲「魚」部的來紐魚部：藘（蔖）、櫓（樐），幫紐魚部：簠（匚）、麩（麵）、怖（怖），疑紐魚部：悟（悪）、鋙（鋙），精紐魚部：葅（菹）、罝（羅），匣紐魚部：宇（㝢），明紐魚部：廡（庑）；十二爲「鐸」部的來紐鐸部：路（輅）；十三爲陽部的幫紐陽部：柄（棅）、仿（俩），見紐陽部：秔（稉）、麠（麞）、鱷（鯨）、纊（絖），曉紐陽部：響（蚼），群紐陽部：勥（勥），匣紐陽部：蒡（蒡）、蓳（蓳），余紐陽部：漾（瀁）；十四爲「支」部的匣紐支部：謑（諼），章紐支部：胑（肢）、桼（桸）；十五爲「耕」部的端紐耕部：頂（顛），來紐耕部：輪（䡅）；十六爲「脂」部的並紐脂部：脄（肶）、貔（豼），日紐脂部：邇（迩），心紐脂部：遲（遅）；十七爲「質」部的余紐質部：鷸（鷸），幫紐質部：瑟（瑟）；十八爲「眞」部的影紐眞部：姻（婣），余紐眞部：螾（蚓），幫紐眞部：獱（獺），精紐眞部：津（雜）；十九爲「微」部的明紐微部：薇（蔽）、薇（薇），來紐微部：讄（謀）、畾（畾）、藟（藟）、櫑（櫑）；二十爲「物」部的船紐物部：述（遹），山紐物部：臂（膟），明紐物部：歾（歾），見紐物部：悉（悤）；

二十一為「文」部的見紐文部：垠（圻），明紐文部：吝（吥），匣紐文部：賴（耘）、妘（融）；二十二為「歌」部的禪紐歌部：駞（騀），來紐歌部：贏（贏）；二十三為「月」部的疑紐月部：橇（橇）、瓵（熱），見紐月部：活（湉），明紐月部：鶩（秝）；二十四為「元」部的見紐元部：逭（糶）、患（悶；懸），影紐元部：鞔（鞔）、宛（惌）、悁（愳）、怨（命）、鰻（鱷），來紐元部：瀾（漣）、嫡（變），端紐元部：粗（粗）、旃（擔），泥紐元部：腰（鬐），心紐元部：饢（饢）；二十五為「侵」部的見紐侵部：淦（泠）、捨（撨）、紟（綷），日紐侵部：紝（絭）等。

二、雙聲的聲符互代：一為「見」紐的琨（瑻）、營（芎）、爍（烜）、𤞤（蜾），見紐雙聲、東屋陽入對轉：容（公）；二為「疑」紐的跀（跀）、髡（髡）；三為「端」紐的芰（芗）；四為「余」紐的鍚（鉆）、鬏（髭），余紐雙聲、之職陰入對轉：飴（𠊖）；五為「泥」紐的暱（昵）；六為「來」紐的薐（薚）、罶（罢）、蜦（堄），來紐雙聲、宵藥陰入對轉：癆（療）；七為「日」紐的𣆀（剺）、𤵸（疲）、弭（弰）；八為「精」紐的鰂（鲫）、繒（綷），精紐雙聲、魚鐸陰入對轉：殂（殏），精紐雙聲、宵藥陰入對轉：噍（嚼）；九為「清」紐的糌（糝）；十為「心」紐雙聲、幽覺陰入對轉：鷫（鷞）；十一為「邪」紐的彗（篲；暳）；十二為「幫」紐的飆（颮）；十三為「明」紐的髳（髽）、霧（雺）、閔（慁）、蟊（蚊），明紐雙聲、魚陽陰陽對轉：舞（翌）、撫（辵）等。

三、疊韻的聲符互代：一為「之」部的祺（禥）、璂（璂）、詩（訨）、饎（𩟡）、刻（剮）、梩（枱）、枱（辝）、時（峕）、期（百）、鼐（鎡）、栽（災；扗）、竢（圮）、孳（孿）；二為「職」部的植（櫃）、闃（閴）、織（絨）、蟈（蠅）；三為「蒸」部的蒸（菜）、拯（撜）；四為「幽」部的裯（鴾）、球（璆）、酒（遒）、訽（訽）、舊（䳏）、飽（餯；餮）、邑（罜）、抙（抱）、搯（抽；捀）、黿（黿）、醻（酬）；五為「冬」部的癃（癃）；六為「宵」部的藻（藻）、譙（誚）、饕（叨）、廟（廇）；七為「藥」部的兒（頯；貌）；八為「侯」部的詬（詢）、塦（塨）；九為「屋」部的速（遨）、響（餗）、剝（𠬝）、碻（殼）、墣（圤）；十為「東」部的松（窞）、稯（稅）、㹅（㤨）、頌（額）、蚣（蚣）；十一為「魚」部的菹（薀）、退（遮）、逋（逋）、諤（誇）、䵼（釜）、雇（鵠）、舖（鹽）、楮（柠）、芌（芐）、置（罝）、涸（澗）、釀（酽）；十二為「鐸」部的醋（酢）、譌（謞）、赦（敚）、剫（鏊）、拓（摭）；十三為「陽」部的髟

（彷）、唐（啺）、䐠（䑠）、餘（餳）、𩝬（𩞄）、魴（鰟）；十四爲「支」部的㧕（𤤽）；十五爲「錫」部的逖（逷）、愓（悐）、搹（扼）；十六爲「耕」部的高（廎）、磬（硜）、桱（䞓；䟓）、䋮（經）；十七爲「脂」部的遲（迟）、鶃（鷊）、資（䝵）、屎（柅）、穧（秶）、𩍜（𩏂）、視（眎；眡）、𢉩（㒃）、坻（渚）；十八爲「眞」部的㪟（𤻮）、䚦（𩍂）、旬（眴）、鈞（銞）；十九爲「微」部的帷（𡌴）；二十爲「物」部的喟（嘳）、詘（𧧣）、氣（槩；餼）、聵（𦖩）；二十一爲「文」部的闉（䦤）、杶（櫄）、份（彬）、袗（裖）、𡰣（脾；臀）、陵（峻）、聞（䎽）、𧕕（蚊）、勳（勛）、酸（䤸）；二十二爲「歌」部的𣎆（裸）、䲝（隋）、縻（絼）、墮（陊）；二十三爲「月」部的嚽（噧）、達（达）、齰（齚）、蹶（𨇨）、話（譮）、歠（吷）；二十四爲「元」部的玕（琿）、蕙（萱；蕿）、讕（譋）、𩚫（𩚻）、𩞁（䬻；飦；𩛍）、鷻（鷒）、𦣘（㷋）、笏（腱）、䆿（𡪿）、稈（秆）、寏（院）、䣸（𨡐）、爤（燗）、愆（寒；𠍗）、瀚（浣）、䨴（寬）、𦽴（綅）；二十五爲「緝」部的𨪛（䤾）；二十六爲「侵」部的枵（棤）、糂（糣）；二十七爲「葉」部的箑（篓）；二十八爲「談」部的蔪（藙）、莶（蘞）、㓹（葜）、謟（謟）、倓（㑴）、溓（濂）、珊（𦔞）等。

四、陰陽入對轉的聲符互代：一爲「之」、「蒸」陰陽對轉：繒（綷）；二爲「之」、「職」陰入對轉：祀（禩）；三爲「幽」、「覺」陰入對轉：𩾁（鶖）、稑（穋）、䵷（䵹）；四爲「侯」、「屋」陰入對轉：鴝（雊）；五爲「東」、「屋」陽入對轉：訟（谾）；六爲「魚」、「鐸」陰入對轉：㮚（樓），見溪旁紐、魚鐸陰入對轉：谷（㗉；臄）；七爲「支」、「錫」陰入對轉：鶂（鷊）；八爲「支」、「耕」陰陽對轉：瓊（瓗）、蠵（蠖）；九爲「脂」、「質」陰入對轉：禮（礼）、垐（垔）、鐵（銕）；十爲「脂」、「眞」陰陽對轉：伊（㐌）；十一爲「微」、「物」陰入對轉：旞（旜）；十二爲見溪旁紐、微文陰陽對轉：鶤（雗）；十三爲「文」、「物」陽入對轉：退（衲）、餘（饙；餴）；十四爲余定旁紐、歌元陰陽對轉：地（墬）；十五爲「元」、「月」陽入對轉：璿（琁）、邁（𨔝）、櫱（欁；栓）。

除了上列俱備雙聲疊韻、雙聲、疊韻，或是對轉的關係外，尚見部分例外的現象，如：脂—微：坻（汥），質—耕：瓊（璚）、䥀（鐍），眞—月：容（濬；濬），文—元：璊（玧）、琨（瑻）、䩕（䩉）、吠（吅），物—歌：弼（弜；㢸），物—脂：裔（㕴），談—陽：譀（誌），支—歌：𨋕（䡣），眞—物：瞋（䀢），質—幽：褎（袖）等。又凡是發聲部位相同者，亦可產生聲符的代換，如：同

爲喉音者即有影—曉：毒（𧝖），見—溪：騧（䙪）、媧（嫣），見—群：懼（思），見—曉：虹（蚣），見—匣：䧺（鹽）、扈（屺）、漢（潢），見—影：籦（䉒），疑—匣：衙（衒），曉—匣：籬（籆），群—匣：強（疆）；同爲唇音者有幫—並：鯾（鯿），並—明：緜（緜）；同爲齒音者有從—邪：緁（緝），清—邪：紫（禥）、遂（遀），清—從：餐（湌），精—從：𡧩（肺）；同爲舌音者有日—昌：㹸（鵝），端—定：䡄（𩞀；𩜋）、姼（娍）、蚳（䖝）、帥（帨），透—端：杻（杽）、涿（㲒），書—余：紲（緤），余—透（或定）：弛（號），來—余：襱（襩），來—定：𦒩（凌）等。從漢代字書收錄的資料可知，時人或是前代在聲符的替換上，其要求並未如後人認定的嚴格，只要有其聲或韻的關聯即可兩相代換。

再者，形體的訛化，有以下幾種現象，

一、形符訛變者，如：嗌（蒜）、㗊（嚶）、嚴（㕓）、逭（𤌣）、徙（屧）、詩（詿）、謀（誓）、訊（誣）、信（訫）、詁（脂）、羹（𩱾）、霾（霈）、色（𢒮）、斳（𡄦）等。

二、聲符訛變者，如：隸（隸）、㪔（殸；鼓）、參（𤴚）、妯（侑）、成（戌）等。

三、形符誤爲聲符者，如：興（異；巽）、良（笢）、游（遜）、盟（盟）、監（䜩）、歛（㱃；㱃）、髮（㷞）、長（兂；𠑹）、稟（𪋒）、替（普；替）、妻（姕）、系（絲）、斳（𡄦）等。

除了上列之形體的訛化現象外，透過與殷周以來的文字形體相較，《說文》收錄的部分重文字形訛誤甚大，有的承襲於前代的形訛之字，有的僅見於該書中，疑爲傳抄的過程，因書手未能辨識其形體，或是一時手誤而抄錯字形，如：是（是）、革（華）、遠（遻）、業（業）、弇（算）、共（㒸）、與（㚄）、農（農；學）、變（燮）、尹（𦘒）、叚（𠬶；段）、友（習）、肅（肅）、教（𢻲）、則（鼎）、制（剌）、省（齒）、雁（癯）、羌（𦫔）、雖（鳥）、吏（玄；卑）、惠（蕙）、肅（肇）、㪔（殸；鼓）、叡（壑）、歺（戶）、胤（𧘂）、狀（㹠）、刅（創）、巫（𥮱）、興（異；巽）、差（差）、猒（猒）、旨（香）、習（習）、鹵（鹵）、平（秀）、虐（唐）、廣（虞）、虎（𧆞；𠠎）、音（㱃）、會（佮）、餅（瓶）、射（躲）、冂（回；坰）、享（言）、韋（章）、覃（覃；𧶠）、厚（垕）、良（目；𠨺；笢）、向（廩）、畐（畕）、嗇（𠲽）、牆（牆；牆）、夏（夐）、

舜（羉）、韋（羹）、梁（㰚）、樞（瓦）、岦（岝）、南（峯）、乎（𠬜）、囲
（圖）、師（眾）、員（鼎）、嶺（贛）、賓（寶）、扈（屷）、游（遴）、旅（㚄）、
參（曑）、霸（𩂣）、盟（盟）、羍（㚔）、函（肣）、卤（𥐟）、栗（㮚）、粟
（㮚）、穆（㯂）、秋（𪓎）、克（亯；㦸）、𤫩（𥓔）、家（𧄍）、㝏（院）、竈
（竈）、冒（𡕛）、席（囚）、備（俊）、眞（𠤕）、𠦝（卓）、㒷（臬）、徵（𢾫）、
望（𡎶）、監（𥌓）、襄（嬰）、屍（胖；䯏）、屋（㠪）、兌（弁；𢍺）、觀
（舊）、歙（食；㿻）、髮（㲱）、肆（鬃）、旬（旬）、苟（𦬶）、帛（㼱；㸒）、
𢎬（緜）、色（𩨒）、鬼（䰡）、畏（𤰇）、碣（𥓊）、光（炎；芡）、奏（屌；
�）、替（普；替）、惠（�繢）、湛（㴨）、州（𡿩）、原（�）、賈（𧴫）、翼
（𩙻）、厄（卮）、拜（拜；牪）、婚（㜣）、妻（㜼）、婁（㛤）、民（㫼）、
也（𠃭）、我（𢦨）、義（𦫶）、直（𥄂）、龜（𪔁）、鼉（𪓳）、黿（蛛）、鼂（鼂）、
系（𦃇；絲）、絲（繇）、彝（彝；繇）、緝（綽）、恆（亟）、封（𡉚）、毀（毀）、
董（董；𦳫）、艱（𦶢）、野（墅）、畮（畞）、畜（菑）、縱（緣）、甲（𠌥）、
辟（𨐉）、辭（嗣）、燮（癸）等。

　　文字的發展並非是單向，或繁或簡並不一定，在重文的字例中可見到由象
形轉爲形聲者，如：賈（臾）、番（蹯）、谷（㕁；臄）、雖（焉）、殄（𠂲）、
箇（个）、屵（𥥩）、茉（釱）、檥（木）、呂（𦟝）、市（韍）、先（兂）、囟
（腜）、畎（く）、厂（厈）、勿（旐）、雹（雨雹）、西（棲）、瑟（㻎）、凷（塊）、
堳（𡍩）、書（韓）、蹂（内）諸字；亦見到由指事轉爲形聲者，如：厷（肱）、
屍（胖；䯏）、鼏（爇）諸字；或從會意轉爲形聲者，如：㺨（觳）、詩（䛠）、
𢪉（撰）、鞭（夋）、瓵（厤）、看（翰）、羴（羶）、剝（劋）、刅（創）、鼓
（䂓）、舛（踳）、侯（矦）、栖（囘）、囷（𧂇）、邦（𤰝）、邠（𨜕）、暴（𣊾）、
采（穗）、舀（抌；皖）、仁（忎）、表（襃）、次（㳄）、頪（俛）、羞（誘）、
齒（𪘁）、多（𡖇）、髦（魅）、嶽（岳）、仄（厌）、麀（𪋅）、麋（𪋇）、泆（沚）、
汅（泗）、沫（頮）、冰（凝）、妻（㜼）、姦（忢）、彈（𢎥）、系（𦃇）、絕（𢇍）、
續（賡）、蠹（蝨）、艱（𦶢）諸字：或是由象形轉爲會意者，如：瓵（鬲；彌）
字；或由形聲轉象形的琴（珡）字；或是從形聲轉會意者，如：哲（嚞）、居
（㞐）、鯨（𩺿）、奢（奓）、闢（𨴱）、開（𨴭）諸字。不可否認的，文字的
聲化現象，確實爲發展的趨勢。

有部分爲誤將通假字收錄於其間的字例，如；戀（變）、敶（劇）、鼗（鞀）、
飪（恁）、鸂（擊）、叕（輟）、傀（瓌）、羑（羑）、然（蘇）、恕（态）、憰（矯）、
握（臺）、直（𥄂）、風（咸）諸字，這些誤收的文字，於《說文》中大多可
以在他部中找到，故應將之歸於本字。此外，亦見誤植字形爲重文者，如籀文
之牷（犙）、昔（腊）二字，亦爲誤收的字例。

第二節　《說文》重文的價值

　　《說文》重文的來源，除了一部分的字形尙未見於現今的出土文獻外，大
致可於甲骨文、銅器銘文、簡牘帛書、玉石、貨幣、陶文等找到相對應的形體，
在字形與筆畫上雖無法完全相符，然其構形大抵相近。由此可知，殷周以來之
文字構形的現象，多見於其收錄的字例，如：偏旁結構的組合易位，即有左右
結構互置的「𡶴（岷）」、「䁅（賑）」，或是將上下式結構改爲左右式結構的「雂
（鳩）」、「李（杍）」，或把左右式結構易爲上下式結構的「盰（旹）」、「怛（悬）」。
茲將研究的內容，歸納出重文字形的研究價值，臚列於下：

一、可作爲研究商周文字的依據

　　由文字的傳承言，秦、漢篆文之前爲戰國文字；從篆文與戰國文字形體的
觀察，其間或構形相同，或略作變易，或得之於秦系文字，或得之於六國文字。
關於古文字的研究，孫詒讓云：「略摭金文、龜甲文、石鼓文、貴州紅巖古刻，
與《說文》古籀互相勘校，揭其岐異，以箸渻變之原，而會最比屬，以尋古文、
大小篆沿革之大例。」[註2] 戰國文字居於秦、漢篆文之前，位於春秋金文之後，
透過已知構形的比對，可將未知的形體辨識。可知由秦、漢篆文而戰國文字，
再上溯自商周的金文、甲骨文，可從其形體的變異，找出其間的規則，並且作
爲辨識早期文字的依據。

二、衆多諧聲資料爲研究上古音系的依據

　　從《說文》重文中改換聲符的例字觀察，可以發現分屬「耕」、「質」二部
的文字，發生聲符替換的現象，如：「瓊（璚）」、「艖（鎈）」等，亦可見到分屬

〔註2〕　（清）孫詒讓：《名原・敍》，頁2，濟南，齊魯書社，1986年。

「文」、「元」二部的「璊（玧）」、「琨（瑻）」、「觶（觛）」、「畎（甽）」等，以及分屬「歌」、「物」二部的「弼（弤；弓）」，產生聲符的代換。一般而言，文字的通假或是聲符的改易與增添，多須俱備雙聲疊韻、雙聲、疊韻，或是對轉的關係，而從其聲符的替代言，可知這些爲今人認爲本應分立的韻部，在漢代的文獻中並非如此，其聲韻的關係應非如今人所識，若能大規模的將先秦兩漢的相關文獻資料逐一分析、比較，對於上古韻部的分合將有所助益。

三、透過形符的替代可知曉漢代對事類的關係與歸屬之認知

形符的代換，可分爲三種類型，一爲形近形符的替換，如：「兩」與「雨」之「纛（霻）」字，「人」與「尸」之「仁（屄）」字；一爲義近形符的替換，如：「隹」與「鳥」之「雞（鷄）」、「雛（鶵）」、「雕（鵰）」等字，「鼠」與「虫」之「鼢（蚠）」字，「耳」與「首」之「聝（馘）」字，「豸」與「犬」之「豻（犴）」字；一爲一般形符的替換，即非形義近同之形符互代，如：「玉」與「耳」之「瑱（珥）」字，「土」與「玉」之「璽（壐）」字，「艸」與「革」之「茵（鞇）」字，「力」與「心」之「勇（恿）」字，「囧」與「日」之「朙（明）」字。文字是記錄語言的工具，從形符替換的現象觀察，可知漢代人對於諸多事類的認知，有時會爲明確的記錄其間的差異，如製作某物的質材不同而改易偏旁，如上列的「璽（壐）」、「茵（鞇）」，有時卻又認爲某些生物可歸屬於某一大類，而將之視爲異體字，如「鼢（蚠）」字，這類的重文有部分源於殷周以來的文字，然大部分爲漢代的文獻所有，透過這批豐富的材料，可爲日後探討漢代的造字觀念的佐證。

參考書目

下列書目分爲五類。第一類收錄清以及清代以前的著作，包括近人的集注、注解等，悉依四庫全書總目的部類方式羅列；第二類收錄民國以來學者的著作；第三類收錄民國以來單篇論文之見於叢書、期刊、報紙、網站者；第四類收錄學位論文；第五類收錄外國學者的著作與單篇論文。悉依作者姓名筆畫順序排列，凡同一姓氏者排列在一起，再據第二字的筆畫多寡排列，又同一作者先按出版年代先後順序。此外，出版日期悉以西元紀年表示，如有未知者皆以「○○」代替。

一、

經部

二畫

1. （宋）丁度等：《集韻》，臺北，學海出版社，1986 年。

四畫

1. （漢）毛公傳、（漢）鄭玄箋、（唐）孔穎達等正義：《詩經正義》，臺北，藝文印書館，1993 年。
2. （漢）孔安國傳、（唐）孔穎達等正義：《尚書正義》，臺北，藝文印書館，1993 年。
3. （清）孔廣居：《說文疑疑》，北京，中華書局，1985 年。
4. （清）王先謙：《詩三家義集疏》，臺北，世界書局，1979 年。
5. （魏）王弼注、（晉）韓康伯注、（唐）孔穎達等正義：《周易正義》，臺北，藝文印書館，1993

6.（清）王筠：《說文釋例》，臺北，世界書局，1984 年。

五畫

1.（周）左丘明傳、（晉）杜預注、（唐）孔穎達等正義：《春秋左傳正義》，臺北，藝文印書館，1993 年。

六畫

1.（清）朱駿聲：《說文通訓定聲》，臺北，藝文印書館，1994 年。

七畫

1.（魏）何晏注、（宋）邢昺疏：《論語注疏》，臺北，藝文印書館，1993 年。

八畫

1.（清）吳大澂、丁佛言、強運開：《說文古籀補·說文古籀補補·說文古籀三補》，臺北，藝文印書館，1968 年。

十畫

1.（宋）夏竦著：《古文四聲韻》，臺北，學海出版社，1978 年。

2.（清）孫詒讓：《名原》，濟南，齊魯書社，1986 年。

3.（清）桂馥：《說文解字義證》，北京，中華書局，1998 年。

十一畫

1.（宋）郭忠恕編、（宋）夏竦編、（民國）李零、劉新光整理：《汗簡·古文四聲韻》，北京，中華書局，1983 年。

2.（漢）許慎撰、（宋）徐鉉校定：《說文解字》，香港，中華書局，1996 年。

3.（漢）許慎撰、（南唐）徐鍇撰：《說文解字繫傳》，北京，中華書局，1998 年。

4.（漢）許慎撰、（清）段玉裁注：《說文解字注》（經韻樓藏版），臺北，黎明文化事業股份有限公司，1991 年。

5.（唐）陸德明：《經典釋文》，臺北，鼎文書局，1972 年。

十三畫

1.楊伯峻：《春秋左傳注》，高雄，復文圖書出版社，1991 年。

十四畫

1.（漢）趙岐注、（宋）孫奭疏：《孟子注疏》，臺北，藝文印書館，1993 年。

十五畫

1.（漢）鄭玄注、（唐）孔穎達等正義：《禮記正義》，臺北，藝文印書館，1993 年。

2.（漢）鄭玄注、（唐）賈公彥疏：《周禮注疏》，臺北，藝文印書館，1993 年。

3.（漢）鄭玄注、（唐）賈公彥疏：《儀禮注疏》，臺北，藝文印書館，1993 年。

二十畫

1.（清）嚴可均：《說文聲類》，上海，上海古籍出版社，2002 年。（收入《續修四庫全書》編纂委員會編：《續修四庫全書》）

史部

五畫

1. （周）左丘明：《國語》，臺北，宏業書局，1980 年。

2. （漢）司馬遷撰、（劉宋）裴駰集解、（唐）司馬貞索隱、（唐）張守節正義、（日本）

3. 瀧川龜太郎注：《史記會注考證》，臺北，宏業書局，1992 年。

十五畫

1. （清）劉體智藏，容庚編著：《善齋彝器圖錄》，臺北，台聯國風出版社，1976 年。

子部

四畫

1. （清）方若：《言錢別錄・補錄》，上海，上海科技教育出版社，1993 年。（收入《說錢》）

七畫

1. （周）呂不韋撰、（漢）高誘注：《呂氏春秋》，臺北，藝文印書館，1974 年。

2. （清）初尚齡：《吉金所見錄》，上海，上海科技教育出版社，1993 年。（收入《說錢》）

八畫

1. （清）吳大澂：《權衡度量實驗考》，臺北，大通書局，1972 年。（收入《羅雪堂先生全集》第四編）

十畫

1. （清）馬昂：《貨布文字考》，上海，上海科技教育出版社，1993 年。（收入《說錢》）

2. （漢）高誘注：《淮南子》，臺北，藝文印書館，1974 年。

十一畫

1. （周）莊周撰、（晉）郭象注：《莊子》，臺北，中華書局，1984 年。

十二畫

1. （清）馮雲鵬、馮雲鵷：《金石索》，合肥，安徽教育出版社，2002 年。（收入《中華漢語工具書書庫》第九十八冊）

十五畫

1. （清）蔡雲：《癖談》，上海，上海科技教育出版社，1993 年。（收入《說錢》）

十七畫

1. （漢）應劭撰、（民國）王利器校注：《風俗通義校注》，北京，中華書局，2010 年。

十八畫

1. （周）韓非撰、（清）王先慎集解：《韓非子集解》，臺北，藝文印書館，1983 年。

2. （周）韓非撰、（民國）陳奇猷著：《韓非子集釋》，高雄，復文圖書出版社，1991 年。

二、

三畫

1. 弓英德：《六書辨正》，臺北，臺灣商務印書館，1966年。

2. 于省吾：《殷契駢枝》，臺北，藝文印書館，1971年。

3. 于省吾：《殷契駢枝續編》，臺北，藝文印書館，1971年。

4. 于省吾：《殷契駢枝三編》，臺北，藝文印書館，1971年。

5. 于省吾：《甲骨文字釋林》，臺北，大通書局，1981年。

6. 于省吾：《甲骨文字詁林》，北京，中華書局，1996年。

四畫

1. 王平：《《說文》重文研究》，上海，華東師範大學出版社，2008年。

2. 王國維：《王觀堂先生全集》，臺北，文華出版公司，1968年。

3. 王國維：《定本觀堂集林》，臺北，世界書局，1991年。

4. 王國維：《觀堂集林（外二種）》，石家莊，河北教育出版社，2002年。

5. 中國社會科學院歷史研究所：《甲骨文合集》，上海，中華書局，1982年。

6. 中國社會科學院考古研究所：《小屯南地甲骨》，北京，中華書局，1980年。

7. 中國社會科學院考古研究所：《甲骨文編》，北京，中華書局，1996年。

8. 中國社會科學院考古研究所：《殷周金文集成》，北京，中華書局，1984～1994年。

9. 中國社會科學院考古研究所：《殷周金文集成釋文》，香港，香港中文大學出版社，2001年。

10. 中國社會科學院考古研究所：《殷墟花園莊東地甲骨》，昆明，雲南人民出版社，2003年。

11. 中國社會科學院考古研究所：《殷周金文集成（修訂增補本）》，北京，中華書局，2007年。

12. 中國科學院考古研究所：《長沙發掘報告・戰國墓葬》，北京，科學出版社，1957年。

13. 中國科學院考古研究所、甘肅省博物館：《武威漢簡》，北京，中華書局，2005年。

14.《中國錢幣大辭典》編纂委員會編：《中國錢幣大辭典・先秦編》，北京，中華書局，1995年。

五畫

1.《古文字詁林》編纂委員會：《古文字詁林》，上海，上海教育出版社，2004年。

2. 北京大學中文系、湖北省文物考古研究所編：《望山楚簡》，北京，中華書局，1995年。

六畫

1. 朱芳圃：《殷周文字釋叢》，臺北，臺灣學生書局，1972 年。

2. 朱歧祥：《周原甲骨研究》，臺北，臺灣學生書局，1997 年。

3. 朱活：《古泉新探》，濟南，齊魯書社，1984 年。

4. 朱德熙：《朱德熙古文字論集》，北京，中華書局，1995 年。

七畫

1. 李守奎：《上海博物館藏戰國楚竹書文字編（1～5)》，北京，作家出版社，2006 年。

2. 李孝定：《甲骨文字集釋》，臺北，中央研究院歷史語言研究所，1991 年。

3. 李孝定：《金文詁林讀後記》，臺北，中央研究院歷史語言研究所，1992 年。

4. 李零：《長沙子彈庫戰國楚帛書研究》，北京，中華書局，1985 年。

5. 李零：《郭店楚簡校讀記》，北京，北京大學出版社，2002 年。

6. 李學勤、齊文心、艾蘭：《英國所藏甲骨集》，北京，中華書局，1985 年。

7. 李學勤等：《遂公盨——大禹治水與爲政以德》，北京，線裝書局，2002 年。

8. 何金松：《漢字形義考源》，武漢，武漢出版社，1997 年。

9. 何琳儀：《戰國文字通論》，北京，中華書局，1989 年。

10. 何琳儀：《古幣叢考》，臺北，文史哲出版社，1996 年。

11. 何琳儀：《戰國古文字典——戰國文字聲系》，北京，中華書局，1998 年。

12. 杜忠誥：《説文篆文訛形釋例》，臺北，文史哲出版社，2009 年。

13. 汪慶正編：《中國歷代貨幣大系•先秦貨幣》，上海，上海人民出版社，1988 年。

八畫

1. 河北省文物研究所：《䤮墓——戰國中山國國王之墓》，北京，文物出版社，1996 年。

2. 河南省文物研究所：《信陽楚墓》，北京，文物出版社，1986 年。

3. 名煇：《新定説文古籀考》，臺北，文海出版社，1973 年。

4. 周法高、李孝定、張日昇編：《金文詁林》，京都，中文出版社，1981 年。

5. 季旭昇：《説文新證（上、下)》，臺北，臺灣學生書局，2004～2008 年。

6. 吳良寶：《先秦貨幣文字編》，福州，福建人民出版社，2006 年。

7. 金祥恒：《金祥恒先生全集》，臺北，藝文印書館，1990 年。

8. 屈萬里：《殷虛文字甲編考釋》，臺北，中央研究院歷史語言研究所，1992 年。

9. 林義光：《文源》，臺北，新文豐出版社，2006 年。（收入《石刻史料新編》第四輯，冊 8）

10. 林澐：《林澐學術文集》，北京，中國大百科全書出版社，1998 年。

九畫

1. 姚孝遂：《精校本許慎與說文解字》，北京，作家出版社，2008 年。

2. 姚孝遂、肖丁：《小屯南地甲骨考釋》，北京，中華書局，1985 年。

3. 洪家義：《金文選注繹》，南京，江蘇教育出版社，1988 年。

4. 帥鴻勳：《六書商榷》，臺北，正中書局，1969 年。

十畫

1. 馬承源：《商周青銅器銘文選（三）》，北京，文物出版社，1988 年。

2. 馬承源：《商周青銅器銘文選（四）》，北京，文物出版社，1990 年。

3. 馬承源：《中國青銅器》，臺北，南天書局有限公司，1991 年。

4. 馬承源：《中國青銅器（修訂本）》，上海，上海古籍出版社，2003 年。

5. 馬承源編：《上海博物館藏戰國楚竹書（一）～（七）》，上海，上海古籍出版社，2001～2008 年。

6. 馬叙倫：《說文解字六書疏證》，臺北，鼎文書局，1975 年。

7. 徐中舒：《甲骨文字典》，成都，四川辭書出版社，1995 年。

8. 徐中舒：《徐中舒歷史論文選輯》，北京，中華書局，1998 年。

9. 徐文鏡：《古籀彙編》，臺北，臺灣商務印書館，1996 年。

10. 徐正考：《漢代銅器銘文綜合研究》，北京，作家出版社，2007 年。

11. 徐正考：《漢代銅器銘文選釋》，北京，作家出版社，2007 年。

12. 徐富昌：《武威儀禮漢簡文字編》，臺北，國家出版社，2006 年。

13. 袁仲一：《秦代陶文》，西安，三秦出版社，1987 年。

14. 袁仲一、劉鈺：《秦文字類編》，西安，陝西人民教育出版社，1993 年。

15. 袁仲一、劉鈺：《秦文字通假集釋》，西安，陝西人民教育出版社，1999 年。

16. 袁仲一、劉鈺：《秦陶文新編》，北京，文物出版社，2009 年。

17. 容庚：《金文編》，北京，中華書局，1992 年。

18. 高明：《古陶文字徵》，北京，中華書局，1991 年。

19. 高明：《古陶文彙編》，北京，中華書局，1990 年。

20. 高鴻縉：《中國字例》，臺北，三民書局股份有限公司，1981 年。

21. 荊門市博物館：《郭店楚墓竹簡》，北京，文物出版社，1998 年。

22. 孫常叙著，孫屏、張世超、馬如森編校：《孫常叙古文字學論集》，長春，東北師範大學出版社，1998 年。

23. 唐蘭：《古文字學導論》，臺北，學海出版社，1986 年。

24. 唐蘭：《殷虛文字記》，臺北，學海出版社，1986 年。

25. 唐蘭：《唐蘭先生金文論集》，北京，紫禁城出版社，1995 年。

十一畫

1. 張世超、孫凌安、金國泰、馬如森:《金文形義通解》,京都,中文出版社,1995年。

2. 張守中:《中山王■器文字編》,北京,中華書局,1981年

3. 張守中:《睡虎地秦簡文字編》,北京,文物出版社,1994年。

4. 張守中:《包山楚簡文字編》,北京,文物出版社,1996年。

5. 張守中:《郭店楚簡文字編》,北京,文物出版社,2000年。

6. 張光裕:《雪齋學術論文集》,臺北,藝文印書館,1989年。

7. 張光裕、袁國華:《包山楚簡文字編》,臺北,藝文印書館,1992年。

8. 張光裕、袁國華:《郭店楚簡研究(第一卷文字編)》,臺北,藝文印書館,1999年。

9. 張光裕、袁國華:《望山楚簡校錄》,臺北,藝文印書館,2004年。

10. 張光裕、滕壬生、黃錫全:《曾侯乙墓竹簡文字編》,臺北,藝文印書館,1997年。

11. 張頷:《古幣文編》,北京,中華書局,1986年。

12. 張頷:《侯馬盟書》,太原,山西古籍出版社,2006年。

13. 陳邦懷:《殷代社會史料徵存》,天津,天津人民出版社,1959年。

14. 陳松長:《馬王堆簡帛文字編》,北京,文物出版社,2001年。

15. 陳昭容、鍾柏生、黃銘崇、袁國華:《新收殷周青銅器銘文及器影彙編》,台北,藝文印書館,2010年。

16. 陳夢家:《殷虛卜辭綜述》,北京,中華書局,1992年。

17. 陳劍:《甲骨金文考釋論叢》,北京,線裝書局,2007年。

18. 郭沫若:《郭沫若全集(考古編)》第一卷,北京,科學出版社,1982年。

19. 郭沫若:《郭沫若全集(考古編)》第五卷,北京,科學出版社,1982年。

20. 郭沫若:《郭沫若全集(考古編)》第九卷,北京,科學出版社,1982年。

21. 郭沫若:《兩周金文辭大系圖錄考釋》,上海,上海書店出版社,1999年。

22. 郭沫若:《郭沫若全集(考古編)》第三卷,北京,科學出版社,2002年。

23. 郭錫良:《漢字古音手冊》,北京,北京大學出版社,1986年。

24. 商承祚:《福氏所藏甲骨文字》,香港,香港書店,1973年。

25. 商承祚:《說文中之古文考》,臺北,學海出版社,1979年。

26. 商承祚:《戰國楚竹簡匯編》,濟南,齊魯書社,1995年。

27. 商承祚:《石刻篆文選》,北京,中華書局,1996年。

28. 商承祚:《殷契佚存》,北京,北京圖書館出版社,2000年。

29. 商承祚:《甲骨文字研究》,天津,天津古籍出版社,2008年。

30. 商承祚:《殷虛文字類編》,臺中,文听閣圖書有限公司,2009年。(收入於許錟輝、蔡信發編:《民國時期語言文字學叢書第一編》)

31. 商承祚、王貴忱、譚隸華編:《先秦貨幣文編》,北京,書目文獻出版社,1983 年。

32. 清華大學出土文獻研究與保護中心編、李學勤主編:《清華大學藏戰國竹簡(壹)》,上海,中西書局,2010 年。

33. 許進雄:《懷特氏等收藏甲骨文集》,多倫多,安大略博物館,1979 年。

34. 許進雄:《古文諧聲字根》,臺北,臺灣商務印書館,1995 年。

35. 許錟輝:《說文重文形體考》,臺北,文津出版社,1973 年。

36. 許錟輝:《文字學簡編‧基礎篇》,臺北,萬卷樓圖書有限公司,1999 年。

37. 曹瑋:《周原甲骨文》,北京,世界圖書出版社,2002 年。

十二畫

1. 湖北省文物考古研究所:《江陵九店東周墓》,北京,科學出版社,1995 年。

2. 湖北省文物考古研究所:《江陵望山沙塚楚墓》,北京,文物出版社,1996 年。

3. 湖北省文物考古研究所、北京大學中文系:《九店楚簡》,北京,中華書局,1999 年。

4. 湖北省荊沙鐵路考古隊:《包山楚墓》,北京,文物出版社,1991 年。

5. 湖北省荊沙鐵路考古隊:《包山楚簡》,北京,文物出版社,1991 年。

6. 湖北省博物館:《曾侯乙墓》,北京,文物出版社,1989 年。

7. 彭邦炯等:《甲骨文合集補編》,北京,語文出版社,1999 年。

8. 馮勝君:《論郭店簡〈唐虞之道〉、〈忠信之道〉、〈語叢〉一〜三以及上博簡〈緇衣〉爲具有齊系文字特點的抄本》,北京,北京大學中國語言文學系博士後研究工作報告,2004 年。

9. 勞榦:《勞榦學術論文集甲編》,臺北,藝文印書館,1976 年。

10. 黃錫全:《汗簡注釋》,武漢,武漢大學出版社,1993 年。

11. 黃錫全:《古文字論叢》,臺北,藝文印書館,1999 年。

12. 裘錫圭:《古文字論集》,北京,中華書局,1992 年。

13. 曾憲通:《長沙楚帛書文字編》,北京,中華書局,1993 年。

十三畫

1. 葉玉森:《殷墟書契前編集釋》,臺北,藝文印書館,1966 年。

2. 董作賓:《甲骨學六十年》,臺北,藝文印書館,1965。

3. 董作賓:《董作賓先生全集乙編》,臺北,藝文印書館,1977 年。

4. 董蓮池:《金文編校補》,長春,東北師範大學出版社,1995 年。

5. 楊樹達:《積微居甲文說》,臺北,大通書局,1974 年。

6. 楊樹達:《積微居金文說》,北京,中華書局,1997 年。

7. 楊樹達:《文字形義學》,上海,上海古籍出版社,2006 年。

8. 楊樹達:《積微居小學述林全編》,上海,上海古籍出版社,2007 年。

十四畫

1. 滕壬生：《楚系簡帛文字編》，武漢，湖北教育出版社，1995 年。

2. 滕壬生：《楚系簡帛文字編（增訂本)》，武漢，湖北教育出版社，2008 年。

3. 睡虎地秦墓竹簡整理小組：《睡虎地秦墓竹簡》，北京，文物出版社，2001 年。

4. 趙德馨：《楚國的貨幣》，武漢，湖北教育出版社，1995 年。

十五畫

1. 劉雨：《近出殷周金文集錄》，北京，中華書局，2004 年。

2. 劉雨：《近出殷周金文集錄續編》，北京，中華書局，2010 年。

3. 劉信芳、陳振裕：《睡虎地秦簡文字編》，武漢，湖北人民出版社，1993 年。

4. 劉盼遂：《文字音韻學論叢・說文師說》，北平，人文書店，1935 年。（收錄於許錟輝、蔡信發編：《民國時期語言文字學叢書第一編》，冊 100，臺中，文听閣圖書有限公司，2009 年。）

5. 劉釗：《郭店楚簡校釋》，福州，福建人民出版社，2003 年。

6. 劉釗、洪颺、張新俊：《新甲骨文編》，福州，福建人民出版社，2009 年。

7. 劉桓：《殷契新釋》，石家莊，河北教育出版社，1989 年。

8. 劉彬徽、劉長武：《楚系金文彙編》，武漢，湖北教育出版社，2009 年。

9. 蔡信發：《說文答問》，臺北，國文天地雜誌社，1993 年。

10. 蔡信發：《一九四九年以來臺灣地區《說文》論著專題研究》，臺北，文津出版社，2005 年。

11. 魯實先：《殷契新詮（上)》，臺北，黎明文化事業股份有限公司，2003 年。

十六畫

1. 駢宇騫：《銀雀山漢簡文字編》，北京，文物出版社，2001 年。

十九畫

1. 羅振玉：《增訂殷虛書契考釋》，臺北，藝文印書館，1982 年。

2. 羅振玉：《羅振玉學術論著集》，上海，上海古籍出版社，2010 年。

3. 羅福頤：《古璽文編》，北京，文物出版社，1994 年。

4. 羅福頤：《古璽匯編》，北京，文物出版社，1994 年。

二十畫

1. 嚴一萍：《金文總集》，臺北，藝文印書館，1986 年。

2. 嚴一萍：《甲骨古文字研究》第一輯，臺北，藝文印書館，1990 年。

3. 嚴一萍：《柏根氏舊藏甲骨文字考釋》，臺北，藝文印書館，1991 年。

4. 饒宗頤、曾憲通：《楚帛書》，香港，中華書局，1985 年。

三、

二畫

1. 丁山：〈與顧起潛先生論說文重文書〉，《國立第一中山大學語言歷史學研究所週刊》第 1 集第 4 期，1927 年。

三畫

1. 于省吾：〈釋爽〉，《殷契駢枝》，臺北，藝文印書館，1971 年。
2. 于省吾：〈釋叔燮〉，《殷契駢枝》，臺北，藝文印書館，1971 年。
3. 于省吾：〈釋兆〉，《殷契駢枝三編》，臺北，藝文印書館，1971 年。
4. 于省吾：〈釋燮〉，《殷契駢枝三編》，臺北，藝文印書館，1971 年。
5. 于省吾：〈釋旬〉，《殷契駢枝三編‧雙劍誃古文雜釋》，臺北，藝文印書館，1971 年。
6. 于省吾：〈釋爲〉，《殷契駢枝三編‧雙劍誃古文雜釋》，臺北，藝文印書館，1971 年。
7. 于省吾：〈釋弋、弟〉，《甲骨文字釋林》，臺北，大通書局，1981 年。
8. 于省吾：〈釋厷〉，《甲骨文字釋林》，臺北，大通書局，1981 年。
9. 于省吾：〈釋兄〉，《甲骨文字釋林》，臺北，大通書局，1981 年。
10. 于省吾：〈釋用〉，《甲骨文字釋林》，臺北，大通書局，1981 年。
11. 于省吾：〈釋甲〉，《甲骨文字釋林》，臺北，大通書局，1981 年。
12. 于省吾：〈釋臣〉，《甲骨文字釋林》，臺北，大通書局，1981 年。
13. 于省吾：〈釋畀、膚〉，《甲骨文字釋林》，臺北，大通書局，1981 年。
14. 于省吾：〈釋靁〉，《甲骨文字釋林》，臺北，大通書局，1981 年。
15. 于省吾：〈釋百〉，《江漢考古》1983：4。

四畫

1. 尤仁德：〈楚銅貝幣「哭」字釋〉，《考古與文物》1981：1。
2. 王國維：〈不娶敦蓋銘考釋〉，《王觀堂先生全集》冊六，臺北，文華出版公司，1968 年。
3. 王國維：〈毛公鼎銘考釋〉，《王觀堂先生全集》冊六，臺北，文華出版公司，1968 年。
4. 王國維：〈邾公鐘跋〉，《定本觀堂集林》，臺北，世界書局，1991 年。
5. 王國維：〈與林浩卿博士論洛誥書〉，《定本觀堂集林》，臺北，世界書局，1991 年。
6. 王國維：〈釋史〉，《定本觀堂集林》，臺北，世界書局，1991 年。

五畫

1. 北文：〈秦始皇「書同文字」的歷史作用〉，《文物》1973：11。

六畫

1. 吉仕梅：〈《說文解字》俗字箋議〉，《語言研究》1996：2。

2. 朱活：〈蟻鼻新解——兼談楚國地方性的布錢「斾錢當釿」〉，《古泉新探》，濟南，齊魯書社，1984 年。

3. 朱德熙：〈壽縣出土楚器銘文研究・剛帀考〉，《朱德熙古文字論集》，北京，中華書局，1995 年。

4. 朱德熙：〈釋𣄰〉，《朱德熙古文字論集》，北京，中華書局，1995 年。

5. 朱德熙、裘錫圭、李家浩：〈望山一、二號墓竹簡釋文與考釋〉，《江陵望山沙塚楚墓》，北京，文物出版社，1996 年。

6. 江舉謙：〈說文籀篆淵源關係論析〉，《東海學報》第 10 卷第 1 期，1969 年。

7. 江舉謙：〈說文古文研究〉，《東海學報》第二十一卷，1980 年。

七畫

1. 李仁安：〈《說文解字》大徐本俗別字初探〉，《寧夏大學學報（人文社會科學版）》第 28 卷第 2 期，2006 年。

2. 李守奎：〈楚簡文字四考〉，《中國文字研究》第三輯，南寧，廣西教育出版社，2002 年。

3. 李孝定：〈讀契識小錄〉，《中央研究院歷史語言研究所集刊》第 35 本，臺北，中央研究院歷史語言研究所，1964 年。

4. 李家浩：〈釋弁〉，《古文字研究》第一輯，北京，中華書局，1979 年。

5. 李家浩：〈戰國貨幣文字中的「𨛜」和「比」〉，《中國語文》1980：5。

6. 李家浩：〈信陽楚簡「澮」字及從「关」之字〉，《中國語言學報》第一期，北京，商務印書館，1982 年。

7. 李家浩：〈信陽楚簡「樂人之器」研究〉，《簡帛研究》第三輯，南寧，廣西教育出版社，1998 年。

8. 李紹曾：〈試論楚幣——蟻鼻錢〉，《楚文化研究論文集》4，鄭州，中州書畫社，1983 年。

9. 李零：〈戰國鳥書箴銘帶鉤考釋〉，《古文字研究》第八輯，北京，中華書局，1983 年。

10. 何金松：〈釋兜〉，《漢字形義考源》，武漢，武漢出版社，1997 年。

11. 何琳儀：〈中山王器考釋拾遺〉，《史學集刊》1984：3。

12. 何琳儀：〈古璽雜識續〉，《古文字研究》第十九輯，北京，中華書局，1992 年。

13. 何琳儀：〈三晉方足布彙釋〉，《古幣叢考》，臺北，文史哲出版社，1996 年。

14. 何琳儀：〈尖足布幣考〉，《古幣叢考》，臺北，文史哲出版社，1996 年。

15. 何琳儀：〈空首布選釋〉，《古幣叢考》，臺北，文史哲出版社，1996 年。

16. 何琳儀、黃錫全：〈獸篋考釋六則〉，《古文字研究》第七輯，北京，中華書局，2005 年。

17. 宋華強：〈釋新蔡簡中的一個祭牲名〉，《古文字研究》第二十七輯，北京，中華書局，2008 年。

18. 杜學知：〈說文重文或體字大例〉，《大陸雜誌》第 43 卷第 1 期，臺北，大陸雜誌社，1971 年。

19. 杜學知：〈重文或體字研究〉，《成功大學學報》第八卷人文篇，1973 年。

20. 余謹：〈上博藏簡（一）討論會綜述〉，簡帛研究網站，2002 年 1 月 1 日。

八畫

1. 林素清：〈楚簡文字綜論〉，「中央研究院第三屆國際漢學會議」，臺北，中央研究院，2000 年。

2. 林清書：〈《說文》重文的簡化與繁化〉，《龍巖師專學報（社會科學版）》第 13 卷第 2 期，1995 年。

3. 林啟新：〈《說文解字》俗字新探〉，《第十四屆所友暨第一屆研究生學術討論會論文集》，高雄，國立高雄師範大學國文系，2007 年。

4. 林澐：〈說王〉，《林澐學術文集》，北京，中國大百科全書出版社，1998 年。（原收錄於《考古》1965：6）

5. 金祥恆：〈楚繒書「虞罷」解〉，《金祥恆先生全集》第二冊，臺北，藝文印書館，1990 年。

6. 金祥恆：〈釋廄〉，《金祥恒先生全集》第三冊，臺北，藝文印書館，1990 年。

7. 周鳳五：〈郭店竹簡的形式特徵及其分類意義〉，《郭店楚簡國際學術研討會論文集》，武漢，湖北人民出版社，2000 年。

8. 邱德修：《說文解字古文釋形考述》，臺北，臺灣學生書局，1974 年。

九畫

1. 侯尤峰：〈《說文解字》徐鉉所注「俗字」淺析〉，《古漢語研究》1995：2。

十畫

1. 徐中舒：〈四川彭縣濛陽鎮出土的殷代二觶〉，《文物》1962：6。

2. 徐中舒：〈西周牆盤銘文箋釋〉，《徐中舒歷史論文選輯》，北京，中華書局，1998 年。

3. 徐中舒、伍仕謙：〈中山三器釋文及宮室圖說明〉，《中國史研究》1979：4。

4. 孫次舟：〈說文所稱古文釋例〉，《華西齊魯金陵三大學中國文化研究彙刊》第 2 卷，1942 年。

5. 孫常叙著，孫屏、張世超、馬如森編校：〈雚雀一字形變說〉，《孫常叙古文字學論集》，長春，東北師範大學出版社，1998 年。

6. 唐蘭：〈釋卯〉，《殷虛文字記》，臺北，學海出版社，1986 年。

7. 唐蘭：〈釋良狼臭〉，《殷虛文字記》，臺北，學海出版社，1986 年。

8. 唐蘭：〈釋𦣞厚葍獲覃〉，《殷虛文字記》，臺北，學海出版社，1986 年。

9. 唐蘭：〈釋帚婦㚔帰嬃婦婦帚屚帚嫚〉，《殷虛文字記》，臺北，學海出版社，

1986 年。

10. 唐蘭：〈略論西周微史家族窖藏銅器群的重要意義——陝西扶風新出墻盤銘文解釋〉，《唐蘭先生金文論集》，北京，紫禁城出版社，1995 年。

11. 唐蘭：〈論周昭王時代的青銅器銘刻〉，《唐蘭先生金文論集》，北京，紫禁城出版社，1995 年。

12. 唐蘭：〈釋眞〉，《唐蘭先生金文論集》，北京，紫禁城出版社，1995 年。

13. 唐蘭：〈論周昭王時代的青銅器銘刻〉，《古文字研究》第二輯，北京，中華書局，2005

十一畫

1. 陳立：〈戰國文字所見受語境影響的類化現象〉，《紀念張子良教授學術研討會會後論文集》，高雄，國立高雄師範大學國文學系，2007 年。

2. 陳立：〈讀書偶識（三則）〉，《溫柔敦厚——紀念施銘燦教授學術研討會會後論文集》，高雄，國立高雄師範大學國文學系，2008 年。

3. 陳佩芬：〈緇衣〉，《上海博物館藏戰國楚竹書（一）》，上海，上海古籍出版社，2001 年。

4. 陳復澄：〈咸爲成湯説〉，《遼寧文物》1983：5。

5. 陳偉：〈郭店楚簡別釋〉，《江漢考古》1998：4。

6. 陳偉：〈《上海博物館藏戰國楚竹書（二）》零釋〉，簡帛研究網站，2003 年 3 月 17 日。

7. 陳偉：〈郭店竹書〈唐虞之道〉校釋〉，《江漢考古》2003：2。

8. 陳劍：〈上博簡〈容成氏〉與古史傳說〉，「中國南方文明學術研討會」，臺北，中央研究院歷史語言研究所，2003 年 12 月 19～20 日。

9. 陳劍：〈上博竹書〈仲弓〉篇新編釋文（稿）〉，簡帛研究網站，2004 年 4 月 18 日。

10. 陳劍：〈說花園莊東地甲骨卜辭的「丁」——附：釋「速」〉，《甲骨金文考釋論叢》，北京，線裝書局，2007 年。

11. 張光裕：〈「拜諨首」釋義〉，《雪齋學術論文集》，臺北，藝文印書館，1989 年。

12. 張崇禮：〈《說文解字》大徐本俗別字研究〉，《漢字文化》2006：6。

13. 郭沫若：〈釋臣宰〉，《郭沫若全集（考古編）》第一卷，北京，科學出版社，1982 年。

14. 郭沫若：〈壴卣釋文〉，《郭沫若全集（考古編）》第五卷，北京，科學出版社，1982 年。

15. 郭沫若：〈釋朱旂旐金㠪二鈴〉，《郭沫若全集（考古編）》第五卷，北京，科學出版社，1982 年。

16. 郭沫若：〈釋白〉，《郭沫若全集（考古編）》第五卷，北京，科學出版社，1982 年。

17. 郭沫若：〈釋拜〉，《郭沫若全集（考古編）》第五卷，北京，科學出版社，1982 年。

18. 郭沫若：〈詛楚文〉，《郭沫若全集（考古編）》第九卷，北京，科學出版社，1982 年。

19. 郭若愚:〈談談先秦錢幣的幾個問題〉,《中國錢幣》1991:2。

20. 商承祚:〈江陵望山一號楚墓竹簡疾病雜事札記〉,《戰國楚竹簡匯編》,濟南,齊
    魯書社,1995 年。

十二畫

1. 黃宇鴻:〈論《說文》俗字研究及其意義〉,《河南師範大學學報(哲學社會科學
   版)》第 29 卷第 6 期,2002 年。

2. 黃宇鴻:〈對《說文解字》重文的再認識及其價值〉,《廣西大學學報(哲學社會
   科學版)》2003:1。

3. 黃思賢:〈《說文解字》非重文中古文說解的一些疑問〉,《蘭州學刊》2008:3。

4. 黃靜宇:〈也談《說文》中的俗字〉,《樂山師範學院學報》第 21 卷第 3 期,2006
   年。

5. 黃錫全:〈甲骨文字釋叢〉,《古文字論叢》,臺北,藝文印書館,1999 年。

6. 程邦雄:〈孫詒讓的甲骨文考釋與《說文》中之古文〉,《語言研究》第 26 卷第 4
   期,2006 年。

7. 湖南省文物管理委員會:〈長沙楊家灣 M006 號墓清理簡報〉,《文物參考資料》
   1954:12。

8. 湖南省文物管理委員會:〈長沙出土的三座大型木槨墓〉,《考古學報》1957:1。

9. 馮瑞生:〈《說文》與俗字〉,《中國語文通訊》第 38 期,1996 年。

10. 湯餘惠:〈戰國文字考釋(五則)〉,《古文字研究》第十輯,北京,中華書局,1983
    年。

11. 湯餘惠:〈關於全字的再探討〉,《古文字研究》第十七輯,北京,中華書局,1989
    年

12. 裘錫圭:〈殷墟甲骨文字考釋〉,《湖北大學學報》1990:1。

13. 裘錫圭:〈古文字釋讀三則〉,《古文字論集》,北京,中華書局,1992 年。

14. 裘錫圭:〈戰國璽印文字考釋三篇〉,《古文字論集》,北京,中華書局,1992 年。

15. 裘錫圭:〈說「挶函」──兼釋甲骨文「櫓」字〉,《華學》第一期,廣州,中山大
    學出版社,1995 年。

16. 裘錫圭、李家浩:〈曾侯乙墓竹簡釋文與考釋〉,《曾侯乙墓》,北京,文物出版社,
    1989 年。

17. 曾憲通:〈說繇〉,《古文字研究》第十輯,北京,中華書局,1983 年。

18. 曾憲通:〈包山卜筮簡考釋(七篇)〉,《第二屆國際中國古文字學研討會論文集》,
    香港,香港中文大學中國語言及文學系,1993 年。

19. 曾憲通:〈論齊國「遷區之璽及其相關問題」〉,《容庚先生百年誕辰紀念文集》,
    廣州,廣東人民出版社,1998 年。

20. 曾憲通:〈秦至漢初簡帛篆隸的整理和研究〉,《中國文字研究》第三輯,南寧,廣
    西教育出版社,2002 年。

十三畫

1. 楊樹達：〈釋星〉，《積微居甲文說》，臺北，大通書局，1974 年。

2. 楊樹達：〈庚壺跋〉，《積微居金文說》，北京，中華書局，1997 年。

3. 董璠：〈說文或體字考叙例〉，《女師大學術季刊》第 1 卷第 2 期，1930 年。

十五畫

1. 劉宗漢：〈釋戰國貨幣中的「全」〉，《中國錢幣》1985：2。

2. 劉洋：〈《說文段注》俗字類形考略〉，《殷都學刊》2000：2。

3. 劉釗：〈甲骨文字考釋〉，《古文字研究》第十九輯，北京，中華書局，1992 年。

4. 劉桓：〈良字補釋〉，《殷契新釋》，石家莊，河北教育出版社，1989 年。

5. 劉信芳：〈楚簡文字考釋（五則）〉，《于省吾教授百年誕辰紀念文集》，長春，吉林大學出版社，1996 年。

6. 劉信芳：〈楚系文字「瑟」以及相關的幾個問題〉，《鴻禧文物》第二期，臺北，鴻禧藝術文教基金會，1997 年。

7. 劉信芳：〈从氼之字匯釋〉，《容庚先生百年誕辰紀念文集》，廣州，廣東人民出版社，1998 年。

8. 劉樂賢：〈釋《說文》古文慎字〉，《考古與文物》1993：4。

9. 蔡哲茂、吳匡：〈釋冐（蜎）〉，《古文字學論文集》，臺北，國立編譯館，1999 年。

10. 鄭春蘭：〈淺析《說文解字》或體之構成形式〉，《語言研究》2002 年特刊，2002 年。

11. 鄭剛：〈戰國文字中的陵和李考釋〉，中國古文字研究會第七屆學術研討會論文，1988 年。

12. 魯實先：〈釋麗〉，《殷契新詮（上）》，臺北，黎明文化事業股份有限公司，2003 年。

十六畫

1. 駢宇騫：〈關於初中歷史課本插圖介紹中的「布幣」和「蟻鼻錢」〉，《歷史教學》1982：2。

十八畫

1. 顏世鉉：〈考古資料與文字考釋、詞義訓詁之關係舉隅〉，「楚簡綜合研究第二次學術研討會——古文字與古文獻為議題」，臺北，中央研究院歷史語言研究所，2002 年。

2. 魏伯特：〈略論說文解字「重文」的性質及其在音韻學上的價值〉，《中國文學研究（創刊號）》，1987 年。

十九畫

1. 羅會同：〈《說文解字》中俗體字的產生與發展〉，《蘇州大學學報（哲學社會科學版）》1996：3。

二十畫

1. 嚴一萍：〈婦好列傳〉,《中國文字》新三期,臺北,藝文印書館,1981 年。

2. 嚴一萍：〈釋𤔲〉,《甲骨古文字研究》第一輯,臺北,藝文印書館,1990 年。

二十一畫

1. 顧之川：〈俗字與《說文》「俗體」〉,《青海師範大學學報(社會科學版)》1990：4。

四、

二畫

1. 丁亮：《說文解字部首及其與从屬字關係之研究》,臺中,私立東海大學中國文學研究所碩士論文,1997 年。

四畫

1. 方怡哲：《說文重文相關問題研究》,臺中,私立東海大學中國文學研究所碩士論文,1994 年。

2. 方怡哲：《六書與相關問題研究》,臺中,私立東海大學中國文學研究所博士論文,2003 年。

3. 王瑩：《《說文解字》車部字研究》,成都,四川大學碩士論文,2005 年。

4. 王園：《《說文》「一曰」探究》,北京,首都師範大學碩士論文,2008 年。

六畫

1. 朴昌植：《《說文》古籀和戰國文字關係之研究》,香港,珠海大學文史研究所文學組碩士論文,1989 年。

七畫

1. 李圭甲：《六書通釋》,臺北,國立臺灣師範大學國文研究所碩士論文,1984 年。

2. 李徹：《說文部首研究》,臺北,國立臺灣師範大學國文研究所碩士論文,1987 年。

3. 邢怒海：《《說文解字》宀部研究》,濟南,山東大學碩士論文,2007 年。

4. 沈壹農：《原本玉篇引述唐以前舊本說文考異》,臺北,國立政治大學中國文學研究所碩士論文,1987 年。

八畫

1. 林美玲：《說文讀若綜論》,臺北,國立臺灣師範大學國文研究所碩士論文,1987 年。

2. 林美娟：《《說文解字》古文研究》,埔里,國立暨南國際大學中文研究所碩士論文,1999 年。

3. 吳振武：《古璽文編校訂》,長春,吉林大學博士論文,1984 年。

4. 邱德修：《說文解字古文釋形考述》,臺北,國立臺灣師範大學國文研究所碩士論文,1974 年。

5. 周聰俊：《說文一曰研究》，臺北，國立臺灣師範大學國文研究所碩士論文，1978年。

6. 金鐘讚：《許慎說文會意字與形聲字歸類之原則研究》，臺北，國立臺灣師範大學國文研究所博士論文，1992年。

十畫

1. 晏士信：《說文解字指事象形考辨》，臺南，國立成功大學中國文學研究所碩士論文，2001年。

2. 馬桂綿：《說文古籀研究釋例》，香港，珠海書院中國文學研究所碩士論文，1977年。

十一畫

1. 陳立：《戰國文字構形研究》，臺北，國立臺灣大學中國文學研究所博士論文，2004年。

2. 陳韻珊：《小篆與籀文關係研究》，臺北，國立臺灣大學中國文學研究所碩士論文，1984年。

3. 陳鎮卿：《《說文解字》「古文」形體試探》，中壢，國立中央大學中國文學研究所碩士論文，1996年。

4. 莊舒卉：《說文解字形聲考辨》，臺南，國立成功大學中國文學研究所碩士論文，2000年。

5. 許舒絜：《《說文解字》文字分期研究》，臺北，國立臺灣師範大學國文研究所碩士論文，2000年。

6. 許錟輝：《說文解字重文諧聲考》，臺北，省立臺灣師範大學國文研究所碩士論文，1964年。

7. 張維信：《說文解字古文研究》，臺北，國立臺灣大學中國文學研究所碩士論文，1974年。

十二畫

1. 黃交軍：《《說文》鳥部字、隹部字研究》，桂林，廣西師範大學碩士論文，2008年。

十四畫

1. 廖素琴：《《說文解字》重文中之籀文字形研究》，高雄，國立高雄師範大學國文研究所碩士論文，2008年。

十五畫

1. 鄭邦鎮：《說文省聲探賾》，臺北，私立輔仁大學中國文學研究所碩士論文，1975年。

2. 鄭春蘭：《《說文解字》或體研究》，武漢，華中科技大學碩士論文，2004年。

3. 劉興奇：《《說文解字》徐鉉所注俗字研究》，武漢，華中科技大學碩士論文，2006年。

十八畫

1. 韓相雲：《六書故引說文考異》，臺北，國立臺灣師範大學國文研究所碩士論文，1986 年。

2. 韓棟：《《說文》會意字管窺》，上海，上海師範大學碩士論文，2008 年。

二十畫

1. 嚴和來：《試論《說文》古文的來源》，成都，四川大學碩士論文，2004 年。

五、

八畫

1. 明義士：《栢根氏舊藏甲骨文字考釋》，臺北，藝文印書館，1991 年。

十畫

1. 高田忠周：《古籀篇》，臺北，宏業書局，1975 年。

2. 高嶋謙一：〈古文字詮釋的一種新方法——以齒（𠚿）字爲例〉，《南方文物》2010：2。